RAMSÉS

A Dama de Abu-Simbel

Do autor:

As Egípcias
A Rainha Sol
A Sabedoria Viva do Antigo Egito
Mundo Mágico do Antigo Egito
Nefertiti e Akhenaton
O Egito dos Grandes Faraós
Filae — O Último Templo Pagão
Tutancâmon — O Último Segredo
O Faraó Negro
A Viagem Iniciática

SÉRIES

RAMSÉS

O Filho da Luz (Vol. 1)
O Templo de Milhões de Anos (Vol. 2)
A Batalha de Kadesh (Vol. 3)
A Dama de Abu-Simbel (Vol. 4)
Sob a Acácia do Ocidente (Vol. 5)

A PEDRA DA LUZ

Nefer, o Silencioso (Vol. 1)
A Mulher Sábia (Vol. 2)
Paneb, o Ardoroso (Vol. 3)
O Lugar da Verdade (Vol. 4)

A RAINHA LIBERDADE

O Império das Trevas (Vol. 1)
A Guerra das Coroas (Vol. 2)
A Espada Flamejante (Vol. 3)

MOZART

O Grande Mago (Vol. 1)
O Filho da Luz (Vol. 2)
O Irmão do Fogo (Vol. 3)
O Amado de Ísis (Vol. 4)

OS MISTÉRIOS DE OSÍRIS

A Árvore da Vida (Vol. 1)
A Conspiração do Mal (Vol. 2)
O Caminho de Fogo (Vol. 3)
O Grande Segredo (Vol. 4)

CHISTIAN JACQ

RAMSÉS

A Dama de Abu-Simbel

17ª EDIÇÃO

Tradução
Maria D. Alexandre

BERTRAND BRASIL
Rio de Janeiro | 2024

Título original: *Ramsès – La Dame d'Abou Simbel*

Capa: projeto gráfico de Raul Fernandes

Editoração eletrônica: Imagem Virtual Editoração Ltda.

2024
Impresso no Brasil
Printed in Brazil

CIP-Brasil. Catalogação na fonte
Sindicato Nacional dos Editores de Livros, RJ.

J19r
17ª ed.

Jacq, Christian, 1947-
Ramsés – A Dama de Abu-Simbel / Christian Jacq; tradução Maria D. Alexandre. – 17ª ed. – Rio de Janeiro: Bertrand Brasil, 2024.
378p.

Tradução de: Ramsès: la damme d'Abou Simbel
Sequência de: Ramsés: a batalha de Kadesh
Continua com: Ramsés: sob a acácia do Ocidente
ISBN 978-85-286-0730-7

1. Ramsés II, Rei do Egito – Ficção. 2. Egito – História – Até 322 a.C. – Ficção. 3. Romance francês. I. Alexandre, Maria D. II. Título. III. Título: A dama de Abu-Simbel. IV. Série.

CDD – 843
99-1147 CDU – 840-3

EDITORA BERTRAND BRASIL LTDA.
Rua Argentina, 171 – 3° andar – São Cristóvão
20921-380 – Rio de Janeiro – RJ
Tel.: (021) 2585-2000

Atendimento e venda direta ao leitor:
sac@record.com.br

MAPA DO EGITO

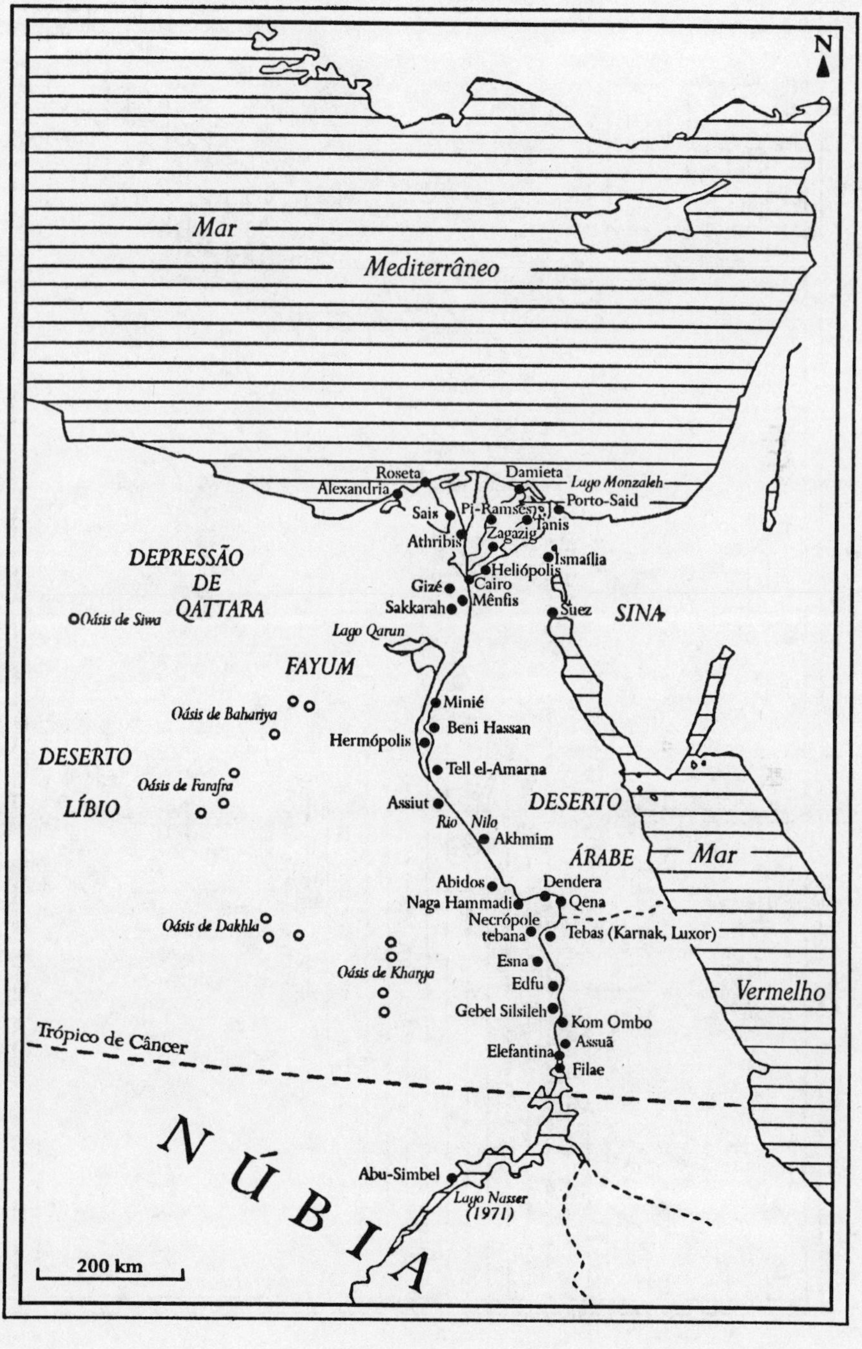

MAPA DO ANTIGO ORIENTE PRÓXIMO
ou Novo Império

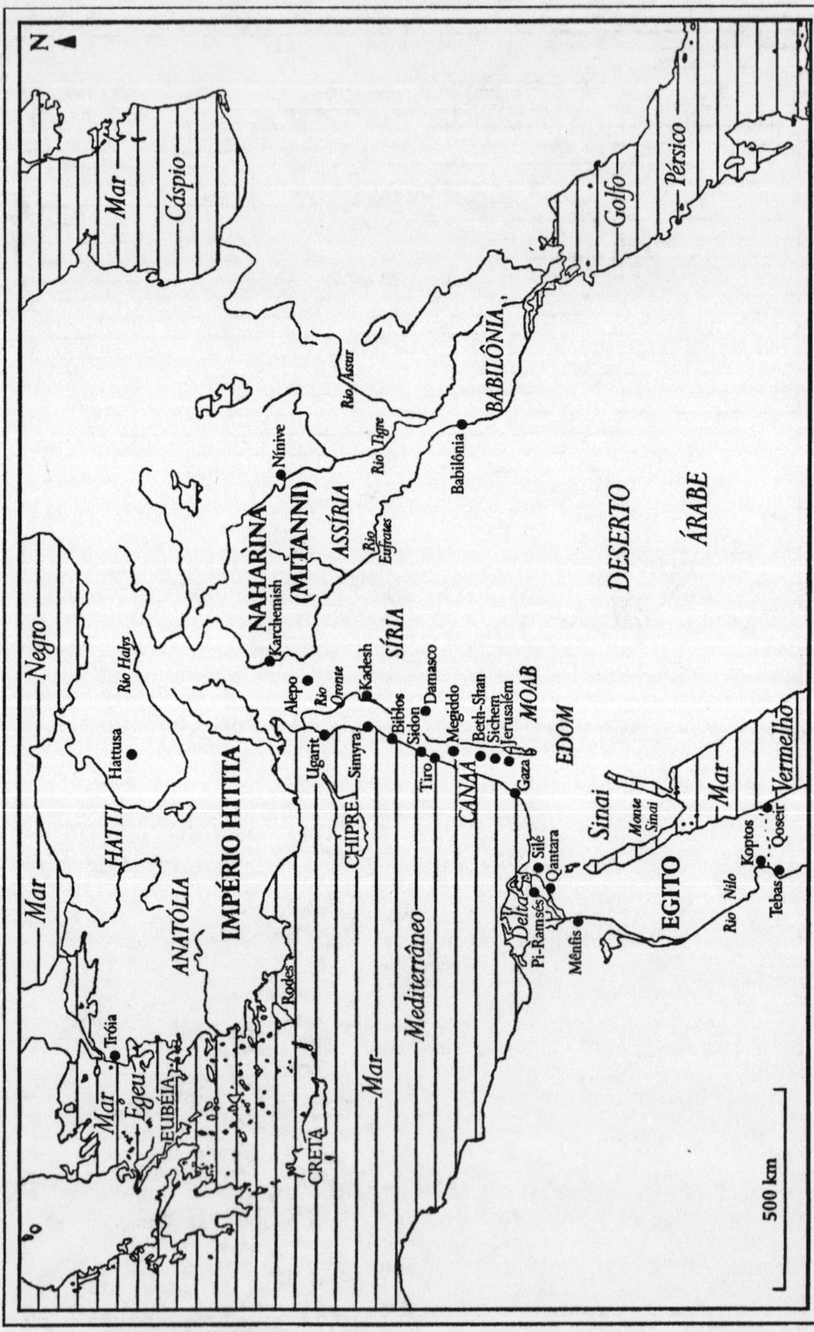

1

Matador, o leão de Ramsés, soltou um rugido que gelou de medo tanto os egípcios quanto os revoltosos. A enorme fera, condecorada pelo faraó com um fino colar de ouro por seus bons e leais serviços prestados durante a batalha de Kadesh contra os hititas,* pesava mais de trezentos quilos, tinha quatro metros de comprimento e exibia uma juba ao mesmo tempo farta e bela, que lhe cobria o topo da cabeça, os lados do focinho, o pescoço e parte das espáduas e do peito. A pelagem, lisa e curta, era castanho-clara e brilhante.

A cólera de Matador foi detectada por mais de vinte quilômetros em redor, e todos compreenderam que era igual à cólera de Ramsés, que, desde a vitória de Kadesh, se tornara Ramsés o Grande.

Seria real essa grandeza, quando o faraó do Egito não conseguia, apesar do prestígio e da valentia, impor a sua lei aos bárbaros da Anatólia?

O exército egípcio revelara-se decepcionante quando do confronto. Os generais, covardes ou incompetentes, haviam abandonado Ramsés, deixando-o só na frente de milhões de adversários, certos da vitória. Mas o deus Amon, oculto na luz, ouvira a prece do filho e concedera ao braço do faraó uma força sobrenatural.

Depois de cinco anos de um reinado tumultuoso, Ramsés convencera-se de que a sua vitória em Kadesh impediria os hititas de reerguerem a cabeça durante muito tempo e que o Oriente Próximo entraria numa era de relativa paz.

Ele, o potente touro, o bem-amado da Regra divina, o que

---

* Os longínquos antepassados dos turcos.

protegia o Egito, o Filho da Luz, enganara-se redondamente. Mereceria esses qualificativos, face à sedição que grassava em seus protetorados tradicionais, Canaã e a Síria do Sul? Não só os hititas não desistiam da luta, como tinham lançado uma vasta ofensiva, aliando-se aos beduínos, ladrões e assassinos que sempre haviam cobiçado as ricas terras do Delta.

O general do exército de Ra aproximou-se do rei.

— Majestade... A situação é mais crítica do que prevíamos. Não se trata de uma revolta comum; segundo nossos batedores, toda a região de Canaã se ergue contra nós. Uma vez vencido este primeiro obstáculo, haverá um segundo, um terceiro, um...

— E você se desespera em chegar a bom porto?

— As nossas perdas poderão ser pesadas, Majestade, e os homens não têm qualquer desejo de se deixarem matar por nada.

— A sobrevivência do Egito será motivo suficiente?

— Não queria dizer...

— Mas foi o que pensou, general! Portanto, a lição de Kadesh foi inútil. Estarei condenado a viver rodeado de covardes, que perdem a vida porque pretendem salvá-la?

— A minha obediência e a dos outros generais não falharão, Majestade, mas pretendíamos simplesmente alertá-lo.

— O nosso serviço de espionagem conseguiu alguma informação sobre Acha?

— Infelizmente não, Majestade.

Acha, amigo de infância e ministro dos Negócios Estrangeiros de Ramsés, caíra numa emboscada ao visitar o príncipe de Amurru.* Teria sido torturado, ainda estaria vivo, ou seus carcereiros o considerariam uma peça de valor para uma futura troca?

Logo que soubera da notícia, Ramsés mobilizara as suas tropas, ainda mal refeitas do confronto com Kadesh. Para salvar Acha, precisava atravessar regiões que haviam se tornado hostis. Uma vez mais, os príncipes locais haviam desrespeitado o juramento de aliança com o Egito, vendendo-se aos hititas em troca de metal precioso e

---

* O atual Líbano.

de promessas vultosas. Quem não sonhava invadir a terra dos faraós para usufruir as suas riquezas, consideradas inesgotáveis?

Ramsés o Grande possuía tantas obras a completar: o seu templo de milhões de anos em Tebas — o Ramesseum — Karnak, Luxor, Abidos, a sua morada de eternidade do Vale dos Reis, e Abu-Simbel, o sonho de pedra que queria oferecer à sua adorada esposa Nefertari... Mas ali estava ele, na fronteira da região de Canaã, no topo de uma colina, observando uma fortaleza inimiga.

— Majestade, se eu me atrevesse...

— Seja corajoso, general!

— A sua demonstração de força é incrivelmente impressionante... Estou convencido de que o imperador Muwattali compreenderá a mensagem e libertará Acha.

Muwattali, o imperador hitita, era um homem obstinado e manhoso, e consciente de que a sua tirania apenas se apoiava na força. Embora sendo o cabeça de uma enorme coligação, falhara no seu intuito de conquistar o Egito, mas lançava agora um novo assalto, por intermédio de beduínos e rebeldes.

Apenas a morte de Muwattali ou a de Ramsés poria fim a um conflito cujo resultado seria decisivo para o futuro de inúmeros povos. O Egito derrotado, o poderio militar hitita imporia uma cruel ditadura, que acabaria por destruir uma civilização milenária elaborada desde o reinado de Menés, o primeiro dos faraós.

Por instantes, Ramsés pensou em Moisés. Onde se esconderia esse outro amigo de infância que fugira do Egito depois de ter cometido um assassinato? As buscas tinham sido inúteis. Houve quem afirmasse que o hebreu, que colaborara tão eficazmente na construção de Pi-Ramsés, a nova capital construída no Delta, fora engolido pelas areias do deserto. E se tivesse se juntado aos rebeldes? Não, Moisés nunca se tornaria um inimigo.

— Majestade... Majestade, pode ouvir-me?

Fitando o rosto bem alimentado e medroso daquele graduado que apenas pensava no próprio conforto, Ramsés viu também o do homem que mais o detestava no mundo, Chenar, o seu irmão mais velho. O miserável aliara-se aos hititas, na esperança de se apoderar do trono do Egito. Chenar desaparecera durante a sua transferência da prisão de Mênfis para o degredo dos oásis, protegido por uma tempestade de areia. Ramsés continuava convencido de que ele ainda estava vivo e com a firme intenção de o prejudicar.

— Prepare as tropas para o combate, general.

De má vontade, o oficial superior afastou-se rapidamente.

Como Ramsés teria preferido gozar a doçura de um jardim ao lado de Nefertari e de seus filhos; como teria saboreado a felicidade do dia-a-dia, longe do barulho das armas! Mas tinha de salvar o seu país da invasão de hordas sanguinárias, que não hesitariam em destruir os templos e também as leis. O que estava em jogo ultrapassava a sua vontade. Não tinha o direito de pensar no seu próprio bem-estar, na sua família, mas sim no direito de esconjurar o mal, mesmo com o preço da própria vida.

Ramsés contemplou a fortaleza que barrava o caminho de acesso ao coração do protetorado de Canaã. Com seis metros de altura, os muros de duplo declive abrigavam uma importante guarnição. Arqueiros ocupavam as ameias. Os fossos estavam cheios de cacos de cerâmica cortantes, que feririam os pés dos soldados de infantaria encarregados de erguer as escadas.

Um vento marítimo refrescava os soldados egípcios, amontoados entre duas colinas inundadas de sol. Haviam chegado ali em marcha forçada, gozando apenas de curtas paradas e de acampamentos ocasionais. Só os mercenários, bem pagos, resignavam-se a combater; os jovens recrutas, já descontentes com a idéia de abandonar a sua terra por um período indeterminado, receavam morrer em horríveis combates. Todos esperavam que o Faraó se contentasse em reforçar a fronteira nordeste, em vez de se lançar numa aventura que poderia acabar em desastre.

Outrora, o governador de Gaza, a capital de Canaã, oferecera um esplêndido banquete ao estado-maior egípcio, jurando que nunca se aliaria aos hititas, aqueles bárbaros da Ásia, de crueldade lendária. A hipocrisia, demasiado evidente, revoltara então o coração de Ramsés; atualmente, a nova traição não surpreendia o jovem monarca de vinte e sete anos, que começava a ser capaz de perscrutar o segredo de seus semelhantes.

Impaciente, o leão deu um novo rugido.

Matador mudara muito, desde o dia em que Ramsés o descobrira, moribundo, na savana da Núbia. Mordido por uma serpente, o leãozinho não tinha qualquer chance de sobrevivência. Ao primeiro contato, estabelecera-se entre a fera e o homem uma afeição profunda e misteriosa. Felizmente, Setaou, o curandeiro, também amigo de infância e companheiro de universidade de Ramsés, conseguira descobrir remédios eficazes. A formidável resistência do animal permitira-lhe ultrapassar o obstáculo e tornar-se um adulto de força descomunal. O rei não poderia sonhar com melhor guarda-costas.

Ramsés passou a mão pela juba de Matador. A carícia não acalmou a fera.

Envergando uma túnica de pele de antílope com inúmeros bolsos cheios de drogas, pílulas e frasquinhos, Setaou subia a encosta da colina. Atarracado, de estatura mediana, cabeça quadrada, cabelos negros, com a barba por fazer, tinha paixão pelas serpentes e escorpiões. Com o seu veneno, preparava medicamentos eficazes e, na companhia da mulher, Lótus, uma encantadora núbia cuja simples visão inebriava os soldados, continuava incansavelmente as suas pesquisas.

Ramsés confiara ao casal a direção do serviço de saúde do exército. Setaou e Lótus haviam participado de todas as campanhas do rei, não por amor à guerra, mas para capturarem novos répteis e tratarem dos feridos. E Setaou considerava que ninguém mais estava tão bem colocado senão ele para vir em auxílio de seu amigo Ramsés, em caso de desastre.

— O moral das tropas não é bom — constatou.

— O generais desejam a retirada — reconheceu Ramsés.

— Considerando o comportamento dos seus soldados em Kadesh, o que pode esperar? São inigualáveis na fuga e na debandada. E você tomará sozinho a sua decisão, como é habitual.

— Não, Setaou, sozinho não. Com o conselho do sol, dos ventos, da alma de meu leão, do espírito desta terra... Eles não mentem. Entretanto, compete a mim entender a sua mensagem.

— Não pode haver melhor conselho de guerra.

— Falou com as suas serpentes?

— Elas também são mensageiras do invisível. Sim, interroguei-as e responderam-me sem hesitação: não recuar. Por que Matador está tão nervoso?

— Por causa do bosque de carvalhos, à esquerda da fortaleza, a meio caminho entre ela e nós.

Setaou olhou na direção do bosque, mascando uma haste de junco.

— Tem razão, não cheira nada bem. Será outra armadilha, como em Kadesh?

— Aquela funcionou tão bem que os estrategistas hititas imaginaram que outra seria igualmente eficaz: ao atacarmos, seríamos detidos no nosso avanço, enquanto os arqueiros da praça forte nos dizimariam com facilidade.

Menna, o escudeiro de Ramsés, inclinou-se perante o rei.

— O seu carro está pronto, Majestade.

O monarca acariciou longamente seus dois cavalos, "Vitória em Tebas" e "A deusa Mut está satisfeita", que, juntamente com o leão, haviam sido os únicos a não traí-lo em Kadesh, quando a batalha parecia perdida.

Ramsés agarrou nas rédeas dos animais sob o olhar incrédulo do escudeiro, dos generais e do regimento de elite dos carreiros.

— Majestade — inquietou-se Menna — não vá...

— Passemos por fora da fortaleza — ordenou o rei — e ataquemos direto o bosque de carvalhos.

— Majestade... Esqueceu a sua cota de malha! Majestade!

Brandindo o colete de Ramsés, coberto de pequenas placas de metal, o escudeiro correu inutilmente atrás do carro do monarca, que se lançara sozinho em direção ao inimigo.

2

Em pé no seu carro lançado a toda velocidade, Ramsés o Grande parecia mais um deus do que um homem. Alto, de testa ampla e descoberta, com uma coroa azul envolvendo o crânio, supercílios salientes, sobrancelhas fartas, olhar penetrante como o de um falcão, nariz longo, fino e arqueado, orelhas redondas e delicadamente recortadas, maxilar poderoso, lábios carnudos, era a própria encarnação do poder.

À sua aproximação, os beduínos ocultos no bosque de carvalhos saíram de seu esconderijo. Uns retesaram os arcos, outros brandiram as lanças.

Tal como em Kadesh, o rei foi mais rápido do que um furacão, mais ágil do que um chacal percorrendo enormes distâncias; e semelhante a um touro de chifres afiados que derruba os seus inimigos, esmagou os primeiros agressores que vieram ao seu encontro, arremessando flecha sobre flecha, trespassando o peito dos revoltosos.

O chefe do grupo beduíno conseguiu escapar à carga furiosa do monarca e, com um dos joelhos dobrados, preparou-se para arremessar um longo punhal que o atingiria pelas costas.

O salto de Matador fez estacar, estupefatos, os rebeldes. Apesar do peso e do tamanho, o leão parecia voar. Com as garras em riste, abateu-se sobre o chefe dos beduínos, cravou-lhe as presas na cabeça e fechou as mandíbulas.

O horror da cena foi tanto, que inúmeros guerreiros abandonaram as armas e fugiram para escapar da fera, que já dilacerava os corpos de outros dois beduínos que acorreram em auxílio do chefe.

Os carros egípcios, seguidos por várias centenas de soldados de infantaria, juntaram-se a Ramsés e não tiveram qualquer dificuldade em aniquilar o último ponto de resistência.

Tranqüilo, Matador lambeu as patas ensangüentadas e olhou o dono com olhos meigos. A gratidão que encontrou nos olhos de Ramsés provocou-lhe um rosnado de prazer. O leão deitou-se junto da roda direita do carro, com olhar vigilante.

— É uma grande vitória, Majestade! — declarou o general do exército de Ra.

— Acabamos de evitar um desastre. Por que nenhum batedor foi capaz de detectar um grupo de inimigos no bosque?

— Nós... nós negligenciamos esse ponto, pois nos pareceu sem qualquer importância.

— Será que vou ter de mandar o meu leão ensinar aos meus generais a profissão das armas?

— Vossa Majestade deseja certamente reunir o conselho de guerra para preparar o assalto à fortaleza...

— Ataque imediato.

Ao ouvir o tom de voz do faraó, Matador soube que a trégua havia terminado. Ramsés afagou a garupa de seus dois cavalos, que se olharam como para se encorajarem.

— Majestade, Majestade... Eu lhe suplico!

Quase sem fôlego, o escudeiro Menna estendeu ao rei o colete coberto de pequenas placas de metal. Ramsés concordou em envergar a cota de malha, que não enfeiava muito a sua túnica de linho de mangas compridas. Nos pulsos do soberano, duas pulseiras de ouro e lápis-lazúli, cuja parte central era formada por duas cabeças de patos selvagens, símbolo do casal real semelhante a duas aves migratórias levantando vôo para as regiões misteriosas do céu. Ramsés reveria Nefertari antes de empreender a longa viagem para o outro lado da vida?

"Vitória em Tebas" e "A deusa Mut está satisfeita" batiam no solo com as patas, revelando impaciência. A cabeça dos dois cavalos estava enfeitada com um penacho de plumas vermelhas de extremidade azul, e o dorso era protegido por uma carapaça vermelha e azul; ambos tinham pressa de avançar para a fortaleza.

Do peito dos soldados de infantaria ergueu-se novamente o

cântico composto instintivamente logo após a vitória de Kadesh, cujas palavras davam coragem aos covardes: "O braço de Ramsés é poderoso, o seu coração, valente; é um exímio arqueiro, uma muralha para os seus soldados, uma chama que queima os seus inimigos."

Nervoso, o escudeiro Menna encheu de flechas as duas aljavas do rei.

— Verificou-as bem?

— Sim, Majestade. São leves e fortes. Apenas Vossa Majestade pode atingir os arqueiros inimigos.

— Sabe que a lisonja é uma falta grave?

— Não, mas tenho muito medo! Sem a sua presença, esses bárbaros nos teriam exterminado!

— Prepare uma boa ração para os meus cavalos; terão fome quando voltarmos.

Logo que os carros egípcios se aproximaram da praça forte, os arqueiros cananeus e seus aliados beduínos dispararam várias rajadas de flechas, vindo elas morrerem aos pés das parelhas de cavalos. Estes relincharam, alguns empinaram, mas a tranqüilidade do rei impediu que sua tropa de elite se deixasse dominar pelo pânico.

— Estiquem seus arcos grandes — ordenou — e aguardem o meu sinal.

A fábrica de armas de Pi-Ramsés havia confeccionado vários arcos de madeira de acácia, cuja corda de tensão consistia de um tendão de boi. Cuidadosamente estudada, a curvatura do arco permitia lançar uma flecha, com precisão, a mais de duzentos metros, em trajetória parabólica. Essa técnica tornava ilusória a proteção das ameias, atrás das quais escondiam-se os sitiados.

— Todos juntos! — gritou Ramsés com voz tão trovejante, que libertou-lhes as energias.

A maior parte dos projéteis atingiu seus alvos. Feridos na cabeça, com os olhos perfurados, o pescoço atravessado de lado a lado, inúmeros arqueiros inimigos caíram, mortos ou gravemente feridos.

Aqueles que os substituíram tiveram a mesma sorte.

Tendo certeza de que a sua infantaria não cairia sob as flechas dos revoltosos, Ramsés deu ordem para se lançarem sobre a porta de madeira da fortaleza e a demolirem com golpes de um tronco. Os carros egípcios aproximaram-se, e os arqueiros do Faraó ajustaram ainda melhor a pontaria, impedindo qualquer resistência. Os cacos cortantes que enchiam os fossos tornaram-se sem efeito; ao contrário do habitual, Ramsés não faria erguer escadas, preferindo passar pela entrada principal.

Os cananeus amontoaram-se atrás da porta, mas não conseguiram conter o ímpeto dos egípcios. O confronto foi de uma violência terrível; os soldados de infantaria do Faraó pisotearam dezenas de cadáveres e, como uma onda devastadora, penetraram no interior da fortaleza.

Pouco a pouco os sitiados foram perdendo terreno; com as grandes capas e as roupas franjadas com manchas de sangue, tombavam uns sobre os outros.

As espadas egípcias trespassaram capacetes, quebraram ossos, rasgaram peitos e costas, cortaram tendões, dilaceraram entranhas.

Depois, um silêncio brutal abateu-se sobre a praça forte. As mulheres suplicaram aos vencedores que poupassem os sobreviventes, agrupados em um canto do pátio central.

O carro de Ramsés fez a sua entrada na cidadela reconquistada.

— Quem está no comando aqui? — perguntou o rei.

Um qüinquagenário com o braço esquerdo amputado destacou-se do grupo miserável dos vencidos.

— Sou o soldado mais velho... Todos os meus chefes morreram. Imploro a clemência do senhor das Duas Terras.

— Que perdão é possível conceder a quem não respeita a sua palavra?

— Que o Faraó nos conceda pelo menos uma morte rápida.

— Eis as minhas decisões, cananeu: as árvores da sua província serão cortadas, e a madeira transportada para o Egito; os prisioneiros, homens, mulheres e crianças, serão conduzidos até o Delta e colocados em trabalhos de utilidade pública; gado e cavalos de Canaã passam a ser propriedade nossa. Quanto aos soldados sobreviventes, serão alistados no meu exército e passarão a combater sob as minhas ordens.

Os vencidos prostraram-se, felizes por salvarem a vida.

Setaou estava contente. O número de feridos graves era pouco significativo, e o curandeiro dispunha de carne fresca suficiente e de curativos feitos com mel para deter as hemorragias. Com mãos ágeis e precisas, Lótus fechava as feridas com tiras adesivas colocadas em cruz. O sorriso da bela núbia atenuava as dores. Os maqueiros traziam os feridos à enfermaria de campanha, onde eram tratados com ungüentos, pomadas e poções antes de serem repatriados para o Egito.

Ramsés dirigiu-se aos homens que tinham sofrido na carne para defender o seu país, convocando e revelando depois aos oficiais superiores a sua intenção de continuar para o norte e reconquistar uma a uma as fortalezas de Canaã que haviam passado para o controle hitita com a ajuda dos beduínos.

O entusiasmo do faraó os influenciou. O medo desapareceu dos corações de todos, que se alegraram com a noite e o dia de repouso concedidos pelo monarca. Ramsés, por sua vez, jantou com Setaou e Lótus.

— Até onde tenciona ir? — perguntou o curandeiro.

— Pelo menos até a Síria do Norte.

— Até... Kadesh?

— Veremos depois.

— Se a expedição durar muito tempo — fez notar Lótus — teremos falta de remédios.

— A reação dos hititas foi rápida, a nossa será ainda mais.

— Esta guerra terminará algum dia?

— Sim, Lótus, no dia da derrota total do inimigo.

— Tenho horror de falar de política — comentou Setaou, rabugento. — Vamos, querida; vamos fazer amor antes de partirmos em busca de algumas serpentes. Sinto que esta noite será propícia à colheita.

Ramsés celebrou os rituais da madrugada na pequena capela erguida ao lado de sua tenda, no centro do acampamento. Um santuário modesto, se comparado com os templos de Pi-Ramsés; mas o fervor do Filho da Luz era o mesmo. Nunca seu pai Amon revelaria a sua verdadeira natureza aos humanos, nunca seria encarnado em qualquer forma; no entanto, a presença do invisível era sentida por todos.

Quando o soberano saiu da capela, notou um soldado que segurava um órix pela trela, controlando o quadrúpede com dificuldade.

Realmente, um estranho soldado, com longos cabelos, túnica colorida, barbicha e olhar fugidio. Por que razão aquele animal selvagem fora introduzido no acampamento, tão próximo da tenda real?

O rei não teve mais tempo para se interrogar. O beduíno soltou o órix, que avançou para Ramsés com os chifres apontados para o estômago do soberano desarmado.

Com um salto rápido, Matador caiu sobre o flanco esquerdo do animal e cravou-lhe as garras na nuca; tendo morte instantânea, o órix despencou sob o corpo do leão.

Atônito, o beduíno tirou um punhal da túnica, mas não teve tempo de usá-lo, pois sentiu uma violenta dor nas costas, imediatamente seguida de um nevoeiro gelado que o cegou, obrigando-o a soltar a arma. Moribundo, caiu de cabeça para a frente, com uma lança cravada nas costas.

Calma e sorrindo para o rei, Lótus demonstrara uma surpreendente destreza. A linda núbia nem sequer parecia perturbada.

— Obrigado, Lótus.

Setaou saiu de sua tenda, seguido por numerosos soldados que viram o leão devorar o antílope e descobriram o cadáver do beduíno. Desesperado, o escudeiro Menna prostrou-se aos pés de Ramsés.

— Estou desolado, Majestade! Prometo-lhe identificar as sentinelas que deixaram entrar este criminoso no acampamento, em seguida castigando-as severamente.

— Reúna os trombeteiros e ordene-lhes que dêem o toque de partida.

3

Cada vez mais irritado, sobretudo contra si próprio, Acha passava os dias observando o mar pela janela do primeiro andar do palácio onde estava prisioneiro. Como, sendo ele o chefe da rede de espionagem egípcia e ministro dos Negócios Estrangeiros de Ramsés o Grande, pudera cair na armadilha montada pelos libaneses da província de Amurru?

Filho único de uma família de notáveis, Acha, que fizera brilhantemente os mesmos estudos que Ramsés na universidade de Mênfis, era um homem elegante e requintado, tão apaixonado por mulheres como elas por ele. Rosto fino, membros longos e esguios, voz envolvente, gostava de ditar a moda. Todavia, por trás do comando da elegância ocultavam-se um homem de ação e um diplomata de elevado padrão, falando várias línguas estrangeiras, e especialista nos protetorados egípcios e no império hitita.

Depois da vitória de Kadesh, que parecia ter definitivamente travado a expansão hitita, Acha considerara conveniente dirigir-se o mais rapidamente possível à província de Amurru, esse lânguido Líbano que se estendia ao longo do Mediterrâneo, a leste do monte Hermon e da cidade comercial de Damasco. O diplomata pretendia fazer daquela província uma base fortificada, de onde partiriam os comandos de elite para deter qualquer tentativa de avanço hitita em direção à Palestina e à zona do Delta.

Ao penetrar no porto de Beirute, a bordo de um barco carregado de presentes para o príncipe de Amurru, o subornável Benteshina, o ministro egípcio dos Negócios Estrangeiros não imaginava que seria recebido por Hattusil, o irmão de Muwattali, o imperador hitita que acabava de apoderar-se da região.

Acha avaliara o seu adversário. Baixo, de aparência frágil, mas inteligente e manhoso, Hattusil era um inimigo temível. Obrigara seu prisioneiro a redigir uma carta oficial a Ramsés para atrair o exército do Faraó a uma emboscada; mas Acha, através de um código, esperava ter despertado a desconfiança do soberano.

Como reagiria Ramsés? A razão de Estado aconselhava-o a abandonar o amigo nas mãos do adversário e precipitar-se para o norte. Conhecendo o Faraó, Acha estava convencido de que este não hesitaria em atacar os hititas com a máxima violência, quaisquer que fossem os riscos. Mas não representava o chefe da diplomacia egípcia uma excelente peça de valor para troca? Benteshina desejava vender Acha ao Egito em troca de um bom peso de metal precioso.

Fraca chance de sobrevivência, na verdade, mas Acha não tinha outra esperança. Aquela passividade forçada tornava-o irritável; desde a adolescência, sempre fora ele a tomar a iniciativa e era insuportável para o seu feitio ter de estar assim, à mercê dos acontecimentos. Precisava agir, fosse como fosse. Talvez Ramsés pensasse que Acha estava morto, talvez tivesse tentado lançar uma ofensiva de grande envergadura — depois de ter equipado suas tropas com novas armas.

Quanto mais Acha refletia, mais convencido estava de que não lhe restava outra alternativa senão libertar-se por seus próprios meios.

Um serviçal trouxe-lhe, como sempre, um farto almoço; o egípcio não podia se queixar da intendência do palácio, que o tratava como um hóspede de categoria. Acha saboreava um pedaço de carne de vaca grelhada quando ouviu os passos pesados do senhor da casa.

— Como vai o nosso grande amigo egípcio? — perguntou Benteshina, príncipe de Amurru, um gordo qüinquagenário com um grosso bigode negro.

— Honra-me a sua visita.

— Senti vontade de beber vinho com o chefe da diplomacia de Ramsés.

— Por que Hattusil não o acompanha?

— O nosso grande amigo hitita está ocupado em outro lugar.

— Como é bom ter somente grandes amigos... Quando verei Hattusil novamente?

— Não sei.

— Então o Líbano tornou-se uma base hitita?

— Os tempos mudam, meu caro Acha

— Não receia a cólera de Ramsés?

— Entre o Faraó e o meu principado erguem-se agora barreiras intransponíveis.

— Canaã inteira está sob o controle hitita?

— Não me faça muitas perguntas... Saiba que tenho intenção de negociar a sua preciosa vida em troca de algumas riquezas. Espero que nada de aborrecido lhe aconteça durante a operação, mas...

Com um sorriso mau, Benteshina deu a entender que Acha seria eliminado antes de poder contar o que tinha visto e ouvido em Amurru.

— Tem certeza de ter escolhido o lado certo?

— Com certeza, amigo Acha! Na verdade, os hititas impuseram a lei do mais forte. E depois, fala-se dos inúmeros problemas que têm impedido Ramsés de governar com serenidade... Uma conspiração, ou a derrota militar, ou as duas juntas, conduzirão à morte ou à substituição de seu soberano por um outro mais conciliador.

— Conhece mal o Egito, Benteshina, e muito menos o próprio Ramsés.

— Sei avaliar os homens. Apesar da derrota de Kadesh, será o imperador hitita o vitorioso.

— É uma aposta arriscada.

— Gosto de vinho, de mulheres e de ouro, mas não sou jogador. Os hititas têm a guerra no sangue, e os egípcios, não.

Benteshina esfregou suavemente as mãos.

— Se deseja evitar um lamentável acidente no momento da troca, meu caro Acha, deveria pensar seriamente em mudar de lado. Suponhamos que dê falsas informações a Ramsés... Será bem recompensado depois da nossa vitória.

— Pede-me para trair, logo a mim, o chefe da diplomacia egípcia?

— Ora, não vê que se trata de uma situação de emergência? Eu também havia jurado fidelidade ao Faraó...

— A solidão afeta o meu poder de reflexão.

— Deseja... uma mulher?

— Uma mulher requintada e culta, e bastante compreensiva...

Benteshina esvaziou a sua taça de vinho, passando em seguida as costas da mão direita pelos lábios úmidos.

— Que sacrifícios eu não faria para melhorar a sua reflexão?

A noite chegara, e dois lampiões a óleo iluminavam tenuemente o quarto de Acha, estendido na cama e trajando um saiote curto.

Obcecava-o um pensamento: Hattusil havia deixado Amurru, e sua partida não estava de acordo com uma expansão hitita nos protetorados da Palestina e da Fenícia. Se o avanço dos guerreiros anatólios tivesse sido espetacular, por que razão Hattusil teria abandonado a sua base libanesa, de onde podia controlar a situação? O irmão de Muwattali não podia ter corrido o risco de seguir mais para o sul; provavelmente regressara à sua terra, mas... por que razão?

— Senhor...

A vozinha trêmula sobressaltou Acha. Ergueu-se e, na penumbra, viu uma jovem vestida numa túnica curta, com os cabelos soltos e descalça.

— Foi o príncipe Benteshina que me mandou... Ele ordenou-me... ele exige...

— Sente-se a meu lado.

Ela obedeceu, hesitante.

Teria cerca de vinte anos, era loura e opulenta, muito apetecível. Acha acariciou-lhe o ombro.

— É casada?

— Sim, senhor, mas o príncipe prometeu-me que o meu marido não saberá de nada.

— Qual é a profissão dele?

— Guarda da fronteira.

— Você tem alguma ocupação?

— Separo a correspondência.

Acha deslizou as alças da túnica da loura, beijou-a no pescoço e depois deitou-a na cama.

— Tem recebido notícias da capital de Canaã?

— Algumas... Mas não posso falar nisso.

— Há muitos guerreiros hititas aqui?

— Também não posso falar nisso.

— Ama o seu marido?

— Sim, senhor, sim...

— Fazer amor comigo lhe desagrada?

A jovem voltou o rosto para o lado.

— Responda às minhas perguntas e não a tocarei.

Com os olhos inundados de esperança, ela contemplou o egípcio.

— Me dá a sua palavra?

— Você a terá, por todos os deuses da província de Amurru.

— Os hititas ainda não são muito numerosos; apenas algumas dezenas de instrutores que treinam os nossos soldados.

— Hattusil partiu?

— Sim, senhor.

— Com que destino?

— Não sei.

— Como está a situação em Canaã?

— Incerta.

— A província não está sob o controle hitita?

— Circulam notícias contraditórias. Alguns dizem que o Faraó se apoderou de Gaza, a capital de Canaã, e que o governador da província morreu durante o ataque.

Acha sentiu um novo ânimo invadir-lhe o peito, como se renascesse para a vida. Não só Ramsés havia decifrado a sua mensagem como também contra-atacara, impedindo os hititas de se espalharem. Eis o motivo de Hattusil ter partido: para prevenir o imperador.

— Lamento, minha linda.

— Você... você não vai manter a sua promessa?

— Vou, mas tenho que tomar algumas precauções.

Acha amarrou-a e amordaçou-a; precisava de algumas horas antes de ela dar o alerta. Descobrindo o manto que a jovem deixara na entrada do quarto, o diplomata entreviu um meio de sair do palácio: pôs o manto, puxou o capuz para a frente e lançou-se escada abaixo.

Havia um banquete no andar térreo.

Alguns convidados, embriagados, dormiam; outros entregavam-se a excessos enlouquecidos. Acha passou por cima de dois corpos nus.

— Aonde você vai?

Acha não podia correr. Diversos homens armados guardavam a porta do palácio.

— Já despachou o egípcio? Venha cá, minha filha...

A alguns passos, a liberdade.

Então a mão viscosa de Benteshina puxou o capuz para trás.

— Que falta de sorte, meu caro Acha!

4

Pi-Ramsés, a capital do Delta construída por Ramsés, era denominada "a cidade de turquesa" por causa dos mosaicos envernizados de azul que adornavam as fachadas das casas. Qualquer transeunte maravilhava-se, nas ruas de Pi-Ramsés, com os templos, o palácio real, os lagos de recreio, o porto; extasiava-se vendo os pomares, os canais cheios de peixes, as *villas* dos nobres e os seus jardins e aléias ladeadas de flores; saboreavam-se as maçãs, as romãs, as azeitonas e os figos, apreciava-se o sabor de fruta dos vinhos e cantava-se a canção popular: "Que alegria viver em Pi-Ramsés; ali o pequeno é tão considerado quanto o grande, a acácia e o sicômoro oferecem a sua sombra, as construções resplandecem de ouro e turquesa, o vento é suave e as aves voam em redor dos lagos."

Mas Ameni, o secretário particular do rei, camarada de universidade e fiel servidor do monarca, não compartilhava essa alegria de viver. Sentia, juntamente com outros habitantes da cidade, que não reinava ali a alegria habitual porque Ramsés estava ausente.

Ausente e em perigo.

Sem dar ouvidos a qualquer conselho de prudência, sem admitir qualquer adiamento, Ramsés partira para o norte a fim de reconquistar Canaã e a Síria, arrastando as suas tropas para uma aventura de conseqüências incertas.

Porta-sandálias oficial do Faraó, Ameni era pequeno, frágil, magro e quase calvo; de ossos frágeis, tez pálida, mãos longas e finas, capazes de traçar belos hieróglifos, este filho de estucador possuía laços invisíveis com Ramsés. Era, segundo expressão antiga, "os olhos e os ouvidos do rei"; permanecia na sombra, à frente de um serviço com cerca de vinte funcionários dedicados e competentes. Trabalhador infatigável, dormindo pouco e comendo bastante sem conseguir engordar, Ameni raramente saía de seu gabinete, onde imperava um porta-pincéis de madeira dourada que Ramsés lhe oferecera. Quando tocava naquele objeto, em forma de coluna encimada por um lírio, sua energia renascia e fazia-o atacar uma quantidade de pastas que desencorajariam qualquer escriba. Em seu gabinete, que ele próprio limpava e arrumava, os papiros estavam cuidadosamente arrumados em arcas de madeira e grandes jarros, ou fechados em estojos de couro colocados nas prateleiras.

— Um mensageiro do exército — anunciou um dos assistentes.

— Mande-o entrar.

Coberto de poeira, o soldado parecia estar no limite de suas forças.

— Trago uma mensagem do Faraó.

— Mostre-me.

Ameni identificou o selo de Ramsés. Apesar de seu fraco fôlego, correu até o palácio.

A rainha Nefertari recebia o vizir, o grande intendente da Casa do rei, o escriba das contas, o escriba da mesa, o superior dos ritualistas, o chefe dos segredos, o superior da Casa da Vida, o camareiro, os chefes do Tesouro e do celeiro, assim como grande número de outros altos funcionários desejosos de receber diretivas precisas, para não tomar qualquer iniciativa que merecesse a desaprovação da grande esposa real, encarregada de governar o país na ausência de Ramsés. Felizmente, Ameni apoiava-a constantemente, e Touya, a mãe do rei, a auxiliava com seus preciosos conselhos.

Considerada a mais bela entre as belas, cabelos negros e brilhantes, olhos verde-azulados, rosto luminoso como o de uma deusa, Nefertari enfrentava a prova do poder e da solidão. Música dedicada ao templo, fascinada pela escrita dos sábios, sonhara com uma existência meditativa; mas o amor de Ramsés transformara a tímida mocinha na rainha do Egito, com a decisão de cumprir as suas funções sem fraquejar.

A administração da Casa da rainha, por si só, exigia trabalho pesado; sendo uma instituição milenar, compreendia um pensionato onde eram educadas jovens egípcias e estrangeiras, bem como uma escola de tecelagem, oficinas onde eram fabricadas jóias, espelhos, vasos, leques, sandálias e objetos rituais. Nefertari reinava sobre um numeroso pessoal composto por sacerdotisas, escribas, administradores dos rendimentos imobiliários, operários e camponeses, e fizera questão de conhecer pessoalmente os principais responsáveis por cada setor de atividade. A sua obsessão era evitar erros e injustiças.

Naqueles dias angustiosos nos quais Ramsés arriscava a vida para salvar o Egito de uma invasão hitita, a grande esposa real devia redobrar os esforços e governar o país, fosse qual fosse o cansaço.

— Ameni, até que enfim! Tem notícias de Ramsés?

— Sim, Majestade: de um papiro trazido por um mensageiro do exército.

A rainha não se instalara no gabinete de Ramsés, que permaneceria vazio até o seu regresso, mas num amplo compartimento decorado com faianças azul-claras e que dava para o jardim onde Vigilante, o cão amarelo-dourado do rei, dormia junto de uma acácia.

Nefertari abriu o papiro e leu o texto redigido e assinado pelo próprio Ramsés.

Nenhum sorriso iluminou o rosto grave da rainha.

— Tenta reconfortar-me — confessou ela.

— O rei avançou?

— Canaã está dominada, e o governador desleal foi morto.

— É uma bela vitória! — entusiasmou-se Ameni.

— O rei continua indo para o norte.

— Por que está tão triste?

— Porque ele irá até Kadesh, sejam quais forem os perigos a correr. Antes, tentará libertar Acha, e não hesitará em pôr a própria vida em risco. E se a sorte o abandonar?

— A sua magia não o abandonará.

— Como sobreviveria o Egito sem ele?

— Em primeiro lugar, Vossa Majestade é a grande esposa real e está governando maravilhosamente; depois, Ramsés regressará, tenho certeza.

De repente ouviram no corredor um ruído de passos precipitados e batidas na porta. Ameni abriu-a.

Surgiu uma parteira muito excitada.

— Majestade... Iset está quase tendo a criança e chama por Vossa Majestade!

Iset a Bela tinha os olhos de um verde intenso, o nariz pequeno e os lábios finos; geralmente seu rosto possuía um ar de extrema sedução. Mesmo naquelas horas de sofrimento, mantinha o encanto da juventude, o qual lhe permitira seduzir Ramsés e ser o seu primeiro amor. Nunca esquecera a cabana de juncos, na orla de um campo de trigo, onde o príncipe Ramsés e ela se haviam entregue um ao outro.

Mas Ramsés apaixonara-se por Nefertari, que tinha alma de rainha. Iset a Bela afastara-se porque desconhecia a ambição e o ciúme; nem ela nem ninguém podia rivalizar com Nefertari. O poder assustava Iset, mas apenas um sentimento perdurava em seu coração: o amor que dedicava a Ramsés.

Num momento de loucura, por despeito, quase conspirara contra ele, mas, incapaz de o prejudicar, rapidamente se afastara das forças do mal. O seu mais belo título de glória não era seu filho Kha, um menino de excepcional inteligência?

Depois de ter tido uma menina — Meritamon — Nefertari não podia mais ter filhos. Exigira então que Iset a Bela desse ao monarca um segundo filho e também outros descendentes. Mas o rei criara a instituição dos "filhos reais", que lhe permitiria escolher, nos vários extratos da sociedade, rapazes ou moças, que seriam levados para o palácio. O seu número seria uma prova da inesgotável fecundidade do casal real, o que evitaria qualquer dificuldade na sucessão.

Todavia, Iset a Bela iria reavivar a sua paixão por Ramsés, oferecendo-lhe um outro filho; graças aos testes tradicionais,* já estava sabendo que iria dar à luz um segundo varão.

O parto seria de pé, assistido por quatro parteiras denominadas "as doces" ou "as dos polegares firmes". As fórmulas rituais foram

---

* Por exemplo, se a urina da mulher fizer germinar cevada, dará à luz um menino; mas se fizer germinar trigo, será uma menina. Se nem um nem outro germinarem, a criança não nascerá.

pronunciadas a fim de afastar os espíritos das trevas que tentavam impedir o nascimento. Por intermédio de fumigações e poções, a dor era atenuada.

Iset a Bela sentiu o pequeno ser sair do lago acolhedor onde durante nove meses havia crescido.

O contato com a mão suave e o perfume de lírio e jasmim fizeram Iset a Bela acreditar que havia penetrado no interior de um jardim paradisíaco onde o sofrimento não existia. Voltando a cabeça para o lado, viu que Nefertari ocupara o lugar de uma das parteiras. Com um pano úmido, a rainha limpou a testa de Iset.

— Majestade... Não acreditei que viesse.

— Chamou-me e aqui estou.

— Tem notícias do rei?

— São excelentes. Ramsés reconquistou Canaã e não tardará a dominar os outros revoltosos. Está derrotando os hititas em velocidade.

— Quando regressará?

— Não há de ter pressa em ver o seu filho?

— Esta criança... você a amará?

— Eu a amarei como à minha própria filha e como ao seu filho Kha.

— Tinha receio de que...

Nefertari apertou com força as mãos de Iset a Bela.

— Não somos inimigas, Iset, mas você precisa vencer o conflito que está dentro de você.

De repente, a dor aumentou; Iset deu um grito. A parteira-chefe apressou-se.

Iset queria esquecer o fogo que lhe consumia as entranhas, mergulhar num sono profundo, deixar de lutar sonhando com Ramsés... Mas Nefertari tinha razão; precisava terminar a misteriosa obra que começara em seu íntimo.

Nefertari segurou nas mãos o filho de Iset a Bela, enquanto uma das parteiras cortava-lhe o cordão umbilical. Iset fechou os olhos.

— É realmente um menino?

— Sim, Iset. Um menino belo e forte.

5

Kha, o filho de Ramsés e de Iset a Bela, copiava para um papiro virgem as máximas do velho sábio Ptah-Hotep que, com a idade de cento e dez anos, considerara útil colocar por escrito alguns conselhos destinados às gerações futuras. Kha tinha apenas dez anos, mas detestava brincadeiras de criança e passava o tempo estudando, apesar das meigas reprimendas de Nedjem, o ministro da Agricultura, preocupado com a educação do menino. Nedjem preferia que ele se distraísse mais, mas a capacidade intelectual de Kha fascinava-o. Aprendia depressa, fixava tudo na memória e já escrevia como um escriba experiente.

Próximo dele, a linda Meritamon, filha de Ramsés e de Nefertari, tocava harpa. Com seis anos apenas, demonstrava um notável dom para a música, aliado a uma graça senhorial. Enquanto desenhava os hieróglifos, Kha gostava de ouvir a irmã dedilhar melodias e cantar meigas canções. Vigilante, o cão amarelo-dourado, suspirava de prazer com a cabeça pousada sobre os pés da garota, cuja semelhança com Nefertari era espantosa.

Quando a rainha entrou no jardim, Kha parou de escrever e Meritamon de tocar harpa. Inquietas e impacientes, as duas crianças correram para ela.

Nefertari beijou-as.

— Correu tudo bem, Iset deu à luz um menino.

— O meu pai e você deviam ter previsto o seu nome.

A rainha sorriu.

— Acha que podemos prever tudo?

— Sim, porque formam o casal real.

— O seu irmão mais novo chama-se Merneptah, "o amado do deus Ptah", o patrono dos artesãos e o senhor do Verbo criador.

Dolente, a irmã mais velha de Ramsés, era uma volumosa mulher morena e que sempre estava cansada. A pele gordurosa obrigava-a a usar inúmeros ungüentos. Inativa durante muito tempo, dominada pelo tédio da nobreza das jovens afortunadas, encontrara um ideal quando o mago líbio Ofir lhe falara na fé do rei herético Akhenaton, partidário do deus único. É certo que o mago havia sido obrigado a matar para defender a sua liberdade, mas Dolente aprovara-lhe o gesto e aceitara auxiliá-lo no que quer que acontecesse.

A conselho do mago, que arranjara refúgio no próprio Egito, Dolente regressara ao palácio e mentira a Ramsés para que este lhe perdoasse. O mago não a havia raptado, servindo-se dela para sair do país? Dolente declarara a sua alegria por ter escapado do pior e poder reencontrar a sua família.

Acreditara Ramsés na versão da irmã? Por ordem sua, Dolente permaneceria na corte de Pi-Ramsés. Era o que ela esperava, para poder informar Ofir, logo que houvesse uma oportunidade. Como o rei partira para combater nos protetorados do Norte, ela não tivera possibilidade de revê-lo para melhor conquistar-lhe a confiança.

Dolente não se poupava a nenhum esforço para seduzir Nefertari, cuja influência sobre o marido já tinha conhecimento. Quando a rainha saiu da sala do conselho após uma conferência com os responsáveis pelos canais, Dolente inclinou-se perante a soberana.

— Majestade, permita que me ocupe de Iset.

— O que pretende de concreto, afinal?

— Velar pela sua criadagem, purificar o seu quarto todos os dias, utilizar um sabão feito da casca e da polpa da balanita* para lavar a mãe e a criança, limpar todos os objetos com uma mistura de cinzas e soda... Preparei para ela um estojo de maquiagem contendo potes de base, frasquinhos cheios de essências delicadas, kohl e estiletes para a sua aplicação! Iset não deve permanecer bela?

---

* Árvore rica em saponina.

— Ela será sensível ao seu afeto.

— Se Iset concordar, eu própria a maquiarei.

Nefertari e Dolente deram alguns passos por um corredor decorado com pinturas representando lírios, acianos e mandrágoras.

— Dizem que o bebê é esplêndido.

— Merenptah será um homem muito robusto.

— Ontem, eu quis brincar com Kha e Meritamon, mas proibiram-me. Senti uma grande mágoa, Majestade.

— São ordens de Ramsés e minhas, Dolente.

— Durante quanto tempo ainda vão desconfiar de mim?

— Admira-se? A sua fuga com esse mago, o seu apoio a Chenar...

— Já não tive o meu quinhão de sofrimento, Majestade? O meu marido foi morto por Moisés e esse maldito mago por pouco não se apoderou do meu espírito. Chenar sempre me detestou e humilhou, e ainda assim me acusam! Apenas desejo descansar e gostaria muito de sentir o afeto e a confiança dos meus... Admito que cometi graves erros, mas terei de ser sempre considerada uma criminosa?

— Não conspirou contra o Faraó?

Dolente ajoelhou-se na frente da rainha.

— Fui escrava de homens maus e sofri a sua influência. Agora, acabou-se. Desejo viver só, no palácio, como Ramsés exige, e esquecer o passado... Algum dia me perdoarão?

Nefertari ficou comovida.

— Tome conta de Iset, Dolente; ajude-a a preservar a sua beleza.

Meba, o adjunto do ministro dos Negócios Estrangeiros, entrou no gabinete de Ameni. Diplomata de carreira, herdeiro de uma rica família de embaixadores, era uma figura altiva e condescendente. Não pertencia ele a uma casta superior que possuía poder e riqueza e o proibia de se ligar a pessoas inferiores? No entanto, sofrera um rude golpe quando Chenar, o irmão mais velho do rei, o expulsara do seu posto de chefe da diplomacia egípcia. Humilhado, posto de lado, julgara que nunca mais regressaria à ribalta, isso até o dia em que a rede de espionagem hitita instalada no Egito o contactara.

Traição... Meba nem tivera tempo para pensar nisso. Recuperando o gosto pela intriga, com o sentido dos meandros, conquistara a confiança das autoridades e conseguira novas funções. Antigo superior de Acha, tornara-se, aparentemente, seu fiel subordinado. Apesar do seu espírito arguto, o jovem ministro deixara-se enganar pela fingida humildade de Meba; ter um homem experiente como colaborador, e ainda por cima um antigo bode expiatório de Chenar, levara Acha a baixar a guarda.

Desde o desaparecimento do mago Ofir, chefe da rede de espionagem hitita, Meba esperava ordens que não chegavam. Congratulava-se com esse silêncio e aproveitava-o para consolidar a sua rede de amizades no ministério e na alta sociedade, sem esquecer-se de ir espalhando o seu fel. Afinal, não havia sido vítima de injustiças? Acha não era um intelectual brilhante, no entanto perigoso e ineficaz? Meba acabava de esquecer os hititas e a sua traição.

Mastigando um figo seco, Ameni redigia uma carta com censuras dirigidas aos chefes dos celeiros e lia a queixa de um governador de província por causa da falta de madeira para o aquecimento.

— O que se passa, Meba?

O diplomata detestava aquele pequeno escriba cheio de rugas e mal-educado.

— Não está muito ocupado para poder me ouvir?

— Ainda tenho um pouquinho de audição, porém na condição de falar logo o assunto.

— Na ausência de Ramsés, não é você que se ocupa da regência do reino?

— Se tem qualquer motivo de desagrado, solicite audiência à rainha: é Sua Majestade que pessoalmente aprova as minhas decisões.

— Não brinque comigo; a rainha me mandará de volta a você.

— Do que se queixa?

— Da ausência de diretivas claras. O meu ministro está no estrangeiro, o rei trava batalhas, e a minha administração sente-se dominada por incertezas e dúvidas.

— Aguarde o regresso de Ramsés e de Acha.

— E se...

— Se não regressarem?

— Não devemos encarar essa terrível hipótese?
— Não me parece.
— É categórico...
— Sou.
— Então esperarei.
— Não podia tomar melhor iniciativa.

Ter nascido na Sardenha, ter sido chefe de um famoso bando de piratas, ter enfrentado Ramsés, dever-lhe a vida e tornar-se o seu chefe de segurança, eis o destino extraordinário de Serramanna, o gigante de bigode ousado, acusado por Ameni de traição, antes de este se retratar e conquistar a sua amizade.

O sardo teria gostado de bater-se contra os hititas, esmigalhando crânios e trespassando peitos, mas o Faraó ordenara-lhe que se encarregasse da proteção da família real, ordem que Serramanna cumpria com o mesmo ardor com que outrora se preparava para atacar navios mercantes.

Aos olhos do sardo, Ramsés era o mais formidável chefe de guerra que jamais encontrara, e Nefertari a mulher mais bela e mais inacessível que já conhecera. O casal real era um milagre cotidiano a cujo serviço o ex-pirata já não era capaz de abandonar. Bem pago, com alimentação abundante e de qualidade, gozando da companhia de soberbas mulheres, estava pronto a dar a vida pela tranqüilidade do reino.

No entanto, havia uma sombra no quadro presente: o seu instinto de caçador torturava-o. O regresso de Dolente à corte parecia-lhe uma manobra que podia prejudicar Ramsés e Nefertari; considerava a irmã do rei desequilibrada e mentirosa. Na sua opinião, o mago que a tinha manipulado continuava a servir-se dela, embora ainda não conseguisse provar.

Serramanna estava conduzindo um inquérito acerca da mulher loura cujo cadáver fora encontrado numa casa pertencente a Chenar, o pérfido irmão de Ramsés, desaparecido numa tempestade de areia durante a sua transferência para o degredo de Khargeh.

As explicações de Dolente tinham sido pouco convincentes; que a vítima tivesse servido de médium, o sardo até admitia; mas que

Dolente fosse incapaz de dizer mais alguma coisa sobre a infeliz parecia-lhe muito pouco verossímil. O seu silêncio? Pura vontade de esconder a verdade. Dolente representava o papel de perseguida para melhor ocultar assuntos importantes. Mas como tornara a cair nas boas graças de Nefertari, Serramanna não podia acusá-la partindo de simples suposições.

A persistência era uma das principais qualidades de um pirata. O mar permanecia deserto durante dias inteiros e, de repente, a presa surgia. No entanto, era preciso seguir na direção certa e percorrer zonas de caça abundante; por isso pusera em campo os seus auxiliares, tanto em Mênfis como em Pi-Ramsés, munidos de retratos fiéis da jovem loura assassinada.

Alguém acabaria falando.

6

A Cidade do Sol,* edificada por ordem do faraó herético Akhenaton, não passava de uma cidade abandonada. Os palácios, as moradias dos nobres, as oficinas, as casas dos artesãos; os templos, silenciosos para sempre; a grande avenida por onde passava o carro de Akhenaton e Nefertiti, as ruas de comércio e as vielas dos bairros populares estavam desertas.

Naquela região desolada, na vasta planície à beira do Nilo, ao abrigo de um conjunto montanhoso em forma de um arco de círculo, Akhenaton consagrara um local a Aton, o deus único que encarnava no disco solar.

Ninguém mais freqüentava a capital esquecida. Depois da morte do rei, a população regressara a Tebas, levando consigo objetos preciosos, móveis, utensílios de cozinha, arquivos... Aqui e além havia ainda algumas cerâmicas e, na oficina de um escultor, uma cabeça inacabada de Nefertiti.

Com o correr dos anos, os edifícios iam-se degradando. A tinta branca fendia-se, e o gesso esboroava-se. Construída às pressas, a Cidade do Sol resistia mal às tempestades e aos ventos de areia. As estelas, gravadas por Akhenaton para proclamar os limites do território sagrado de Aton, apagavam-se; o tempo tornava os hieróglifos ilegíveis e entregava ao nada a louca aventura do místico.

Na falésia, haviam sido escavados os túmulos dos dignitários do regime, mas não repousava lá nenhuma múmia. Ao abandono da

* Akhet-Aton, "o país de luz de Aton", no Egito Médio, na metade do caminho entre Mênfis, ao norte, e Tebas, ao sul.

cidade correspondera o das sepulturas, desde então sem alma e sem proteção. Ninguém se atrevia a aventurar-se por ali, pois constava que os espectros haviam se apoderado daqueles lugares e quebravam a nuca dos visitantes muito curiosos.

Ali estavam escondidos Chenar, o irmão mais velho de Ramsés, e o mago Ofir. Instalaram o seu domicílio no túmulo do grande sacerdote de Aton, cuja sala de colunas revelava-se confortável; nas paredes, evocações de templos e de palácios conservavam a imagem do esplendor perdido da Cidade do Sol. O escultor imortalizara Akhenaton e Nefertiti, venerando o disco solar de onde saíam longos raios terminados por mãos que davam a vida ao casal real.

Os pequenos olhos castanhos de Chenar fixavam de vez em quando os baixos-relevos que representavam Akhenaton, a encarnação do sol triunfante. No entanto, Chenar, de trinta e cinco anos, rosto redondo, quase lunar, bochechas inchadas, lábios grossos e ossatura pesada, detestava esse sol, astro protetor de seu irmão Ramsés.

Ramsés, o irmão tirano que ele tentara derrubar com o auxílio dos hititas; Ramsés, que o condenara ao exílio no degredo dos oásis; Ramsés, que queria fazê-lo comparecer perante um tribunal que decretaria a sua morte.

Durante a sua transferência da grande prisão de Mênfis para o degredo dos oásis, uma tempestade de areia, na rota do deserto, proporcionara a Chenar uma oportunidade de fuga. O ódio que sentia pelo irmão, aliado ao desejo de vingança, permitiram-lhe sair vivo da tempestade. Chenar dirigira-se, então, para o único local onde estaria a salvo: a cidade abandonada do rei herético.

Fora o seu cúmplice Ofir, o chefe da rede de espionagem hitita, que o acolhera. Ofir, o líbio, com perfil de ave de rapina, maçãs do rosto salientes, grande nariz adunco, lábios finos e queixo pronunciado; o homem que devia fazer de Chenar o sucessor de Ramsés.

Enraivecido, o irmão do faraó agarrou uma pedra e atirou-a na estátua de Akhenaton, danificando a coroa do monarca.

— Maldito seja ele e que desapareçam para sempre os faraós e o seu reino!

O sonho de Chenar desfizera-se. Ele, que deveria reinar sobre um imenso império que ia da Anatólia à Núbia, encontrava-se reduzido ao estado de pária no seu próprio país. Ramsés deveria ter sido vencido em Kadesh, os hititas deveriam ter invadido o Egito, Chenar deveria ter subido ao trono das Duas Terras e colaborar com o ocupante, desembaraçando-se depois do imperador hitita para se tornar o único senhor do Oriente Próximo. Ramsés, o que conduz ao naufrágio; Chenar, o salvador: era esta a verdade que deveria ter imposto aos povos da região.

Chenar voltou-se para Ofir, sentado na parte traseira do túmulo.

— Por que razão falhamos?

— Foi um período de pouca sorte. O destino há de mudar.

— Fraca resposta, Ofir!

— Mesmo sendo a magia uma ciência exata, não exclui o imprevisível.

— E esse imprevisível foi o próprio Ramsés!

— O seu irmão possui qualidades excepcionais e uma capacidade de resistência rara e fascinante.

— Fascinante... Terá você caído sob o encanto desse déspota?

— Contento-me em estudá-lo para melhor o destruir. O deus Amon não foi em seu auxílio durante a batalha de Kadesh?

— Está dando ouvidos a semelhantes boatos?

— O mundo não é apenas formado pelo visível. Circulam nele forças secretas, e são estas forças que formam a trama da realidade.

Chenar bateu com o punho na parede onde estava representado o disco solar, Aton.

— Onde o conduziram os seus discursos? Aqui, neste túmulo, longe do poder! Estamos sós e condenados a perecer como dois miseráveis.

— Isso não é completamente verdade, já que os partidários de Aton nos alimentam e garantem a nossa segurança.

— Os partidários de Aton... Um bando de loucos e de místicos, prisioneiros das suas próprias ilusões!

— Não está longe da verdade, mas eles nos são úteis.

— Tenciona formar com eles um exército capaz de vencer o de Ramsés?

Ofir desenhou estranhas figuras geométricas na poeira.

— Ramsés venceu os hititas — insistiu Chenar — a sua rede

foi desmantelada, e eu já não tenho nenhum partidário. Além de apodrecer aqui, que outro destino nos espera?

— A magia nos ajudará a modificá-lo.

Chenar encolheu os ombros.

— Não conseguiu eliminar Nefertari e não foi capaz de enfraquecer Ramsés.

— Está sendo injusto — considerou o mago. — A rainha saiu muito marcada da provação que lhe infligi.

— Iset a Bela dará outro filho a Ramsés, que adotará tantos herdeiros quantos quiser! Nenhuma preocupação familiar impedirá o meu irmão de reinar.

— Os golpes acabarão por desgastá-lo.

— Ignora que um faraó do Egito se regenera após o trigésimo ano do seu reinado?

— Ainda não chegamos lá, Chenar; os hititas não desistiram de lutar.

— A coligação que formaram não foi destruída em Kadesh?

— O imperador Muwattali é um homem astuto e prudente; soube bater em retirada no momento certo e organizará uma contraofensiva que há de surpreender Ramsés.

— Já não tenho vontade de sonhar, Ofir.

Ao longe, ouviu-se o som de um galope.

Chenar agarrou uma espada.

— Ainda não é a hora de os atonianos nos trazerem comida.

O irmão de Ramsés precipitou-se para a entrada do túmulo que dominava a cidade morta e a planície.

— Dois homens.

— Vêm para cá?

— Estão saindo da cidade e dirigindo-se para a falésia... para nós! É melhor sairmos deste túmulo e nos escondermos noutro lugar.

— Não fique nervoso, são apenas dois.

Ofir ergueu-se.

— Talvez seja o sinal que eu esperava, Chenar. Observe bem.

Chenar identificou um dos partidários de Aton; a presença do companheiro deixou-o estupefato.

— Meba... Meba aqui?

— É meu subordinado e nosso aliado.

Chenar guardou a espada.

— Na corte de Ramsés, ninguém desconfia de Meba; agora temos de esquecer as nossas diferenças.

Chenar não respondeu. Sentia um profundo desprezo por Meba, cuja única ambição era preservar a própria fortuna e o conforto. Quando o diplomata se apresentara diante dele como o novo agente hitita, Chenar não acreditara na sinceridade do seu empenho.

Os dois cavaleiros desmontaram no início do caminho que conduzia ao túmulo do grande sacerdote de Aton. O partidário do deus solar ficou vigiando os cavalos, e Meba dirigiu-se para o esconderijo dos seus cúmplices.

A inquietação apertou a garganta de Chenar. E se o alto funcionário os tivesse traído, precedendo apenas por instantes a guarda do Faraó? Mas o horizonte permanecia livre.

Tenso, Meba não utilizou as fórmulas de delicadeza habituais.

— Corro grande perigo vindo aqui... Por que me mandaram uma mensagem convocando-me para vir até aqui?

A réplica de Ofir deixou-o perplexo.

— Está sob as minhas ordens, Meba; irá aonde eu lhe disser que vá. Novidades?

Chenar ficou surpreendido. Quer dizer, então, que, mesmo escondido naquele buraco, o mago continuava a dirigir a rede.

— Não são muito boas. O contra-ataque hitita não teve muito sucesso; Ramsés reagiu vigorosamente e já reconquistou Canaã.

— Dirige-se para Kadesh?

— Não sei.

— Seja mais eficiente, Meba, muito mais eficiente, para me dar mais informações. Os beduínos cumpriram o que haviam prometido?

— A revolta parece generalizada... Mas tenho de ser muito prudente para não despertar a desconfiança de Ameni!

— Não trabalha no Ministério dos Negócios Estrangeiros?

— Sim, mas a prudência...

— Tem como se aproximar do pequeno Kha?

— O filho mais velho de Ramsés? Sim, mas por quê?...

— Preciso de um objeto que lhe seja particularmente querido, Meba, e preciso dele muito em breve.

7

Moisés, a mulher e o filho tinham deixado a região de Madiã, que ficava ao sul de Edom e a leste do golfo de Aqaba. Fora ali que o hebreu se ocultara durante um longo período, antes de sair da sua reclusão para regressar ao Egito, contra a opinião do sogro. Sendo acusado de assassinato, não era loucura entregar-se às autoridades do Faraó? Certamente seria preso e condenado à morte.

Mas nenhum argumento dissuadira Moisés. Deus falara-lhe no coração da montanha e ordenara-lhe que fizesse sair do Egito os seus irmãos hebreus, para permitir-lhes viver a sua fé numa terra que lhes pertencesse. A missão parecia impossível, mas o profeta teria forças para realizá-la.

Também a esposa, Zípora, tentara dissuadi-lo.

Em vão.

E a pequena família partira pelos estreitos caminhos em direção ao Delta. Zípora seguia o marido que, com o auxílio de um grande cajado cheio de nós, avançava a passo tranqüilo, sem nunca hesitar no caminho a seguir.

Quando uma nuvem de areia anunciou a aproximação de um grupo de cavaleiros, Zípora apertou o filho nos braços e escondeu-se atrás de Moisés. Alto, barbudo, de tronco largo, tinha porte de atleta.

— Temos de esconder-nos — implorou ela.

— É inútil.

— Se forem beduínos, vão nos matar; se forem egípcios, vão prendê-lo!

— Não seja medrosa.

Imóvel, Moisés lembrou dos anos de estudo na universidade de Mênfis, durante os quais fora instruído em toda a sabedoria dos egípcios, dedicando uma profunda amizade ao príncipe Ramsés, futuro faraó. Depois de ter ocupado um posto importante no harém de Mer-Ur, o hebreu desempenhara o cargo de mestre-de-obras no canteiro de obras de Pi-Ramsés, a nova capital das Duas Terras. Ao confiar-lhe essa missão, Ramsés fizera de Moisés uma das primeiras personalidades do reino.

Mas Moisés vivia atormentado. Desde a juventude que um fogo lhe queimava a alma e cuja dor só desaparecera ao encontrar a sarça ardente, que ardia sem se consumir. O hebreu descobrira finalmente a sua missão.

Os cavaleiros eram beduínos.

À frente vinham Amos, calvo e barbudo, e Baduch, alto e magro, os dois chefes de tribo que haviam mentido para Ramsés, no cerco de Kadesh, a fim de o atraírem a uma emboscada. Os cavaleiros dispuseram-se em círculo ao redor de Moisés.

— Quem é você?

— O meu nome é Moisés. E aqui estão a minha mulher e o meu filho.

— Moisés... É o amigo de Ramsés, o alto dignitário que cometeu um crime e fugiu para o deserto?

— Sou eu.

Amos apeou-se do cavalo e felicitou o hebreu.

— Estamos então no mesmo campo! Também nós combatemos Ramsés, aquele que foi seu amigo e que hoje quer a sua cabeça.

— O rei do Egito ainda é meu irmão — afirmou Moisés.

— Está sonhando. O ódio o persegue constantemente. Beduínos, hebreus e nômades devem aliar-se aos hititas para abaterem esse déspota. A sua força tornou-se lendária, Moisés; venha conosco e ataquemos as tropas egípcias que tentam invadir a Síria.

— Não me dirijo para o norte, mas sim para o sul.

— Para o sul? — espantou-se Baduch, desconfiado. — Para onde está querendo ir?

— Para o Egito, para Pi-Ramsés.

Amos e Baduch entreolharam-se, estupefatos.

— Está zombando de nós? — perguntou Amos.

— Estou dizendo a verdade.

— Mas... será preso e executado!

— Jeová me protegerá. Devo ajudar o meu povo a sair do Egito.

— Os hebreus fora do Egito... Enlouqueceu?

— Foi essa a missão que Jeová me confiou, e é essa a missão que cumprirei.

Baduch apeou-se também.

— Não saia daí, Moisés.

Os dois chefes de tribo afastaram-se para dialogarem, sem que o hebreu os ouvisse.

— É um insensato — afirmou Baduch. — A sua estada prolongada no deserto fez com que o seu espírito mergulhasse na demência.

— Engana-se.

— Eu, enganado? Esse Moisés é um louco, não há sombra de dúvida!

— Não, é um homem astuto e determinado.

— Esse infeliz, perdido num caminho do deserto, com uma mulher e uma criança?... Mas que magnífica astúcia!

— Sim, Baduch, magnífica! Quem desconfiará de um miserável como ele? Moisés continua sendo muito popular no Egito e tem intenções de fomentar uma revolta dos hebreus.

— Não tem qualquer chance de consegui-lo! A guarda do Faraó não deixará.

— Se o ajudarmos, poderá nos ser útil mais tarde.

— Ajudá-lo... Mas como?

— Fazendo-o passar a fronteira e fornecendo armas aos hebreus. É provável que sejam exterminados, mas terão lançado a confusão em Pi-Ramsés.

Moisés respirou profundamente o ar do Delta. Embora tendo-se tornado inimiga, aquela terra ainda o enfeitiçava. Deveria odiá-la, mas o verde suave das culturas e a doçura dos palmares deslumbravam-no, recordando-lhe o sonho de um jovem, amigo e confidente de um faraó do Egito, um sonho que consistia em permanecer a vida inteira ao lado de Ramsés, servindo-o, ajudando-o a transmitir o ideal de verdade e de justiça de que se tinham alimentado as dinastias. Mas esse ideal pertencia ao passado; agora, era Jeová que guiava os passos do hebreu.

Graças aos dois beduínos, Moisés, a mulher e o filho entraram no território egípcio durante a noite, escapando às patrulhas que circulavam entre os fortins. Apesar do medo, Zípora não formulara críticas nem objeções; Moisés era o seu marido, e ela lhe devia obediência e o seguiria até onde ele quisesse ir.

Com o nascer do sol e a ressurreição da natureza, Moisés sentiu o espírito reconfortado. Seria ali que travaria o seu combate; quaisquer que fossem os obstáculos que se lhe opusessem, Ramsés devia compreender que os hebreus exigiam libertar-se e manifestavam o desejo de formar uma nação, de acordo com a vontade divina.

A pequena família deteve-se nas aldeias, onde, como era costume, os viajantes eram acolhidos com benevolência. A maneira como Moisés se exprimia provava que era egípcio de raiz, e por causa disso os contatos com os aldeões foram facilitados. Passo a passo, o hebreu, a mulher e o filho chegaram aos arredores da capital.

— Construí uma boa parte desta cidade — confidenciou à esposa.

— Como é grande e bela! Vamos viver aqui?

— Por algum tempo.

— Onde nos alojaremos?

— Jeová providenciará.

Moisés e a família penetraram no bairro das oficinas onde reinava intensa atividade. O labirinto de ruelas surpreendeu Zípora, que já começava a ter saudades da existência calma do seu oásis. As pessoas interpelavam-se e gritavam de todos os lados. Marceneiros, alfaiates e fabricantes de sandálias trabalhavam com afinco. Jumentos carregados com potes contendo carne, peixe seco ou queijos passavam lentamente.

Mais adiante, as casas dos oleiros hebreus.

Nada mudara. Moisés as reconhecia todas, ouvia os cânticos familiares e deixava crescer em seu íntimo recordações em que a revolta se misturava com o entusiasmo da juventude. Quando parou numa pequena praça em cujo centro havia um poço aberto, um velho oleiro aproximou-se dele quase encostando em seu nariz.

— Já o vi antes... Mas... não é possível! Não é o famoso Moisés?

— Sou sim.

— Julgávamo-lo morto!

— Enganaram-se — disse Moisés, sorrindo.

— No seu tempo, nós, os oleiros, éramos mais bem tratados... Hoje, os que trabalham mal são obrigados a arranjar eles próprios a palha. Você teria protestado! Está vendo só? Ser obrigado a ir arranjar palha! E quantas discussões para se conseguir um aumento de salário!

— Tem pelo menos uma casa?

— Queria uma maior, mas a Administração tem deixado de lado o meu pedido. Antigamente, creio que você teria me ajudado.

— Vou ajudá-lo.

O oleiro olhou-o desconfiado.

— Não tinha sido acusado de um crime?

— Assim foi.

— Matou o marido da irmã de Ramsés, segundo dizem.

— Um chantagista e um carrasco — fez lembrar Moisés. — Não tinha intenção de matá-lo, mas a discussão deu no que deu.

— Então, matou-o mesmo... Mas eu o compreendo, sabe?

— Poderia dar-nos abrigo por esta noite, a mim e à minha família?

— Seja bem-vindo.

Assim que Moisés, a esposa e o filho adormeceram, o velho oleiro saiu da cama e, às escuras, dirigiu-se para a porta que dava para a rua.

Quando a entreabriu, ela rangeu. Assustado, o homem imobilizou-se durante algum tempo. Convencido de que Moisés não havia acordado, deslizou para fora da casa.

Se denunciasse o criminoso às autoridades, receberia uma boa recompensa.

Mal dera alguns passos na ruela, quando um punho forte o empurrou de encontro à parede.

— Aonde ia, canalha?

— Eu... eu estava sufocado, precisava de ar livre.

— Tencionava vender Moisés, não é verdade?

— Não, claro que não!

— Merecia que eu o estrangulasse.

— Deixe-o — ordenou Moisés, aparecendo no limiar da porta. — É um hebreu como nós. E você, quem é? Por que veio em meu auxílio?

— O meu nome é Aarão.

O homem era idoso, mas forte; possuía uma voz grave e sonora.

— Como soube que eu estava aqui?

— Quem não o reconheceu neste bairro? O conselho dos anciãos deseja vê-lo e ouvi-lo.

8

Benteshina, o príncipe de Amurru, estava tendo um sonho delicioso. Uma jovem nobre originária de Pi-Ramsés e completamente nua, perfumada com mirra, subia por suas coxas como uma gata no cio.

De repente, ela hesitou e começou a oscilar, como um barco prestes a naufragar. Benteshina agarrou-se ao seu pescoço.

— Senhor, senhor! Acorde!

Abrindo os olhos, o príncipe de Amurru viu que estava quase estrangulando o seu mordomo. A claridade da madrugada iluminava o quarto.

— Por que veio importunar-me tão cedo?

— Erga-se, suplico-lhe, e olhe pela janela.

Hesitante, Benteshina seguiu a recomendação do serviçal. O peso de suas carnes flácidas dificultava-lhe o andar.

Não havia qualquer bruma sobre o mar; o dia anunciava-se esplêndido.

— O que há para ver?

— A entrada do porto, senhor!

Benteshina esfregou os olhos.

À entrada do porto de Beirute estavam três barcos de guerra egípcios.

— E as vias de acesso terrestre?

— Também estão cortadas; há um enorme exército egípcio espalhado por todo lado! A cidade está cercada.

— Acha encontra-se em boas condições? — perguntou Benteshina.

O mordomo baixou a cabeça.

— Nós o lançamos na masmorra por sua ordem.

— Traga-o!

O próprio Ramsés dera de comer aos seus dois cavalos, "Vitória em Tebas" e "A deusa Mut está satisfeita". Os dois soberbos animais nunca se separavam, ligados tanto no combate como na paz. Ambos apreciavam as carícias do monarca e soltavam relinchos de orgulho quando ele os felicitava pela sua coragem. A presença de Matador, o leão núbio, não lhes inspirava o menor receio; não haviam enfrentado, na companhia da fera, milhares de soldados hititas?

O general do exército de Ra inclinou-se perante o rei.

— Majestade, o nosso dispositivo está em posição. Nenhum habitante de Beirute escapará. Estamos prontos para atacar.

— Interceptem todas as caravanas que deveriam entrar na cidade.

— Devemos prever um cerco?

— É possível. Se Acha ainda estiver vivo, nós o libertaremos.

— Seria muito bom, Majestade, mas a vida de um só homem...

— Às vezes a vida de um só homem é muito preciosa, general.

Ramsés permaneceu com os cavalos e o leão durante toda a manhã. A calma deles parecia-lhe de bom augúrio. De fato, antes de o sol atingir o auge da sua trajetória, o ajudante-de-campo trouxe-lhe a notícia que esperava.

— Benteshina, o príncipe de Amurru, solicita audiência.

Envergando uma ampla túnica de seda multicor que disfarçava sua gordura, e perfumado com essência de rosas, Benteshina apresentou-se sorridente e descontraído.

— Saudações ao Filho da Luz, ao...

— Não tenho qualquer desejo de ouvir as lisonjas de um traidor.

O príncipe de Amurru não perdeu o seu aparente bom humor.

— A nossa conversa deve ser construtiva, Majestade.

— Vendendo-se aos hititas você fez uma má escolha.

— Resta-me um argumento decisivo: o seu amigo Acha.

— Por acaso pensa que a sua prisão numa masmorra me impedirá de arrasar esta cidade?

— Ao contrário, tenho certeza. Pois não gabam todos o senso de amizade de Ramsés o Grande? Um faraó que traísse os que lhe estão próximos atrairia a cólera dos deuses.

— Acha ainda está vivo?

— Está.

— Exijo uma prova.

— Vossa Majestade verá o seu amigo e ministro dos Negócios Estrangeiros aparecer no topo da torre principal do meu palácio. Não nego que a estada de Acha na prisão por tentativa de fuga lhe tenha causado alguns incômodos físicos, mas nada de grave.

— O que exige em troca da sua libertação?

— O seu perdão. Quando eu entregar o seu amigo, esquecerá que o traí ligeiramente e fará um decreto afirmando que a sua confiança em mim permanece inabalável. É pedir muito, concordo, mas preciso salvaguardar o meu trono e os meus modestos bens. Ah... se tivesse a lamentável idéia de me deter como prisioneiro, é claro que o seu amigo seria executado.

Ramsés permaneceu silencioso por um longo momento.

— Preciso refletir — disse com calma.

Benteshina tinha apenas um receio: que a questão de Estado se sobrepusesse à amizade. A hesitação de Ramsés fê-lo estremecer.

— Preciso de tempo para convencer os meus generais — explicou o rei. — Crê que é fácil renunciar a uma vitória e perdoar um criminoso?

Benteshina ficou mais aliviado.

— "Criminoso" não será um termo exagerado, Majestade? A política das alianças é uma arte difícil; visto que faço uma honrosa correção, por que não esquecer o passado? O Egito representa o meu futuro, e darei provas da minha fidelidade, pode ter certeza disso. Se me atrevesse, Majestade...

— Ainda há mais?

— Tanto a população como eu veríamos com maus olhos um bloqueio à cidade. Estamos habituados a viver bem, e a entrega das mercadorias faz parte do nosso pacto. Enquanto espera a redação do seu decreto e a sua própria libertação, até mesmo Acha ficará satisfeito por estar sendo bem alimentado.

Ramsés ergueu-se. A audiência estava terminada.

— Ah, Majestade... se eu pudesse saber quanto tempo vai demorar a sua reflexão...

— Alguns dias.

— Estou convencido de que chegaremos a um acordo vantajoso tanto para o Egito quanto para a província de Amurru.

Ramsés meditava defronte ao mar, com o leão deitado a seus pés. As ondas vinham dissolver-se perto do rei, e os golfinhos brincavam a distância. O vento sul soprava com força.

Setaou sentou-se à direita do monarca.

— Não gosto do mar, faltam-lhe serpentes. E nem sequer se pode ver a outra margem.

— Benteshina está fazendo chantagem comigo.

— E você está hesitando entre o Egito e Acha.

— Está me censurando?

— Eu o censuraria se fosse o contrário; mas sei qual a solução que deve escolher, e ela não me agrada.

— Tem algum plano?

— Se não tivesse, por que haveria de perturbar a meditação do senhor das Duas Terras?

— Acha não deve correr qualquer risco.

— Está pedindo muito.

— Tem uma chance real de vencer?

— Uma, talvez.

O mordomo de Benteshina procurava satisfazer os desejos intermináveis do seu senhor. O príncipe de Amurru bebia muito, mas só consumia vinhos das melhores colheitas; embora as adegas do palácio fossem constantemente reabastecidas, os numerosos banquetes esvaziavam-nas rapidamente. O mordomo aguardava, portanto, cada fornecimento com impaciência.

Quando as tropas egípcias haviam cercado Beirute, a cidade esperava a chegada de uma caravana que deveria entregar uma centena de ânforas de vinho tinto do Delta no palácio. Era esse o vinho preferido de Benteshina e não outro qualquer.

Qual não foi o contentamento do mordomo ao ver entrar no grande pátio uma fila de carroças carregadas com ânforas de vinho! O bloqueio havia sido finalmente levantado. Graças à chantagem, Benteshina vencera Ramsés.

O mordomo precipitou-se para o condutor da carroça da frente e deu-lhe as instruções: uma parte dos jarros iria para a adega, outra para o celeiro próximo da cozinha, e uma terceira para uma despensa ligada à sala dos banquetes.

A descarga da mercadoria começou, ritmada por canções e brincadeiras.

— Poderíamos... provar? — sugeriu o mordomo ao chefe da caravana.

— Boa idéia.

Os dois homens entraram na adega. O mordomo inclinou-se sobre um dos jarros, imaginando o sabor frutado do bom vinho. Enquanto acariciava o formato bojudo do recipiente, uma violenta pancada na nuca fê-lo cair.

O chefe da caravana, na verdade um oficial do exército de Ramsés, fez sair dos jarros Setaou e os outros membros do comando. Armados com achas leves recortadas, feitas com três cavilhas salientes enfiadas no cabo e solidamente atadas, eliminaram os guardas libaneses, que não esperavam um ataque vindo do interior.

Enquanto alguns membros do comando abriam o portão principal da cidade, permitindo a entrada dos soldados de infantaria do exército de Ra, Setaou precipitou-se para os aposentos de Benteshina. Quando dois libaneses tentaram barrar-lhe a passagem, soltou algumas víboras furiosas por terem estado muito tempo fechadas num saco.

À vista do réptil que Setaou empunhava, Benteshina apavorou-se de medo.

— Liberte Acha, ou morrerá!

Benteshina não pensou duas vezes. Tremendo, resfolegando como um boi cansado, ele próprio abriu a porta do compartimento onde Acha estava preso.

Quando constatou que o amigo se encontrava bem de saúde, Setaou ficou tão comovido que, esquecendo, esboçou um gesto infeliz: abriu a mão, e a víbora, ao ver-se livre, saltou sobre Benteshina.

9

Aproximando-se suavemente dos cinqüenta anos, esguia, de nariz fino e reto, grandes olhos amendoados, severos e penetrantes, queixo quase quadrado, a rainha-mãe Touya continuava a ser a guardiã da tradição e a consciência do reino do Egito. À frente de um numeroso pessoal, aconselhava sem emitir ordens, mas velava para que fossem respeitados os valores que tinham feito da monarquia egípcia um regime firme, marco de união entre o visível e o invisível.

Ela, que as inscrições oficiais designavam como "a mãe do deus, a que deu ao mundo Ramsés, o touro poderoso", vivia na recordação do falecido marido, o faraó Sethi. Juntos, haviam construído um Egito forte e tranqüilo que o filho tinha por dever manter no caminho da prosperidade. Ramsés possuía a mesma energia do pai, a mesma fé na sua missão, e nada lhe interessava mais do que a felicidade de seu povo.

Para salvar o Egito da invasão, fora obrigado a entrar em guerra com os hititas. Touya aprovara a decisão do filho, pois compactuar com o mal só podia conduzir ao desastre; por isso, combater era a única atitude aceitável.

Mas o conflito prolongava-se, e Ramsés continuava a correr perigos. Touya rezava para que a alma de Sethi, transformada em estrela, protegesse o faraó. Com a mão direita, segurava o cabo de um espelho que tinha a forma de uma haste de papiro, hieróglifo que significava "ser verdejante, desabrochado, jovem"; quando o precioso objeto era colocado num túmulo, isso garantia à alma da sua proprietária uma eterna juventude. Touya orientou o disco de bronze para o sol e perguntou ao espelho o segredo do futuro.

— Posso importuná-la?

A rainha-mãe voltou-se lentamente.

— Nefertari...

A grande esposa real, com o seu longo vestido branco preso na cintura por um cinto vermelho, era tão bela como as deusas pintadas nas paredes das moradas de eternidade dos Vales dos Reis e das Rainhas.

— Nefertari, traz-me boas notícias?

— Ramsés libertou Acha e reconquistou a província de Amurru. Beirute encontra-se de novo sob o controle egípcio.

As duas mulheres abraçaram-se.

— Quando regressará?

— Não sei — respondeu Nefertari.

Enquanto as duas mulheres continuavam conversando, Touya sentou-se à mesa de maquiagem. Com as pontas dos dedos, massageou o rosto com uma pomada cujos principais componentes eram mel, natrão vermelho, pó de alabastro, leite de jumenta e sementes de alforva, e que servia para desfazer as rugas, dar firmeza à epiderme e rejuvenescer a pele.

— Está preocupada, Nefertari.

— Receio que Ramsés esteja decidido a ir mais longe.

— Para o norte, para Kadesh...

— Para uma nova armadilha que lhe será preparada por Muwattali, o imperador hitita. Ao deixá-lo reconquistar com certa facilidade os territórios que pertencem à nossa zona de influência, não estará o anatólio atraindo o nosso exército para uma emboscada?

Os chefes de tribo estavam reunidos na espaçosa mansão de tijolos frescos de Aarão. Tinham imposto silêncio a todos os hebreus; disso dependia a segurança de Moisés, cujo regresso devia ser ignorado pela guarda egípcia.

Moisés continuava popular, e muitos esperavam que ele fosse capaz, como antigamente, de conferir dignidade à pequena população de oleiros. Mas não era essa a opinião de Libni, o superior nomeado pelos seus pares para manter uma relativa coesão entre os clãs.

— Por que regressou, Moisés? — perguntou o ancião de voz áspera.

— Vi na montanha uma sarça em chamas que não se consumia.

— Uma ilusão.

— Não, o sinal da presença divina.

— Perdeu a cabeça, Moisés?

— Deus chamou-me do meio das chamas e falou-me.

Os anciãos murmuravam entre si.

— Que lhe disse Ele?

— Deus ouviu os lamentos e os gemidos dos filhos de Israel, sujeitos à servidão.

— Preste atenção, Moisés. Nós somos trabalhadores livres e não prisioneiros de guerra!

— Os hebreus não são livres de agir como querem.

— Claro que somos! Mas onde pretende chegar?

— Deus disse-me: "Quando tiveres conduzido o povo para fora do Egito, prestarás culto a Deus nesta montanha."

Os chefes de tribo entreolharam-se, consternados.

— Fora do Egito? — exclamou um deles. — O que significa isso?

— Deus viu a miséria do seu povo no Egito, quer libertá-lo e conduzi-lo até um país fértil e vasto.

Libni irritou-se.

— O exílio virou sua cabeça, Moisés. Estamos instalados aqui há muito tempo; você nasceu no Egito, e este país tornou-se a nossa pátria.

— Passei vários anos em Madiã, trabalhei lá como pastor, ali casei e tive um filho. Estava convencido de que a minha existência tinha tomado um rumo definitivo, mas Deus decidiu de outra forma.

— Estava escondido por ter cometido um crime.

— Matei um egípcio, é verdade, porque ele estava tentando matar um hebreu.

— Nada temos a censurar de Moisés — interveio um chefe de tribo. — Compete a nós protegê-lo agora.

Os outros membros do conselho concordaram.

— Se deseja viver aqui — declarou Libni — nós o esconderemos. Mas deve abandonar os seus projetos insensatos.

— Saberei convencê-lo, um a um se for necessário, pois é essa a vontade de Deus.

— Não temos intenção de deixar o Egito — afirmou o mais jovem chefe de tribo. — Possuímos aqui casas e jardins, os melhores oleiros acabam de ser aumentados e todos têm comida. Por que deveríamos abandonar este conforto?

— Porque devo conduzi-los à Terra Prometida.

— Você não é o nosso líder — objetou Libni — e não ditará a nossa conduta.

— Obedecerá, porque Deus assim o exige.

— Sabe com quem está falando?

— Não queria ofendê-lo, Libni, mas não tenho o direito de disfarçar as minhas intenções. Que homem poderia ser suficientemente vaidoso para acreditar que a sua vontade é mais forte do que a de Deus?

— Se é realmente o seu enviado, terá de provar.

— Não duvide, pois as provas serão abundantes.

Estendido num cômodo leito, Acha deixava-se massagear por Lótus, cujas mãos acariciadoras dissipavam dores e contrações. A bela núbia, apesar da aparente fragilidade, demonstrava espantosa energia.

— Como se sente?

— Melhor... Mas abaixo dos rins as dores ainda são intoleráveis.

— Mas vai tolerá-las mesmo assim! — trovejou a voz de Setaou, que acabava de entrar na tenda de Acha.

— A sua mulher é divina.

— Talvez, mas é a minha mulher.

— Setaou! Não está imaginando...

— Os diplomatas são astutos e mentirosos, e você é o melhor de todos. Levante-se, Ramsés nos espera.

Acha voltou-se para Lótus.

— Pode ajudar-me?

Setaou puxou violentamente Acha pelo braço e obrigou-o a pôr-se de pé.

— Já está bom. Não precisa mais de massagens!

O encantador de serpentes estendeu ao diplomata um saiote e uma camisa.

— Apresse-se, o rei detesta esperar.

Depois de ter nomeado um novo príncipe para Amurru, um líbio educado no Egito, cuja fidelidade talvez não fosse tão flutuante como a de Benteshina, Ramsés procedera a uma série de nomeações na Fenícia e na Palestina. Queria que os príncipes, os presidentes das câmaras e os chefes de aldeia fossem autóctones que se comprometeriam, sob juramento, a respeitar a sua aliança com o Egito. Se traíssem a sua palavra, o exército interviria de imediato. Com essa finalidade, Acha elaborara um sistema de observação e informação no qual depositava grandes esperanças: presença militar escassa, mas com uma rede de correspondentes bem remunerados. O chefe da diplomacia egípcia acreditava nas virtudes da espionagem.

Ramsés desdobrara sobre uma mesa baixa um mapa do Oriente Próximo. Os esforços de suas tropas haviam sido recompensados: Canaã, Amurru e a Síria do Sul formavam de novo uma vasta zona-tampão entre o Egito e o Hatti.

Era a segunda vitória de Ramsés sobre os hititas. Tinha agora de tomar uma decisão vital para o futuro das Duas Terras.

Setaou e Acha, este menos elegante do que habitualmente, entraram finalmente na tenda do conselho onde estavam reunidos generais e oficiais superiores.

— Foram desmanteladas todas as praças fortes inimigas?

— Sim, Majestade — disse o general do exército de Ra. — A última, a de Shalom, caiu ontem.

— *Shalom* significa "paz" — esclareceu Acha. — Atualmente ela reina nessas regiões.

— Devemos continuar mais para o norte — perguntou o rei — para tomarmos Kadesh e desferir o golpe final nos hititas?

— É esse o desejo dos oficiais superiores — declarou o general. — Devemos completar a nossa vitória exterminando os bárbaros.

— Não temos qualquer chance de consegui-lo — afirmou Acha. — Mais uma vez, os hititas foram recuando à medida que nós avançávamos, as suas tropas estão intactas e preparando emboscadas das quais sairemos muito enfraquecidos.

— Com Ramsés no comando — entusiasmou-se o general — venceremos!

— Ignora tudo a respeito do terreno. Os hititas nos esmagarão nos altos planaltos da Anatólia, nos desfiladeiros, nas florestas. E mesmo em Kadesh, milhares de soldados de infantaria morrerão sem termos certeza de que poderemos tomar a cidadela.

— Receios fúteis de diplomata... Desta vez estamos preparados.

— Retirem-se — ordenou Ramsés. — Saberão a minha decisão ao romper da manhã.

10

Graças à hospitalidade de Aarão, Moisés passou algumas semanas de serenidade no bairro dos oleiros. A mulher e o filho saíam livremente e iam descobrindo, intrigados, a vida animada da capital egípcia. Rapidamente integrados no clã hebreu, não tardaram em conviver com egípcios, asiáticos, palestinos, núbios e outros habitantes de Pi-Ramsés que se cruzavam constantemente nas ruelas da cidade.

Moisés vivia recluso. Por várias vezes pedira para ser ouvido novamente pelo conselho dos anciãos. Perante chefes incrédulos e críticos, Moisés não voltara atrás nas suas primeiras declarações.

— A sua alma continua atormentada? — perguntou Aarão.

— Agora não, desde que a sarça ardente me apareceu.

— Ninguém aqui acredita que tenha se encontrado com Deus.

— Quando um homem sabe da missão que deve realizar neste mundo, não existe mais dúvida nele. O meu caminho está traçado, Aarão.

— Mas você está só, Moisés!

— Apenas aparentemente. As minhas convicções acabarão por abalar os espíritos.

— Nada falta aos hebreus em Pi-Ramsés; no deserto, onde encontrará alimento?

— Deus velará por isso.

— Você possui a envergadura de um líder, mas segue por caminho errado. Mude de nome e de aparência, esqueça os seus projetos insensatos e retome o seu lugar entre os seus. Assim, envelhecerá em paz, honrado e tranqüilo, à frente de uma saudável e numerosa família.

— Esse não é o meu destino, Aarão.

— Modifique aquele que imaginou.

— Já não sou responsável por ele.

— Por que há de estragar assim a sua vida, se a felicidade está ao seu alcance?

Bateram à porta da casa de Aarão.

— É a guarda, abram!

Moisés sorriu.

— Como vê, Aarão, não me deixam escolha.

— Você tem de fugir!

— Esta porta é a única saída.

— Eu o defenderei.

— Não, Aarão.

O próprio Moisés abriu a porta.

Serramanna, o gigante sardo, olhou o hebreu com espanto.

— Afinal, não me mentiram... Você voltou mesmo.

— Quer entrar e dividir a nossa refeição?

— Foi um hebreu que o denunciou, Moisés, um oleiro que receava perder o seu emprego por causa da sua presença neste bairro. Siga-me, pois tenho de levá-lo para a prisão.

Aarão interpôs-se.

— Moisés deve ser julgado.

— E será.

— A menos que você o elimine antes do processo.

Serramanna agarrou Aarão pela gola da túnica.

— Está me chamando de assassino?

— Não tem o direito de me agredir!

O sardo soltou Aarão.

— Tem razão... E você, tem o direito de me insultar?

— Se Moisés for preso, será executado.

— A lei aplica-se a todos, mesmo aos hebreus.

— Fuja, Moisés, volte para o deserto! — implorou Aarão.

— Sabe bem que partiremos juntos para lá.

— Nunca mais sairá dessa prisão.

— Deus me ajudará.

— Vamos, ande! — exigiu Serramanna. — Não me obrigue a amarrar-lhe as mãos.

Sentado num canto de sua cela, Moisés observava o raio de luz que se esgueirava por entre as grades e fazia cintilar os milhares de grãos de poeira em suspensão e ia bater no chão de terra batida, calcado pelos pés dos prisioneiros.

Em Moisés arderia para sempre o fogo da sarça ardente, a energia da montanha de Jeová. Esquecia o passado, esquecia a mulher e o filho: agora, apenas o êxodo contava para ele, a partida do povo hebreu para a Terra Prometida.

Uma esperança louca para um homem fechado numa cela da grande prisão de Pi-Ramsés e que a justiça egípcia condenaria à morte por assassinato premeditado, ou talvez a trabalhos forçados no degredo dos oásis. Apesar da sua confiança em Jeová, Moisés às vezes descobria-se duvidando. Como faria Deus para libertá-lo e lhe permitir cumprir a sua missão?

O hebreu cochilava quando longínquos clamores o arrancaram de seu torpor. Aumentaram minuto a minuto até se tornarem ensurdecedores. A cidade inteira parecia enlouquecida.

Ramsés o Grande estava de regresso.

Ninguém o esperava senão daí a alguns meses, mas era ele mesmo, soberbo em seu carro puxado por "Vitória em Tebas" e "A deusa Mut está satisfeita", seus dois cavalos ornados com plumas vermelhas de extremidades azuis. À direita do carro avançava Matador, o enorme leão núbio, olhando as pessoas amontoadas como animais curiosos ao longo do percurso. Ramsés estava radioso, com a coroa azul, a serpente *uraeus* de ouro na testa e o torso envolto numa indumentária ritualística na qual foram pintadas asas verde-azuladas que colocavam o soberano sob a proteção de Ísis, o falcão fêmea.

A uma só voz, os soldados entoavam o cântico que se tornara tradicional: "O braço de Ramsés é poderoso, o seu coração, valente;

é um arqueiro sem-par, uma muralha para os seus soldados, uma chama que queima os seus inimigos." Ramsés surgia como o eleito da luz divina e o falcão de vitórias grandiosas.

Generais, oficiais de cavalaria e infantaria, escribas do exército, soldados, todos envergaram os seus trajes de cerimônia para desfilar atrás dos porta-estandartes. Aclamados pela multidão, os militares pensavam nas licenças e nos prêmios que os fariam esquecer a dureza dos combates. Na vida militar, não havia momento melhor do que o do regresso ao redil, sobretudo quando era triunfal.

Apanhados desprevenidos, os jardineiros não tiveram tempo para decorar com flores a grande avenida de Pi-Ramsés que conduzia aos templos de Ptah, o deus da criação pelo Verbo, e de Sekhmet, a deusa terrífica, com poder de destruição e cura. Entretanto, os cozinheiros cansavam-se assando patos, peças de carne de vaca e pedaços de porco e enchendo os cestos com peixes secos, legumes e frutos. Das adegas saíam jarros de cerveja e de vinho. Os pasteleiros preparavam os bolos em tempo recorde. Os elegantes tinham envergado os seus trajes de festa, e as servas acabavam de perfumar as perucas das suas amas.

Na cauda do cortejo, várias centenas de prisioneiros asiáticos, cananeus, palestinos e sírios; uns tinham as mãos atadas atrás das costas, outros avançavam livremente, com as mulheres e os filhos a seu lado. No dorso dos jumentos seguiam as trouxas com os seus poucos pertences. Os prisioneiros iam ser conduzidos ao gabinete de habitação da capital, que os distribuiria pelas terras e canteiros de obras dos templos. Cumpririam a sua pena de cativeiro como operários ou trabalhadores agrícolas e, no final, poderiam escolher entre integrar-se na sociedade egípcia ou regressar ao seu país de origem.

Seria a paz ou uma simples trégua? O faraó havia esmagado definitivamente os hititas ou regressava para retomar forças e tornar a partir para a guerra? Os que nada sabiam eram os mais prolixos e falavam da morte do imperador Muwattali, da tomada da cidadela de Kadesh e da destruição da capital hitita. Todos esperavam pela cerimônia das recompensas, durante a qual Ramsés e Nefertari apareceriam à janela do palácio real e ofereceriam colares de ouro aos soldados mais valorosos.

Para surpresa geral, Ramsés esqueceu o palácio e dirigiu-se para o templo de Sekhmet. Somente ele havia detectado no céu o aparecimento de uma nuvem que crescia e escurecia, a grande velocidade. Os cavalos ficaram nervosos, e o leão rugiu.

Aproximava-se uma tempestade.

O medo tomou o lugar da alegria. Se a deusa terrível desencadeava a cólera das nuvens, não seria o sinal de que a guerra ameaçava o reino do Egito e que Ramsés deveria voltar sem demora para o campo de batalha?

Os soldados pararam de cantar.

Todos tiveram consciência de que o Faraó iniciava um novo combate, no decurso do qual deveria acalmar Sekhmet e impedi-la de fazer cair sobre o país o seu cortejo de desgraças e sofrimentos.

Ramsés apeou-se, acariciou a cabeça dos cavalos e do leão e depois meditou no vestíbulo interno do templo. A nuvem dividira-se e multiplicara-se, transformando-se em dez, em cem. Escurecido, o céu começava a ocultar a luz do sol.

Esquecendo a fadiga da viagem, esquecendo os festejos que Pi-Ramsés se dispunha a celebrar, o monarca preparou-se para enfrentar a Terrífica. Só ele poderia dissipar a sua cólera.

Ramsés empurrou a grande porta de cedro recoberta de ouro e entrou na puríssima sala, onde depositou a coroa azul. Depois, avançou lentamente entre as colunas da primeira sala, passou pelo limiar da sala misteriosa e dirigiu-se para o *naos*.

Foi então que a viu, luminosa, na penumbra.

O seu longo vestido branco refulgia como o sol, o perfume de sua peruca encantava a alma, a nobreza do seu porte igualava à das pedras do templo.

A voz de Nefertari ecoou, suave como o mel. Pronunciou as palavras de veneração e de apaziguamento que, desde a origem da civilização egípcia, transformavam a Terrífica em doçura de amor. Ramsés ergueu as mãos com as palmas abertas para a estátua da mulher com cabeça de leoa e leu as fórmulas gravadas nas paredes.

Terminada a litania, a rainha, criatura magnífica em quem havia se operado a transmutação, apresentou ao rei a coroa vermelha do

Baixo Egito, a coroa branca do Alto Egito e o cetro denominado "poder".

Com a dupla coroa e o cetro na mão, Ramsés inclinou-se perante a energia benéfica presente na estátua.

Quando o casal real saiu do templo, um sol luminoso inundava o céu da cidade de turquesa. A tempestade havia se dissipado.

11

Logo a seguir à entrega de colares aos mais valorosos, Ramsés visitou Homero, o poeta grego que decidira instalar-se no Egito para ali compor as suas grandes obras e acabar os seus dias. A sua confortável moradia, perto do palácio, era rodeada por um jardim cuja mais bela árvore, um limoeiro, alegrava a vista enfraquecida do velho poeta de longa barba branca. Quando o rei do Egito caminhou para ele, Homero fumava, como era hábito seu, folhas de salva comprimidas num fornilho de cachimbo feito com uma grande concha de caracol, e bebia uma taça de vinho perfumado com anis e coentros.

O poeta ergueu-se, apoiado em uma bengala nodosa.

— Fique sentado, Homero.

— Quando deixarmos de saudar o Faraó como é devido, será o fim da civilização.

Os dois homens instalaram-se em cadeiras de jardim.

— Tive razão ao escrever estas frases, Majestade: *Quer se combata com ardor ou se permaneça inativo, a vantagem é a mesma. São reservadas as mesmas honrarias ao covarde e ao corajoso. Foi então por nada que o meu coração correu tantos perigos, foi por nada que arrisquei a minha vida em tantos conflitos?*

— Não, Homero.

— Portanto, ei-lo de regresso como vencedor.

— Os hititas foram repelidos para as suas posições tradicionais. O Egito não será invadido.

— Festejemos o acontecimento, Majestade. Acabaram de entregar-me um vinho notável.

O cozinheiro de Homero trouxe uma ânfora cretense de gargalo estreito, que deixava passar apenas um filete de vinho misturado com água do mar recolhida na noite do solstício de verão com vento norte conservada durante três anos.

— O texto da batalha de Kadesh está terminado — revelou Homero. — Ditei-o ao seu secretário particular, Ameni, que o anotou e transmitiu aos escultores.

— Será gravado nas paredes dos templos e proclamará a vitória da ordem sobre o caos.

— Felizmente! Majestade, há sempre que recomeçar o combate! Não é da própria natureza do caos querer sempre devorar a ordem?

— Foi por essa razão que a instituição faraônica foi instaurada. Só ela pode consolidar o reino de Maât.

— Sobretudo, não a modifique. Tenho intenção de viver feliz durante muito tempo nesta terra.

Heitor, o gato preto rajado de branco de Homero, saltou para os joelhos do poeta e afiou as unhas na sua túnica.

— Oitocentos quilômetros entre a sua capital e a dos hititas... Será a distância suficiente para manter as trevas afastadas?

— Enquanto o sopro vital me animar, eu tentarei.

— A guerra não terminou. Quantas vezes ainda terá de voltar para lá?

Quando Ramsés saiu da casa de Homero, encontrou Ameni, que o esperava. Mais pálido do que habitualmente, emagrecido, com alguns cabelos a menos, o secretário particular do rei parecia quase partir-se, de tão frágil. Trazia preso na orelha um pincel de que se esquecera.

— Gostaria de consultá-lo urgentemente, Majestade.

— Algum assunto de suas pastas está criando problemas?

— De uma pasta, não...

— Concede-me alguns instantes para ver a minha família?

— Antes disso, o protocolo impõe-lhe um certo número de cerimônias e de audiências... Tenho que passar por cima de tudo isso, porque há algo muito mais importante: "ele" regressou.

— Está querendo dizer que...

— Sim, Moisés voltou.

— Está em Pi-Ramsés?

— Tem que admitir que Serramanna não cometeu qualquer falta detendo-o. Se o tivesse deixado em liberdade, a justiça teria sido ridicularizada.

— Moisés foi preso?

— Era necessário que fosse.

— Quero vê-lo imediatamente.

— É impossível, Majestade. O Faraó não pode intervir num caso de justiça, mesmo que um amigo seja incriminado.

— Temos as provas da sua inocência!

— É preciso seguir os processos normais; se o Faraó não for o primeiro servidor de Maât e da justiça, este país mergulharia na desordem e na confusão.

— Você é um verdadeiro amigo, Ameni.

O jovem Kha copiava um texto célebre, que gerações de escribas haviam copiado e recopiado antes dele:

Como herdeiros, os escribas que atingiram o conhecimento dispõem dos livros de sabedoria. O seu filho bem-amado dispõe da tabuazinha para escrever. Os seus livros são as suas pirâmides, os pincéis os seus filhos e a pedra coberta de hieróglifos a sua esposa. Os monumentos desaparecem, a areia recobre as estelas, os túmulos são esquecidos, mas o nome dos escribas que viveram a sabedoria perdura por causa do esplendor das suas obras. Seja escriba e grave este pensamento no seu coração: um livro é mais útil que o muro mais sólido. Vai lhe servir de templo, mesmo depois de ter perecido; pelo livro, o seu nome sobreviverá na boca dos homens, será mais sólido do que uma casa bem construída.

O adolescente não estava completamente de acordo com o autor daquelas máximas; é verdade que os escritos atravessavam as épocas, mas não se passava o mesmo com as moradas da eternidade e os santuários de pedra que os mestres-de-obras haviam edificado? O escriba autor daquelas linhas elogiara a excelência da sua profissão a ponto de chegar ao exagero. Por isso, Kha havia jurado ser simultaneamente escriba e mestre-de-obras para não limitar o seu espírito.

Desde que o pai o fizera enfrentar a morte sob a forma de uma cobra, o filho mais velho de Ramsés amadurecera muito e pusera definitivamente de lado as brincadeiras infantis. Que fascínio podia ter um cavalo de pau com rodas diante do problema matemático, levantado pelo escriba Ahmes, num papiro apaixonante oferecido por Nefertari? Ahmes comparava o círculo a um quadrado cujo lado correspondia a 8/9 do seu diâmetro, o que permitia atingir uma relação de harmonia com base no valor 3,16.* Logo que tivesse oportunidade, Kha estudaria a geometria dos monumentos para descobrir o segredo dos construtores.

— Posso interromper as reflexões do príncipe Kha? — perguntou o diplomata Meba.

O adolescente não levantou a cabeça.

— Se considera necessário...

Ultimamente, o adjunto do ministro dos Negócios Estrangeiros vinha muitas vezes conversar com Kha. O filho do Faraó detestava a sua arrogância de aristocrata e os seus gastos mundanos, mas apreciava-lhe a cultura e os conhecimentos literários.

— Ainda trabalhando, príncipe?

— Há forma melhor de alegrar o coração?

— Eis uma sábia pergunta em lábios tão jovens! No fundo, tem razão. Como escriba e filho de rei, dará ordens a dezenas de servidores, não manejará o arado nem a picareta, suas mãos permanecerão macias, escapará às tarefas pesadas, não arcará com nenhum peso excessivo, habitará uma *villa* soberba, as suas cavalariças estarão cheias de esplêndidos cavalos, vestirá todos os dias roupas luxuosas, a sua cadeira de carregadores será confortável e gozará da confiança do Faraó.

— Sei que muitos escribas preguiçosos e com lugar garantido vivem realmente assim; quanto a mim, espero ser capaz de ler os

---

* A determinação prática do famoso pi (π), segundo o papiro Rhind.

textos difíceis, participar da redação dos rituais e ser admitido como portador de oferendas nas procissões.

— São ambições bem modestas, príncipe Kha.

— Pelo contrário, Meba! Exigem grandes esforços.

— O filho mais velho de Ramsés não está destinado ao mais alto destino?

— Os hieróglifos são os meus guias; alguma vez eles mentiram?

Meba ficava perturbado com as afirmações daquele rapazinho de doze anos; tinha a sensação de dialogar com um escriba experiente, senhor de si e indiferente à lisonja.

— A vida não é somente trabalho e rigor.

— Não concebo a minha de outra forma, Meba. Será isso condenável?

— Não, claro que não.

— Você, que ocupa um posto importante, goza assim de tantas oportunidades de distração?

O diplomata evitou o olhar de Kha.

— Estou sempre muito ocupado, pois a política internacional do Egito exige grande competência.

— Não é o meu pai que toma as decisões?

— Com certeza, mas os meus colegas e eu próprio trabalhamos com afinco para lhe facilitar a tarefa.

— Gostaria de conhecer em pormenores o seu trabalho.

— É muito complexo, não sei se...

— Vou me esforçar para compreender.

A chegada de Meritamon, a irmãzinha de Kha, alegre e cheia de vida, aliviou o diplomata.

— Está brincando com o meu irmão? — perguntou a menina.

— Não, vim apenas trazer-lhe um presente.

Interessado, Kha ergueu a cabeça.

— O que é?

— Este porta-pincéis, príncipe.

Meba mostrou-lhe uma linda coluna oca em miniatura de madeira dourada, contendo doze pincéis de tamanhos diferentes.

— É... é muito bonito! — exclamou o príncipe, pousando sobre uma banqueta o pincel usado que estava utilizando.

— Posso ver? — perguntou Meritamon.

— Tem que ser cuidadosa — disse Kha, muito sério. — Estes objetos são frágeis.

— Vai deixar-me escrever?

— Desde que esteja com atenção e se esforce para evitar os erros.

Kha deu à irmã um pedaço de papiro usado e um pincel novo, cuja ponta ela mergulhou na tinta. Atento, o príncipe ficou vendo a irmã desenhar os hieróglifos com cuidado.

Concentradas na sua tarefa, as duas crianças esqueceram a presença de Meba. Era o momento que o diplomata esperava.

Apanhou o pincel usado de Kha e sumiu.

12

Iset a Bela sonhara durante toda a noite com a cabana de juncos, onde, pela primeira vez, fizera amor com Ramsés. Ali haviam ocultado sua paixão, sem pensar no futuro, saboreando o momento com a gula do seu desejo.

Iset nunca desejara tornar-se rainha do Egito; a função ultrapassava-a, e só Nefertari era capaz de desempenhá-la. Mas como esquecer Ramsés? Como esquecer o amor que continuava inflamando-lhe o coração? Enquanto o rei combatia, ela sentia-se morrer de angústia. Seu espírito evadia-se, não desejava mais se maquiar, vestia qualquer roupa, não se calçava mais.

Logo que ele regressara, a perturbação desfizera-se, e a beleza reencontrada de Iset teria seduzido o homem mais indiferente que a tivesse visto, trêmula e inquieta, no corredor do palácio que ligava o gabinete de Ramsés aos seus aposentos privados. Quando passasse por ali, Iset o abordaria... Não, a sua vontade era de fugir dali.

Se importunasse Ramsés, este a mandaria para a província, seria condenada a nunca mais vê-lo. Existiria castigo mais insuportável?

Quando o rei apareceu, as pernas de Iset tremeram. Não teve forças para sair do lugar nem conseguiu afastar os olhos de Ramsés, que tinha o poder e o porte distinto de um deus.

— O que faz aqui, Iset?

— Queria dizer-lhe... Dei-lhe outro filho.

— A ama já me apresentou; Merneptah é soberbo.

— Eu o amarei tanto quanto Kha.

— Tenho certeza que sim.

— Para você continuarei a ser o pedaço de terra que cultivará, o lago onde se banhará... Deseja outros filhos, Ramsés?

— A instituição das crianças reais velará por isso.

— Peça-me o que desejar... A minha alma e o meu corpo lhe pertencem.

— Engana-se, Iset. Nenhum ser humano pode ser proprietário de outro ser humano.

— E, no entanto, eu sou sua e pode tomar-me na palma da mão tal qual um pássaro caído do ninho. Privada do seu calor, eu definharei.

— Eu amo Nefertari, Iset.

— Nefertari é uma rainha, eu sou apenas uma mulher; não poderia amar-me com um outro tipo de amor?

— Com ela, construo um mundo. Apenas a grande esposa real partilha esse segredo.

— Permite... que eu permaneça no palácio?

A voz de Iset a Bela mal se ouvia; da resposta de Ramsés dependia o seu futuro.

— Aqui você criará Kha, Merneptah e a minha filha Meritamon.

O cretense que pertencia ao regimento de mercenários comandado por Serramanna investigava as aldeias do Médio Egito próximas da cidade abandonada de Akhenaton, o faraó herético. Antigo pirata como o seu chefe, ia-se habituando à vida egípcia e aos benefícios materiais que esta lhe proporcionava. Embora sentisse saudades do mar, consolava-se percorrendo o Nilo em pequenos barcos rápidos, e divertia-se vencendo as armadilhas daquele rio de reações súbitas e imprevisíveis. Até um marinheiro experiente devia mostrar-se humilde perante a sua corrente, aos bancos de areia dissimulados sob uma fina camada d'água e às manadas de hipopótamos encolerizados.

O cretense mostrara o retrato da jovem loura assassinada a centenas de camponeses, sem sucesso. Para dizer a verdade, cumpria a sua missão sem entusiasmo, convencido de que a vítima era originária de Pi-Ramsés ou de Mênfis. Serramanna enviara os seus emissários para todas as províncias, na esperança de que um deles conseguisse um indício essencial, mas a sorte não sorria ao cretense. A parte que lhe coubera consistia de uma tranqüila zona rural, que vivia ao ritmo das estações; não seria ele que receberia o prêmio prometido pelo gigante sardo, mas mesmo assim realizava a sua tarefa minuciosamente, satisfeito por passar muitas horas em albergues acolhedores. Mais dois ou três dias de investigações e regressaria a Pi-Ramsés, de mãos abanando, mas muito feliz com a sua estada.

Instalado numa boa mesa, observou a jovem que servia as cervejas. Risonha e descontraída, gostava de provocar os clientes. O cretense decidiu tentar a sorte.

Agarrou-a pela manga da túnica.

— Agrada-me, pequena.

— Quem é você?

— Um homem.

Ela deu uma gargalhada.

— São todos uns vaidosos!

— Eu posso prová-lo.

— Ah, sim... E como?

— À minha maneira.

— Todos dizem a mesma coisa.

— Eu, não. Eu ajo.

A criada passou um dedo pelos lábios.

— Tenha cuidado; não gosto de fanfarrões e sou gulosa...

— Empatou comigo; é o meu principal defeito.

— Está quase me fazendo sonhar, homem.

— E se passássemos aos atos?

— Por quem me toma?

— Por aquilo que é: uma linda mulher que deseja fazer amor com um homem atrevido.

— Onde nasceu?

— Na ilha de Creta.

— É... honesto?

— No amor, dou tanto como recebo.

Encontraram-se, no meio da noite, em um celeiro. Nenhum dos dois apreciava as preliminares; lançaram-se, portanto, a horas de prazer, com um fogo que só se acalmou depois de vários assaltos. Por fim, satisfeitos, permaneceram deitados um ao lado do outro.

— Você me lembra alguém — disse ele. — O seu rosto recorda-me o de uma pessoa que gostaria muito de encontrar.

— Quem é?

O cretense mostrou à servente o retrato da jovem loura.

— Conheço-a — disse a moça.

— Ela vive por aqui?

— Vivia na pequena aldeia junto da cidade abandonada, perto do deserto. Encontrei-a no mercado há vários meses.

— Como é o nome dela?

— Não sei. Não falei com ela.

— Vivia só?

— Não, havia um velhote com ela, uma espécie de feiticeiro que ainda acreditava nas mentiras do faraó maldito. Ninguém se aproximava dele.

Ao contrário das outras aldeias da região, aquela estava com um aspecto horrível. Casas miseráveis, fachadas rachadas, pinturas estragadas, jardins abandonados... Ninguém poderia sentir desejo de viver ali. O cretense aventurou-se pela rua principal, sulcada de imundícies que as cabras iam comendo.

Uma persiana de madeira bateu.

Uma garotinha correu, apertando nos braços uma boneca de trapos. Tropeçou, e o cretense agarrou-a pelo pulso.

— Onde vive o feiticeiro?

A garota debateu-se.

— Se não me responder, tiro-lhe a boneca.

Ela apontou para uma casa baixa, de janelas com grades de madeira e porta fechada. Largando a menina, o cretense correu na direção da casa miserável e abriu a porta com um golpe do ombro.

Ao entrar, viu-se diante de um compartimento quadrado, com chão de terra batida, mergulhado na penumbra. Numa cama de folhas de palma, um velho agonizava.

— Sou um membro da guarda — revelou o cretense. — Não tem nada o que temer.

— O que... quer?

— Diga-me quem é esta moça.

O homem de Serramanna mostrou o retrato ao velho.

— Lita... É a minha pequena Lita... Estava convencida de que pertencia à família do herético... E ele levou-a.

— De quem está falando?

— De um estrangeiro... De um mago estrangeiro que roubou a alma de Lita.

— Como se chamava?

— Ele voltou... Vive oculto nos túmulos... Nos túmulos, tenho certeza.

A cabeça do velho tombou para o lado. Ainda respirava, mas não era mais capaz de falar.

O cretense sentiu medo.

As bocas sombrias dos túmulos abandonados assemelhavam-se a entradas do Inferno. Não seria necessário ser da raça dos demônios para adotá-las como refúgio? Talvez o velho lhe tivesse mentido, mas tinha por obrigação explorar aquela pista. Com um pouco de sorte, podia ser que capturasse o assassino de Lita, o levasse para Pi-Ramsés e lá recebesse o prêmio.

Apesar dessas agradáveis perspectivas, o cretense sentia-se pouco à vontade. Teria preferido bater-se ao ar livre, enfrentar vários piratas no mar, dar e levar pancadas a céu aberto... Penetrar naqueles sepulcros repugnava-lhe, mas não recuou.

Depois de ter escalado uma encosta íngreme, aventurou-se num primeiro túmulo, de teto bastante alto e cujas paredes estavam decoradas com personagens homenageando Akhenaton e Nefertiti. Com cuidado, o guarda avançou até o fundo da gruta, mas não descobriu nem múmia nem qualquer sinal de presença humana. Nenhum demônio o atacou.

Mais calmo, o cretense explorou um segundo túmulo, tão desanimador quanto o primeiro. A rocha, de má qualidade, reduzia-se a pó; as cenas ali esculpidas certamente não atravessariam os séculos. Incomodados, os morcegos esvoaçaram.

Com certeza o velho havia delirado. No entanto, o emissário de

Serramanna decidiu visitar mais dois ou três grandes sepulcros antes de deixar aquele local sombrio e abandonado.

Tudo naquele lugar estava morto, e bem morto.

Depois de ter seguido ao longo da falésia que dominava a planície onde fora edificada a Cidade do Sol, penetrou no túmulo de Merire, grande sacerdote de Aton. Os baixos-relevos eram esmerados; o cretense apreciou a representação do casal real iluminado pelos raios de sol.

De repente, escutou, atrás dele, um leve ruído de passos.

Antes que tivesse tempo de se voltar, o mago Ofir cortou-lhe a garganta.

13

Meba fechara os olhos. Quando os reabriu, o cadáver do cretense jazia no solo.

— Não tinha o direito, Ofir, não tinha o direito...

— Pare de gemer, Meba.

— Acabou de matar um homem!

— E você acabou de testemunhar um assassinato.

O olhar de Ofir estava tão ameaçador que o diplomata recuou e penetrou nas profundezas do túmulo. Queria escapar àqueles olhos de incrível crueldade, que o perseguiam mesmo nas trevas.

— Conheço esse intrometido — constatou Chenar. — Era um dos mercenários a quem Serramanna pagava para proteger Ramsés.

— Um guarda na nossa pista... O sardo deve ter-se interrogado sobre a identidade de Lita e está tentando obter informações. A presença deste cão de guarda prova que foi lançada uma vasta operação de busca.

— Já não estamos em segurança nesta cidade maldita — concluiu Chenar.

— Não sejamos tão pessimistas; este curioso já não falará mais.

— No entanto, conseguiu chegar até nós... Serramanna vai conseguir também.

— Só um linguarudo pode ter revelado o nosso esconderijo: o tutor de Lita, aquele que os aldeões consideram feiticeiro. Aquele velho imbecil está moribundo, mas ainda teve forças para nos trair. Ainda esta noite tratarei dele.

Meba julgou-se obrigado a intervir.

— Não vá cometer outro assassinato!

— Saia da escuridão — ordenou Ofir.

Meba hesitou.

— Vá embora.

O diplomata avançou. Um tique deformava-lhe a boca.

— Não me toque, Ofir!

— É nosso aliado e meu subordinado, não se esqueça.

— É verdade, mas essas mortes...

— Não estamos nos confortáveis gabinetes do seu ministério. Você pertence a uma rede de espionagem cuja missão é opor-se ao poder de Ramsés, ou seja, destruí-lo para permitir aos hititas conquistar o Egito. Está pensando que algumas brincadeiras diplomáticas bastarão? Um dia também será obrigado a eliminar um adversário que ameace a sua segurança.

— Sou um alto funcionário e...

— Você é cúmplice do assassinato deste guarda, Meba, quer isso lhe agrade ou não.

O olhar do diplomata pousou de novo sobre o cadáver do cretense.

— Não imaginei que fosse necessário chegar a isso.

— Pois agora já sabe.

— Fomos interrompidos por este imbecil curioso — lembrou Chenar. — Conseguiu, Meba?

— Foi por essa razão que corri o risco de voltar a essa cidade maldita! Sim, consegui.

A voz do mago tornou-se, então, doce e encantadora.

— Belo trabalho, meu amigo. Estamos orgulhosos de você.

— Cumpro os meus compromissos, não esqueça os seus.

— O futuro poder não o esquecerá, Meba. Mostre-me o tesouro que conseguiu roubar.

O diplomata exibiu o pincel de Kha.

— O príncipe utilizou-o para escrever.

— Excelente — considerou Ofir. — Realmente excelente.

— O que tenciona fazer?

— Graças a este objeto, pretendo aprisionar a energia de Kha e voltá-la contra ele.

— Não tem a intenção de...

— O filho mais velho de Ramsés faz parte dos nossos adversários diretos. Qualquer provação que enfraqueça o casal real é boa para a nossa causa.

— Kha é uma criança!

— E é o filho mais velho do faraó.

— Não, Ofir, uma criança não...

— Escolheu o seu próprio campo, Meba. Agora é tarde para recuar.

O mago estendeu a mão.

— Dê-me esse objeto.

As hesitações do diplomata divertiram Chenar. Detestava tanto aquele poltrão que era capaz de estrangulá-lo com as próprias mãos.

Lentamente, Meba entregou o pincel a Ofir.

— É realmente necessário atacar o menino?

— Regresse a Pi-Ramsés — ordenou o mago — e nunca mais volte aqui.

— Ainda ficará muito tempo neste túmulo?

— O tempo necessário para executar o encantamento.

— E depois?

— Não seja demasiado curioso, Meba; serei eu a lhe fazer contato.

— Na capital, a minha posição pode vir a tornar-se insustentável.

— Mantenha o sangue-frio e tudo correrá bem.

— Como devo comportar-me?

— Continue trabalhando normalmente; as minhas instruções chegarão no momento oportuno.

O diplomata fez menção de sair do túmulo, mas voltou-se para o mago.

— Refleti, Ofir. Se atacarmos o filho, Ramsés ficará furioso e...

— Vá embora, Meba.

Da entrada do sepulcro, Ofir e Chenar viram seu cúmplice descer a encosta e montar no cavalo, oculto atrás de uma *villa* em ruínas.

— Este covarde não é de confiança — considerou Chenar. — Parece um rato assustado que procura em vão sair de sua toca. Por que não o eliminamos logo?

— Enquanto Meba ocupar uma posição oficial, ele nos será útil.

— E se resolvesse revelar a localização do nosso esconderijo?
— Acha que já não me fiz essa pergunta?

Desde o regresso de Ramsés que Nefertari tivera apenas raros momentos de intimidade com o esposo. Ameni, o vizir, os ministros e os grandes sacerdotes haviam montado cerco ao gabinete do soberano, e a própria rainha continuava tendo de responder às solicitações dos escribas, dos chefes de oficina, dos coletores de impostos e de outros funcionários pertencentes à sua Casa.

Muitas vezes lamentava não se ter tornado música ao serviço de um templo; ali, teria vivido mergulhada em serenidade, afastada da agitação do cotidiano; mas sendo a rainha do Egito, não tinha direito a esse refúgio, e devia cumprir a sua função, sem levar em conta a fadiga ou o fardo das provações.

Graças à ajuda constante de Touya, Nefertari aprendera a arte de governar. Durante sete anos de reinado, Ramsés passara muitos meses no estrangeiro e nos campos de batalha; a jovem rainha tivera que descobrir por si mesma energias insuspeitadas para suportar o peso da coroa e celebrar os rituais que mantinham o laço indispensável entre a fraternidade das divindades e a comunidade dos humanos.

O fato de não ter tempo para pensar em si mesma não lhe desagradava, pois o dia tinha mais tarefas do que horas e assim é que tinha de ser. É verdade que muitas vezes Kha e Meritamon estavam longe dela e perdia esses momentos, insubstituíveis, do desabrochar da consciência de uma criança. Embora Kha e Merneptah fossem filhos de Ramsés e de Iset a Bela, amava-os tanto quanto à própria filha, Meritamon. Ramsés tivera razão em pedir a Iset que velasse pela educação das três crianças. Não havia entre as duas mulheres rivalidade nem inimizade; dado que nunca mais poderia ser mãe, fora a própria Nefertari a pedir a Ramsés que se unisse a Iset a Bela a fim de que esta lhe desse descendentes, para que talvez escolhesse o seu sucessor. Depois do nascimento de Merneptah, Ramsés decidira afastar-se de Iset e adotar um número ilimitado de "filhos reais" que proclamariam a fecundidade do casal real.

O amor que Nefertari dedicava a Ramsés ultrapassava muito a união dos corpos e dos prazeres; não fora apenas o homem que a seduzira, mas sobretudo o seu fulgor. Formavam um único ser, tendo ela a certeza de se comunicarem entre si a todo momento, mesmo estando longe um do outro.

Cansada, a rainha entregou-se às mãos peritas de sua manicure e de sua pedicure; ao fim de um longo dia de trabalho, abandonava-se a essas exigências de beleza, que lhe permitiam surgir serena em todos os momentos, fossem quais fossem as suas preocupações.

Chegou a hora do banho delicioso: duas servas despejaram sobre o corpo nu da rainha água quente e perfumada; a seguir, estenderam-na sobre os mosaicos mornos, dando-se início, então, a uma longa massagem com creme à base de incenso, terebintina, óleo e limão, que apagaria tensões e contrações antes do sono.

Nefertari pensou nas imperfeições pelas quais era responsável, nos erros que cometera, nas suas inúteis irritações; o caminho justo consistia em agir para quem agia, porque o ato justo enriquecia a regra de Maât e salvaguardava o país do caos.

De repente, sentiu que a mão que a massageava mudou de ritmo e tornou-se mais acariciadora.

— Ramsés...

— Autoriza-me a substituir sua serva?

— Vou pensar.

Voltou-se bem lentamente e revelou o seu olhar amoroso.

— Não tinha uma interminável reunião com Ameni e os administradores dos celeiros?

— Esta tarde e esta noite nos pertencem.

A rainha desatou o saiote de Ramsés.

— Qual é o seu segredo, Nefertari? Às vezes chego a pensar que sua beleza não é deste mundo.

— O nosso amor é?

Enlaçaram-se sobre os mosaicos mornos, seus perfumes misturando-se, os lábios unindo-se e o desejo transportando-os depois em suas doces vagas.

Ramsés enrolou Nefertari num enorme xale que, desdobrado, representava as asas da deusa Ísis, em constante movimento para dar o sopro da vida.

— Que esplendor!

— Uma nova obra-prima das tecelãs de Saïs, para que você nunca mais sinta frio.

Ela aninhou-se nos braços do monarca.

— Permitam os deuses que nunca mais nos separemos.

14

Iluminado por três grandes janelas em forma de claustro, o gabinete de Ramsés era tão discreto quanto o de seu falecido pai, Sethi: paredes sem decoração, uma grande mesa, uma poltrona de encosto alto para o monarca, cadeiras empalhadas para os visitantes, um armário para papiros contendo os escritos mágicos destinados à proteção da pessoa real, um mapa do Oriente Próximo e uma estátua do faraó defunto, cujo olhar de eternidade velava pela árdua tarefa do filho.

Próximo do material de escrita do rei, duas hastes de acácia atadas na ponta por um fio de linho bem apertado: o cajado de feiticeiro de Sethi, do qual Ramsés já se servira.

— Quando se realizará o julgamento? — perguntou o monarca a Ameni.

— Dentro de quinze dias.

O escriba de feições pálidas estava, como sempre, carregado com grande quantidade de papiros e de tabuletas inscritas. Apesar da fragilidade de suas costas, ele próprio fazia questão de transportar os documentos confidenciais.

— Preveniu Moisés?

— Claro.

— E como reagiu ele?

— Parece calmo.

— Disse-lhe que tínhamos a prova da sua inocência?

— Dei-lhe a entender que o seu caso não era desesperador.

— Por que tantas precauções?

— Porque nem você nem eu sabemos o resultado do julgamento.

— A legítima defesa não é condenável!

— Moisés matou um homem e, pior ainda, o marido da sua irmã Dolente.

— Farei uma intervenção para dizer o que penso daquele meu cunhado.

— Não, Majestade, não pode intervir de maneira nenhuma. Já que garante a presença de Maât na terra e a perenidade da justiça, o faraó não deve envolver-se num processo judicial.

— Pensa que não sei isso?

— Eu seria seu amigo se não o ajudasse a lutar contra si próprio?

— A tarefa é dura, Ameni!

— Sou teimoso e obstinado.

— Moisés não voltou de livre vontade ao Egito?

— O que não anula a sua falta nem o seu gesto.

— Estará tomando partido contra ele?

— Moisés é também meu amigo; serei eu a apresentar a prova de defesa. Mas será o bastante para convencer o vizir e os juízes?

— Moisés era muito apreciado na corte; todos compreenderão o encadeamento de circunstâncias que o levaram a matar Sary.

— Esperemos que assim seja, Majestade.

Não obstante uma noite agradável em companhia de duas sírias muito compreensivas, Serramanna estava de mau humor. Despachou, portanto, as duas jovens antes do desjejum, que os egípcios chamavam "a limpeza da boca".

Apesar de seus esforços, a jovem loura assassinada continuava sem ser identificada.

O sardo havia se convencido de que, por intermédio do retrato da vítima, seus investigadores descobririam rapidamente a pista correta. Mas ninguém conhecia a loura, nem em Pi-Ramsés, nem em Mênfis, nem em Tebas. Só havia uma conclusão possível: fora seqüestrada com o maior rigor.

Uma testemunha devia saber muito: Dolente, a irmã de Ramsés. Infelizmente, Serramanna não podia interrogá-la como desejava. A hipócrita Dolente, tendo-se retratado publicamente e jurado fidelidade ao casal real, havia reconquistado, pelo menos parcialmente, a confiança dos dois.

Horrorizado, o sardo consultou os relatórios redigidos pelos seus emissários ao regressarem da província. Elefantina, El-Kab, Edfu, as cidades do Delta... Nada. Todavia, um pormenor o surpreendeu, ao verificar a lista das suas ordens de missão: um cretense não havia comunicado o relatório de suas investigações. No entanto, esse antigo pirata era ganancioso e conhecia bem o castigo infligido nos casos de indisciplina.

Sem pensar em barbear-se, e vestindo-se às pressas, Serramanna dirigiu-se à casa de Ameni. Os vinte funcionários de elite que compunham a equipe administrativa ainda não estavam no seu posto, mas o secretário particular e porta-sandálias de Ramsés já classificava os papiros, depois de ter saboreado um caldo de cevada, figos e peixe seco. Apesar da quantidade de alimento que ingeria, Ameni não engordava.

— Algum problema, Serramanna?

— Falta um relatório.

— É assim tão inquietante?

— Sendo do cretense, sim, porque ele é um maníaco perfeccionista.

— Para onde o havia mandado?

— Para o Médio Egito, à província de el-Bersheh. Mais precisamente, para não longe da cidade abandonada de Akhenaton.

— Um lugar perdido.

— Aprendi a ser consciencioso na sua escola.

Ameni sorriu. Os dois homens nem sempre haviam sido amigos, mas, desde a sua reconciliação, sentiam verdadeira estima um pelo outro.

— Talvez se trate de um simples atraso.

— O cretense deveria ter voltado há mais de uma semana.

— Confesso que o incidente me parece de somenos importância.

— O meu instinto, pelo contrário, garante-me que é grave.

— Por que vem me falar disso? Você dispõe dos poderes necessários para esclarecer esse mistério.

— Mas é que nada corre bem, Ameni, nada!

— Explique-se.

— O mago que desapareceu, o cadáver de Chenar que não se consegue encontrar, essa jovem loura que ninguém consegue identificar... Sinto-me inquieto.

— Ramsés reina e controla a situação.

— Que eu saiba, não estamos em paz, e os hititas não desistiram ainda de tomar o Egito!

— Então acha que a rede de espionagem hitita não foi completamente desmantelada?

— A calma antes da tempestade... é o que sinto. E até hoje o meu instinto raramente me enganou.

— O que propõe?

— Vou partir para essa cidade perdida e saber o que aconteceu com o cretense. Até o meu regresso, vele pelo Faraó.

Dolente, a irmã mais velha de Ramsés, estava dominada pela dúvida. A volumosa mulher morena retomara a sua vida de aristocrata ociosa e rica, indo a banquetes e recepções incessantemente, numa atividade mundana totalmente sem controle. Trocava opiniões com mulheres fúteis, enquanto velhos insuportáveis e jovens sedutores, com discursos tão vazios quanto os seus pensamentos, lhe faziam a corte.

Desde a sua adesão ao culto de Aton, o deus único, que Dolente tinha uma obsessão: favorecer a eclosão da verdade, fazendo-a finalmente brilhar sobre a terra do Egito com a expulsão daqueles falsos deuses e das pessoas que lhes prestavam culto. Infelizmente Dolente só encontrava pessoas cegas e felizes com a sua condição.

Privada da presença e dos conselhos de Ofir, parecia uma náufraga perdida no meio da tempestade. Com o passar das semanas, a sua coragem ia esmorecendo. Como preservar uma crença que nada nem ninguém a alimentava? Dolente perdia as esperanças num futuro que lhe parecia morto.

Sua criada de quarto, uma jovem morena de olhos ousados, mudou os lençóis da cama e varreu-lhe o compartimento.

— Sente-se mal, princesa?

— Quem pode invejar a minha sorte?

— Belos vestidos, passeios em jardins de sonhos, encontros com homens maravilhosos... Confesso que a invejo um pouco.

— É infeliz?

— Oh, não! Tenho um marido atencioso, dois filhos saudáveis e uma vida bem satisfatória. Em breve meu marido acabará de construir a nossa nova casa.

Dolente atreveu-se a formular a questão que a perturbava.

— E Deus... Pensa nisso às vezes?

— Deus está em toda parte, princesa; basta venerar os deuses e observar a natureza.

Dolente não insistiu. Ofir tinha razão: era preciso impor a nova religião pela força e não esperar pela conversão do povo. Uma vez submetido ao dogma, renegaria os seus erros passados.

— Princesa... Sabe o que estão dizendo?

Os olhos atrevidos da criada de quarto estavam inundados de uma imperiosa vontade de tagarelar. Dolente talvez tivesse alguma informação interessante.

— Dizem que a princesa tem intenção de se casar novamente e que há muitos pretendentes disputando essa honra.

— Dizem o que lhes vem à cabeça.

— É pena... Já está de luto há muito tempo. Na minha opinião, não é bom para uma mulher da sua linhagem sofrer assim com a solidão.

— Essa vida me agrada.

— Parece tão triste às vezes... Observe, porém, que isso é normal. Deve pensar no seu marido. Infeliz, morrer assassinado! Como terão Osíris e o seu tribunal julgado a sua alma? Com o devido respeito, princesa, murmuram que o seu marido nem sempre se comportou de forma muito honesta.

— É a triste verdade.

— Então, por que se fecha em más recordações?

— Não me importo com um novo casamento.

— A felicidade voltará, princesa! Sobretudo se o assassino de seu marido for condenado.

— O que você sabe disso?

— Moisés vai ser julgado.

— Moisés?! Mas ele anda fugido!

— Ainda é segredo, mas o meu marido é amigo do chefe da guarda da grande prisão: o hebreu está lá, encarcerado. É certo que vai ser condenado à morte.

— É permitido vê-lo?

— Não, está ainda em segredo por causa da gravidade das acusações que pesam contra ele. Com certeza será convocada para o processo e terá então ocasião de se vingar.

Moisés de volta! Moisés, que acreditava no deus único! Não seria um sinal destinado a Dolente?

15

O julgamento de Moisés realizou-se na grande sala de justiça sob a presidência do vizir, servidor de Maât. Envergando uma pesada túnica engomada, usava como única jóia um coração, símbolo da consciência do ser humano que, na prova da morte, será julgado na balança do Além.

Antes da abertura da audiência, o vizir encontrara-se com Ramsés no templo de Ptah para renovar o juramento prestado quando da sua investidura: respeitaria a deusa da justiça e não favoreceria ninguém. Evitando dar-lhe qualquer conselho, o rei contentara-se em receber o seu compromisso.

A grande sala estava cheia.

Nem um só membro da corte queria perder o acontecimento.

Notava-se a presença de alguns chefes de tribo hebreus. As opiniões eram divergentes: uns continuavam convencidos da culpabilidade de Moisés, outros esperavam revelações que justificassem o regresso do criminoso. Todos conheciam a forte personalidade de Moisés, e ninguém admitia ter sido a ingenuidade a causa de seu comportamento.

O vizir abriu a audiência venerando Maât, a Regra que sobreviveria à espécie humana. Mandou colocar sobre os mosaicos quarenta e duas placas de couro para lembrar que o julgamento seria aplicável nas quarenta e duas províncias do Egito.

Dois soldados trouxeram Moisés. Todos os olhares convergiram para o hebreu. Com o rosto crispado, barbudo, de impressionante estatura, o ex-dignitário de Ramsés exibia uma calma surpreendente. Os soldados indicaram-lhe seu lugar em frente do vizir.

De um lado e do outro do ministro da Justiça, o júri de quatorze membros compunha-se de um agrimensor, uma sacerdotisa da deusa Sekhmet, um médico, um carpinteiro, uma mãe de família, um camponês, um escriba do Tesouro, uma dama da corte, um mestre-de-obras, uma tecelã, o general do exército de Ra, um escultor, um escriba dos celeiros e um marinheiro.

— O seu nome é Moisés?

— É como me chamo.

— Recusa algum dos membros deste júri? Observe-os e reflita durante o tempo que quiser.

— Tenho confiança na justiça deste país.

— Este país não é o seu?

— Nasci aqui, mas sou hebreu.

— É egípcio e será julgado como tal.

— O julgamento e o veredito seriam diferentes, se eu fosse estrangeiro?

— Com certeza que não.

— Nesse caso, que importância tem?

— Compete a este tribunal avaliar isso. Terá por acaso vergonha de ser egípcio?

— Compete a este tribunal avaliar isso, como acabou de dizer.

— É acusado de ter matado um contramestre chamado Sary e de ter fugido em seguida. Admite esses fatos?

— Admito-o, mas eles precisam de explicações.

— É esse o objetivo deste julgamento. Considera pouco exatos os termos da acusação?

— Não.

— Compreende então que, de acordo com a lei, devo pedir a pena de morte para você.

Houve murmúrios na assistência; Moisés permaneceu impassível, como se aquelas palavras terríveis não lhe dissessem respeito.

— Considerando a gravidade dos fatos — falou com firmeza o vizir — não fixo qualquer limite para a duração do julgamento. O acusado disporá de todo o tempo que necessitar para se defender e explicar as razões do seu crime. Exijo silêncio absoluto e interromperei os debates à menor desordem; os culpados serão punidos com uma pesada multa.

O magistrado dirigiu-se a Moisés.

— Na época do drama, que posição ocupava?

— Dignitário da corte do Egito e mestre-de-obras do canteiro de obras de Pi-Ramsés. Dirigi particularmente as equipes de oleiros hebreus.

— Segundo o meu relatório, com total satisfação. Era amigo do faraó, não é verdade?

— Exato.

— Estudos na universidade de Mênfis, primeiro posto oficial no harém de Mer-Ur, contramestre em Karnak, mestre-de-obras em Pi-Ramsés... Uma carreira brilhante que estava apenas começando. A vítima, Sary, seguiu o caminho inverso. Sary, que tinha sido preceptor de Ramsés, esperava tornar-se o diretor da universidade de Mênfis, mas fora remetido para uma posição subalterna. Você havia sido informado das razões desse rebaixamento?

— Tinha a minha opinião.

— Podemos conhecê-la?

— Sary era um ser ignóbil, ambicioso e ávido. Foi o destino que o feriu por intermédio da minha mão.

Ameni solicitou a palavra ao vizir.

— Posso fornecer algumas explicações: Sary conspirou contra Ramsés. O rei mostrou-se clemente, por ele ser o marido da sua irmã Dolente.

Muitos cortesãos pareceram surpreendidos.

— Que a princesa Dolente compareça perante este tribunal — ordenou o vizir.

A volumosa mulher morena avançou, hesitante.

— Confirma as afirmações de Moisés e de Ameni?

Dolente baixou a cabeça.

— Eles são comedidos, demasiado comedidos... O meu marido tornara-se um monstro. Quando compreendeu que a sua carreira estava definitivamente destruída, desenvolveu uma raiva cada vez mais intensa contra os seus subordinados, a ponto de se mostrar de uma crueldade intolerável em relação a eles. Durante os últimos meses de sua vida, perseguia a equipe de oleiros hebreus, pelos quais era responsável. Se Moisés não o tivesse matado, qualquer outro o faria.

O vizir parecia intrigado.

— As suas afirmações não serão exageradas?

— Juro que não! A minha existência era um suplício por causa do meu marido.

— Teria se alegrado com o seu desaparecimento?

Dolente baixou ainda mais a cabeça.

— Eu... eu me senti como que aliviada, mas tinha vergonha de mim... pois como poderia lamentar semelhante tirano?

— Tem outras informações a dar, princesa?

— Não... realmente não.

Dolente voltou a sentar-se entre os cortesãos.

— Alguém deseja defender a memória de Sary e contradizer a versão da sua esposa?

Nenhuma voz se elevou. O escriba encarregado de registrar os depoimentos anotava-os com uma escrita fina e rápida.

— Qual é a sua versão do drama? — perguntou o vizir a Moisés.

— Foi por acidente. Embora as minhas relações com Sary fossem tensas, não tinha intenção de matá-lo.

— Qual a razão dessa animosidade?

— Descobri que Sary era um chantagista e que perseguia os oleiros hebreus. Foi por tentar defender um deles que matei Sary sem querer, para salvar a minha própria vida.

— Afirma, portanto, ter agido em legítima defesa.

— Essa é a verdade.

— Por que fugiu?

— Cedi ao pânico.

— Estranho, para um inocente.

— Matar um homem provoca um choque profundo. No momento, perdemos a cabeça e reagimos como se estivéssemos embriagados. Logo depois, tomamos consciência de termos cometido um ato terrível e só temos um desejo: fugir, desaparecer, esquecer e ser esquecido. Foi por isso que me escondi no deserto.

— Passado o choque, poderia ter regressado ao Egito e se apresentado perante um tribunal.

— Conheci uma mulher e tivemos um filho. O Egito parecia-me longe, muito longe.

— Por que resolveu voltar?

— Tenho uma missão a cumprir.

— Que missão?

— Hoje, isso ainda é um segredo só meu e não tem qualquer relação com este processo; amanhã, todos ficarão sabendo.

As respostas de Moisés irritaram o vizir.

— A sua versão dos fatos não é convincente, o seu comportamento não advoga a seu favor e as suas explicações são bastante confusas. Creio que assassinou Sary com premeditação porque ele se comportava de forma iníqua para com os hebreus. Os motivos são compreensíveis, mas na verdade trata-se de um crime. De volta a Pi-Ramsés, continuou a se esconder! Não acha isso uma confissão de culpa? Um homem que tem a consciência em paz não age dessa forma.

Ameni considerou ser chegado o momento de desferir o golpe decisivo.

— Tenho a prova da inocência de Moisés.

O tom do magistrado tornou-se severo.

— Se não apresentar elementos de peso, vou acusá-lo de ultraje à justiça.

— O oleiro hebreu cuja defesa Moisés assumiu chamava-se Abner; Sary fazia chantagem com ele. Abner queixou-se a Moisés, Sary quis vingar-se de Abner atacando-o, Moisés chegou a tempo e impediu Sary de maltratar a sua vítima. Mas a briga deu errado, Moisés matou Sary sem qualquer premeditação, e sim em legítima defesa. Abner foi testemunha do que ocorreu, e o seu depoimento foi recolhido de forma regulamentar. Está à sua disposição.

Ameni entregou o documento ao vizir.

Este verificou que o papiro tinha o selo de um juiz. Quebrou-o, verificou a data e leu o texto.

Moisés não se atreveu a manifestar a sua alegria, mas trocou um olhar cúmplice com Ameni.

— Este documento é autêntico e pode ser aceito — concluiu o vizir.

O processo estava terminado, e Moisés livre da acusação. O júri proclamaria a sua absolvição.

— Antes da deliberação — disse o alto magistrado — gostaria de proceder ainda a uma última verificação.

Ameni franziu as sobrancelhas.

— Que esse Abner compareça diante nós — exigiu o vizir — e que confirme oralmente o seu depoimento.

16

Ameni suportou a cólera de Ramsés.

— Uma prova indubitável, um documento autêntico e Moisés continua na prisão!

— O vizir é minucioso — declarou prudentemente o secretário particular do monarca.

— Do que mais ele precisa?

— Repito: ver Abner.

Ramsés rendeu-se à evidência: as exigências do alto magistrado teriam de ser satisfeitas.

— Foi convocado?

— Foi, e aí é que a coisa complica.

— Por quê?

— Ninguém consegue encontrar Abner. Os chefes de tribo afirmam que ele está desaparecido há vários meses. Ninguém sabe o que lhe aconteceu.

— Mentira! Querem prejudicar Moisés.

— É possível, mas o que poderemos fazer?

— Mande Serramanna ocupar-se pessoalmente do inquérito.

— É preciso esperar... Serramanna está procurando uma pista no Médio Egito, perto da cidade abandonada de Akhenaton. Está com uma obsessão: identificar a loura assassinada. E, para ser franco, ele está convencido de que a rede de espionagem hitita não foi desmantelada.

A cólera do monarca dissipou-se.

— Qual é a sua opinião?

— Chenar está morto, e os seus cúmplices estão em fuga ou em estado de não poderem fazer mal a ninguém. Mas Serramanna confia no seu instinto.

— Talvez tenha razão, Ameni; o instinto é uma inteligência direta, capaz de ultrapassar o raciocínio que nos engana ou tranqüiliza. Meu pai transformou o instinto em intuição e utilizou-a com genialidade.

— Sethi não era um pirata!

— Serramanna vem das trevas e conhece bem os seus meandros. Não lhe dar ouvidos seria um erro. Localize-o o mais depressa possível e ordene-lhe que regresse a Pi-Ramsés.

— Vou enviar mensageiros.

— E transmita o meu pedido ao vizir: desejo ver Moisés.

— Mas... Moisés está na prisão!

— O julgamento já se realizou, e os fatos são conhecidos; esta entrevista não poderá influenciar o curso da justiça.

Um vento fortíssimo varria a planície onde fora construída às pressas a Cidade do Sol, cujas ruínas perturbavam o olhar. Quando Serramanna ia passando por uma rua, um pedaço de parede caiu. Embora muitas vezes tivesse enfrentado o medo, o sardo não se sentia à vontade. Havia sombras perigosas vagueando por aqueles palácios e casas abandonadas. Antes de interrogar os aldeões, queria perceber a verdade do local, cruzar com os seus fantasmas, avaliar o drama que se desenrolara sob o sol de Aton.

Ao chegar a noite, Serramanna dirigiu-se à aldeia vizinha para comer e dormir algumas horas antes de reiniciar as suas investigações. A aldeia parecia deserta: nenhum animal à vista, nem ao menos um cão. As portas e as persianas das casas estavam abertas. Apesar disso, o sardo tirou a sua curta espada da bainha. A prudência o teria aconselhado que não se aventurasse apenas numa zona onde pairava o perigo, mas confiava na sua experiência e na sua força.

No chão de terra batida de uma pobre habitação estava uma velha sentada, com a cabeça apoiada nos joelhos, em posição de luto.

— Mate-me, se quiser — disse, com a voz desfeita. — Aqui não há mais nada para roubar.

— Descanse, eu pertenço à guarda de Ramsés.

— Vá embora, estrangeiro; esta terra está morta, o meu marido está morto e o meu único desejo é desaparecer.

— Quem era seu marido?

— Um bom homem que acusavam de ser feiticeiro, ele, que passou a vida ajudando os outros... Como agradecimento, aquele maldito mago o assassinou!

Serramanna sentou-se ao lado da viúva de vestido sujo e cabelos cobertos de pó.

— Descreva-me esse mago.

— Para quê?

— Procuro esse malfeitor.

A viúva encarou o sardo com espanto.

— Está brincando comigo?

— Acha que estou com cara de estar brincando?

— É tarde demais, o meu marido morreu.

— Não poderei ressuscitá-lo, os deuses é que se encarregarão disso, mas eu hei de agarrar esse mago.

— É um homem alto, seco, com cara de ave de rapina e olhos frios.

— Como se chama?

— Ofir.

— É egípcio?

— Líbio.

— Como sabe desses pormenores?

— Durante meses veio à nossa casa para falar com Lita, a nossa filha adotiva. Pobre criança... Tinha visões e julgava ter parentesco com a família do rei herético. O meu marido e eu tentamos chamá-la à razão, mas ela preferia acreditar no mago. Uma noite, desapareceu e nunca mais voltamos a vê-la.

Serramanna mostrou à viúva o retrato da jovem mulher loura assassinada por Ofir.

— É ela?

— Sim, é a minha filha Lita... Ela...

O sardo não gostava de mentir; balançou afirmativamente a cabeça.

— Quando viu Ofir pela última vez?

— Há poucos dias, quando veio visitar o meu marido doente. Foi ele, foi esse Ofir que o obrigou a beber uma poção mortal!

— Está escondido por estes lados?

— Sim, nos túmulos da falésia, assombrados por demônios... Corte-lhe o pescoço, estrangeiro, pisoteie o seu cadáver e queime-o!

— Devia deixar estes lugares, viúva; não se pode viver com fantasmas.

Serramanna saiu da pobre casa e montou em seu cavalo, fazendo-o galopar em direção aos sepulcros. O dia começava a escurecer.

Deixando a montaria no sopé da encosta, o sardo subiu-a correndo, com a espada na mão; não se beneficiaria com o efeito-surpresa, preferindo atacar com rapidez. O chefe da guarda de Ramsés escolheu os túmulos de entrada mais larga e esgueirou-se para o seu interior.

Por todo lado, o vazio. Os únicos habitantes daqueles sepulcros abandonados eram as figuras gravadas nas paredes, últimas sobreviventes de uma época já passada.

Meritamon, filha de Ramsés e Nefertari, tocava harpa para o casal real com uma perícia que espantou o monarca. Sentados em cadeiras de dobrar na borda de um lago onde abundavam os lótus azuis, o Faraó e a grande esposa real, de mãos dadas, saboreavam um momento de felicidade. Não só a filhinha de oito anos se tornara uma exímia harpista, como ainda demonstrava uma surpreendente sensibilidade. Matador, o enorme leão, e Vigilante, o cão amarelo-dourado deitado entre as patas dianteiras da fera, pareciam estar sob o encanto da melodia tocada por Meritamon.

As últimas notas extinguiram-se docemente, deixando no ar um suave rastro.

O rei beijou a filha.

— Está contente?

— Você é uma artista muito dotada, mas tem ainda que estudar bastante.

— Mamãe prometeu que eu seria admitida no templo de Hathor e que lá me ensinariam coisas maravilhosas.

— Se é esse o seu desejo, ele será realizado.

A beleza da menina era tão deslumbrante quanto a de Nefertari, e no seu olhar havia a mesma luz.

— Se me tornar música do templo, você virá ver-me?

— Acha que eu poderia passar sem ouvir as suas melodias?

Kha aproximou-se, com ar carrancudo.

— Parece contrariado — constatou a rainha.

— Roubaram-me uma coisa.

— Tem certeza?

— Arrumo tudo todas as noites. Roubaram-me um de meus velhos pincéis com que eu gostava de escrever.

— Não o terá perdido?

— Não, pois procurei por toda parte.

Ramsés pousou as mãos nos ombros do filho.

— Está fazendo uma grave acusação.

— Bem sei que não se deve falar levianamente; foi por isso que refleti bem antes de me queixar.

— De quem desconfia?

— Neste momento, de ninguém; mas vou procurá-lo novamente. Eu gostava muito daquele pincel.

— Tem outros.

— É verdade, mas aquele era o meu favorito.

O leão ergueu a cabeça, e as orelhas do cão arrebitaram-se. Aproximava-se alguém.

Dolente apareceu, com ar preguiçoso. Usava uma grande peruca de longas tranças e um vestido verde que combinava bem com a sua tez mate.

— Vossa Majestade deseja ver-me?

— O seu procedimento foi admirável durante o julgamento de Moisés — declarou Ramsés.

— Apenas disse a verdade.

— Descrever o seu marido com tanta lucidez exigiu coragem.

— Não se pode mentir perante Maât e o vizir.

O escanção do palácio trouxe um vinho novo, e a conversa

voltou-se para o trabalho que as duas crianças teriam ainda de fazer para atingirem a sabedoria.

Quando deixou o jardim, Dolente estava convicta de ter reconquistado a confiança do rei. A uma amabilidade de fachada, sob a qual se pressentia a suspeita, sucedera a simpatia.

Dolente dispensou a sua cadeira de transportadores; preferia passear e voltar a pé para casa.

Sob os modestos trajes do carregador de água que a abordou, quem teria reconhecido Chenar, magro, barbudo e de bigode?

— Está satisfeita, minha querida irmã?

— A sua estratégia foi excelente.

— A amizade cega o meu irmão; ao vir em auxílio de Moisés, você se tornou aliada de Ramsés.

— Ramsés tornou-se maleável porque acredita que eu sou sincera. O que devo fazer agora?

— Abra bem os ouvidos; a menor informação pode ser preciosa. Eu a contactarei da mesma forma.

17

Ramsés e Ameni tinham ouvido com atenção a longa descrição de Serramanna. Contrastando com a tensão que reinava no ambiente, uma luz suave iluminava o gabinete de Ramsés. Com o fim do período de verão, o Egito ornamentava-se de cores douradas e tranqüilas.

— Ofir, um mago líbio — repetiu Ameni — e Lita, uma pobre louca que ele manipulou... Teremos realmente razão para nos inquietarmos? Esse sinistro personagem fugiu, não dispõe de nenhum apoio no país e com certeza já ultrapassou a fronteira.

— Menospreza a gravidade da situação — considerou Ramsés. — Esquece o lugar onde ele se ocultava: a Cidade do Sol, a capital de Akhenaton?

— Está abandonada há tanto tempo...

— Mas as idéias perniciosas do seu fundador continuam a perturbar certos espíritos! Esse Ofir pensou utilizá-las para estabelecer uma rede de simpatizantes.

— Uma rede... Seria Ofir um espião hitita?

— Tenho certeza que sim.

— Mas os hititas estão pouco se importando com Aton e com o deus único!

— Os hebreus não — interveio Serramanna.

Ameni receava ouvir aquela afirmação, mas o sardo não tinha feito qualquer progresso no campo da diplomacia e continuava a exprimir o seu pensamento de forma crua.

— Sabemos que Moisés foi contactado por um falso arquiteto — lembrou o chefe da guarda de Ramsés — e a descrição desse impostor corresponde precisamente à do mago. Não será um argumento decisivo?

— Acalme-se — recomendou Ameni.

— Continue — ordenou Ramsés.

— Não sei nada em matéria de religião — prosseguiu o sardo — mas sei que os hebreus falam de um deus único. Devo recordá-lo, Majestade, da minha suspeita de traição da parte de Moisés?

— Moisés é nosso amigo! — protestou Ameni. — Mesmo que tenha se encontrado com Ofir, por que havia de conspirar contra Ramsés? Esse mago deve ter contactado muitas pessoas importantes.

— De que serve tapar os olhos? — perguntou o sardo.

O faraó ergueu-se e olhou para longe, pela janela central do seu gabinete. As paisagens verdejantes do Delta eram a expressão perfeita da doçura de viver.

— Serramanna tem razão — considerou Ramsés. — Os hititas lançaram uma dupla ofensiva, atacando-nos simultaneamente do exterior e do interior. Vencemos a batalha de Kadesh, repelimos as suas tropas para fora dos nossos protetorados e desmantelamos uma rede de espionagem. Mas não serão essas vitórias irrelevantes? O exército hitita não foi destruído, e esse Ofir continua solto por aí. Um homem como esse, que não recua perante o crime, não desistirá de tentar prejudicar-nos. Mas Moisés não pode ser seu cúmplice... É uma pessoa leal, incapaz de agir na sombra. No que lhe diz respeito, Serramanna engana-se.

— Espero que sim, Majestade.

— Tenho uma nova missão a confiar-lhe, Serramanna.

— Hei de prender Ofir, Majestade.

— Antes, descubra Abner, o oleiro hebreu.

Nefertari desejara celebrar o seu aniversário numa grande propriedade do Delta, próxima da capital, cuja administração estava confiada ao ministro da Agricultura. De aspecto agradável, sempre deslumbrado com o espetáculo da natureza, ele apresentou ao casal real um novo modelo de arado melhor adaptado aos solos ricos e pesados do Delta. Ele próprio manejou com entusiasmo o instrumento que cavava a terra em boa profundidade, sem mutilá-la.

Os empregados da propriedade não escondiam a alegria; ver tão de perto o rei e a rainha era um verdadeiro presente do céu, que lhes encheria o próximo ano de mil e uma felicidades. A colheita seria abundante, frutos magníficos cresceriam nos pomares, e nos rebanhos haveria inúmeros nascimentos.

Nefertari sentiu que Ramsés permanecia alheio às alegrias daquele maravilhoso dia. Ao final de uma copiosa refeição, aproveitou um momento de pausa.

— A ansiedade oprime seu coração... Moisés é responsável por isso?

— É verdade que me inquieta a sua sorte.

— Abner já foi encontrado?

— Ainda não. Se não se apresentar ao tribunal, o vizir não pronunciará a absolvição.

— Serramanna não o desiludirá. Mas sinto que há uma outra coisa que o atormenta.

— A regra dos faraós impõe-me a proteção do Egito tanto dos inimigos do interior como do exterior, e receio ter falhado.

— Com os hititas mantidos a distância, o adversário que agora receia encontra-se sobre o nosso solo.

— Teremos de travar uma guerra contra os filhos das trevas, que avançam disfarçados, sob uma falsa aparência.

— Estranhas palavras que, no entanto, não me surpreendem! Ontem, durante a celebração dos rituais da tarde no templo de Sekhmet, os olhos da estátua de granito brilharam com um fulgor inquietante. Conhecemos bem esse olhar: anuncia desgraça. Pronunciei imediatamente as fórmulas de exorcismo, mas será que alcançará o mundo exterior a paz que regressou ao santuário?

— Os fantasmas de Amarna voltam a assombrar as consciências.

— O próprio Akhenaton não fixara os limites da sua experiência no espaço e no tempo?

— É verdade, mas desencadeou forças que não conseguiu controlar. E Ofir, um mago líbio a serviço dos hititas, despertou os demônios adormecidos na cidade abandonada.

Nefertari permaneceu silenciosa, com os olhos fechados, durante um longo momento. Libertando-se dos laços com o efêmero, seu pensamento penetrou no invisível em busca de uma verdade oculta nos meandros do futuro. A prática dos rituais desenvolvera na rainha uma capacidade de vidência, um contato direto com as forças que, a cada momento, iam criando vida. Por vezes, a intuição conseguia levantar o véu.

Ansioso, Ramsés esperou o veredito da grande esposa real.

— O confronto será terrível — disse ela ao reabrir os olhos. — Os exércitos que Ofir preparou serão tão violentos quanto os dos hititas.

— Já que confirma os meus receios, devemos agir o mais rapidamente possível. Desencadearemos a energia dos principais templos do reino, assim o recobraremos de uma rede protetora cujas malhas terão sido tecidas pelos deuses e deusas. A sua ajuda é indispensável para mim.

Nefertari abraçou Ramsés, com um gesto de infinita ternura.

— Acha necessário pedi-la?

— Sim, pois vamos empreender uma longa viagem e enfrentar inúmeros perigos.

— O nosso amor teria algum sentido, se não fosse consagrado ao Egito? Ele nos dá a vida, nós lhe damos a nossa.

Jovens camponesas de seios nus, a cabeça enfeitada com uma touca de juncos e um saiote vegetal enrolado na cintura dançaram em honra da fecundidade da terra e atiraram umas às outras pequenas bolas de pano para afastar o mau-olhado. Graças à sua perícia, os gênios maus, pesados, pouco hábeis e disformes, não conseguiriam penetrar nas culturas.

— Ah, se tivéssemos a habilidade delas — desejou Nefertari.

— Também você tem uma preocupação oculta.

— Estou inquieta com Kha.

— Cometeu alguma falta grave?

— Não; é por causa do pincel que lhe roubaram. Lembra-se do desaparecimento do meu xale preferido? Tenho certeza de que esse mago Ofir o utilizou para praticar um encantamento, arruinar a minha saúde e enfraquecer a nossa união. Graças à intervenção de

Setaou, pude dar à luz Meritamon e escapar à morte, mas receio um novo ataque e, desta vez, contra uma criança, contra o nosso filho mais velho.

— Ele se queixa de alguma coisa?

— O doutor Pariamakhu acaba de examiná-lo e não descobriu nada de anormal.

— O seu diagnóstico não me basta; mande chamar Setaou e peça-lhe para criar uma muralha mágica em torno de Kha. A partir de hoje, deve relatar-nos o mínimo incidente. Preveniu Iset?

— Claro que sim.

— É preciso descobrir o ladrão ou a ladra para saber se somos traídos mesmo no interior do palácio. Serramanna interrogará o pessoal.

— Tenho medo, Ramsés, tenho medo por Kha.

— Controlemos esse medo que lhe pode ser prejudicial. O manipulador das trevas se utilizará da menor falha.

Equipado com uma paleta de escriba e pincéis, Kha entrou no laboratório de Setaou e Lótus. A bela núbia obrigava uma cobra negra a cuspir o seu veneno, enquanto o marido preparava uma poção para tratar as perturbações digestivas.

— É você o meu professor de magia?

— O seu único professor será a própria magia. Ainda tem medo das serpentes?

— Oh, sim!

— Apenas os imbecis não receiam os répteis. Nasceram antes de nós e conhecem segredos de que nós necessitamos. Já reparou que eles se esgueiram entre os mundos?

— Desde que meu pai me fez encontrar a grande cobra, sei que evitarei a morte maléfica.

— Parece, no entanto, que é necessário protegê-lo.

— Roubaram-me um pincel, e um mago quer servir-se dele contra mim. Foi a rainha que me contou a verdade.

A seriedade e a maturidade do jovem espantaram Setaou.

— Como as serpentes nos enfeitiçam — explicou — ensinam-nos também a forma de lutar contra os feitiços. É por isso que vou fazê-los ingerir todos os dias uma mistura à base de cebolas esmagadas, sangue de serpente e plantas urticáceas. Dentro de quinze dias, acrescentarei limalha de cobre, ocre vermelho, alúmen e óxido de chumbo. Depois, Lótus lhe oferecerá um remédio que ela própria inventou.

Kha fez uma careta.

— Não deve ser nada agradável.

— Um pouco de vinho disfarça o mau sabor.

— Nunca bebi.

— Uma lacuna mais a preencher.

— O vinho perturba o espírito dos escribas e os impede de terem uma mão firme.

— O excesso de água impede o coração de se dilatar; não dê ouvidos a essas idéias. Para saber distinguir os grandes vinhos, é preciso começar a prová-los cedo.

— Vão me proteger da magia ruim?

Setaou manipulava um pote de ungüento esverdeado.

— Um homem sem iniciativa não tem qualquer chance de resistir à magia ruim; apenas um trabalho intensivo lhe permitirá escapar aos ataques do invisível.

— Estou pronto — declarou Kha.

18

Há dez dias chovia em Hattusa,* a capital do império hitita, construída no planalto da Anatólia central, onde as estepes áridas alternavam com desfiladeiros e ravinas.

Cansado, com as costas curvadas, as pernas curtas, os olhos castanhos sempre atentos, o imperador Muwattali era friorento. Mantinha-se, portanto, junto da lareira, ainda com o gorro de lã e o longo manto vermelho e preto.

Apesar da derrota de Kadesh e do fracasso da contra-ofensiva, Muwattali sentia-se em segurança na sua cidade da montanha, formada por uma cidade baixa e uma cidade alta dominada por uma acrópole onde se erguia o palácio imperial. Gigantescas fortificações, acompanhando o relevo, faziam de Hattusa uma praça forte inexpugnável.

No entanto, na orgulhosa e invencível cidade, aumentavam as críticas contra o imperador. Pela primeira vez, o seu apurado sentido de estratégia não conseguira a vitória para o seu exército.

Nos nove quilômetros de muralhas, eriçados de torres e ameias, os soldados montavam guarda rigorosa, mas todos se perguntavam se amanhã Muwattali continuaria a presidir os destinos do império. Até então, aquele que era familiarmente chamado "o grande chefe" sempre fizera abortar as tentativas de tomada do poder, eliminando os ambiciosos; mas os recentes acontecimentos haviam tornado frágil a sua posição.

Isso sem mencionar dois homens que lhe cobiçavam o trono: o

* A atual Bogazköy, 150km a leste de Ankara (Turquia).

filho, Uri-Techup, apoiado pela elite do exército, e Hattusil, o irmão do imperador, astuto diplomata que elaborara uma poderosa coligação contra o Egito. Coligação que Muwattali tentava manter ao oferecer grande quantidade de presentes valiosos aos seus aliados.

Muwattali acabava de passar uma serena parte do dia em companhia de uma encantadora jovem, divertida e culta, que lhe fizera esquecer as preocupações. Teria gostado, tanto quanto ela, de poder consagrar-se à poesia amorosa para esquecer as paradas militares. Mas tal pensamento não passava de um sonho, pois um imperador hitita não tinha tempo nem direito de sonhar.

Muwattali aqueceu as mãos. Ainda hesitava: deveria eliminar o irmão ou o filho? Ou os dois? Alguns anos antes, a intervenção brutal teria sido inevitável; grande número de pessoas dedicadas à intriga e até mesmo de soberanos havia sucumbido à morte por envenenamento, muito apreciada na corte hitita. Atualmente, a hostilidade entre os dois pretendentes lhe poderia ser útil. Ambos não seriam neutralizados, permitindo-lhe aparecer como um mediador indispensável?

E havia ainda uma outra realidade angustiante que ditava a sua conduta: o império estava prestes a desmembrar-se. Os repetidos fracassos militares, o financiamento da guerra e as dificuldades do comércio internacional ameaçavam estremecer o gigante.

Muwattali recolhera-se no templo do deus da tempestade, o mais belo do bairro dos santuários da cidade baixa, que englobava nada menos do que vinte e um monumentos dedicados às divindades. Como qualquer sacerdote, o imperador partira três pães e derramara vinho sobre um bloco de pedra, pronunciando a fórmula ritual: "Que possa durar eternamente." Era pelo seu país que o imperador proclamava esse voto; em seus pesadelos, via-se derrotado pelo Egito e traído pelos seus aliados. Durante quanto tempo ainda contemplaria, do topo de sua acrópole, os terraços feitos de pedras justapostas, as belas moradias da nobreza, as portas monumentais que davam acesso à sua capital?

O camareiro preveniu o imperador de que o seu visitante havia chegado — após ultrapassar os numerosos postos de guarda antes de chegar ao alojamento imperial, rodeado de reservatórios de água, cavalariças, um arsenal e uma caserna.

Muwattali gostava de receber seus visitantes numa sala de pilastras fria e austera, decorada com armas comemorativas das vitórias do exército hitita.

O passo pesado e marcial de Uri-Techup era reconhecível entre mil. Alto, musculoso, dono de um invejável vigor, envolto numa capa de peles avermelhada, e de cabelos compridos, afirmava-se como um guerreiro temível, sempre pronto para entrar em combate.

— Como tem passado, meu filho?

— Mal, meu pai, muito mal.

— No entanto, parece estar com excelente saúde.

— O senhor me chamou aqui para zombar de mim?

— Não esqueça com quem está falando.

Uri-Techup perdeu a arrogância.

— Perdoe-me, estou com os nervos à flor da pele.

— Qual a razão dessa contrariedade?

— Eu, que era o chefe de um exército vitorioso, eis-me aqui reduzido à categoria de reles subalterno, sob as ordens de Hattusil, o derrotado de Kadesh! Não será desperdiçar energia demais que poderia ser colocada a serviço do meu país?

— Sem Hattusil, a coligação não se teria formado.

— E para que nos serviu ela? Se tivesse confiado em mim, teria triunfado sobre Ramsés!

— Persiste ainda no mesmo erro, meu filho! Para que serve evocar constantemente o passado?

— Expulse Hattusil e devolva-me o comando real.

— Hattusil é meu irmão, é respeitado pelos nossos aliados e aceito pelos comerciantes, sem os quais o nosso esforço de guerra teria de parar.

— Qual é a sua proposta, então?

— Acabar de vez com as nossas diferenças e unirmos nossas forças para salvar o Hatti.

— Salvar o Hatti... Mas quem o ameaça?

— Ao nosso redor o mundo evolui; não aniquilamos o Egito, e há certas alianças que podem modificar-se mais rapidamente do que eu supunha.

— Não compreendo nada desse discurso! Nasci para combater, não para tecer intrigas das quais o Hatti não sai vitorioso.

— São conclusões apressadas e insensatas, meu filho. Se pretendemos estender a nossa supremacia a todo o Oriente Próximo, comecemos por solucionar as nossas divisões internas. Há uma diligência salutar e indispensável: a sua reconciliação com Hattusil.

Uri-Techup bateu com o punho numa das pilastras da lareira.

— Nunca! Nunca aceitarei humilhar-me perante aquele medíocre!

— Acabemos com as nossas divisões e seremos mais fortes.

— Encerre o seu irmão e a mulher num templo e dê-me ordem para atacar o Egito: eis uma diligência salutar.

— Recusa qualquer forma de conciliação?

— Recuso.

— É a sua última palavra?

— Se afastar Hattusil, serei o seu fiel apoio. Eu e o exército.

— Um filho negocia o amor que dedica ao pai?

— Você é muito mais do que um pai, é o imperador do Hatti. Apenas o interesse do Hatti deve ditar as nossas decisões. A minha posição é justa, como acabará por reconhecer.

O imperador pareceu cansado.

— Talvez tenha razão... Tenho de refletir.

Ao sair da sala de audiências, Uri-Techup estava certo de ter convencido o pai. Em breve o envelhecido imperador não teria outra alternativa senão conceder-lhe plenos poderes, antes mesmo de lhe entregar o trono.

Trajando um vestido vermelho, colar de ouro, pulseiras de prata e sandálias de couro, Putuhepa, esposa de Hattusil, queimava incenso na sala subterrânea do templo de Ishtar. A acrópole estava silenciosa àquela avançada hora da noite.

Dois homens desceram a escada. Um deles, baixo, com os cabelos presos por uma tira, envolto numa indumentária feita de espesso tecido multicor, e com uma pulseira no cotovelo esquerdo, era Hattusil, que precedia o imperador.

— Como está frio aqui! — queixou-se Muwattali, aconchegando-se mais ainda dentro do seu manto de lã.

— Este compartimento não é nada confortável — reconheceu Hattusil — mas tem a vantagem de ser absolutamente tranqüilo.

— Quer sentar-se, Majestade? — perguntou Putuhepa.

— Este banco de pedra serve. Apesar da sua longa viagem, o meu irmão parece menos cansado do que eu. O que soube de essencial, Hattusil?

— Estou inquieto quanto à nossa coligação. Alguns dos nossos aliados parecem prestes a esquecer os seus compromissos. Estão ficando cada vez mais ambiciosos, mas consegui satisfazê-los. Fique sabendo, porém, que essa coligação nos está sendo muito cara; no entanto, há notícias mais preocupantes.

— Fale, peço-lhe.

— Os assírios estão se tornando ameaçadores.

— Aquele pequeno povo?

— Seguiu o nosso exemplo e nos considera em plena dissolução devido às recentes derrotas e às nossas desavenças.

— Poderíamos esmagá-los em poucos dias!

— Não creio; e também não seria inteligente dispersar as nossas forças no momento em que Ramsés se prepara para atacar Kadesh.

— Dispõe de informações fidedignas?

— Segundo os nossos espiões, o exército de Ramsés estaria prestes a retomar a ofensiva. Desta vez, os cananeus e os beduínos já não se oporão ao rei do Egito. Assim, o caminho para o Hatti estará livre. Abrir uma segunda frente contra os assírios seria uma loucura.

— O que aconselha, Hattusil?

— Privilegiemos a nossa unidade interna; a questão que me opõe ao seu filho já durou demais e só nos enfraquece. Estou pronto a encontrar-me com ele para fazê-lo tomar consciência da gravidade do momento. Se teimarmos em desafiar-nos mutuamente, desapareceremos do mapa.

— Uri-Techup recusa qualquer reconciliação e exige assumir o comando de todas as nossas tropas.

— Para se lançar de cabeça contra os egípcios e sofrer uma grande derrota!

— Segundo ele, o choque frontal é a nossa única possibilidade.

— Você é o imperador e só a você compete escolher entre ele e mim. Se adotar a política do seu filho, eu me retirarei.

Muwattali deu alguns passos para se aquecer.

— Só há uma solução razoável — declarou calmamente a bela Putuhepa. — Como imperador, deve privilegiar a grandeza do Hatti. Que Hattusil seja seu irmão e Uri-Techup seu filho não tem qualquer importância perante a salvaguarda do nosso povo, pois como imperador sabe muito bem que a fúria guerreira de Uri-Techup nos conduzirá à ruína.

— Qual é então a solução... razoável?

— Ninguém consegue convencer uma pessoa com esse temperamento arrebatado. Portanto, é necessário suprimi-la. Nem você nem Hattusil devem estar implicados no seu desaparecimento; eu própria me encarregarei disso.

19

Moisés ergueu-se.

— Você, aqui?

— A justiça autorizou-me a visitá-lo.

— O faraó tem necessidade de solicitar autorização para visitar as suas prisões?

— No seu caso, sim, pois é acusado de assassinato. Mas, antes de tudo, você é meu amigo.

— Então, não me renega...

— Abandona-se um amigo que cai em desgraça?

Ramsés e Moisés abraçaram-se longamente.

— Não tive confiança em você, Ramsés, porque não acreditei que viria.

— Homem de pouca fé! Por que fugiu?

— Pensei primeiro que o pânico podia explicar a minha atitude... Mas em Madiã, onde me ocultei, tive tempo para refletir. Não foi uma fuga, foi um apelo.

A cela de Moisés era um local limpo e bem arejado, mesmo com chão de terra batida. O rei sentou-se num banco de três pés, de frente para o seu amigo hebreu.

— De quem provinha esse apelo?

— Do Deus de Abraão, Isaac e Jacó. De Jeová.

— "Jeová" é o nome de uma montanha no deserto do Sinai; fazer dela o símbolo de uma divindade nada tem de estranho. Não abriga a montanha do Ocidente, em Tebas, a deusa do silêncio?

— Jeová é o Deus único, não se reduz a uma paisagem.

— O que se passou durante o seu exílio?

— Encontrei Deus na montanha sob a forma de uma sarça ardente. Revelou-me o Seu nome: "Eu sou."

— Por que se limita ele a um único aspecto da realidade? Atum, o criador, é simultaneamente "O que é" e "O que não é".

— Jeová confiou-me uma missão, Ramsés, uma missão sagrada que poderá desagradar-lhe. Devo fazer sair o povo hebreu do Egito e conduzi-lo a uma terra santa.

— Ouviu realmente a voz de Deus?

— Era tão clara e profunda como a sua.

— Não está o deserto povoado de ilusões?

— Não me fará mergulhar na dúvida, Ramsés; sei aquilo que vi e ouvi. A minha missão foi determinada por Deus e hei de cumpri-la.

— Fala de... todos os hebreus?

— É um povo inteiro que sairá livre do Egito.

— Quem impede um hebreu de circular livremente?

— Exijo um reconhecimento oficial da fé dos hebreus e autorização para realizar um êxodo.

— Primeiro você tem de sair desta prisão; é por isso que mandei procurar Abner. O testemunho dele será decisivo para a sua absolvição.

— Talvez Abner tenha deixado o Egito.

— Tem a minha palavra de que não serão poupados todos os esforços para trazê-lo ao tribunal.

— A minha amizade por você permanece intacta, Ramsés, e desejei a sua vitória na luta contra os hititas. Mas você é o Faraó, e eu o futuro líder do povo hebreu. Se não se curvar à minha vontade, vou me tornar o mais implacável dos seus inimigos.

— Os amigos não encontram sempre uma base de entendimento?

— A nossa amizade contará menos do que a minha missão; mesmo que meu coração se parta, devo obedecer à voz de Jeová.

— Teremos tempo para voltar a falar disso; primeiro, deve recuperar a liberdade.

— Não me importa estar encarcerado. Preparo-me na solidão para as provas de amanhã.

— A primeira poderá ser uma pesada condenação!

— Jeová está me protegendo.

— Desejo que sim, Moisés. Procurando bem na sua memória, não pode descobrir algum elemento que possa ser útil à sua defesa?

— Disse a verdade, e a verdade brilhará.

— Não está me ajudando muito.

— Quando se é amigo do Faraó, por que haveríamos de nos preocupar com a injustiça? Você nunca permitirá que ela invada o reino e a alma dos juízes.

— Encontrou-se com um homem chamado Ofir?

— Não me lembro...

— Tente lembrar-se. Ofir é um falso arquiteto que o contatou em Pi-Ramsés quando você estava construindo a minha capital; com certeza elogiou os méritos da religião de Akhenaton.

— Tem razão.

— Fez-lhe propostas concretas?

— Não, mas pareceu-me ser sensível à desgraça dos hebreus.

— Desgraça... O termo não será exagerado?

— Você é egípcio, não pode compreender.

— Esse Ofir é um espião hitita que conspira contra o Egito; é também um assassino. Qualquer acordo com ele faria pesar sobre você suspeita de alta traição.

— Seja quem for que auxilie o meu povo merece a minha gratidão.

— Detesta a terra que o viu nascer?

— A infância, a adolescência, os nossos estudos em Mênfis, a minha carreira ao seu serviço... tudo isso está morto e esquecido, Ramsés. Apenas amo uma terra: a que Deus prometeu ao meu povo.

Nedjem, o ministro da Agricultura, estava com um nervosismo fora do habitual. Geralmente afável e alegre, fora duro, e sem razão, para com o seu secretário. Incapaz de se concentrar nas pastas que devia estudar, deixou o seu gabinete e dirigiu-se ao laboratório de Setaou e Lótus.

Acocorada, a linda núbia prendia uma víbora que batia furiosamente com a cauda.

— Segure esta taça de cobre — pediu ao ministro.

— Não sei se...

— Apresse-se com isso.

Hesitante, Nedjem pegou o recipiente que continha um líquido castanho e viscoso.

— Não deixe cair nada, é muito corrosivo.

Nedjem tremia.

— Onde posso colocá-lo?

— Na prateleira.

Lótus enfiou a víbora num cesto, em seguida fechando-o.

— Em que posso ser-lhe útil, Nedjem?

— Você e Setaou...

— O que querem de Setaou? — interrogou a voz áspera do encantador de serpentes.

Vapores inquietantes saíam de filtros de diversos tamanhos; nas prateleiras, os potes misturavam-se com os filtros, os frascos com os tubos, as decocções com as poções.

— Quero dizer...

Um ataque de tosse impediu o ministro de continuar.

— Pois bem, diga! — exigiu Setaou.

Mal barbeado, maciço, de ombros largos, quase invisível no meio dos vapores que invadiram a parte do laboratório onde trabalhava, Setaou transvasava veneno diluído.

— É a propósito do pequeno Kha.

— O que lhe aconteceu?

— É você que... Enfim, quero dizer que, até agora, me ocupei da educação dessa criança. Gosta de ler e de escrever, demonstra uma maturidade excepcional para a sua idade, possui já uma cultura que muitos escribas invejariam, não hesita em estudar os segredos do céu e da terra, quer...

— Eu sei de tudo isso, Nedjem, e tenho trabalho para fazer. Portanto, vá direto ao assunto.

— Você... você não é um homem fácil!

— A vida não é fácil. Quando se convive diariamente com os répteis, não se pode perder tempo com trivialidades.

Nedjem ficou chocado.

— Mas... a minha visita não é uma trivialidade!

— Então diga de uma vez o que tem para dizer.

— Bem, vou ser mais direto: por que está arrastando Kha para o mau caminho?

Setaou colocou sobre uma prateleira o frasco que estava manipulando e limpou a testa com um pano.

— Entre em minha casa, Nedjem, porque vejo que veio perturbar o meu trabalho e, ainda por cima, está me insultando! Por mais ministro que seja, a minha vontade agora é enfiar um murro na sua cara!

Nedjem recuou, esbarrando em Lótus.

— Perdoe-me... Não supunha... Mas aquela criança...

— A iniciação de Kha na magia parece-lhe prematura? — perguntou a núbia com um sorriso encantador.

— Sim, sim, é isso — respondeu Nedjem.

— Esses escrúpulos o honram, mas os seus receios não têm fundamento.

— Uma criança tão pequena, diante de uma ciência tão complexa, tão perigosa...

— O Faraó nos ordenou que protegêssemos o filho; para consegui-lo, precisamos da cooperação de Kha.

O ministro empalideceu.

— Protegê-lo... De que ameaça?

— Gosta de carne marinada? — perguntou Lótus.

— Eu?... Sim, claro.

— É uma das minhas especialidades; aceita compartilhar a nossa refeição?

— Convidar-me assim, de última hora...

— Já está decidido — declarou Setaou. — E Kha não é um pequeno objeto frágil, mas sim o filho mais velho de Ramsés. Atacando-o, pretendem enfraquecer o casal real e todo o país. Ergueremos uma muralha mágica em torno de Kha para repelir as influências nocivas lançadas contra ele. A tarefa exige precisão, será difícil e incerta. Toda cooperação será, portanto, bem-vinda.

20

A ruela do bairro hebreu estava recoberta de traves que suportavam um entrelaçado de juncos destinado a proteger os transeuntes devido ao calor do sol. Sentadas na soleira das portas, as donas-de-casa discutiam; quando passava o carregador de água, matavam a sede, para depois recomeçarem suas intermináveis conversas, às quais se misturavam os artesãos, que saboreavam um momento de repouso, e os oleiros, de regresso dos canteiros de obras.

Um único assunto ocupava todos os espíritos: o processo de Moisés. Uns diziam que ele seria condenado à morte; outros, que ele receberia uma pena leve de prisão. Alguns extremistas defendiam uma revolta, mas a maioria tomava o partido do fatalismo: quem se atreveria a opor-se ao exército e à guarda do Faraó? E, afinal, Moisés estava sofrendo o que merecia: não havia matado um homem? O fato de a lei ser aplicada com o máximo rigor não escandalizava ninguém, mesmo Moisés continuando a ser muito popular. Quem não recordava sua dedicação aos oleiros e as vantagens materiais que conseguira para eles? Muitos trabalhadores desejavam que ele voltasse a trabalhar como arquiteto e se interessasse de novo pela sua sorte.

Aarão compartilhava do pessimismo do ambiente. É verdade que a sorte de Moisés estava nas mãos de Jeová, mas a justiça egípcia não se mostrava nada meiga com os criminosos. Se Abner tivesse concordado em comparecer, a acusação teria sido anulada; mas o oleiro afirmava convictamente que Moisés mentia. Recusou-se, portanto, a sair do seu esconderijo antes do fim do processo. Como Aarão não tinha qualquer censura a fazer a Abner, não podia pedir ao chefe de sua tribo que exigisse seu testemunho.

Ao passar pela ruela, Aarão reparou em um mendigo com a cabeça coberta por um capuz. Encostado à parede, com as pernas dobradas, o homem comia pedaços de pão que os transeuntes lhe atiravam. No primeiro dia, Aarão tentou esquecer o infeliz; no segundo, ele próprio lhe deu de comer; no terceiro, sentou-se a seu lado.

— Não tem família?

— Já não tenho ninguém.

— Era casado?

— Minha mulher morreu e meus filhos partiram.

— Que triste sorte caiu sobre você?

— Era comerciante de cereais, tinha uma boa casa e levava uma vida tranqüila... Cometi uma falta grave ao enganar a minha mulher.

— E Deus o castigou.

— Tem razão, mas não é a Ele que devo a minha desgraça. Um homem descobriu a minha ligação, fez chantagem comigo, arruinou-me e destruiu o meu casamento. A minha mulher morreu de desgosto.

— Então esse homem era um monstro!

— Um monstro que continua a agir cruelmente e a espalhar a infelicidade... Além de mim, outros sofrerão com a sua crueldade.

— Como ele se chama?

— Tenho vergonha de dizer.

— Por que razão?

— Porque é hebreu, como nós.

— Chamo-me Aarão e tenho alguma influência em nossa comunidade. Não tem o direito de continuar calado, porque uma ovelha ranhosa pode contaminar o rebanho.

— Que importância tem isso agora?... Estou só e desesperado.

— Apesar da sua infelicidade, você deve pensar nos outros. Esse homem deve ser castigado.

— Ele chama-se Abner — murmurou o mendigo.

Dessa vez, Aarão tinha um sério motivo para se queixar do comportamento de Abner. Nessa mesma noite, reuniu um conselho de anciãos e chefes de tribo, contando-lhes as desventuras do comerciante de cereais.

— Há algum tempo — relembrou um decano — Abner fez chantagem com alguns oleiros, mas estes guardaram silêncio, e apenas rumores chegaram aos nossos ouvidos. Compreende-se agora o motivo de Abner não querer comparecer perante um tribunal, preferindo que se acalme toda essa agitação.

— Moisés está na prisão e somente o testemunho de Abner poderá salvá-lo!

Desconcertados, os notáveis não demonstravam a mínima vontade de tomar partido. Um chefe de tribo fez um resumo da situação.

— Falemos claramente: Moisés cometeu um assassinato, e esse crime lançou a desconfiança sobre todos os hebreus. Não há injustiça quanto a ele ser castigado. Além disso, voltou para espalhar a perturbação entre nós com as suas idéias loucas. A prudência aconselha que se deixem as coisas correrem.

Aarão foi dominado por violenta cólera.

— Covarde entre os covardes! Prefere, portanto, ajudar um miserável como Abner e enviar para a morte Moisés, que lutou por você! Que Jeová o mergulhe na infelicidade e na desgraça!

O decano da assembléia, um oleiro reformado, interveio com violência.

— Aarão tem razão, o nosso comportamento é desprezível.

— Estamos protegendo Abner — lembrou um chefe de tribo. — Não temos o direito de obrigá-lo a arriscar-se a um castigo com base em vagas acusações.

Aarão bateu com seu cajado no chão.

— Será que Abner não o ajudou a enriquecer à custa dos nossos irmãos?

— Como se atreve?

— Confrontemos o mendigo com Abner.

— Proposta aceita — declarou o decano.

Abner estava escondido numa casa de dois pisos, no centro do bairro dos oleiros, de onde só sairia depois da condenação de Moisés. Tornara-se rico e considerado, passando agora a maior parte do tempo empanturrando-se de bolos e dormindo.

Quando o conselho dos anciãos e dos chefes de tribo lhe impusera o confronto, começara a rir, por dois motivos: primeiro, um mendigo não teria valor diante dele; depois, Abner acusaria o povo hebreu de deixar um homem na miséria, o que era contrário à lei egípcia. Se, por um acaso extraordinário, o caso assumisse uma proporção comprometedora, seus cúmplices encarregar-se-iam de fazer desaparecer o seu desgraçado acusador.

A entrevista realizou-se no térreo, na sala destinada a receber os visitantes, cujos bancos estavam cobertos de almofadas. Presentes: o decano dos anciãos, um dos chefes de tribo designado pelos seus pares, e Aarão, que amparava o mendigo curvado, quase incapaz de andar.

Abner exibia um ar de gozação.

— Então é esse pobre-diabo que delira a meu respeito... Consegue ao menos falar? O mais conveniente seria dar-lhe de comer e depois mandarem-no acabar seus dias numa das casas do Delta.

Aarão ajudou o mendigo a sentar-se.

— Podemos evitar um confronto — declarou o decano — se aceitar testemunhar em favor de Moisés e confirmar a versão dos fatos, tal como está no documento escrito por você.

— Moisés é um homem agitado e perigoso. Eu proporcionei fortuna a muitos dos nossos irmãos! Por que haveria de correr riscos inúteis?

— Por respeito à verdade — interveio Aarão.

— É tão flutuante... Será o bastante para fazer Moisés ser libertado? Afinal, ele é um assassino! Nada temos a ganhar nos metendo nessa história.

— Moisés salvou a sua vida, agora você deve salvar a dele.

— Essa história é antiga, e a minha memória, fraca... Não é preferível pensar no futuro? E depois, o meu depoimento escrito funcionará em favor de Moisés. Havendo o benefício de uma dúvida será favorável, não será condenado à morte.

— Um longo cativeiro será sorte mais invejável?

— Moisés devia ter se controlado e não matar Sary.

Fora de si, Aarão bateu com o cajado no chão.

— Nada de violência — exigiu o decano.

— Este indivíduo é um canalha, traiu os seus e continuará traindo-os!

— Mantenha a calma — recomendou Abner. — Sou generoso e comprometo-me a suprir as suas necessidades. Para mim, o respeito aos anciãos é de um valor inapreciável.

Se o decano e o chefe de tribo não estivessem presentes, Aarão teria partido a cabeça de Abner.

— Permaneçamos assim, meus amigos, e festejemos a nossa reconciliação com uma boa refeição, que lhes ofereço com o maior prazer.

— Esqueceu o mendigo, Abner?

— Ah! O mendigo... Então, o que tem ele a dizer?

Aarão dirigiu-se ao pobre homem.

— Não tenha medo, fale à vontade.

O homem permaneceu prostrado, e Abner desatou a rir.

— É este o seu grande acusador? Acabemos logo com isso... Entreguem-no aos meus criados, que lhe darão de comer na cozinha.

Aarão estava mortificado.

— Fale, peço-lhe.

Lentamente, o falso mendigo desdobrou o seu enorme corpo, tirou o capuz e mostrou o rosto.

Estupefato, Abner mal foi capaz de articular o nome daquele inesperado e temível hóspede.

— Serramanna...

— Está preso — declarou o sardo, com um sorriso de pirata.

Enquanto decorria o depoimento de Abner, Serramanna sentia-se dominado por sentimentos contraditórios. Por um lado, esperara nunca encontrar Abner para que Moisés, o conspirador, não fosse absolvido; por outro, cumprira a sua missão com êxito. Era necessário que Ramsés fosse um ente extraordinário para motivar tal obediência de sua parte, mesmo estando convencido de que o hebreu era culpado. O rei agia mal por confiar em Moisés, mas como criticar um monarca que colocava a amizade entre os valores mais sagrados?

Pi-Ramsés em peso aguardava a sentença dada pelo vizir na

seqüência da deliberação do júri. O processo aumentara de forma considerável o prestígio de Moisés; os mais pobres e a quase-totalidade dos oleiros tomavam agora partido a seu favor. Não era ele que surgia como o defensor dos infelizes contra os quais a vida se mostrara injusta?

Serramanna esperava que Moisés fosse exilado e que não viesse perturbar a harmonia construída, dia a dia, pelo casal real.

Quando Ameni saiu da sala do tribunal, o sardo foi ao seu encontro. O secretário particular de Ramsés estava feliz.

— Moisés foi absolvido.

21

A corte estava reunida na sala de audiências do palácio de Pi-Ramsés, que dava acesso a uma escadaria monumental adornada com figuras de inimigos aniquilados. Ninguém sabia por que razão o Faraó convocara o governo em peso e os principais responsáveis da Administração, mas todos esperavam o anúncio de decisões vitais para o futuro do país.

Ao passar pela porta monumental orlada com os nomes de coroação de Ramsés pintados em azul sobre fundo branco e colocados dentro de escudos, Ameni ocultava com dificuldade o seu descontentamento; por que não lhe fizera o rei nenhuma confidência? Observando o ar contrariado de Acha, considerou que o amigo sabia mais tanto quanto ele.

Os cortesãos eram tão numerosos que era impossível ver a decoração formada por mosaicos de terracota envernizados, representando jardins floridos e lagos cheios de peixes. As pessoas comprimiam-se entre as colunas e contra as paredes, as quais exibiam uma deslumbrante paleta de verde-claro, vermelho-escuro, azul-claro, amarelo luminoso e branco sujo. Mas naqueles momentos de angústia, quem pensava em admirar as sublimes aves que esvoaçavam nos pântanos povoados de papiros?

No entanto, o olhar de Setaou pousava sobre uma pintura que representava uma jovem em meditação em frente a um maciço de malvas-rosas e cujas feições se assemelhavam às da rainha. Os frisos de lótus, dormideiras, papoulas, margaridas e acianos encarnavam uma natureza pacífica e sorridente.

Ministros, altos funcionários, escribas reais, ritualistas, guardas dos segredos, sacerdotes e sacerdotisas, damas de alta linhagem e outros personagens importantes fizeram silêncio quando Ramsés e Nefertari se sentaram no trono. O poder do monarca era esmagador, e o seu porte, inigualável. Com a dupla coroa que assinalava a sua soberania sobre o Alto e o Baixo Egito, envergando uma túnica branca e um saiote dourado, Ramsés segurava na mão direita o cetro "magia", o cajado de pastor que lhe servia para reunir o seu povo no invisível e manter a sua coesão no visível.

Nefertari era a graça, Ramsés, o poder. Todos na assistência captaram o amor profundo que os unia e dava a ambos um perfume de eternidade.

O chefe dos ritualistas declamou um hino a Amon, celebrando a presença do deus oculto em todas as formas de vida. Então Ramsés falou:

— Vou comunicar-lhes um certo número de decisões a fim de dissipar rumores e definir a política que tenciono seguir de imediato. Estas escolhas são fruto de uma longa reflexão realizada em conjunto com a grande esposa real.

Diversos escribas reais prepararam-se para escrever as palavras do monarca, que se tornariam decretos com aplicação imediata.

— Decidi reforçar a fronteira nordeste do Egito, construir novas fortalezas nesse setor, consolidar as antigas muralhas, duplicar as guarnições e aumentar-lhes o soldo. O Muro do Rei deve tornar-se inexpugnável e proteger o Delta de qualquer tentativa de invasão. Equipes de talhadores de pedra e de oleiros partirão já amanhã para iniciarem os trabalhos necessários.

Um velho cortesão pediu a palavra.

— Majestade, será o Muro do Rei suficiente para deter as tropas hititas?

— Por si só, não; trata-se apenas do último elemento do nosso sistema de defesa. Graças à recente intervenção do exército, que derrotou a contra-ofensiva hitita, reconquistamos os nossos protetorados. Entre nós e o invasor existem Canaã, Amurru e a Síria do Sul.

— Não lhe têm traído com freqüência os príncipes que governam essas províncias?

— Na realidade, isso tem acontecido constantemente; é por isso que confio a gestão administrativa e militar dessa zona-tampão a Acha, a quem concedo plenos poderes nessa região. Encarrego-o de manter ali a nossa supremacia, controlar os dirigentes locais, criar um sistema de informações eficaz e preparar um corpo de elite capaz de travar qualquer ataque hitita.

Acha permaneceu imperturbável, embora fosse o alvo de todos os olhares, uns de admiração, outros invejosos. O ministro dos Negócios Estrangeiros tornava-se um personagem-chave do Estado.

— Decidi também iniciar uma longa viagem com a rainha — continuou Ramsés. — Durante a minha ausência, Ameni se encarregará de todos os assuntos correntes e consultará todos os dias Touya, minha mãe. Permaneceremos em contato pelo correio, e nenhum decreto será promulgado sem o meu acordo.

A corte ficou estupefata. O papel de eminência parda de Ameni não era novidade, mas por que o casal real se afastava de Pi-Ramsés num período tão crucial?

O chefe do protocolo arriscou-se a colocar a pergunta que todos os lábios formulavam.

— Majestade... Poderia revelar-nos o objetivo de sua viagem?

— Reforçar a infra-estrutura sagrada do Egito. A rainha e eu iremos em primeiro lugar a Tebas para verificar o estado de adiantamento do meu templo de milhões de anos e depois partiremos para o Grande Sul.

— Até a Núbia?

— Sim.

— Perdoe-me, Majestade... Mas será necessário tão longo percurso?

— É indispensável.

A corte compreendeu, então, que o faraó não diria mais nada — que cada um imaginasse as razões secretas daquela surpreendente decisão.

Vigilante, o cão amarelo-dourado do rei, lambeu a mão da rainha-mãe, enquanto o enorme leão se deitava a seus pés.

— Esses dois fiéis companheiros vieram prestar-lhe uma homenagem — disse Ramsés.

Touya preparava um arranjo de um grande ramo armado que seria colocado sobre a mesa das oferendas destinadas à deusa Sekhmet. Como era altivo o porte da rainha-mãe, com seu longo vestido de linho orlado de ouro, os ombros cobertos por uma curta capa, e a cintura envolta num cinto vermelho de pontas riscadas que iam até o chão! Como era nobre a postura daquela mulher de olhos penetrantes, e de rosto delicado e severo, cheia de poder, exigente e inabordável!

— O que pensa das minhas decisões, mãe?

— Nefertari tinha-me falado demoradamente a respeito delas, e receio eu mesma de tê-las inspirado um pouco. A única proteção eficaz da nossa fronteira nordeste consiste realmente em controlar os protetorados com mão firme para impedir uma invasão hitita. Foi essa a política de seu pai e deve ser também a sua. Nove anos de reinado, meu filho... como está suportando esse peso?

— Ainda nem tive tempo para pensar nisso.

— Tanto melhor! Continue avançando e traçando o seu caminho. Tem certeza de que a tripulação do barco obedece corretamente às suas ordens?

— O meu círculo íntimo é muito reduzido, e não tenho intenções de ampliá-lo.

— Ameni é um homem notável — considerou Touya. — Mesmo não tendo uma visão muito ampla, possui duas qualidades raríssimas: honestidade e fidelidade.

— O seu elogio é o mesmo em relação a Acha?

— Ele também possui uma virtude excepcional: a coragem, uma coragem particularmente feita com base numa análise aprofundada das situações. Quem melhor poderia ter sido escolhido senão ele para velar pelos nossos protetorados do Norte?

— Setaou será também aprovado por você?

— Sei que ele detesta as convenções, mas é sincero; como seria possível não apreciar um aliado tão precioso?

— Resta Moisés...

— Tenho conhecimento da sua amizade por ele.

— Mas não a aprova.

— Não, Ramsés; esse hebreu tem objetivos que você se verá

obrigado a desaprovar. Sejam quais forem as circunstâncias, faça com que seu país passe sempre à frente dos seus sentimentos.

— Moisés ainda não é motivo para perturbações.

— Se vier a ser, a Regra de Maât, e apenas ela, deve inspirar a sua conduta. O caso pode tornar-se difícil, mesmo para você, Ramsés.

Touya endireitou a haste de um lírio; a composição tinha o fulgor de cem flores.

— Aceita governar as Duas Terras durante a minha ausência?

— Não vai me obrigar a isso! O peso da idade começa a incomodar-me.

Ramsés sorriu.

— Não acredito.

— Existe imensa força em você para imaginar o que pode ser o peso da velhice. Quer revelar-me agora a verdadeira razão dessa longa viagem?

— O amor pelo Egito e por Nefertari. Quero reanimar o fogo secreto dos templos, fazer com que produzam mais energia.

— Quer dizer que os hititas não são os nossos únicos adversários?

— Não. Um mago líbio, Ofir, utiliza contra nós forças das trevas; talvez eu esteja agindo mal em dar muita importância à sua ação, mas não quero correr mais qualquer risco. Nefertari já sofreu demais com os seus malefícios.

— Os deuses o favoreceram, meu filho. Poderiam conceder-lhe maior felicidade do que uma esposa tão luminosa?

— Não venerá-la como é devido seria um erro grave; concebi, portanto, um grande projeto para que o seu nome brilhe durante milhões de anos e que o casal real surja como a base inatingível em que está construído o Egito.

— Visto que sentiu essa exigência, o seu reinado será grande e vitorioso. Nefertari é a magia sem a qual nenhum ato é duradouro. Violência e trevas não desaparecerão, mesmo as gerações se sucedendo umas às outras, mas a harmonia será vivida nesta terra enquanto reinar o casal real. Fortifique-o, Ramsés, faça dele a pedra angular do edifício. Quando o amor brilha sobre um povo, proporciona-lhe mais felicidade do que qualquer outra riqueza.

O ramo estava terminado; a deusa ficaria satisfeita.

— Pensa às vezes em Chenar? — perguntou Ramsés.

A tristeza ensombrou o olhar de Touya.

— Como pode uma mãe esquecer seu filho?

— Chenar já não é seu filho.

— O rei tem razão, e eu deveria dar-lhe ouvidos... Poderá perdoar a minha fraqueza?

Ramsés apertou Touya ternamente em seus braços.

— Privando-o de sepultura — continuou ela — os deuses infligiram-lhe um terrível castigo.

— Enfrentei a morte em Kadesh, Chenar encontrou-a no deserto. Talvez tenha até purificado a alma.

— E se ainda estivesse vivo?

— Também eu já tive esse pensamento... Se estiver escondido nas sombras com as mesmas intenções de antigamente, mostrar-se-á indulgente?

— Você é o Egito, Ramsés, e quem o atacar vai me encontrar no meio do caminho.

22

Ramsés inclinou-se perante a estátua de Thot, à entrada do Ministério dos Negócios Estrangeiros, e depositou um ramo de lírios no altar das oferendas. Incorporado num grande macaco de pedra, o mestre dos hieróglifos — as "palavras dos deuses" — mantinha o olhar erguido para o céu.

A visita do Faraó era uma honra com a qual se congratulavam os funcionários do ministério. Acha recebeu o monarca e inclinou-se perante ele. Quando Ramsés o abraçou, os subordinados do jovem ministro sentiram-se orgulhosos por trabalharem sob as ordens de um dignitário a quem o rei concedia tal demonstração de confiança.

Os dois homens fecharam-se no gabinete de Acha, luxuoso e requintado: rosas importadas da Síria, arranjos florais associando narcisos e maravilhas, arcas de acácia, cadeiras de estofos decorados com lótus, almofadas multicores, mesas com pés de bronze. As paredes eram adornadas com cenas de caça às aves nos pântanos.

— Você nunca optou pela sobriedade — constatou Ramsés. — Só faltam os vasos exóticos de Chenar.

— Mas que má recordação! Mandei-os vender em benefício do meu ministério.

Elegante, com uma peruca leve e perfumada, e o pequeno bigode bem cuidado, Acha parecia pronto para participar de um banquete mundano.

— Quando tenho a sorte de aproveitar algumas semanas de paz no Egito — confessou — embriago-me com os inúmeros prazeres que a vida me proporciona... Mas que o rei fique descansado: não esquecerei a missão que me confiou.

Acha era assim: cínico, aparentemente frívolo, apreciador da moda, um sedutor que saltava de uma mulher para outra; em compensação, um homem de Estado calejado nos meandros da política internacional, perfeito conhecedor do terreno e aventureiro capaz de correr os mais incríveis riscos.

— O que pensa das minhas decisões?

— Confundem-me e alegram-me, Majestade.

— Admite serem... suficientes?

— Falta o essencial, não é verdade? E é exatamente a razão desta visita nada protocolar. Deixe-me adivinhar: não será... Kadesh?

— Escolhi bem o meu ministro dos Negócios Estrangeiros e chefe do meu serviço de espionagem.

— Sonha ainda se apoderar daquela praça forte?

— Kadesh foi o local de uma vitória, mas a fortaleza hitita permanece intacta e continua zombando de nós.

Contrariado, Acha serviu um admirável vinho tinto de uma cor deslumbrante em duas taças de prata cujas asas eram corpos de gazela.

— Estava desconfiado de que iria voltar a Kadesh... Ramsés não seria capaz de tolerar a sombra de um fracasso. É verdade, essa fortaleza nos desafia; e é verdade que continua a ser tão forte como antes.

— É por isso que a considero uma ameaça permanente para o nosso protetorado da Síria do Sul; será de Kadesh, portanto, que partirão os ataques.

— À primeira vista, o raciocínio parece impecável.

— Mas vejo que não é essa a sua opinião.

— Um ministro gordo e calmo, confortavelmente sentado em seus privilégios e dignidades, prostrar-se-ia à sua frente e faria mais ou menos este discurso: "Ramsés o Grande, rei de visão penetrante e braço vitorioso, parta para a conquista de Kadesh!" E esse cortesão seria um sinistro imbecil.

— Por que considera necessário desistir dessa conquista?

— Graças a você, os hititas descobriram que não são invencíveis. É verdade que o exército deles continua poderoso, mas seus espíritos estão perturbados. Muwattali prometera a seu país uma invasão fácil e uma vitória esmagadora, e de repente se vê forçado a justificar com dificuldade uma retirada das tropas para as suas posições habituais. Há ainda outro conflito que está se desencadeando por lá: a guerra da sucessão ao trono, entre o filho Uri-Techup e o irmão Hattusil.

— Quem tem as melhores chances de ganhar?

— É impossível prever, porque ambos possuem armas eficazes.

— Está próxima a queda de Muwattali?

— Na minha opinião, está, pois mata-se com facilidade na corte hitita. Numa sociedade guerreira, o chefe incompetente, incapaz de vencer, deve ser eliminado.

— Não é o momento ideal para atacarmos Kadesh e nos apoderarmos dela?

— Realmente seria ideal, se o nosso interesse consistisse em minar os alicerces do império hitita.

Ramsés apreciava a sutileza do seu amigo Acha e também o seu caráter irônico, mas, dessa vez, ficou admirado.

— E não é esse o objetivo primordial da nossa política externa?

— Já não tenho muita certeza disso.

— Está brincando comigo?

— Quando uma decisão significa vida ou morte de milhares de seres humanos, não tenho qualquer desejo de brincar.

— Então possui uma informação que pode modificar radicalmente a minha opinião.

— Trata-se de uma simples intuição, baseada em alguns dados captados aqui e ali pelos nossos informantes. Já ouviu falar da Assíria?

— É um povo guerreiro, como os hititas.

— Até agora, a Assíria era um Estado sob a influência hitita. Mas Hattusil, quando formou a sua coligação, ofereceu-lhes muito metal precioso para se manterem numa neutralidade favorável. Só que essas riquezas inesperadas transformaram-se em armamento. Atualmente, os militares assírios sobrepõem-se a seus diplomatas. A próxima grande potência asiática poderá bem vir a ser a Assíria, mais conquistadora e devastadora do que o Hatti.

Ramsés ficou pensativo.

— A Assíria... Estará prestes a atacar o Hatti?

— Ainda não, mas logo o conflito me parecerá inevitável.

— Por que Muwattali não corta o mal pela raiz?

— Por causa dos conflitos internos que lhe ameaçam o trono e porque receia um avanço do nosso exército em direção a Kadesh. Para ele, continuamos sendo o adversário principal.

— E para os que ambicionam o poder?

— O filho, Uri-Techup, é cego; seu único sonho é o de apossar-se das Duas Terras, massacrando o máximo de egípcios possível. Hattusil tem uma visão mais ampla e conseqüentemente mais consciência do perigo que cresce, mesmo às portas do império hitita.

— Não me aconselha, portanto, a lançar uma grande ofensiva contra Kadesh.

— Perderemos muitos homens, e os hititas também; então, o verdadeiro vencedor acabará sendo a Assíria.

— É evidente que não se limitou a refletir. Qual é o seu plano?

— Receio que não lhe agrade, pela contradição em que ele está com a política que você considera justa.

— É só dizer-me.

— Façamos crer aos hititas que preparamos o assalto a Kadesh. Boatos, desinformação clássica, falsos documentos confidenciais, manobras na Síria do Sul... Tratarei de tudo.

— Até aí, não estou surpreso.

— A continuação talvez seja mais delicada. Quando essa trama toda se tiver revelado eficaz, partirei para o Hatti.

— Com que justificativa?

— Missão secreta, com plenos poderes para negociar.

— Mas... o que quer negociar?

— A paz, Majestade.

— A paz com os hititas?!

— Sim, Majestade. Esta é a melhor solução para impedir que a Assíria se transforme num monstro muito mais perigoso do que o Hatti.

— Os hititas nunca aceitarão.

— Se me conceder o seu apoio, comprometo-me a convencê-los.

— Se fosse outro que me fizesse essa proposta, eu o acusaria de alta traição.

Acha sorriu.

— Eu já desconfiava... Mas quem melhor do que Ramsés é capaz de ver longe, muito mais além do momento presente?

— Os sábios não ensinam que lisonjear um amigo é uma falta imperdoável?

— Não é ao amigo que me dirijo, mas ao faraó. Manter a vista baixa, presa aos acontecimentos, consistiria em aproveitar as nossas forças atuais para enfrentar os hititas, com possibilidade real de vencê-los. Mas com o aparecimento da Assíria no cenário internacional devemos modificar a nossa estratégia.

— Trata-se de uma simples intuição, Acha. Você próprio confessou.

— No meu posto, prever o futuro e pressenti-lo antes dos outros é essencial. Não é a intuição que conduz a uma decisão justa?

— Não tenho o direito de deixá-lo correr semelhante risco.

— A minha estada entre os hititas? Não será a primeira.

— Quer ocupar de novo as suas prisões?

— Concordo que há férias mais agradáveis, mas é preciso saber forçar o destino.

— Não conseguirei arranjar um ministro dos Negócios Estrangeiros melhor do que você.

— Tenho intenção de voltar, Ramsés. E, além disso, uma existência fácil e mundana acabaria por enfraquecer-me o espírito. Depois de arranjar algumas amantes, vesti-las, distraí-las e fartar-me delas, sentiria necessidade de uma nova aventura para permanecer com o espírito vivo e conquistador. Portanto, esta experiência não me assusta... Compete-me é saber utilizar as fraquezas dos hititas e convencê-los a cessar as hostilidades.

— Tem consciência de que esse projeto é completamente insensato, Acha?

— Ele tem a frescura da novidade e o atrativo do desconhecido; isso não o enfeita de todas as seduções?

— Não estava realmente convencido de que eu iria dar-lhe o meu consentimento, estou certo?

— Acabarei por consegui-lo porque você não é um velho monarca friorento incapaz de mudar o mundo. Dê-me ordem para negociar com os bárbaros que nos querem destruir para transformá-los em vassalos.

— Vou iniciar uma longa viagem para o Sul, e você ficará isolado no Norte.

— Já que vai ocupar-se do Além, deixe os hititas para mim.

23

Com idades entre quinze e vinte e cinco anos, cabeças raspadas, com exceção de uma madeixa formada por várias tranças paralelas presas por um grande gancho nivelado com a orelha e caindo do lado direito do rosto, os "filhos reais" usavam brincos, um longo colar, pulseiras, um saiote plissado, e seguravam na mão uma haste encimada por uma pluma de avestruz.

A esses jovens, escolhidos pelo seu vigor físico e intelectual, Ramsés confiara a missão de o representarem nos diferentes regimentos do exército. Atuando no campo de batalha, saberiam devolver uma energia por vezes prestes a esmorecer soldados cuja covardia em Kadesh, diante da coligação formada pelos hititas, o rei não esquecera.

Os "filhos reais" partiriam para o Norte e lá se ocupariam da administração dos protetorados. Haviam recebido ordens rigorosas de Acha e as respeitariam.

Espalhava-se já a lenda de que Ramsés o Grande, progenitor infatigável e pai prolífero, pusera no mundo uma centena de filhos cuja existência era a prova evidente da força divina que o habitava. Assim ia se construindo uma genealogia fabulosa que os escultores transpunham para a pedra e que os escribas se comprazIam em transmitir.

À sombra do seu limoeiro, o velho Homero perfumava a sua barba branca. Heitor, o gato preto rajado de branco, engordara bastante, mas começou a ronronar, logo que Ramsés o acariciou.

— Perdoe a minha indiscrição, Majestade, mas tenho a impressão de que está aborrecido.

— Digamos que... preocupado.

— Más notícias?

— Não, mas é a aproximação de uma longa viagem que apresenta alguns perigos.

O poeta grego encheu com folhas de salva o fornilho do seu cachimbo feito de uma grande concha de caracol.

— Ramsés o Grande... É assim que o povo o aclama atualmente. Eis o que acabo de escrever: *Os dons magníficos dos deuses não se podem negligenciar. Só eles no-los concedem, pois ninguém os pode adquirir por si próprio.*

— Será tanto assim fatalista?

— É o privilégio da idade, Majestade. A minha *Ilíada* e a minha *Odisséia* estão terminadas, e dei os últimos retoques ao poema que canta a sua vitória em Kadesh. Resta-me agora fumar o meu cachimbo, beber vinho perfumado com anis e deixar-me massagear com azeite.

— Não tem desejo de reler a sua obra?

— Só os autores medíocres se contemplam no espelho de suas frases. Qual a razão dessa viagem, Majestade?

— "Regresse com freqüência a Abidos, exigira o meu pai, e vele por esse templo." Tenho negligenciado as suas ordens e devo me preocupar mais com esse santuário.

— Mas não é só isso.

— À pergunta "O que é um faraó", Sethi respondia: "Aquele que torna o seu povo feliz." Como consegui-lo? Realizando atos benéficos para o Princípio e para os deuses, de maneira que recaiam sobre os homens.

— Não foi a rainha que o aconselhou a agir assim?

— Com ela e por ela quero construir uma obra que produzirá essa energia luminosa de que temos tanta necessidade e que protegerá o Egito e a Núbia da infelicidade.

— Está escolhido o local?

— No coração da Núbia, Hathor marcou com a sua presença um lugar denominado Abu-Simbel. Encarnando-se nas pedras, a dama das estrelas revelou o segredo do seu amor. E é este lugar que quero oferecer a Nefertari, para que ela se torne para sempre a Dama de Abu-Simbel.

Barbudo, com cabelos hirsutos, sentado nos calcanhares, o cozinheiro servia-se de uma folha de palmeira para atiçar o fogo de um fogareiro sobre o qual assava um ganso devidamente preparado; enfiara um espeto pelo bico e pescoço da ave, mantendo-a assim bem direto sobre o calor. Quando tivesse terminado, depenaria um pato, e, depois de lhe tirar as entranhas, cortar-lhe-ia a cabeça, a extremidade das asas e os pés, e enfiá-lo-ia também no espeto para assá-lo em fogo brando.

Uma nobre dama interpelou-o.

— As suas aves estão todas encomendadas?

— Quase todas.

— Se lhe encomendar um pato, pode prepará-lo agora?

— Bem... Agora estou muito ocupado.

Dolente, a irmã de Ramsés, endireitou a alça esquerda do vestido que teimava em deslizar. Depois, a volumosa morena depositou um pote de mel aos pés do cozinheiro.

— O seu disfarce é perfeito, Chenar. Se não tivesse marcado encontro comigo neste exato lugar não o teria reconhecido.

— Soube de alguma coisa importante?

— Acho que sim... Assisti à grande audiência do casal real.

— Volte daqui a duas horas. Vou lhe dar o seu pato, acabarei o trabalho e você me seguirá. Vou conduzi-la até Ofir.

Na orla dos armazéns, o bairro dos cozinheiros e cortadores só se acalmava depois do cair da noite. Alguns aprendizes, com pesadas cargas, dirigiam-se para as *villas* dos nobres onde entregavam ótimas peças de carne para serem servidas nos banquetes.

Chenar entrou por uma ruela deserta, parou em frente a uma porta baixa pintada de azul e deu quatro toques espaçados. Logo que a porta se abriu, fez sinal a Dolente para entrarem. A volumosa mulher fez um pequeno esforço para penetrar num compartimento de teto baixo, cheio de cestos. Chenar ergueu um alçapão, e ele e a irmã desceram uma escada de madeira que terminava em uma cave.

Quando viu o mago Ofir, Dolente prostrou-se e beijou-lhe a bainha da túnica.

— Temia tanto não vê-lo nunca mais!

— Prometera-lhe que voltaria, e voltei. Os dias de meditação na Cidade do Sol fortaleceram a minha fé em Aton, o deus único que amanhã reinará sobre este país.

De olhos extasiados, Dolente contemplou o mago de cara de ave de rapina. Ele, o profeta da verdadeira fé, fascinava-a. Amanhã a sua força guiaria o povo; amanhã ele derrubaria Ramsés.

— O seu auxílio nos é muito precioso — disse Ofir com voz doce e profunda. — Sem você, como poderíamos lutar contra esse tirano ímpio e detestável?

— Ramsés já não desconfia de mim; estou mesmo convencida de que deposita em mim toda a confiança devido à minha intervenção em favor de seu amigo Moisés.

— Quais são as intenções do rei?

— Confiou a gestão dos protetorados do Norte aos filhos reais, sob as ordens de Acha.

— Esse diplomata maldito! — rugiu Chenar. — Enganou-me e me fez de palhaço. Hei de vingar-me, hei de espezinhá-lo, hei de...

— Há coisas mais urgentes — cortou Ofir secamente. — Ouçamos Dolente.

A irmã de Ramsés estava se sentindo orgulhosa por desempenhar um papel importante.

— O casal real vai fazer uma longa viagem.

— Qual é o destino?

— O Alto Egito e a Núbia.

— Conhece o motivo?

— Ramsés quer oferecer um presente extraordinário à rainha. Um templo, parece.

— E essa é a única razão da viagem?

— O Faraó quer reanimar as potências divinas, reuni-las, exaltar-lhes a energia e depois tecer uma rede protetora que estenderá sobre todo o Egito.

Chenar brincou.

— Terá o meu bem-amado irmão perdido o juízo?

— Não — protestou Dolente. — Por saber que está sendo ameaçado por adversários misteriosos, não tem outra solução senão fazer apelo aos deuses a fim de constituir um exército invisível para lutar contra os inimigos que o ameaçam.

— Está ficando louco — considerou Chenar — e mergulha na sua demência. Um exército de divindades... É ridículo!

O irmão do rei sentiu o peso do olhar gelado de Ofir.

— Ramsés tomou consciência do perigo — disse Ofir.

— Não acredita que ele...

Chenar interrompeu-se. Do mago emanava uma violência aterradora; de repente, o irmão mais velho do monarca deixou de duvidar dos poderes ocultos do líbio.

— Quem protege o pequeno Kha? — perguntou Ofir a Dolente.

— Setaou, o encantador de serpentes. Transmite a sua ciência ao filho de Ramsés e rodeou-o de forças que o protegem de qualquer agressão, venha ela de onde vier.

— As serpentes possuem a magia da terra — reconheceu Ofir — e quem lida com elas conhece-a muito bem. No entanto, graças ao pincel do garoto, conseguirei destruir esse sistema de defesa. Mas vou precisar de mais tempo do que o que estava previsto.

O coração de Dolente revoltou-se com a idéia de Kha ter de sofrer o ataque dos espíritos, mas o motivo vergou-a à estratégia do mago. Tal agressão enfraqueceria Ramsés, diminuiria o seu *ka* e talvez o levasse a abdicar. Qualquer que fosse a crueldade do golpe, Dolente não se oporia.

— Temos de separar-nos — considerou Ofir.

Dolente agarrou-se à túnica do mago.

— Quando tornarei a vê-lo?

— Chenar e eu vamos deixar a capital temporariamente; não podemos permanecer muito tempo no mesmo lugar. Será a primeira a ser avisada do nosso retorno. Entretanto, continue a recolher informações.

— Continuarei a propagar a verdadeira fé — afirmou ela.

— E haverá preocupação mais importante? — murmurou Ofir com um sorriso cúmplice.

24

Para festejar a absolvição de Moisés, os oleiros hebreus organizaram um enorme banquete no bairro popular onde residiam: pães triangulares, empanados de pombo, codornizes recheadas, compota de figos, vinho forte e cerveja fresca foram oferecidos aos convivas, que cantaram a noite toda, várias vezes entoando o nome de Moisés, agora o mais popular dos hebreus.

Cansado do barulho, este afastou-se do local da festa quando os seus partidários já estavam bastante bêbados para perceberem a sua ausência. Moisés sentia necessidade de estar só e de pensar nas lutas que se avizinhavam. Convencer Ramsés a deixar todo o povo hebreu sair do Egito não ia ser fácil. No entanto, tinha de cumprir, a todo custo, a missão que Jeová lhe confiara; para consegui-lo, moveria montanhas.

Moisés sentou-se na beira da mó do bairro. Dois homens dirigiram-se a ele; na verdade, dois beduínos: o calvo e barbudo Amos e o magro Baduch.

— O que estão fazendo aqui?

— Juntamo-nos a essa alegria — declarou Amos. — Não se trata de um momento privilegiado?

— Vocês não são hebreus.

— Podemos ser seus aliados.

— Não preciso da ajuda de vocês.

— Não estará o seu clã superestimando as suas forças? Sem armas não conseguirá realizar os seus sonhos.

— Utilizarei certas armas, mas não as de vocês.

— Se os hebreus se aliarem aos beduínos — afirmou Baduch — formarão um verdadeiro exército.

— Para quê?

— Para combater os egípcios e vencê-los!

— É um sonho muito perigoso.

— Você, Moisés, como ousa criticar este sonho? Você, que quer tirar o seu povo do Egito, desafiar Ramsés, colocar-se acima das leis deste país... Esse não será um sonho igualmente condenável e perigoso?

— Quem lhe falou dos meus planos?

— Todo oleiro sabe disso! Atribuem-lhe mesmo a intenção de brandir o estandarte de Jeová, o deus guerreiro, e apossar-se das Duas Terras.

— Com que facilidade os homens deliram, quando um grande plano altera os seus hábitos.

Os olhos manhosos de Baduch brilharam com um clarão maldoso.

— Só falta agora você insubordinar os hebreus contra a Administração egípcia.

— Afastem-se do meu caminho, os dois!

— Está agindo mal, Moisés — insistiu Amos. — O seu povo será obrigado a combater e não tem experiência nenhuma nesse campo. Poderíamos servir-lhes de instrutores.

— Vão embora e deixem-me meditar.

— Como queira... Ainda nos veremos.

Deslocando-se com seus burros como simples camponeses e dispondo de uma autorização assinada por Meba para circular, os dois beduínos apearam num campo ao sul de Pi-Ramsés. Mal tinham começado a comer cebolas doces, pão fresco e peixe seco, quando dois homens sentaram-se a seu lado.

— Como decorreu a entrevista? — perguntou Ofir.

— Esse Moisés é teimoso — confessou Amos.

— Ameacem-no — exigiu Chenar.

— Não adiantaria nada. Vamos deixá-lo envolver-se em seus projetos insensatos. A qualquer momento acabará nos pedindo ajuda.

— Os hebreus o aceitaram?

— A absolvição o coloca na categoria de herói, e os oleiros estão convencidos de que ele defenderá os seus direitos como antigamente.

— O que pensam do seu plano?

— É muito contestado, mas aquece o sangue de alguns jovens que sonham com a independência.

— Vamos encorajá-los — disse Chenar. — Provocando distúrbios, enfraquecerão o poder de Ramsés. Se este desencadear uma repressão, isso o tornará impopular.

Amos e Baduch eram os dois sobreviventes da rede de espionagem que atuara no Egito durante vários anos. Encontrando-se fora do circuito dos mercadores, não tinham sido descobertos por Serramanna e dispunham de importantes apoios no Delta.

A reunião de Ofir, Chenar, Amos e Baduch parecia um verdadeiro conselho de guerra, marcando a arrancada da ofensiva contra Ramsés.

— Onde se encontram as tropas hititas? — perguntou Ofir.

— De acordo com os informantes beduínos — respondeu Baduch — estão acampadas em suas posições, na região de Kadesh. A guarnição foi reforçada prevendo um ataque do exército egípcio.

— Conheço o meu irmão — ironizou Chenar. — Não resistirá ao desejo de atacar com força total.

Durante a batalha de Kadesh, Amos e Baduch, fazendo-se passar por prisioneiros assustados, tinham mentido a Ramsés para atraí-lo para uma emboscada da qual não poderia escapar. Guardavam do seu fracasso uma recordação dolorosa que tinham urgência de apagar.

— Quais são as intenções do Hatti? — perguntou o mago a Baduch.

— Desestabilizar Ramsés por todos os meios.

Ofir sabia perfeitamente o que significava aquela ordem vaga. Por um lado, o Egito reconquistara os seus protetorados, e os hititas não estavam em condições de os recuperarem; por outro, o filho e o irmão do imperador hitita deviam estar travando uma luta encarniçada para se apossarem do poder que o imperador ainda detinha, mas por quanto tempo?

A derrota de Kadesh, o fracasso da contra-ofensiva em Canaã e na Síria, a falta de reação à reconquista dos seus territórios tomados pelo Egito pareciam provar que o império hitita estava enfraquecido por causa dos seus conflitos internos. Mas esta triste realidade não impediria Ofir de prosseguir na sua missão. Quando Ramsés fosse ferido de morte, um novo fogo inflamaria o Hatti.

— Vocês dois — ordenou Ofir a Baduch e Amos — continuem a infiltrar-se entre os hebreus. Que seus homens se declarem adeptos de Jeová e encoragem os oleiros a seguir Moisés. Dolente, a irmã do rei, nos informará sobre o que estará se passando na corte durante a ausência do casal real. Eu me ocuparei de Kha, sejam quais forem as proteções de que está rodeado.

— Quero Acha para mim — resmungou Chenar.

— Tem coisa melhor a fazer — afirmou Ofir.

— Quero matá-lo com as minhas próprias mãos antes de eliminar o meu irmão!

— E se começasse por seu irmão?

A proposta do mago despertou em Chenar uma nova labareda de ódio em relação ao tirano que lhe roubara o trono.

— Voltarei a Pi-Ramsés para coordenar os nossos esforços; você, Chenar, siga para o Sul.

Chenar coçou a barba.

— Atrasar Ramsés... É essa a sua intenção?

— Espero mais de você.

— Com que meios?

Ofir viu-se obrigado a revelar a estratégia de Muwattali.

— Os hititas invadirão o Delta, e os núbios passarão a fronteira e atacarão Elefantina. Ramsés não conseguirá apagar os incêndios que iremos ateando em vários pontos ao mesmo tempo.

— Quais serão os meus apoios?

— Um esquadrão de guerreiros bem treinados que o esperam perto da Cidade do Sol, e chefes de tribos núbias que há vários meses cobrimos de presentes. Avançando para o coração dessa região,

Ramsés ignora que se lançará de cabeça numa emboscada. Faça com que não saia de lá vivo.

Um largo sorriso iluminou o rosto de Chenar.

— Não creio nem em Deus nem nos deuses, mas começo a acreditar novamente na minha sorte. Por que não me falou mais cedo desses preciosos aliados?

— Porque recebi ordens para nada dizer — precisou Ofir.

— E está transgredindo-as hoje?

— Tenho confiança em você, Chenar. Atualmente, já nada ignora dos objetivos que me foram transmitidos.

Irritado, o irmão de Ramsés arrancou algumas plantas, lançou-as ao vento, ergueu-se e deu alguns passos. Obtinha finalmente a possibilidade de agir a seu bel-prazer, longe da presença do mago. Ofir utilizava demais a magia, a manha e as forças subterrâneas; ele, Chenar, adotaria uma estratégia menos complicada e mais brutal.

Mil idéias fervilhavam em sua cabeça. Interromper a viagem de Ramsés de forma definitiva... Era seu único objetivo.

Ramsés... Ramsés o Grande, cujo insolente sucesso lhe roía o coração! Chenar não se iludia sobre suas próprias deficiências, mas possuía uma qualidade que nenhuma desilusão havia conseguido abalar: a obstinação. Media a envergadura do adversário pelo seu rancor, dia a dia crescente, que lhe dava força para enfrentar o senhor das Duas Terras.

Por instantes, envolto na paz do campo, Chenar vacilou.

O que tinha a censurar de Ramsés? Desde o início do seu reinado, o sucessor de Sethi não havia cometido qualquer erro, nem contra o seu país nem contra o seu povo. Colocara-os ao abrigo da adversidade, comportara-se como um valoroso guerreiro, garantira a prosperidade e a justiça.

O que havia nele para censurá-lo, exceto o fato de ser Ramsés o Grande?

25

Por ocasião de um conselho que reunia os principais representantes do clã dos militares e dos comerciantes, o imperador Muwattali recordou as palavras de um dos seus predecessores: "Nos nossos dias, o assassinato tornou-se uma prática corrente na família real; a rainha foi assassinada, o filho do rei foi igualmente assassinado. Para evitar semelhantes dramas, torna-se necessário impor uma lei: que ninguém mate um membro da família real, que ninguém desembainhe a espada ou o punhal contra ele, e que todos se entendam para encontrar um sucessor para o soberano."

Afirmando convictamente que a sua sucessão não estava aberta, o imperador felicitou-se pelo tempo de os assassinatos já terem passado e reiterou a sua confiança em Hattusil, seu irmão, e em Uri-Techup, seu filho. Confirmou a este último a sua função de comandante-chefe do exército; ao irmão atribuiu o encargo de incentivar a economia e manter sólidos laços com os aliados estrangeiros do Hatti. Em outras palavras, retirava de Hattusil o seu poder militar e tornava Uri-Techup intocável.

Perante o sorriso triunfante de Uri-Techup e o rosto perturbado de Hattusil, não era difícil identificar o sucessor que Muwattali escolhera sem lhe pronunciar o nome.

Exausto e curvado, envolto em seu manto de lã vermelha e negra, o imperador não comentou as suas decisões e retirou-se, rodeado pela sua guarda pessoal.

Louca de raiva, a bela sacerdotisa Putuhepa pisoteou os brincos de prata que o marido, Hattusil, lhe oferecera na véspera.

— É incrível! O imperador seu irmão coloca você mais baixo que o chão, e você nem sequer tinha sido avisado disso!

— Muwattali é um homem secreto... E continuo a conservar funções importantes.

— Sem o exército você não passa de um fantoche submetido à boa vontade de Uri-Techup.

— Mantenho sólidas amizades com os generais e os oficiais das fortalezas que protegem a nossa fronteira.

— Mas o filho do imperador já reina como senhor na capital!

— Uri-Techup assusta os espíritos moderados.

— Quantas riquezas teremos de oferecer-lhes para convencê-los a não passarem para o lado dele?

— Os comerciantes nos ajudarão.

— Por que o imperador mudou de opinião? Parecia ser contra o filho e já havia aprovado o meu plano para eliminá-lo.

— Muwattali nunca age por impulso — lembrou Hattusil. — É claro que considerou as ameaças da casta militar, e acalmou-a devolvendo a Uri-Techup os seus antigos privilégios.

— É aberrante! Esse louco por guerra aproveitará para tomar o poder.

Hattusil refletiu durante algum tempo.

— Estou me perguntando se o imperador não procurou transmitir-nos uma mensagem de forma sutil. Uri-Techup torna-se o homem forte do Hatti e, portanto, nós deixamos de parecer-lhe dignos de importância. Não será o melhor momento para abatê-lo? Estou convencido de que o imperador a recomenda dessa forma para que se apresse. É preciso atacar, e atacar muito depressa.

— Esperarei que Uri-Techup venha um dia desses orar no templo da deusa Ishtar, para interrogar os especialistas da adivinhação. Depois dessa nomeação, a consulta das entranhas de abutre é urgente! O novo chefe do exército hitita deve ter pressa em conhecer o seu futuro. E serei eu a oficiá-lo. Quando matá-lo, explicarei que foi vítima da cólera do céu.

Pesadamente carregados com estanho, tecidos e produtos alimentares, os burros, como de praxe, entravam lentamente na capital hitita em passo regular. Os chefes das caravanas conduziam-nos para um balcão, onde um mercador verificava a lista e a quantidade dos produtos, elaborava notas de débito, assinava contratos e ameaçava os maus pagadores com processos judiciais.

O principal representante do clã dos mercadores, um sexagenário obeso, perambulava pelo bairro dos comerciantes. Observava com olhar atento as transações e não deixava de intervir em caso de discussão. Quando Hattusil cruzou com ele, perdeu o sorriso comercial. Com os cabelos presos por uma tira, envergando um traje multicor, o irmão do imperador parecia mais nervoso do que o habitual.

— As notícias são más — declarou o comerciante.

— Há aborrecimentos com os fornecedores?

— Não, pior do que isso: com Uri-Techup.

— Mas... foi a mim que o imperador confiou a administração da economia!

— Uri-Techup não parece preocupado com isso.

— Que abusos cometeu?

— O filho do imperador decidiu lançar um novo imposto sobre todas as transações comerciais para poder pagar melhor aos soldados.

— Vou emitir um enérgico protesto.

— Inútil; é tarde demais.

Hattusil parecia um náufrago perdido na tempestade; pela primeira vez, o imperador não lhe fizera qualquer confidência, e ele, o seu próprio irmão, sabia de uma notícia importante não pela boca de Muwattali, mas por intermédio de terceiros.

— Pedirei ao imperador que anule esse imposto.

— Falhará — previu o comerciante. — Uri-Techup quer restaurar o poderio militar hitita esmagando o clã dos comerciantes e despojando-o de suas riquezas.

— Protestarei.

— Que os deuses o auxiliem, Hattusil.

Há mais de três horas que Hattusil esperava numa pequena e fria sala do palácio do imperador. Habitualmente, entrava sem cerimônia nos aposentos particulares do irmão; dessa vez, porém, dois membros da guarda pessoal de Muwattali impediram-lhe a entrada, e um camareiro ouvira seu pedido, sem nada prometer.

Em breve seria noite. Hattusil dirigiu-se a um dos guardas.

— Avise ao camareiro que não esperarei mais.

O soldado hesitou, consultou o companheiro com o olhar e desapareceu por instantes. O outro parecia pronto a trespassar Hattusil com a lança, se este tentasse forçar a passagem.

O camareiro reapareceu, escoltado por seis guardas de rostos carrancudos. O irmão do imperador pensou que iam prendê-lo e metê-lo na prisão, de onde não mais sairia.

— O que deseja? — perguntou o camareiro.

— Ver o imperador.

— Já não lhe disse que ele não receberia ninguém hoje? É inútil esperar mais tempo.

Hattusil afastou-se; os guardas permaneceram imóveis.

Quando estava saindo do palácio, cruzou com Uri-Techup, transbordante de energia. Com um sorriso de ironia nos lábios, o comandante-chefe do exército hitita nem sequer o cumprimentou.

Do alto do terraço do palácio, o imperador Muwattali contemplou a sua capital, Hattusa. Enorme rochedo fortificado no coração das estepes áridas, fora construída para dar testemunho da existência de uma força invencível. Ao vê-la, qualquer invasor retrocederia. Ninguém se apoderaria das suas torres, ninguém alcançaria a acrópole imperial que dominava os templos das divindades.

Ninguém, exceto Ramsés.

Desde que esse faraó subira ao trono do Egito, fazia vacilar a grande fortaleza e desferia severos golpes em seu império. A hipótese horrível da derrota atravessava por vezes a mente de Muwattali; em Kadesh evitara o desastre, mas continuaria a sorte do seu lado? Ramsés era jovem, conquistador, amado pelos céus, e não desistiria até ter eliminado a ameaça hitita.

Portanto, ele, Muwattali, o chefe de um grande povo guerreiro, devia elaborar outra estratégia.

O camareiro anunciou-lhe a visita de Uri-Techup.

— Mande-o entrar.

O passo marcial do militar fez tremer as lajes do terraço.

— Que o deus da tempestade vele por você, meu pai! O exército em breve estará pronto para reconquistar o território perdido.

— Soube que acabou de lançar um novo imposto que desagrada aos comerciantes.

— São covardes e oportunistas! As suas riquezas servirão para reforçar o nosso exército.

— Está se intrometendo na área que confiei a Hattusil.

— O que me interessa Hattusil? Não recusou recebê-lo?

— Não tenho que justificar as minhas decisões.

— Escolheu-me como sucessor, meu pai, e teve razão. O exército está entusiasmado, e o povo, sereno. Conte comigo para reforçar o nosso poderio e massacrar os egípcios.

— Conheço a sua coragem, Uri-Techup, mas ainda tem muito que aprender. A política externa do Hatti não se limita a um conflito perpétuo com o Egito.

— Só há duas espécies de homens: os vencedores e os vencidos. Os hititas só podem pertencer à primeira. Graças a mim, triunfaremos.

— Contente-se em obedecer às minhas ordens.

— Quando atacaremos?

— Tenho outros projetos, meu filho.

— Por que retardar um conflito que o império exige?

— Porque devemos negociar com Ramsés.

— Nós, os hititas, negociar com o inimigo... Perdeu a razão, meu pai?

— Proíbo-lhe que me fale nesse tom! — irritou-se Muwattali. — Ajoelhe-se perante o seu imperador e apresente-lhe desculpas.

Uri-Techup permaneceu imóvel, com os braços cruzados.

— Obedeça, ou eu...

Com a respiração entrecortada, os lábios deformados por um ricto de dor e os olhos esgazeados, Muwattali levou as mãos ao peito e caiu sobre as lajes.

Uri-Techup limitou-se a observá-lo.

— O meu coração... o meu coração parece uma pedra... Chame o médico do palácio...

— Exijo plenos poderes. Serei eu que darei as ordens ao exército daqui por diante.

— Um médico, depressa...

— Renuncie ao império.

— Sou seu pai... Vai deixar-me... morrer?

— Renuncie ao império!

— Re... renuncio. Dou-lhe... a minha palavra.

26

O conselho dos chefes de tribo ouviu Moisés com atenção. A absolvição aumentara-lhe a popularidade de tal forma que a voz dele, a quem já chamavam "o profeta", devia ser ouvida.

— Deus o protegeu — constatou Libni com voz rouca. — Dirija-lhe os seus louvores e passe o resto da sua vida em oração.

— Você sabe quais são as minhas verdadeiras intenções.

— Não force a sua sorte, Moisés.

— Deus ordenou-me que fizesse o povo hebreu sair do Egito e vou obedecer-Lhe.

Aarão bateu no solo com o seu cajado.

— Moisés tem razão; devemos conseguir a nossa independência. Quando estivermos em nossa terra, conheceremos finalmente a felicidade e a prosperidade. Saiamos todos juntos do Egito, cumpramos a vontade de Jeová!

— Por que teremos de arrastar o nosso povo pelo caminho da desgraça? — insurgiu-se Libni. — O exército massacrará os insurretos, a guarda palaciana prenderá os revoltosos!

— Afastemos o medo — recomendou Moisés. — É na nossa fé que encontraremos a força para vencer o Faraó e evitar a sua cólera.

— Não bastará que sirvamos a Jeová nesta terra onde nascemos?

— Deus manifestou-se e falou-me — lembrou Moisés. — Foi Ele que traçou o nosso destino. Recusá-Lo provocaria a nossa perda.

Kha estava fascinado. Setaou falava-lhe da energia que circula no universo e anima todos os seres, desde o grão de areia à estrela, energia concentrada nas estátuas das divindades. No interior dos templos aos quais Setaou lhe dava acesso, o filho mais velho de Ramsés não conseguia arrancar-se à contemplação daqueles corpos de pedra.

O menino estava maravilhado. Um sacerdote purificara-lhe as mãos e os pés e o vestira com um saiote branco, antes de exigir que também purificasse a boca com natrão. Assim que dera os primeiros passos no interior do mundo perfumado e silencioso do santuário, Kha sentira a presença de uma força estranha, aquela "magia" que ligava entre si os elementos da vida, e de que o Faraó se alimentava, para, com ela, poder alimentar o seu povo.

Setaou levou Kha a descobrir o laboratório do templo de Amon, cujas paredes estavam repletas de textos revelando os segredos da fabricação dos ungüentos rituais e dos remédios utilizados pelos deuses para tratar do olho de Hórus, a fim de que o mundo não fosse privado de luz.

Kha lia os textos com avidez e conservava na memória o máximo de hieróglifos que podia; teria gostado de passar algum tempo nos santuários para estudá-los em detalhes. Era graças àqueles sinais portadores de vida que se transmitia a sabedoria dos antigos.

— Aqui se revela a verdadeira magia — fez notar Setaou. — É a arma que Deus deu aos homens para poderem afastar a infelicidade e não sucumbirem à fatalidade.

— Podemos escapar ao nosso destino?

— Não. Podemos, sim, vivê-lo conscientemente. Não será isso repelir os golpes da sorte? Se souber tornar mágico o cotidiano, disporá de uma força que lhe permitirá conhecer os segredos do céu e da terra, do dia e da noite, das montanhas e do rio; compreenderá a linguagem das aves e dos peixes; renascerá de madrugada na companhia do sol e verá o poder divino pairar sobre as águas.

— Vai me ensinar as fórmulas do conhecimento?

— Talvez, se você for perseverante e sair vitorioso do combate contra a vaidade e a preguiça.

— Lutarei com todas as minhas forças!

— Seu pai e eu partiremos para o Grande Sul e estaremos ausentes vários meses.

Kha ficou carrancudo.

— Gostaria que ficasse e me ensinasse a verdadeira magia.

— Transforme essa provação em conquista. Virá aqui todos os dias e impregnar-se-á com os signos sagrados que vivem na pedra; estará assim protegido de qualquer agressão que venha de fora. Para maior segurança, vou dar-lhe um amuleto e uma fita protetora.

Setaou ergueu a tampa de uma arca de madeira dourada e tirou de dentro um amuleto em forma de haste de papiro, simbolizando o vigor e o desenvolvimento. Pendurou-o num cordão e passou-o em torno do pescoço de Kha. Depois, desenrolou uma tira de pano e, com tinta fresca, desenhou um olho são e completo; quando a tinta secou, enrolou a fita no pulso esquerdo do menino.

— Tenha cuidado para nunca perder o amuleto nem o papiro; eles impedirão as energias negativas de penetrarem em seu sangue. Foram carregados de fluido pelos sacerdotes magnetizadores e atuam de forma preventiva.

— São as serpentes que possuem as fórmulas?

— Elas sabem mais do que nós sobre a vida e a morte, as duas faces da realidade; compreender-lhes a mensagem é o princípio de toda ciência.

— Estava gostando de ser seu aprendiz e de preparar remédios.

— O seu destino não é tratar, mas sim reinar.

— Não quero reinar! Eu gosto é dos hieróglifos e das fórmulas de conhecimento. Um faraó tem que se encontrar com muitas pessoas e resolver muitos problemas. Eu prefiro o silêncio.

— A existência não se curva aos nossos desejos.

— Claro que sim, visto que possuímos a magia!

Moisés almoçava com Aarão e dois chefes de tribo a quem a idéia do êxodo interessara.

Bateram à porta. Aarão abriu, e Serramanna entrou.

— Moisés está aqui?

Os dois chefes de tribo colocaram-se na frente do profeta.

— Siga-me, Moisés.

— Aonde o está levando? — perguntou Aarão.

— Isso não lhe diz respeito. Não me obriguem a utilizar a força.

Moisés adiantou-se.

— Eu vou, Serramanna.

O sardo fez o hebreu subir para o seu carro. Escoltado por dois outros veículos da guarda, saiu a toda velocidade de Pi-Ramsés, atravessou os campos cultivados e seguiu para o deserto.

Serramanna deteve-se ao pé de uma colina que dominava uma vasta extensão de areia e pedregulhos.

— Suba até lá em cima, Moisés.

A subida não oferecia qualquer dificuldade.

Sentado num rochedo desgastado pelo vento, Ramsés esperava.

— Gosto tanto do deserto quanto você, Moisés. Não vivemos horas inesquecíveis no Sinai?

O profeta sentou-se ao lado do faraó, e ambos olharam na mesma direção.

— Qual é o deus que o domina, Moisés?

— O Deus único, o verdadeiro Deus.

— Tendo sido instruído com a sabedoria do Egito, abriu o seu espírito às múltiplas facetas do divino.

— Não tente reconduzir-me ao passado. O meu povo tem um futuro, e esse futuro cumprir-se-á fora do Egito. Permita aos hebreus partirem para o deserto, a três dias de viagem, para ali sacrificarem a Jeová.

— Sabe muito bem que é impossível. Para essa estada seria necessária uma grande proteção do exército. Nas circunstâncias atuais, não poderia excluir a eventualidade de um ataque de beduínos, que faria numerosas vítimas entre uma população desarmada.

— Jeová nos protegerá.

— Os hebreus são meus súditos, e sou responsável pela sua segurança.

— Somos seus prisioneiros.

— Os hebreus são livres para fazerem o que quiserem, de entrar e de sair do Egito, desde que respeitem a lei. O que me pede, em tempo de guerra, é uma loucura. Além disso, muitos não o seguiriam.

— Guiarei o meu povo para a Terra que lhe está prometida.

— Onde fica?

— Jeová nos revelará.

— Os hebreus são tão infelizes assim no Egito?

— Pouco importa isso. O que conta é a vontade de Jeová.

— Por que tanta rigidez? Existem em Pi-Ramsés santuários onde são acolhidos os deuses estrangeiros. Os hebreus podem viver a sua crença à vontade.

— Isso já não nos basta. Jeová não tolera a presença dos falsos deuses.

— Não está delirando, Moisés? Desde o começo, no nosso país, os sábios veneraram a unidade do divino no seu Princípio e a sua multiplicidade na manifestação. Quando Akhenaton tentou impor Aton em detrimento das outras forças criadoras, cometeu um erro.

— A sua doutrina revive hoje, purificada de todas as escórias.

— Promover um deus único e exclusivo impediria as trocas de divindades entre os países e sufocaria a esperança de fraternidade entre os povos.

— Jeová é o protetor e o socorro dos justos.

— Está esquecendo Amon? Expulsa o mal, ouve a oração daquele que implora com um coração amante, acorre de imediato a quem o chama. Amon é o médico que dá vida ao doente sem utilizar remédios, ninguém escapa ao seu olhar e é simultaneamente uno e múltiplo.

— Os hebreus não veneram Amon, mas sim Jeová. E será Jeová que os conduzirá ao seu destino.

— Uma doutrina rígida conduz à morte, Moisés.

— A minha decisão está tomada e vou mantê-la. É essa a vontade de Deus.

— Não será vaidade acreditar que você é o seu único depositário?

— A sua opinião me é indiferente.

— A nossa amizade desapareceu então?

— Os hebreus vão me escolher como líder deles. Você é o senhor do país que nos retém prisioneiros. Seja qual for a amizade ou estima que tenha por você, elas devem apagar-se pelo dever da minha missão.

— Obstinando-se, assim, ofenderá a Regra de Maât.

— Pouco me interessa!

— Considera-se superior à norma eterna do universo, que existia antes da humanidade e que perdurará depois da sua extinção?

— A única lei que os hebreus respeitam é a de Jeová. Então? Vai conceder-nos autorização para irmos para o deserto e lá celebrarmos sacrifícios em Sua honra?

— Não, Moisés; durante a guerra contra os hititas não posso permitir-me correr semelhante risco. Nenhuma perturbação deve desorganizar o nosso sistema defensivo.

— Se persistir em recusar, Jeová animará o meu braço e realizarei prodígios que mergulharão o seu país no desespero.

Ramsés ergueu-se.

— Bem, meu amigo, às suas certezas acrescente mais esta: nunca cederei à chantagem.

27

A caravana avançava por uma zona árida. A embaixada egípcia, composta por cerca de trinta homens a cavalo, escribas e militares, e mais uma centena de burros carregados de presentes, seguia entre duas paredes rochosas nas quais tinham sido gravadas figuras gigantescas de guerreiros hititas em marcha para o sul, para o Egito. Acha leu a inscrição: “Que o deus da tempestade trace o caminho dos guerreiros e conceda-lhes a vitória.”

O chefe da diplomacia egípcia havia sido forçado por várias vezes a repreender o seu pequeno grupo, assustado pelas paisagens angustiantes e pela presença de forças obscuras que percorriam as florestas, os desfiladeiros e os maciços montanhosos. Embora ele próprio não se sentisse muito à vontade, Acha apressava a marcha, satisfeito por ter evitado os bandos de salteadores que infestavam a região.

A embaixada saiu do desfiladeiro, seguiu ao longo de uma ribeira, passou por outros rochedos igualmente decorados com anatólios em postura agressiva e depois chegou a uma planície castigada pelos ventos. Ao longe, um promontório sobre o qual fora construída uma fortaleza, enorme e ameaçador marco fronteiriço do império.

Até os burros hesitaram em continuar, fazendo com que o guia tivesse que apelar para todos os seus dotes de persuasão para convencê-los a avançar em direção ao sinistro edifício.

Nas ameias, arqueiros prontos para disparar.

Acha ordenou aos membros da delegação que apeassem dos cavalos e depositassem as armas no chão.

Brandindo um estandarte multicor, o arauto deu alguns passos em direção à entrada da praça forte.

Uma flecha quebrou a haste do estandarte, uma segunda cravou-se aos pés do arauto e uma terceira roçou-lhe o ombro. Com um esgar de dor, o homem recuou.

Os soldados egípcios agarraram imediatamente as suas armas.

— Não! — berrou Acha. — Não toquem nelas!

— Não vamos deixar-nos massacrar! — protestou um oficial.

— Esse comportamento é anormal. Para que os hititas estejam tão irritáveis e na defensiva, é preciso que tenham ocorrido acontecimentos graves no seio do império, mas o quê? Só poderei sabê-lo depois de ter-me encontrado com o comandante da fortaleza.

— Depois de uma recepção dessas, não pense certamente...

— Reúna dez homens e galope até as nossas posições avançadas; ordene às tropas dos nossos protetorados que fiquem em estado de alerta, como se fossem sofrer um ataque hitita. Mande os mensageiros informar ao Faraó da situação, a fim de que a nossa linha defensiva nordeste esteja em pé de guerra. Logo que possível, farei chegar informações mais completas.

Feliz em partir para uma região mais acolhedora, o oficial não precisou que se lhe repetissem as ordens. Reuniu os dez homens, levou o arauto ferido e conduziu o grupo o mais rápido que pôde.

Os que ficaram com Acha estavam receosos. Este redigiu um texto num papiro em caracteres hititas assinalando seu nome e títulos, prendeu o documento na ponta de uma flecha e mandou um arqueiro dispará-la, fazendo-a cair junto da porta da fortaleza.

— Tenhamos paciência e esperemos — recomendou Acha. — Ou nos recebem para conversar ou nos massacram.

— Mas... somos uma embaixada! — lembrou um escriba.

— Se os hititas matarem diplomatas que pedem para dialogar, é porque se iniciou uma nova fase da guerra. Não se tratará de uma informação capital?

O escriba engoliu em seco.

— Não seria melhor sumirmos daqui?

— Seria vergonhoso. Representamos a diplomacia de Sua Majestade.

Pouco convencidos com a grandeza do argumento, o escriba e seus colegas estavam apavorados.

A porta da fortaleza abriu-se, e saíram três cavaleiros hititas.

Um oficial com capacete e grossa couraça pegou a mensagem e leu-a. A seguir, deu ordem aos seus homens para rodearem os egípcios.

— Sigam-nos — ordenou.

O interior da fortaleza era tão sinistro quanto o exterior. Paredes frias, compartimentos gelados, uma sala de armas, dormitórios, soldados em atividade... Aquela atmosfera sufocante contraiu a garganta de Acha, mas animou os membros da sua embaixada, que já se consideravam prisioneiros.

Depois de uma pequena espera, o oficial com capacete reapareceu.

— Quem é o embaixador Acha?

O ministro-diplomata avançou.

— O comandante da fortaleza quer vê-lo.

Acha foi introduzido num compartimento quadrado, aquecido por uma lareira. Próximo desta encontrava-se um homem baixo, envergando um manto de lã grossa.

— Bem-vindo ao Hatti; sinto-me feliz por voltar a vê-lo, Acha.

— Posso manifestar a minha surpresa por encontrá-lo aqui, Hattusil?

— Qual é a missão do ministro dos Negócios Estrangeiros do Faraó?

— Oferecer ao imperador grande quantidade de presentes.

— Estamos em guerra... Essa é uma atitude bastante insólita!

— Será que o conflito entre os nossos países vai durar eternamente?

Hattusil não dissimulou a sua surpresa.

— O que quer dizer com isso?

— Que eu gostaria de ser recebido pelo imperador para lhe falar das intenções de Ramsés.

Hattusil aqueceu as mãos.

— Vai ser difícil... muito difícil.

— Quer dizer: impossível?

— Retorne ao Egito, Acha... Não, não posso deixá-lo partir sem que...

Perante a inquietação do seu anfitrião, Acha revelou-lhe o motivo de estar ali.

— Vim propor a paz a Muwattali.

Hattusil voltou-se.

— Isso é uma armadilha ou uma brincadeira?

— O Faraó está convencido de que esse é o melhor caminho, tanto para o Egito como para o Hatti.

— Ramsés deseja... a paz? Inacreditável!

— Compete-me convencê-lo e conduzir as negociações.

— Desista, Acha.

— Por quê?

Hattusil avaliou a sinceridade do seu interlocutor. Naquele ponto da conversa, o que podia arriscar se dissesse a verdade?

— O imperador foi vítima de um ataque cardíaco. Privado do uso da palavra, paralisado, não é mais capaz de governar.

— Quem está no poder?

— O filho, Uri-Techup, comandante supremo das forças armadas.

— Muwattali não tinha confiança em você?

— Encarregou-me da economia e da diplomacia.

— Portanto, é o meu interlocutor privilegiado.

— Já não sou nada, Acha. O meu próprio irmão me fechava sua porta. Desde que fui informado do seu estado de saúde, refugiei-me aqui, nesta fortaleza, cuja guarnição me é fiel.

— Uri-Techup vai se proclamar imperador?

— Assim que Muwattali morrer.

— Por que desiste de lutar, Hattusil?

— Já não disponho de meios.

— Todo o exército está controlado por Uri-Techup?

— Alguns oficiais receiam o seu temperamento extremista, mas estão condenados ao silêncio.

— Estou pronto a ir à sua capital e apresentar as minhas propostas de paz.

— Uri-Techup ignora a palavra “paz”! Você não tem qualquer chance de êxito.

— Onde está Putuhepa, a sua esposa?

— Não saiu de Hattusa.

— Isso não é uma imprudência?

Hattusil voltou-se de novo para a lareira.

— Putuhepa tem um plano para impedir a ascensão de Uri-Techup.

A nobre e altiva Putuhepa meditava no templo de Ishtar já há três dias. Quando o especialista em adivinhação pousou sobre um altar o cadáver de um abutre abatido por um arqueiro, compreendeu que chegara a sua hora.

Com um diadema de prata nos cabelos e trajando um longo vestido grená, Putuhepa apertou o cabo do punhal que cravaria nas costas de Uri-Techup quando este se inclinasse para as entranhas do abutre a convite do adivinho.

A bela sacerdotisa sonhara com uma paz impossível, com uma reconciliação entre todas as forças vivas do Hatti e com uma trégua com o Egito, mas a presença de Uri-Techup reduzia a zero tais projetos.

Só ela podia impedir aquele demônio de levar adiante a sua obra de destruição; só ela podia oferecer o poder a seu marido Hattusil, que conduziria o império ao caminho da razão.

Uri-Techup fez a sua entrada no santuário.

Putuhepa estava oculta atrás de uma coluna maciça, próxima do altar.

O filho do imperador não viera só; quatro soldados garantiam a sua segurança. Surpresa, Putuhepa pensou em desistir e sair do templo sem ser vista, mas teria outra oportunidade igual àquela? Se não agisse agora, Uri-Techup nunca mais correria quaisquer riscos. Mesmo se fosse suficientemente rápida, ela, a esposa de Hattusil, conseguiria eliminar o futuro tirano, mas seria morta pelos seus guarda-costas.

Fugir, por sua vez, ao sacrifício seria uma covardia. Devia pensar no futuro do seu país e não na sua própria existência.

O adivinho abriu o ventre do abutre, de onde se evolou um odor horrível. Mergulhando as mãos nas entranhas, espalhou-as sobre o altar.

Uri-Techup aproximou-se, ficando alguns metros distante de seus guarda-costas. Putuhepa apertou com força o cabo do punhal e preparou-se para saltar; teria de ser tão rápida quanto um gato selvagem e colocar toda a sua energia no gesto assassino.

O grito do adivinho pregou-a no chão. Uri-Techup recuou.

— Senhor, é horrível!

— O que vê nessas entranhas?

— É necessário suspender todos os seus projetos... O destino não lhe é favorável.

Uri-Techup sentiu vontade de cortar o pescoço do adivinho, mas os membros da sua guarda pessoal espalhariam por toda parte a desfavorável previsão. No Hatti, não se podiam ignorar as afirmações dos adivinhos.

— Quanto tempo deverei esperar?

— Até que os presságios lhe sejam favoráveis, senhor.

Furioso, Uri-Techup saiu do templo.

28

A corte fervilhava de boatos contraditórios relativos à partida do casal real para o Sul; uns afirmavam que estava muito próxima, outros que tinha sido adiada *sine die*, devido à situação duvidosa nos protetorados. Alguns pensavam mesmo que o rei, apesar da presença dos "filhos reais" à frente dos regimentos, seria obrigado a partir de novo para a guerra.

A luz penetrava livremente no gabinete de Ramsés, recolhido diante da estátua de seu pai. Sobre a grande mesa acumulavam-se comunicações provenientes de Canaã e da Síria do Sul. Vigilante, o cão amarelo-dourado, dormia na poltrona do dono.

Ameni irrompeu no gabinete.

— Uma mensagem de Acha!

— É autêntica?

— É a sua escrita e mencionou o meu nome em criptografia.

— Como chegou aqui?

— Por um dos membros de sua rede chegado do Hatti. A mensagem não passou pelas mãos de mais ninguém.

Ramsés leu o texto redigido por Acha e assim ficou conhecendo a amplitude das perturbações que ameaçavam dilacerar o império hitita. Compreendia agora o motivo de as comunicações anteriores terem-no obrigado a colocar em estado de alerta os fortins da fronteira nordeste.

— Os hititas estão sem condições de nos atacar, Ameni. A rainha e eu podemos partir.

Equipado com seu amuleto e seu texto mágico, Kha copiava um problema de matemática que consistia em calcular o ângulo ideal de uma rampa para içar pedras até o topo de um edifício em construção rodeado por montículos de terra. A irmã, Meritamon, aperfeiçoava-se cada dia mais na harpa e encantava o irmão Merneptah, que começava a andar sob a vigilância de Iset a Bela e de Matador. O enorme leão núbio, com os olhos semicerrados, comprazia-se em ver o vaivém do menino, hesitante e desajeitado.

A fera ergueu a cabeça quando Serramanna surgiu no limiar do jardim. Captando as intenções pacíficas do sardo, contentou-se em rosnar, retomando a posição de esfinge.

— Gostaria de conversar com Kha — disse o antigo pirata a Iset a Bela.

— Ele cometeu... algum erro grave?

— Não, claro que não; mas poderia auxiliar-me na minha investigação.

— Logo que ele encontrar a solução do problema que está resolvendo, vou mandá-lo falar com você.

Serramanna progredira bastante nas investigações.

Sabia que um mago líbio denominado Ofir matara a infeliz Lita, morta por ter acreditado numa miragem. Transformado no porta-voz da heresia de Akhenaton, dissimulara-se atrás dessa doutrina para melhor enganar certos espíritos e disfarçar o seu papel de espião dos hititas. Já não se tratava de hipóteses, mas de certezas obtidas com o interrogatório de um mercador ambulante que caíra na rede dos homens de Serramanna quando se apresentara no antigo domicílio de Chenar, onde Ofir se ocultara durante um longo período. É verdade que o personagem não passava de um reles agente da rede hitita; como trabalhava apenas ocasionalmente para o seu superior direto que regressara ao Hatti, o mercador sírio Raia, não fora avisado do desmantelamento da organização oculta e da dispersão dos seus membros. Receando sevícias físicas, o interpelado dissera tudo o que sabia, permitindo a Serramanna decifrar algumas situações obscuras.

Mas Ofir permanecia escondido em algum lugar, e Serramanna também não estava convencido de que Chenar tivesse morrido no deserto. Teria o mago tomado o caminho do Hatti em companhia do irmão de Ramsés? A experiência do sardo ensinara-lhe que os seres maléficos nunca deixavam de fazer mal e que a sua imaginação não tinha limites.

Kha aproximou-se do gigante e olhou para ele.

— Você é muito grande e muito forte.

— Concorda em responder às minhas perguntas?

— Sabe matemática?

— Só sei contar meus homens e as armas que lhes entrego.

— Sabe construir um templo ou uma pirâmide?

— O faraó confiou-me outra tarefa: deter os criminosos.

— Eu gosto de escrever e de ler os hieróglifos.

— Queria justamente falar-lhe do pincel que lhe roubaram.

— Era o meu preferido. Tenho muita pena dele.

— Depois desse incidente, deve ter refletido. Tenho certeza de que suspeita de alguém e que me ajudará a identificar o culpado.

— Tem razão; refleti, mas não tenho certeza de nada. Acusar uma pessoa de roubo é muito grave para falar levianamente.

A maturidade do menino espantou o sardo; se existisse realmente qualquer indício, Kha não o desperdiçaria.

— Notou algum comportamento anormal naqueles que o rodeiam? — insistiu Serramanna.

— Durante algumas semanas tive um novo amigo.

— Quem?

— O diplomata Meba. De repente, interessou-se pelo meu trabalho e depois bruscamente desapareceu.

Um largo sorriso iluminou o rosto do sardo.

— Obrigado, príncipe Kha.

Em Pi-Ramsés, como nas outras cidades do Egito, a festa das flores era um dia de alegria popular. Superiora de todas as sacerdotisas, Nefertari não esquecia que, desde a primeira dinastia, o governo do país repousara sobre um calendário de festas que celebravam o casamento do céu com a terra. Por intermédio dos rituais organizados pelo casal real, todo o povo participava da vida dos deuses.

Tanto nos altares dos templos como na frente de cada casa, a arte floral exibia os seus requintes. Ali, grandes arranjos florais armados, ramos de palmeira e feixes de juncos; mais além, lótus, acianos e mandrágoras com os caules.

Dançando com tamborins redondos ou quadrados, agitando ramos de acácia, com grinaldas de acianos e papoulas, as servas da deusa Hathor percorriam as grandes artérias da capital, onde os seus pés pisavam em milhares de pétalas.

Dolente, a volumosa irmã de Ramsés, fizera questão de se mostrar ao lado da rainha, cuja beleza deslumbrava os que tinham a felicidade de vê-la. Nefertari relembrava o seu desejo, quando mocinha, de se tornar reclusa ao serviço de uma deusa, longe do mundo; como poderia ter imaginado os deveres de uma grande esposa real, cujo peso era cada vez mais esmagador?

A procissão dirigia-se para o templo de Amon, saudada por alegres cânticos.

— Já foi fixada a data de sua partida, Majestade? — perguntou Dolente.

— O nosso barco partirá amanhã — respondeu Nefertari.

— A corte está inquieta; murmura-se que ficará ausente durante vários meses.

— É possível...

— Irá realmente... até a Núbia?

— É essa a decisão do Faraó.

— O Egito precisa tanto de você!

— A Núbia faz parte do nosso país, Dolente.

— É um país perigoso, às vezes...

— Não se trata de uma viagem de lazer.

— Que tarefa pode ser assim tão urgente para chamá-la para longe da capital?

Nefertari sorriu, sonhadora.

— O amor, Dolente. Unicamente o amor.

— Não compreendo, Majestade.

— Pensava em voz alta — disse a rainha, distante.

— Gostaria tanto de ajudá-la... Que tarefa poderia realizar durante a sua ausência?

— Fique do lado de Iset, apóie-a se ela o desejar; o meu único desgosto é não ter tempo suficiente para me ocupar da educação de Kha e Meritamon.

— Que as divindades a protejam como protegem a eles.

Logo que a festa acabasse, Dolente transmitiria a Ofir as informações que havia conseguido. Ramsés e Nefertari estavam cometendo um erro ao abandonar a capital por um longo período, erro que os seus inimigos saberiam aproveitar.

Acompanhado pelo seu porta-sandálias, Meba tencionava fazer um longo passeio de barco pelo lago de recreio de Pi-Ramsés. O diplomata precisava refletir contemplando as águas tranqüilas do lago.

Arrastado num turbilhão, Meba já não era ele próprio. Quais eram as suas aspirações, a não ser uma existência luxuosa e tranqüila, um lugar destacado na alta função pública onde desenvolveria algumas sábias intrigas para firmar a sua posição? Afinal, era membro de uma rede de espionagem hitita, trabalhando para a destruição do Egito... Não, nunca havia desejado isso.

Mas Meba tinha medo. Medo de Ofir, do seu olhar gelado, da sua violência incontida. Não, já não podia escapar da armadilha. O seu futuro passava pela queda de Ramsés.

O porta-sandálias chamou um barqueiro que dormia na margem. Serramanna interpôs-se.

— Posso ser-lhe útil, senhor Meba?

O diplomata sobressaltou-se.

— Não, acho que não...

— Pois eu acho que sim! Gostaria muito de dar um passeio neste lago maravilhoso. Autoriza-me a ser seu remador?

O físico avantajado do sardo assustava Meba.

— Como quiser.

Com o impulso de Serramanna, a barca rapidamente se afastou da margem.

— Que local delicioso! Infelizmente, você e eu estamos tão sobrecarregados de trabalho que nem temos tempo para apreciá-lo.

— Qual a razão deste encontro?

— Acalme-se, não tenho a mínima intenção de o interrogar.

— Interrogar-me? A mim?!

— Apenas preciso da sua abalizada opinião sobre um ponto delicado.

— Não estou bem certo de poder ajudá-lo.

— Não foi informado de um roubo estranho? Alguém roubou um dos pincéis de Kha.

Meba evitou o olhar do sardo.

— Roubado... Tem certeza?

— O testemunho do filho mais velho do rei é formal.

— Kha não passa de uma criança.

— Fico me perguntando se não tem alguma idéia, mesmo que vaga, sobre a identidade do ladrão.

— Essa pergunta é insultante. Leve-me imediatamente de volta à margem.

Serramanna esboçou um sorriso carniceiro.

— Foi um passeio muito instrutivo, senhor Meba.

29

À proa do barco real, Ramsés abraçava Nefertari ternamente. O casal real saboreava um momento de intensa felicidade, comungando com o espírito do rio, a grande fonte de alimentação nascida nos confins do universo e vinda à terra para transmitir o fluxo criador.

O nível da água estava elevado, e a navegação era rápida, graças ao bom vento do norte. O capitão estava permanentemente alerta, porque a corrente criava perigosos turbilhões; uma manobra errada podia levar ao naufrágio.

A beleza de Nefertari deslumbrava Ramsés cada dia mais. Nela convergiam a graça e a autoridade soberana, nela se realizava a aliança miraculosa de um espírito luminoso e de um corpo perfeito. Esta longa viagem para o Sul seria a do amor que o rei sentia por uma mulher sublime, cuja simples presença encarnava a serenidade tanto para o Faraó como para o seu povo. Desde que vivia com Nefertari, Ramsés compreendia o motivo de os sábios terem exigido que o Egito fosse dirigido por um casal real cujo olhar fosse apenas um.

Depois de nove anos de reinado, Ramsés e Nefertari sentiam-se enriquecidos pelas provações e tão enamorados um do outro como no instante em que haviam compreendido que percorreriam juntos o caminho da vida e da morte.

Cabelos ao vento, trajando um simples vestido branco, Nefertari saboreava as paisagens do Médio Egito com deslumbramento; palmares, plantações à beira d'água, aldeias de casas brancas sobre colinas, tudo encarnava a doçura de um paraíso que os justos descobririam do outro lado da morte e que o casal real devia tentar construir na terra.

— Não receia que a nossa ausência...

— Consagrei a maior parte do meu reinado ao Norte, chegou a hora de me preocupar com o Sul; sem a união das Duas Terras, o Egito não sobreviveria. E esta guerra contra o Hatti manteve-me muito tempo afastado de você.

— A guerra não terminou.

— A Ásia vai ser palco de profundas transformações; se houver uma chance de paz, não deveríamos aproveitá-la?

— É esse o objetivo da missão secreta de Acha, não é verdade?

— Acha corre um perigo enorme. Mas quem senão ele poderia realizar missão tão delicada?

— Estamos juntos, na alegria e na dor, na esperança e no receio; que a magia desta viagem proteja Acha.

Os passos de Setaou ressoaram na ponte.

— Posso importuná-lo?

— Aproxime-se, Setaou.

— Teria gostado de ficar junto de Kha; esse menino há de tornar-se um mago famoso. No que diz respeito à sua proteção, podem ficar tranqüilos: ninguém conseguirá quebrar-lhe as defesas que preparei.

— Você e Lótus não têm pressa de rever a sua querida Núbia? — perguntou Nefertari.

— Ali vivem as mais belas serpentes da criação... Sabe que o capitão está inquieto com o movimento das águas? Pensa que estamos próximos de uma zona perigosa e tenciona dirigir-se para a margem quando ultrapassarmos aquela ilhota coberta de vegetação, ali no meio do rio.

O Nilo, depois de uma série de meandros, passava em frente de uma rocha a pique onde os abutres faziam ninho e depois afastava-se da falésia. Em breve surgiu um semicírculo montanhoso que se estendia por vinte quilômetros.

Nefertari levou a mão à garganta.

— O que é? — inquietou-se Ramsés.

— Uma pequena falta de ar... Não é nada.

Uma violenta sacudida fez o barco dançar, sinal de um redemoinho. Na margem, viam-se as construções em ruínas da capital abandonada de Akhenaton.

— Acompanhe a rainha até a nossa cabine e vele por ela — ordenou Ramsés a Setaou.

Assustados, alguns marinheiros perderam a cabeça. Um deles caiu do mastro principal quando tentava segurar uma da velas e bateu no capitão. Semidesmaiado, com os olhos perdidos no vazio, não foi mais capaz de dar instruções claras. Brotaram de todos os lados ordens contraditórias.

— Silêncio! — impôs Ramsés. — Cada um para o seu posto! Eu vou fazer a manobra.

Em instantes o perigo surgira. Os barcos de escolta, apanhados numa corrente contrária e sem compreenderem o porquê dos sobressaltos do barco real, viram-se bruscamente afastados dele e incapazes de socorrê-lo.

Quando estava prestes a corrigir a rota, o rei viu o duplo obstáculo.

Impossível de ultrapassar.

No meio do rio havia um grande redemoinho; do lado do desembarcadouro da Cidade do Sol, onde a passagem seria navegável, via-se uma barreira de jangadas sobre as quais tinham sido colocados braseiros. O rei ficou entre duas opções: ou o naufrágio ou o incêndio, que com certeza destruiria o seu barco se este se chocasse com as jangadas a toda velocidade.

Quem preparara semelhante armadilha naquele setor da cidade abandonada? Agora Ramsés compreendia o mal-estar de Nefertari: com os seus dons de vidente, pressentira o perigo.

O rei tinha apenas alguns segundos para refletir. Dessa vez o seu leão não podia fazer nada por ele.

— Ei-lo! — berrou o vigia.

Atirando para longe a coxa de pato assado que acabara de morder, Chenar agarrou no arco e na espada. Ele, o grande dignitário apreciador do conforto, obrigara-se a forjar uma alma de guerreiro.

— O barco do Faraó está separado dos outros?

— Exatamente como você previu... Os acompanhantes estão a boa distância.

Crescia a cobiça no olhar do mercenário. Chenar prometera-lhe uma boa recompensa, assim como aos seus companheiros do pequeno grupo de combate reunido por Ofir. O irmão do rei revelara-se de uma rara eloqüência e transmitira no seu discurso o fogo do ódio que lhe roía o coração.

Nenhum mercenário ousaria atacar Ramsés, com medo de ser fulminado pela energia divina que habitava o faraó. Desde a sua vitória em Kadesh, todos receavam os poderes sobrenaturais do senhor das Duas Terras. Chenar encolhera os ombros e prometera ele próprio matar o tirano.

— Metade dos homens para as jangadas, os outros comigo.

Ramsés ia, portanto, perecer nas proximidades da Cidade do Sol, como se a heresia de Akhenaton conseguisse finalmente vencer Amon e as outras divindades que o rei do Egito venerava. Tomando Nefertari como refém, Chenar tinha certeza de convencer a escolta do monarca a reconhecê-lo como rei. A morte de Ramsés provocaria uma imensa lacuna na qual o irmão se introduziria sem perder um segundo.

Vários mercenários saltaram do desembarcadouro para as jangadas e prepararam-se para lançar flechas incendiárias sobre o barco real que os seus companheiros, comandados por Chenar, atacariam pela retaguarda.

A vitória não lhes poderia escapar.

— Todos os remadores a estibordo! — ordenou Ramsés.

A primeira flecha incendiária cravou-se na parede de madeira da cabine central; a bela Lótus, ágil e rápida, apagou o começo de incêndio com o pedaço de um tecido grosso.

Ramsés subiu para o teto da cabine, retesou o arco, mirou um dos adversários, respirou fundo e disparou. A flecha atravessou a garganta do mercenário, e os seus comparsas baixaram-se atrás dos braseiros para se protegerem das flechas mortais do monarca; as suas próprias flechas, sem pontaria, perderam-se nas águas revoltas ao redor do barco.

A manobra brutal exigida por Ramsés modificara a rota; a proa empinara-se como um cavalo furioso, e o barco ficara de lado, atacado a bombordo pelo rio turbulento. Havia uma chance de escapar para a margem, com a condição de não ser sugado pelo redemoinho e nem de ser alcançado pelos velozes barcos de Chenar, que já haviam abatido dois marinheiros na popa; com o peito trespassado por flechas, os infelizes haviam caído no rio.

Setaou correu para a proa, levando na mão um ovo de argila que manejava com precaução. Coberto de hieróglifos, o talismã era a réplica do ovo do mundo conservado no *naos* do grande templo de Thot, em Hermópolis; apenas os magos oficiais, como Setaou, eram autorizados a utilizar um símbolo carregado de ondas de temível eficácia.

Setaou estava de mau humor. Havia planejado utilizar o talismã na Núbia, se qualquer perigo imprevisto ameaçasse o casal real; privar-se daquela arma enraivecia-o, mas precisava vencer o maldito redemoinho.

Com grande impulso, o encantador de serpentes atirou o ovo do mundo para as águas, que se agitaram como se fossem levadas à ebulição; formou-se uma espiral, e uma onda abateu-se sobre as jangadas, cobrindo vários braseiros e afogando dois mercenários.

O barco real já não se arriscava agora a ir para o fundo ou ser incendiado, mas, na popa, a situação piorava. Os homens de Chenar haviam lançado ganchos de abordagem e começavam a subir pelas cordas; fora de si, o chefe deles atirava flecha após flecha, impedindo os marinheiros egípcios de agirem

Duas flechas incendiárias cravaram-se na vela, provocando um princípio de incêndio que Lótus apagou novamente. Embora exposto às flechas inimigas, Ramsés não mudava de posição e continuava a eliminar mercenários. Alertado por gritos vindos da popa do barco, voltou-se e viu um pirata erguer o machado acima da cabeça de um marinheiro desarmado.

A flecha do soberano atravessou o pulso do mercenário, que recuou gritando de dor; Matador enterrou as presas no crânio de outro que conseguira subir a ponte.

Por um momento, o olhar do Faraó cruzou-se com o do chefe do grupo, um homem barbudo e agitado que fazia pontaria em sua direção. Com um movimento quase imperceptível, o monarca deslocou-se para a esquerda, e a flecha raspou-lhe a face. Furioso por ter errado, o agressor deu ordem de retirada aos sobreviventes.

Uma reviravolta das chamas surpreendeu Lótus, cujo vestido se incendiou. A núbia mergulhou, mas teve pouca sorte, pois foi sugada pelo restante da espiral do redemoinho. Impossibilitada de nadar, ergueu o braço para pedir socorro.

Ramsés mergulhou atrás.

Ao sair da cabine central, Nefertari viu o rei desaparecer no Nilo.

30

Os minutos escoavam-se.

O barco real e aqueles que o seguiam haviam lançado a âncora na frente da Cidade do Sol, nas águas agora calmas. Três ou quatro mercenários haviam conseguido fugir, mas a sorte deles não preocupava Nefertari nem Setaou. Tais como Matador, mantinham os olhos fixos no lugar onde Ramsés e Lótus haviam afundado.

A rainha oferecera incenso a Hathor, patrona da navegação; com uma calma e uma dignidade que conquistaram o coração dos marinheiros, Nefertari esperava o relatório dos emissários que haviam partido em busca do monarca e da núbia. Uns percorriam o rio, outros seguiam pelos caminhos de sirga para explorarem melhor as ervas altas que ocultavam as margens. Certamente que a corrente arrastara o rei e a núbia para longe, para o sul.

Setaou permanecia ao lado da rainha.

— O faraó voltará — murmurou ela.

— Majestade... O rio é por vezes impiedoso.

— Voltará, e salvou Lótus.

— Majestade...

— Ramsés não terminou ainda a sua obra. Um faraó que não terminou a sua obra não pode morrer.

Setaou compreendeu que não abalaria as certezas pungentes da rainha. Mas como reagiria ela quando fosse obrigada a aceitar o inevitável? O encantador de serpentes esquecia a sua própria dor para partilhar a de Nefertari. Imaginava já o horrível regresso a Pi-Ramsés e o anúncio à corte sobre o desaparecimento de Ramsés.

Chenar e os seus companheiros esperaram até terem percorrido um número considerável de quilômetros para o norte, arrastados por uma forte corrente, antes de pararem para tomar fôlego. Afundaram então o barco e avançaram por uma região verdejante onde trocaram ametistas por burros.

— Para onde vamos? — perguntou um mercenário cretense.

— Você vai a Pi-Ramsés prevenir Ofir.

— Ele não vai me dar os parabéns.

— Não fizemos nada de errado.

— Ofir não tolera derrotas.

— Ele sabe perfeitamente que temos de enfrentar um forte inimigo e que não poupo esforços para tal. E você vai lhe dar duas boas notícias. A primeira é a de que vi Setaou a bordo do barco real e, portanto, Kha já não goza de sua proteção. A segunda é a de que estou indo para a Núbia, como estava previsto, para lá matar Ramsés.

— Prefiro ir com você — disse o cretense. — O meu camarada aqui será um excelente mensageiro. Eu sei lutar e cercar a caça.

— De acordo.

Chenar não se sentia nada desencorajado. A ação violenta transformara-o em chefe de guerra, e a sua raiva reprimida durante muitos anos enfim liberava-se livremente. Não conseguira com poucos homens e uma estratégia inteligente surpreender Ramsés o Grande, quase chegando à beira do triunfo?

O destino acabaria por corresponder, de forma favorável, à sua perseverança.

Reinava o silêncio em todos os barcos da flotilha real. Ninguém ousava pronunciar uma só palavra, com receio de perturbar a dolorosa meditação da rainha. Caía a noite, e ela continuava imóvel à proa do barco do Faraó.

Também Setaou se calara, a fim de preservar a última esperança que a ligava à sombra de Ramsés. Mas, com o pôr-do-sol, Nefertari teria que admitir a atroz realidade.

— Eu sabia — disse ela com uma voz doce que espantou Setaou.

— Majestade...

— Ramsés está mais à frente, sobre o telhado do palácio branco.

— Majestade, a noite está caindo e...

— Olhe bem.

Setaou fixou o ponto indicado por Nefertari.

— Não, não, é apenas uma ilusão.

— Os meus olhos o vêem. Aproximemo-nos.

Setaou não se atreveu a opor-se às exigências da rainha. O barco real levantou âncora e dirigiu-se para a Cidade do Sol que as brumas da noite não tardariam a cobrir.

O encantador de serpentes olhou com bastante atenção para o telhado do palácio branco onde tinham vivido Akhenaton e Nefertiti. Por instantes conseguiu distinguir um homem de pé; esfregou os olhos e olhou melhor. A miragem não desaparecera.

— Ramsés está vivo — repetiu Nefertari.

— Aumentem a velocidade! — exigiu Setaou.

E a silhueta de Ramsés foi se aproximando, ficando maior de minuto a minuto, envolta nos últimos raios de sol.

Setaou não conseguia acalmar-se.

— Por que razão o senhor das Duas Terras não tentou de tudo para nos revelar a sua presença para irmos em seu socorro? Isso não seria revelar fraqueza!

— Tinha mais o que fazer — respondeu o rei. — Lótus e eu nadamos por baixo d'água, mas ela desmaiou, e pensei que havia se afogado. Atingimos a margem no extremo meridional da cidade abandonada e tive que magnetizar Lótus durante longo tempo até que ela voltasse à vida. Depois, avançamos na direção do centro da cidade e procurei o ponto mais elevado para revelar a nossa presença. Sabia que o espírito de Nefertari nos seguia passo a passo e que a faria olhar na direção certa.

Com uma calma luminosa, a rainha manifestava discretamente

a sua emoção apertando contra si o braço direito de Ramsés, que por sua vez acariciava o leão.

— Julguei que o ovo do mundo tinha sido incapaz de o salvar — resmungou Setaou. — Se tivesse desaparecido, a minha reputação teria ficado bastante afetada.

— Como está Lótus? — quis saber a rainha.

— Dei-lhe uma poção sedativa; depois de uma noite de bom sono, esquecerá a aventura.

Um escanção despejou vinho branco fresco nas taças.

— Já não era sem tempo — disse Setaou. — Perguntava a mim mesmo se ainda estaríamos num país civilizado.

— Observou o chefe dos agressores durante o combate? — perguntou Ramsés.

— Pareceram-me todos igualmente intratáveis; nem sequer percebi a presença de algum chefe.

— Era um barbudo muito agitado e com um olhar cheio de ódio... Por instantes julguei reconhecer Chenar.

— Chenar morreu no deserto, a caminho do degredo. Até mesmo os escorpiões acabam por morrer.

— E se tivesse sobrevivido?

— Se assim fosse, pensaria apenas em esconder-se e não teria lançado um bando de mercenários contra você.

— A armadilha não foi improvisada e quase deu resultado.

— Pode o ódio corroer de tal forma uma pessoa que a transforme de fidalgo em guerreiro, disposto a tudo para matar o seu próprio irmão e agredir a pessoa sagrada do Faraó?

— Se for Chenar, acaba de dar-lhe a resposta.

Setaou ficou aborrecido.

— Se esse monstro ainda está vivo, não devemos ficar parados. A loucura que o incita é igual à dos demônios do deserto.

— Este atentado não foi perpetrado por acaso — considerou Ramsés. — Convoque o mais depressa possível os talhadores de pedra das cidades mais próximas.

Uns vieram de Hermópolis, a cidade de Thot, outros de Assiut, a cidade de Anubis; várias dezenas de talhadores de pedra instalaram-se num acampamento e, algumas horas depois da sua chegada, começaram a trabalhar sob as ordens de dois mestres-de-obras, depois de terem ouvido um discurso breve e firme de Ramsés.

Na frente do palácio da cidade abandonada, o Faraó formulara as suas exigências: a Cidade do Sol, dedicada ao deus Aton, devia desaparecer. Um dos predecessores de Ramsés, Horemheb, desmantelara alguns templos e servira-se de suas pedras para preenchimento das colunas, em Karnak. Logo que tivesse feito desaparecer os palácios, casas, oficinas, cais e as construções restantes da cidade morta, Ramsés teria terminado a sua obra. As pedras e tijolos seriam reutilizados em outras localidades, e os túmulos que não abrigassem nenhuma múmia permaneceriam intactos.

O barco real permaneceu ancorado até restarem apenas os alicerces das edificações; em breve seriam cobertos pelos ventos e tempestades de areia, mergulhando no nada a capital perdida que se tornara foco de forças negativas.

Os ajudantes de pedreiro transportaram os materiais para barcos de carga, os quais foram repartidos em função das necessidades dos aglomerados vizinhos. Suprimentos de carne, óleo, cerveja e vestuário incentivaram os operários a executar sua tarefa com dedicação.

Ramsés e Nefertari visitaram pela última vez o palácio da Cidade do Sol antes da sua demolição. O pavimento decorado seria recolocado no palácio real de Hermópolis.

— Akhenaton enganou-se — afirmou Ramsés. — A religião que ele preconizava conduzia à doutrinação e à intolerância. Era o próprio espírito do Egito que ele traía. Infelizmente, Moisés seguiu o mesmo caminho.

— Akhenaton e Nefertiti foram um casal real — lembrou Nefertari. — Respeitaram as nossas leis e foram inteligentes em limitar a sua experiência no tempo e no espaço. Com a instalação de postos fronteiriços haviam encerrado o culto de Aton na sua cidade.

— Mas o veneno espalhou-se... E não tenho certeza se o desaparecimento desta cidade, onde as trevas substituíram a luz, dissipou os seus efeitos. Pelo menos o local será devolvido às montanhas e ao deserto, e mais nenhum rebelde se servirá dele como base de partida.

Quando o último talhador de pedra deixou a cidade totalmente demolida, a partir daquele momento mergulhada no silêncio e no esquecimento, Ramsés ordenou que partissem rumo a Abidos.

31

À aproximação de Abidos, Ramsés sentiu o coração apertar-se. Sabia o quanto seu pai amara aquele lugar, que importância dera à construção do grande templo de Osíris, e censurava-se por não ter voltado ali há mais tempo. É verdade que a guerra contra os hititas e a defesa do Egito haviam ocupado o seu espírito e o seu braço, mas nenhuma desculpa teria valor perante o deus da ressurreição, na altura do julgamento.

Setaou imaginara que uma multidão de “sacerdotes puros” com o crânio raspado, perfumados e vestindo trajes de um branco imaculado, camponeses carregados de oferendas e sacerdotisas tocando lira e alaúde se aglomerariam para receber o rei. Todavia, o desembarcadouro estava deserto.

— Não é normal — declarou. — Não desçamos do barco.

— O que receia? — perguntou Ramsés.

— Imagine que outros mercenários tenham se apoderado do templo e lhe preparem outra armadilha.

— Aqui, na terra sagrada de Abidos?

— Não vale a pena correr riscos. Continuemos para o Sul e enviemos o exército.

— Como quer que eu aceite que um só palmo de terra do meu país me seja inacessível? E, além do mais, Abidos!

A cólera de Ramsés tinha a violência de uma tempestade do deus Seth. Nem a própria Nefertari tentou acalmá-lo.

A flotilha acostou. O Faraó em pessoa encabeçou um cortejo de carros cujas peças, separadas e transportadas de barco, haviam sido reunidas de imediato.

A via das procissões, que ia do desembarcadouro ao pátio do templo, estava igualmente deserta, como se a cidade santa tivesse sido abandonada. Na frente da coluna havia blocos de calcário com a marca dos talhadores de pedra e ferramentas arrumadas nas caixas. Sob as tamargueiras que sombreavam o pátio, viam-se grandes trenós de madeira carregados com blocos de granito provenientes das pedreiras de Assuã.

Estupefato, Ramsés dirigiu-se ao palácio que ficava ao lado do templo. Nos degraus que conduziam à entrada principal, um velho espalhava queijo de cabra em fatias de pão. O aparecimento daquele exército cortou-lhe o apetite; dominado pelo pânico, abandonou a comida e tentou fugir, mas foi agarrado por um soldado, que o conduziu à presença do monarca.

— Quem é você?

A voz do velho tremia.

— Sou um dos lavadores do palácio.

— Por que não está trabalhando?

— Bem... Não há nada para fazer porque todos partiram. Enfim, quase todos... Ainda há alguns sacerdotes, tão velhos como eu, perto do lago sagrado.

Apesar de uma intervenção entusiasta de Ramsés no início do seu reinado, o templo ainda estava por terminar. Franqueada a coluna, o rei e alguns soldados atravessaram a parte administrativa, formada por gabinetes, oficinas, um matadouro, uma padaria e uma cervejaria — tudo vazio — e dirigiram-se rapidamente para as habitações dos sacerdotes vitalícios.

Sentado num banco de pedra, com as mãos apoiadas no cabo da bengala de madeira de acácia, um velho de crânio raspado tentou erguer-se ante a aproximação do rei.

— Não se preocupe, servidor do deus.

— Vossa Majestade é o Faraó... Haviam-me falado tanto do Filho da Luz, cujo poder resplandece como o sol! Os meus olhos estão fracos, mas não posso me enganar... Como estou feliz por vê-lo antes de morrer. Aos noventa e dois anos, os deuses me oferecem uma alegria imensa.

— O que se passa aqui?

— É a quinzena de requisição.

— Requisição... Mas quem se atreveu a isso?

— O governador da cidade próxima... Considerou que o pessoal do templo era muito numeroso e que seriam mais úteis reparando os canais do que celebrando rituais.

O governador era um homem bem-disposto, de bochechas redondas e lábios grossos. Como a barriga o incomodava ao andar, apenas se deslocava em cadeira de carregadores. Mas foi de carro e a toda velocidade, que um oficial o conduziu ao palácio de Abidos.

Prostrou-se com doloroso esforço diante do rei, que estava sentado num trono de madeira dourada com pés em forma de patas de leão.

— Perdoe-me, Majestade, não havia sido avisado da sua chegada! Se soubesse, teria organizado uma recepção digna de Vossa Majestade e teria...

— É o responsável pela requisição do pessoal de Abidos?

— Sim, mas...

— Esqueceu que é formalmente proibida?

— Não, Majestade, mas achei que todas essas pessoas estavam desocupadas e que era muito melhor dar-lhes um trabalho que fosse útil à província.

— Desviou-os das tarefas que o meu pai lhes atribuíra e que eu próprio havia confirmado.

— Havia achado que...

— Cometeu uma falta muito grave, e a sanção está prevista por decreto: cem pauladas, e o nariz e as orelhas cortados.

Pálido, o governador gaguejou.

— Não pode ser, Majestade! É desumano!

— Estava consciente da sua falta e conhecia o castigo; nem sequer necessitará de julgamento.

Convencido de que o tribunal pronunciaria a sentença e talvez até mesmo a agravasse, o homem desfez-se em lamentações.

— É verdade que agi mal, eu admito, mas não foi em meu benefício! Graças ao pessoal de Abidos, os diques foram rapidamente reparados e os canais limpos em toda a profundidade.

— Nesse caso, deixo-lhe a escolha de uma outra sanção: você e os seus servidores trabalharão como serventes de pedreiro no canteiro de obras do templo até que ele esteja terminado.

Cada sacerdotisa e cada sacerdote cumpriram o seu dever ritual, de forma que o templo de Osíris se tornou semelhante ao horizonte do céu, iluminando todos os rostos. Ramsés consagrara uma estátua de ouro com a efígie do pai e celebrara, em companhia de Nefertari, o cerimonial de oferenda à Regra de Maât. As portas de cedro do Líbano cobertas de electro, o solo coberto de prata, os limiares, de granito, e os baixos-relevos multicores faziam do templo um lugar do outro mundo, onde as potências divinas tinham prazer em residir. Nos altares, flores e vasos com perfumes e alimentos destinados ao invisível.

O tesouro foi aumentado com ouro, prata, linho real, óleos de festa, incenso, vinho, mel, mirra e ungüentos; nos estábulos, passaram a coabitar bois, vacas e vitelos gordos, e nos celeiros amontoaram-se cereais de primeira qualidade. Como proclamou uma inscrição hieroglífica, "o Faraó multiplica para Deus todas as espécies".

Em discurso pronunciado perante os notáveis da província reunidos na sala de audiências do palácio de Abidos, Ramsés decretou que os barcos, os campos, os terrenos, o gado, os burros e todos os outros bens próprios do templo não lhe poderiam ser retirados sob qualquer pretexto. Quanto aos guardas dos campos, aos passarinheiros, aos pescadores, aos agricultores, aos apicultores, aos jardineiros, aos vinhateiros, aos caçadores e ao restante do pessoal afeito ao domínio de Osíris para torná-lo próspero, nenhum deles poderia ser requisitado para efetuar qualquer tarefa noutro lugar.

Quem transgredisse as cláusulas do decreto real sofreria um castigo corporal, seria demitido de todas as suas funções e condenado a vários anos de trabalhos forçados.

Sob o impulso de Ramsés, os trabalhos avançaram rapidamente. Os rituais iluminaram os corpos dos deuses instalados em suas capelas, o mal foi banido, e o templo alimentou-se de Maât.

Nefertari vivia dias felizes. Aquela estada em Abidos proporcionava-lhe a inesperada oportunidade de realizar o seu sonho de adolescente: viver na intimidade das divindades, meditar perante a sua beleza e descobrir os seus segredos praticando os rituais.

Aproximava-se o momento de fechar as portas do *naos* para a noite, e Ramsés não estava a seu lado. A rainha foi à sua procura e encontrou-o no corredor dos antepassados, contemplando a lista dos faraós que o haviam precedido, a partir da primeira dinastia. Devido à força dos hieróglifos, o seu nome ficaria presente para sempre na memória dos homens; o de Ramsés o Grande viria a seguir ao de seu pai.

— Como poderei mostrar-me digno destes seres excepcionais? — interrogou-se o rei em voz alta. — Maldade, covardia, mentira... Que faraó conseguirá extirpar algum dia esses males do coração dos homens?

— Nenhum — respondeu Nefertari. — Mas todos travaram de antemão esse combate perdido e algumas vezes conseguiram vencer.

— Se nem mesmo o território sagrado de Abidos é respeitado, qual a utilidade de se fazer decretos?

— Este momento de desânimo nem parece seu.

— Foi por isso que vim consultar os meus antepassados.

— Eles só podem ter-lhe dado um conselho: prosseguir, aproveitar as provações para aumentar a sua força.

— Sentimo-nos tão bem neste templo! Aqui reina a paz que não consigo fazer reinar no mundo profano.

— Tenho o dever de lhe arrancar desta tentação, mesmo lutando contra o meu mais caro desejo.

Ramsés tomou a rainha nos braços.

— Sem você, as minhas ações seriam apenas gestos sem sentido. Dentro de quinze dias serão celebrados os mistérios de Osíris. Participaremos deles e tenho uma proposta a lhe fazer: a decisão será sua.

Armados com paus e vociferando, um bando de arruaceiros atacou a frente da procissão. Com a máscara do deus chacal, "o abridor de caminhos", o sacerdote de Abidos repeliu os assaltantes pronunciando fórmulas de maldição a fim de afastar os seres tenebrosos da barca de Osíris.

Os iniciados nos mistérios apoiaram o abridor de caminhos e dispersaram os que tinham se revoltado contra a luz.

A procissão retomou a sua caminhada para a ilha da primeira manhã, onde Ramsés, identificado com Osíris assassinado pelo irmão Seth, repousava num leito com cabeça de leão. As águas do Nilo rodeavam essa colina primordial que as duas irmãs divinas — Ísis e Nephtys — atingiram, utilizando um passadiço.

A ilha ficava no interior de um edifício colossal, formado por dez pilares monolíticos que suportavam um teto digno dos construtores do tempo das pirâmides. O santuário secreto de Osíris terminava em um quarto transversal, de vinte metros por seis, onde era conservado o sarcófago do deus.

Nefertari desempenhava o papel de Ísis, esposa de Osíris, e Iset a Bela o de Nephtys, cujo nome significava "a soberana do templo". Irmã de Ísis, ela assistia-a durante os rituais que faziam Osíris sair do domínio da morte.

Nefertari aceitara a proposta de Ramsés; a presença ritual de Iset parecera-lhe desejável.

As duas mulheres ajoelharam-se, Nefertari à cabeceira do leito, e Iset a Bela aos pés. Com um jarro de água fresca na mão direita e um pão redondo na esquerda, recitaram longas e comoventes litanias, necessárias para fazer circular uma nova energia nas veias do ser inerte.

Suas vozes uniram-se na mesma melodia, sob a proteção da deusa do céu, cujo corpo imenso, povoado de estrelas e de decanos, estendia-se pelo teto, por cima do leito de ressurreição.

Saindo de uma longa noite, o Osíris Ramsés despertou e pronunciou as palavras que os seus predecessores haviam pronunciado ao viverem os mesmos mistérios: "Que me sejam dadas a luz no céu, a força criadora na terra, a justeza da voz no reino do outro mundo e a capacidade de viajar à frente das estrelas; possa eu agarrar a corda da proa na barca da noite e a corda da popa na barca do dia."

32

Uri-Techup espumava de raiva.

A consulta de outro adivinho no templo do deus da Tempestade dera o mesmo resultado: previsões pessimistas e o não-lançamento de uma ofensiva. A maioria dos soldados era tão supersticiosa que Uri-Techup não podia ignorar os avisos. E nenhum adivinho era capaz de indicar a data em que o prognóstico se tornaria favorável.

Embora os médicos da corte não fossem capazes de melhorar o estado de Muwattali, o imperador não se resignava a morrer. Na realidade, aquela longa agonia satisfazia Uri-Techup: ninguém o acusaria de assassinato. Os médicos haviam constatado a crise cardíaca e apreciavam a dedicação do filho que, todos os dias, visitava o doente. Uri-Techup criticava a ausência de Hattusil, como se este não se interessasse pela saúde do irmão.

Quando se cruzou com a nobre e altiva Putuhepa, a esposa de Hattusil, o filho do imperador não deixou de ironizar.

— O seu marido está se escondendo?

— Hattusil está em missão, por ordem do imperador.

— O meu pai não me falou disso.

— Segundo os médicos, Muwattali não pode pronunciar uma única palavra.

— Parece muito bem informada.

— No entanto, você interditou o quarto do imperador e arroga-se o direito de entrar lá sozinho.

— Muwattali precisa de repouso.

— Todos desejamos que em breve ele seja capaz de exercer a plenitude de suas funções.

— Com certeza; mas admitamos que esta incapacidade se prolongue... Será então necessário tomar uma decisão.

— Sem a presença de Hattusil, impossível.

— Faça com que volte ao palácio.

— É uma ordem ou um conselho?

— É aquilo que considerar melhor, Putuhepa.

Putuhepa saíra da capital à noite, com uma pequena escolta, certificando-se por diversas vezes de que Uri-Techup não mandara alguém segui-la.

Estremeceu ao ver a sinistra fortaleza onde se refugiara Hattusil; não teria a guarnição aprisionado o marido para agradar ao general-chefe? Nesse caso, tanto a sua existência como a de Hattusil acabariam de forma brutal por trás daqueles muros cinzentos.

Putuhepa não sentia a menor vontade de morrer. Sentia-se, sim, capaz de servir ao seu país, desejava viver muitos verões ardentes, percorrer mil vezes ainda os caminhos selvagens da Anatólia e ver Hattusil reinar sobre o Hatti. Se havia uma chance, por minúscula que fosse, de vencer Uri-Techup, agarrá-la-ia com ambas as mãos.

A boa acolhida por parte dos soldados da fortaleza serenou a sacerdotisa. Foi imediatamente conduzida à torre central, aos aposentos do comandante.

Hattusil correu para ela e abraçaram-se.

— Finalmente, Putuhepa! Conseguiu escapar...

— Uri-Techup já reina na capital.

— Aqui estamos em segurança; todos os homens desta guarniçao o detestam. Muitos soldados sofreram com as suas injustiças e violências.

Putuhepa notou a presença de um homem sentado na frente da lareira.

— Quem é? — perguntou em voz baixa.

— Acha, o ministro dos Negócios Estrangeiros do Faraó e embaixador extraordinário.

— Ele, aqui?

— Talvez essa seja a nossa oportunidade.

— Mas... qual é a sua proposta?

— A paz.

Hattusil assistiu a um fenômeno extraordinário: o castanho-escuro dos olhos da esposa tornou-se mais claro, como se uma luz interior os iluminasse.

— A paz com o Egito? — repetiu, estupefata. — Todos sabemos que é impossível!

— Não deveríamos utilizar este inesperado aliado em prol dos nossos interesses?

Putuhepa afastou-se de Hattusil e aproximou-se de Acha. O diplomata ergueu-se e cumprimentou a bela hitita.

— Perdoe, Acha, deveria ter vindo cumprimentá-lo logo.

— Quem não se congratularia pelo reencontro de uma esposa com o seu marido?

— Você corre grande perigo permanecendo aqui.

— Tencionava dirigir-me à capital, mas Hattusil convenceu-me a aguardar a sua chegada.

— Então já sabe da doença do imperador.

— Mesmo assim, tentarei falar-lhe.

— É inútil, ele está morrendo; o império já pertence a Uri-Techup.

— Vim propor a paz e vou consegui-la.

— Esquece que o único objetivo de Uri-Techup é a destruição do Egito? Desaprovo a sua obstinação, mas sempre estive consciente de que a finalidade do nosso império se baseia na guerra.

— Já pensou no verdadeiro perigo que o ameaça?

— Um ataque com força total do exército egípcio, com Ramsés à frente!

— Não pode negligenciar uma outra possibilidade: o gradativo crescimento do poder assírio.

Hattusil e Putuhepa dissimularam com dificuldade o seu espanto. Os serviços de informação de Acha eram mais eficazes do que supunham.

— A Assíria acabará por atacá-los e serão apanhados entre dois fogos, incapazes de manter duas frentes. É utópico acreditar que o exército hitita possa destruir o Egito; aproveitando as lições do passado, instalamos uma rede defensiva nos nossos protetorados. Terão dificuldade em ultrapassá-la, e a sua resistência permitirá ao grosso das nossas tropas contra-atacar rapidamente. E aprenderam, à custa de vocês mesmos, que Amon protege Ramsés e torna o seu braço mais eficaz do que milhares de soldados.

— Anuncie-nos, portanto, a queda do império hitita!

— Não, senhora Putuhepa, porque o Egito não tem qualquer interesse em ver desaparecer o seu velho inimigo. Já não estávamos nos conhecendo bem? Ao contrário de sua reputação, Ramsés aprecia a paz, e não será a grande esposa real Nefertari a dissuadi-lo de enveredar por esse caminho.

— O que pensa disso a rainha-mãe Touya?

— Partilha os meus pontos de vista, ou seja, que a Assíria em breve representará um grande perigo para todos. Os hititas serão os primeiros a serem atacados, depois chegará a vez dos egípcios.

— Uma aliança contra a Assíria... É essa a sua proposta?

— A paz e a aliança, para proteger os nossos povos da invasão. O próximo imperador do Hatti deverá tomar uma decisão com pesadas conseqüências.

— Uri-Techup nunca desistirá de enfrentar Ramsés!

— E qual é a resposta de Hattusil?

— Hattusil e eu já não temos qualquer poder.

— Qual é a sua resposta? — insistiu Acha.

— Aceitaríamos iniciar negociações — declarou Hattusil. — Mas tal conversa tem sentido?

— Só o irrealizável me entusiasma — disse o egípcio, sorrindo. — Você hoje não é nada, mas é com você que quero negociar para iluminar o futuro do meu país. Que Hattusil se torne o imperador, e as nossas afirmações assumirão um valor inestimável.

— Não passa de um sonho — objetou Putuhepa.

— Ou fujam ou lutem.

O orgulho da bela hitita insurgiu-se.

— Não fugiremos.

— Hattusil e você devem conquistar ou comprar a confiança do maior número possível de oficiais superiores. Os comandantes das fortalezas passarão para o seu lado porque Uri-Techup os despreza e bloqueia a sua promoção, sob o pretexto de não desempenharem senão um papel defensivo. Por intermédio dos comerciantes, que lhe são quase todos favoráveis, espalhe o rumor de que a economia hitita não suportará um novo esforço de guerra e que um conflito com o Egito trará ruína e miséria. Abra largas brechas e continue constantemente a alargá-las até que Uri-Techup surja como um motivo de perturbações, incapaz de reinar.

— É um trabalho de grande fôlego.

— É esse o preço do seu êxito e da obtenção da paz.

— Por seu lado, como tenciona agir? — perguntou Putuhepa.

— Será arriscado, mas tenho intenção de convencer Uri-Techup.

Acha contemplava as muralhas de Hattusa e divertia-se imaginando a capital hitita pintada de cores vivas, adornada com bandeiras e povoada por magníficas jovens dançando nas ameias. Mas essa bela visão desfez-se para dar lugar a uma sinistra cidade fortificada, agarrada à montanha.

O ministro dos Negócios Estrangeiros estava acompanhado apenas por dois compatriotas — um escudeiro e um porta-sandálias. Os outros membros da expedição haviam regressado ao Egito. Quando Acha mostrou o seu selo no primeiro posto de guarda da cidade baixa, o oficial ficou estupefato.

— Avise o imperador da minha presença.

— Mas... você é egípcio!

— Embaixador extraordinário. Peço que se apresse.

Sem saber o que fazer, o oficial manteve Acha sob severa vigilância e mandou um de seus subordinados ao palácio.

Acha não ficou de forma alguma surpreendido ao ver chegar, em passo cadenciado, uma escolta de soldados de infantaria armados com lanças e comandados por um brutamontes cujo único pensamento era a obediência absoluta às ordens.

— O general-chefe quer ver o embaixador.

Acha saudou Uri-Techup e declinou os seus títulos.

— O mais brilhante ministro de Ramsés em Hattusa... Mas que surpresa!

— Eis você à frente de um imenso exército. Aceite as minhas felicitações.

— O Egito deveria temer-me.

— Conhecemos a sua valentia e as suas qualidades de guerreiro e receamo-las. Foi por isso que acumulei forças de segurança nos nossos protetorados.

— Vou exterminá-las.

— Estão preparadas para o choque, por mais violento que seja.

— Façamos uma trégua nesta conversa. Qual é a razão da sua vinda?

— Soube que o imperador Muwattali está doente.

— Contente-se com os rumores; a saúde do nosso imperador é um segredo de Estado.

— O senhor do Hatti é nosso inimigo, mas respeitamos a sua grandeza. É por isso que estou aqui.

— O que significa a sua presença aqui, Acha?

— Disponho dos remédios necessários para tratar o imperador Muwattali.

33

O menino de sete anos aplicava a si próprio o preceito que o pai, que o recebera do seu avô, sempre aplicara: dar um peixe a quem tem fome é menos útil do que ensiná-lo a pescar.

Tentava, portanto, provar a sua habilidade batendo na água com uma vareta de forma a dirigir a sua presa para a rede que o seu companheiro, tão esfomeado quanto ele, estendia ao pé dos altos papiros.

De repente, o garoto os viu.

Uma frota de barcos chegava do norte, e o que vinha à frente trazia em sua proa uma esfinge de ouro. Era o barco do Faraó!

Esquecendo o peixe e a rede, o aprendiz de pescador mergulhou no Nilo e nadou em direção à margem para prevenir a aldeia. Haveria festa durante vários dias.

A imensa sala de colunas do templo de Karnak apresentava-se em toda sua magnificência; com a altura de vinte e cinco metros, as doze colunas da nave central revelavam a força da criação emergindo do oceano primordial.

Foi ali que Nebu, o grande sacerdote de Amon, avançando com o auxílio de sua bengala recoberta de ouro fino, veio ao encontro do casal real. Apesar do seu reumatismo, conseguiu curvar-se. Ramsés ajudou-o a erguer-se

— Sinto-me feliz por revê-lo, Majestade, e encantado por admirar a beleza da rainha.

— Estará se tornando um perfeito cortesão, Nebu?

— Não há qualquer esperança por esse lado, Majestade; continuarei a dizer o que penso, tal como acabo de fazer.

— Como vai a sua saúde?

— Tenho que adaptar-me à velhice, embora ela me torne as articulações dolorosas; mas o médico do templo dá-me um remédio à base de salgueiro que me faz sentir melhor. Confesso que não tenho muito tempo para pensar no meu bem-estar... Tarefa bastante pesada essa que me confiou!

— Tendo em vista os resultados, tenho razão para estar satisfeito com a minha escolha.

Oitenta mil funcionários cujas atividades o grande sacerdote distribuía, cerca de um milhão de cabeças de gado, uma centena de barcos de carga, cinqüenta canteiros de obras em permanente atividade, uma imensa superfície de terras cultivadas, jardins, matas, pomares e vinhas, esse era o universo de Karnak, o rico domínio de Amon.

— O mais difícil, Majestade, é harmonizar os esforços dos escribas dos domínios, dos dos celeiros, dos da contabilidade e dos seus outros colegas... Sem uma autoridade superior, este pequeno mundo em breve se transformaria num caos, com cada um pensando apenas nos seus interesses.

— O seu sentido da diplomacia faz maravilhas.

— Apenas conheço duas virtudes: obedecer e servir. O resto não passa de conversa fiada. E na minha idade já não há tempo para conversas.

Ramsés e Nefertari admiraram cada uma das cento e trinta e quatro colunas cuja decoração revelava o nome das divindades, que, sem exceção, o Faraó apresentava oferendas. Aquelas hastes vegetais, tornadas eternas pela pedra, ligavam o solo, símbolo do pântano primordial, ao teto pintado de azul onde brilhavam estrelas de ouro.

Tal como Sethi desejara, a imensa sala de colunas de Karnak encarnaria para sempre a glória do deus oculto, revelando os seus mistérios.

— Tebas será uma simples escala — perguntou Nebu — ou terá o privilégio de uma longa estada do casal real?

— Para conduzir o caminho rumo à paz — respondeu Ramsés

— devo dar satisfação aos deuses, oferecendo-lhes templos em que gostem de residir e terminando a minha morada de eternidade e a de Nefertari. A vida que depositaram no nosso coração, eles a retomarão quando chegar a hora; devemos estar preparados para comparecer diante deles, de forma a que o povo do Egito não sofra com a nossa morte.

Ramsés despertou a força divina no segredo do *naos* de Karnak e saudou a sua presença:

— Saudações a você que cria a vida, os deuses e os humanos, o criador do meu país e das terras longínquas, a você que organiza as planícies verdejantes e a inundação. Todos os seres estão cheios de sua perfeição.

Karnak começava a despertar.

A luz do dia substituía a dos lampiões, os ritualistas enchiam os vasos de purificação com água do lago sagrado, renovavam os pequenos blocos de incenso que perfumavam as capelas, guarneciam os altares com flores, frutos, legumes e pão fresco, organizavam procissões para fazer circular as oferendas que se elevariam todas para Maât. Só ela ressuscitava as diversas formas de vida; só ela alimentava a vida graças ao perfume do orvalho que inundava a terra ao nascer do sol.

Em companhia de Nefertari, Ramsés seguiu a avenida das procissões ladeada de esfinges, a qual conduzia ao templo de Luxor.

Em frente da coluna, um homem aguardava o casal real. Tinha o rosto quadrado, sólido, um antigo controlador dos estábulos do reino.

— Enfrentamo-nos e batemo-nos — recordou o rei à esposa — e não deixo de me orgulhar por ter conseguido resistir-lhe, quando ainda não passava de um rapaz.

Depois de ter abandonado a carreira das armas, o rude Bakhen mudara muito. Tendo atingido o quarto escalão da hierarquia sacerdotal de Karnak, estava comovido até as lágrimas. Rever o faraó proporcionava-lhe uma alegria tão grande que nem sabia que palavras pronunciar. Preferindo que a sua obra falasse por ele, mostrou a impressionante fachada de Luxor, precedida por dois elegantes obeliscos e vários colossos representando Ramsés. Sobre a bela pedra de arenito desenrolavam-se cenas de episódios da batalha de Kadesh e a vitória do rei do Egito.

— Majestade — declarou Bakhen com entusiasmo — a construção está terminada.

— Mas a obra deve prosseguir.

— Estou à sua disposição.

O casal real e Bakhen entraram no grande pátio situado por trás da coluna e rodeado por pórticos de colunas entre as quais haviam sido erigidas estátuas de Ramsés contendo o seu *ka*, a energia imortal que o tornava apto para reinar.

— O trabalho dos talhadores de pedra e dos escultores é admirável, Bakhen, mas não posso mandá-los parar e tenciono até levá-los para um território difícil, talvez mesmo perigoso.

— Poderei conhecer o seu projeto, Majestade?

— Edificar vários santuários na Núbia, entre os quais um grande templo. Reúna os artesãos e consulte-os; aceitarei apenas voluntários.

O Ramesseum, o templo de milhões de anos de Ramsés o Grande, construído a partir de projetos do próprio rei, transformara-se num grandioso monumento, o maior da margem ocidental. Tinham sido utilizados granito, arenito e basalto para erguer pilones, pátios e capelas; várias portas de bronze dourado delimitavam as diversas partes do monumento, protegido por um muro de tijolos.

Chenar conseguira, ao cair da noite, entrar num armazém vazio. Munido de uma arma que Ofir lhe confiara e que esperava ser decisiva, o irmão de Ramsés esperou que as trevas se tornassem densas para se aventurar no espaço sagrado.

Seguiu ao longo do muro do palácio em construção e atravessou um pátio. A alguns metros da capela dedicada a Sethi, hesitou.

Sethi, seu pai...

Mas um pai que o traíra ao escolher Ramsés como faraó! Um pai que o desprezara e rejeitara, favorecendo a ascensão de um tirano.

Depois de realizar o que havia planejado, Chenar deixaria de ser o filho de Sethi. Mas o que interessava isso? Ao contrário do que afirmavam os iniciados nos mistérios, ninguém ultrapassava o obstáculo da morte. O nada absorvera Sethi como absorveria Ramsés. A vida tinha apenas um sentido: conseguir o máximo de poder, não importa por que meios, e exercê-lo livremente, pisando e eliminando os medíocres e os inúteis.

E pensar que milhares de imbecis começavam a considerar Ramsés um deus! Quando Chenar tivesse derrubado o ídolo, o caminho estaria aberto para um novo regime. Poria um fim a todos os rituais antiquados e governaria apenas em função de dois únicos eixos dignos de interesse: a conquista territorial e o desenvolvimento econômico.

Logo que subisse ao trono, Chenar mandaria arrasar o Ramesseum e destruir tudo que representasse Ramsés. Embora inacabado, o templo de milhões de anos já produzia uma energia contra a qual o próprio Chenar sentia alguma dificuldade em lutar. Hieróglifos, cenas esculpidas e pinturas vivas, todas afirmando em cada pedra a presença e a força de Ramsés. Não, não, tudo não passava de uma ilusão criada pela noite!

Chenar libertou-se da letargia que sentia invadi-lo. Instalou o dispositivo preparado por Ofir e saiu do recinto do Ramesseum.

O templo de milhões de anos tomava forma, crescia como um ser cheio de vigor, graças ao qual o reinado de Ramsés ia-se construindo. O rei prestou homenagem ao edifício que, a partir daquele momento, viria buscar a força de que se alimentavam o seu pensamento e a sua ação.

Tais como em Karnak e Luxor, mestres-de-obras, talhadores de pedra, escultores, pintores e desenhistas haviam conseguido maravilhas. O santuário, várias capelas e seus respectivos anexos, e mais uma pequena sala de colunas estavam terminados, tal como a construção reservada ao culto de Sethi. Todas as outras partes do conjunto sagrado encontravam-se em canteiros de obras, sem contar com os armazéns de tijolos, a biblioteca e as habitações dos sacerdotes.

Plantada no segundo ano do reinado, a acácia do Ramesseum crescera também com uma surpreendente rapidez. Apesar de esguia, a sua folhagem já produzia uma sombra agradável. Nefertari acariciou o tronco da árvore.

O casal real atravessou o grande pátio, sob o olhar respeitoso e maravilhado dos talhadores de pedra que haviam pousado o maço e o cinzel.

Depois de conversar com o seu chefe de equipe, Ramsés interrogou sobre as dificuldades de cada um. O rei não esquecia as horas exaustivas passadas nas pedreiras de Gebel Silsileh, numa época em que desejava tornar-se talhador de pedra. O monarca prometeu aos artesãos um prêmio especial: vinho e vestuário de primeira qualidade.

Quando o casal real avançava para a capela de Sethi, Nefertari levou a mão ao coração e imobilizou-se.

— Um perigo... um perigo muito próximo.

— Aqui, neste templo? — espantou-se Ramsés.

O mal-estar dissipou-se. O casal real foi se aproximando do santuário onde seria venerada para sempre a alma de Sethi.

— Não empurre a porta desse santuário, Ramsés. O perigo está aí, por trás dela. Deixe-me agir.

Nefertari abriu a porta de madeira dourada.

Logo na entrada, um olho de cornalina quebrado em diversos fragmentos; em frente da estátua de Sethi, ao fundo da capela, via-se uma bola vermelha, formada por pêlos de animais do deserto.

Investida do poder de Ísis, a grande deusa da magia, a rainha reconstituiu o olho. Se o pé do rei tivesse tocado nos fragmentos do símbolo profanado, Ramsés teria ficado paralisado. Em seguida, Nefertari segurou a bola com a bainha do vestido, sem lhe tocar com os dedos, e levou-a para fora, a fim de ser queimada.

O mau-olhado, constatou o casal, eis o que tinham ousado fazer os seres vindos das trevas, desejosos de quebrar o laço que unia Sethi ao filho, e assim reduzir o senhor das Duas Terras ao estado de um simples déspota, inteiramente privado dos ensinamentos sobrenaturais do seu predecessor.

Quem, senão Chenar, pensou Ramsés, teria ido tão longe no caminho do mal, com o auxílio de um mago vendido aos hititas? Quem, senão Chenar, se empenharia em destruir aquilo que o seu coração imensamente pequeno não podia conter?

34

Moisés hesitava.

É verdade que deveria cumprir a missão de que Deus o incumbira, mas tal obstáculo não ultrapassaria as suas aptidões? Atualmente não acalentava muitas ilusões: Ramsés não cederia. Moisés conhecia suficientemente o rei do Egito para saber que este não pronunciara palavras ao acaso, pois considerava os hebreus como parte integrante do povo egípcio.

No entanto, a idéia do êxodo alimentava os espíritos, e a aceitação do profeta ia aumentando dia a dia. Muitos pensavam que as relações privilegiadas de Moisés com Ramsés facilitariam a obtenção de um acordo. Um a um, os chefes de tribo haviam-se reduzido ao silêncio; sem ter quem o contradissesse, Aarão pudera, enfim, no último conselho dos anciãos, apresentar Moisés como o chefe do povo hebreu, reunidos na mesma fé e na mesma vontade.

Esquecidas as divergências, restava ao profeta vencer apenas um único inimigo: Ramsés o Grande.

Aarão veio perturbar a meditação de Moisés.

— Há um oleiro que pede para ver você.

— Fale com ele.

— É a você que ele quer falar e a mais ninguém.

— Por quê?

— Promessas que lhe fez no passado. Confia muito em você.

— Faça-o entrar.

Com uma curta peruca negra presa por uma tira branca que lhe escondia a testa e deixava as orelhas livres, o rosto queimado e envolto por uma pequena barba e um bigode de pêlos mal-aparados, o visitante podia passar por um simples oleiro hebreu.

No entanto, o vulto despertou as suspeitas de Moisés, pois o homem não lhe era desconhecido.

— O que quer comigo?

— Outrora, os nossos ideais eram os mesmos.

— Ofir!

— Eu próprio, Moisés.

— Mudou muito.

— Sou procurado pela guarda de Ramsés.

— E ele não tem boas razões para isso? Se não estou enganado, você é um espião hitita.

— É verdade que trabalhei para eles, mas a minha rede foi desmantelada, e os hititas já não estão em condições de destruir o Egito.

— Portanto, mentiu-me; apenas procurava utilizar-me contra Ramsés!

— Não, Moisés. Você e eu acreditamos num deus único e todo-poderoso, e o meu contato com os hebreus convenceu-me de que esse deus é Jeová, e nenhum outro.

— Considera-me tão estúpido para me deixar cair nessas belas palavras?

— Mesmo que se recuse a acreditar na minha sinceridade, servirei a sua causa porque é a única que merece ser seguida. Fique sabendo que não espero qualquer benefício pessoal, mas apenas a salvação de minha alma.

Moisés ficou perturbado.

— Renunciou à sua fé em Aton?

— Compreendi que Aton não passava de uma prefiguração do verdadeiro Deus. Assim que descobri a verdade, renunciei aos meus erros.

— O que aconteceu com a jovem que você queria levar ao poder?

— Teve uma morte brutal que me provocou um imenso desgosto, e a guarda egípcia está me acusando de um crime horrível que não cometi. Vi nesta tragédia um sinal do destino. Hoje, você é o único que pode opor-se a Ramsés. É por isso que o apoiarei com todas as minhas forças.

— O que deseja, Ofir?

— Ajudar você a impor a fé em Jeová, nada mais.

— Sabe que Jeová exige o êxodo do meu povo?

— Aprovo esse projeto grandioso. Se for acompanhado pela queda de Ramsés e pela difusão da verdadeira fé no Egito, ficarei muito feliz.

— Um espião não é sempre um espião?

— Já não tenho nenhum contato com os hititas, todos mergulhados em brigas de sucessão; esse episódio da minha vida está esquecido. O futuro e a esperança agora são você, Moisés.

— Como pensa em ajudar-me?

— Não será fácil lutar contra Ramsés, mas a minha experiência de luta clandestina lhe será útil.

— O meu povo só quer sair do Egito e não revoltar-se contra Ramsés.

— Qual é a diferença, Moisés? A sua atitude parecerá irracional aos olhos de Ramsés e como tal ele a reprimirá.

No seu íntimo, o hebreu teve que admitir que o mago líbio estava com a razão.

— Tenho de refletir, Ofir.

— Você é o chefe, Moisés. Permita-me dar-lhe apenas um conselho: não tente nada durante a ausência de Ramsés. Com ele talvez você possa negociar, mas os seus assessores Ameni e Serramanna, sem esquecer a rainha-mãe Touya, não terão qualquer contemplação com o seu povo. Para manter a ordem pública no reino ordenarão uma repressão sangrenta. Aproveitemos a viagem do casal real para desenvolvermos a nossa união, convencermos os indecisos e nos prepararmos para um conflito inevitável.

A determinação de Ofir impressionou Moisés. Embora não estivesse decidido a aliar-se ao mago, poderia negar a pertinência das suas afirmações?

O chefe da guarda de Tebas afirmou que seus homens não haviam poupado esforços para encontrar Chenar e os seus possíveis cúmplices. Ramsés dera-lhes os sinais do agressor que tentara, no

Nilo, trespassá-lo com uma flecha, mas as investigações das forças da ordem haviam-se revelado inúteis.

— Abandonou Tebas — afirmou Nefertari.

— Está convencida tanto quanto eu de que ele está vivo.

— Pressinto uma presença perigosa, uma força das trevas... Será Chenar, o mago ou algum de seus sequazes?

— É ele — afirmou Ramsés. — Tentou cortar para sempre o laço que me ligava a Sethi a fim de me privar da proteção de meu pai.

— O mau-olhado não terá qualquer eficácia; o fogo impediu-o de fazer mal. Graças a uma cola à base de resina, reconstituímos o olho roubado dos tesouros do templo de Seth, em Pi-Ramsés.

— Os animais do deserto, cujos pêlos formavam o olho vermelho, são criaturas de Seth... Chenar tinha intenção de destruí-lo utilizando a sua temível energia.

— Subestimou a qualidade dos seus laços com Seth.

— Uma harmonia que deverei recriar todos os dias... À menor falha de atenção, o fogo de Seth aniquila aquele que considerava ter se tornado seu senhor.

— Quando partimos para o Grande Sul?

— Depois de termos nos encontrado com a nossa morte.

O casal real dirigiu-se para o vale mais meridional da montanha tebana, denominado "lugar de regeneração" ou "lugar dos lótus". Seria nesse Vale das Rainhas que repousaria para a eternidade Touya, a mãe de Ramsés, e Nefertari, a grande esposa real. Seus túmulos haviam sido escavados sob a proteção do cume, domínio da deusa do silêncio. Naquele deserto esmagado pelo sol, reinava Hathor, a sorridente deusa do céu, que fazia as estrelas brilharem e o coração de seus fiéis dançar.

Hathor, que Nefertari descobriu nas paredes do seu túmulo, na atitude da magnetizadora que oferece a energia da ressurreição a uma grande esposa real eternamente jovem, com um toucado de ouro em forma de cabeça de abutre. Simbolizava assim a mãe divina. Os pintores conseguiram reproduzir a beleza da "doce de amor" em formas de incrível perfeição.

— Esta morada lhe convém, Nefertari?

— Tantos esplendores... Não sou digna de tal oferenda.

— Nunca houve morada de eternidade semelhante nem nunca mais haverá; você, cujo amor é o sopro da vida, reinará para sempre no coração dos deuses e dos homens.

Osíris de rosto verde, envolto num manto branco; Ra, o luminoso, coroado por um enorme sol; Khepri, o príncipe das metamorfoses, com cabeça de escaravelho; Maât, a Regra Universal, bela e esguia jovem tendo como único distintivo uma pluma de avestruz, leve como a verdade... As potências divinas haviam-se reunido para regenerar Nefertari, no tempo e para além dos tempos. Em breve, nas colunas ainda vazias, um escriba da Casa da Vida traçaria os hieróglifos do "Livro de sair à luz" e do "Livro das Portas", que permitiriam à rainha viajar pelos belos caminhos do outro mundo, evitando-lhe os perigos.

Já não era a morte, mas o sorriso do mistério.

Durante vários dias, Nefertari examinou as figuras divinas que habitavam a morada de eternidade, da qual ela se tornaria, no momento da grande travessia, a hóspede privilegiada. Familiarizou-se com o além da sua própria existência e partilhou um silêncio que, no coração da terra, tinha o sabor do céu.

Quando Nefertari decidiu deixar o "lugar dos lótus", Ramsés levou-a à "grande planície" — o Vale dos Reis — onde os faraós repousavam desde o início da décima oitava dinastia. O casal real permaneceu longas horas nos túmulos de Ramsés, o primeiro do seu nome, e de Sethi. Cada pintura era uma obra-prima, e a rainha leu, coluna por coluna, o "Livro do quarto oculto", que revelava as fases da transmutação do sol moribundo no jovem sol, modelo da ressurreição do Faraó.

Com emoção, Nefertari descobriu a morada de eternidade de Ramsés o Grande. Em pequenos potes, os pintores desfaziam os pigmentos minerais finamente esmagados, antes de animarem as paredes com figuras simbólicas que preservariam a sobrevivência do monarca. O pó colorido, misturado com água e resina de acácia, proporcionava-lhes uma extraordinária precisão de execução.

"A morada do ouro", a sala do sarcófago de oito pilares, estava quase terminada. A morte podia acolher Ramsés.

O rei chamou o mestre-de-obras.

— Tal como no túmulo de alguns dos meus antepassados, será aberto um corredor que penetrará na rocha e deixará ali a pedra bruta. Evocará o último segredo, que nenhum espírito humano pode conhecer.

Nefertari e Ramsés tiveram a sensação de que acabavam de ultrapassar uma etapa decisiva, vindo juntar-se agora ao seu amor a consciência da sua própria morte, o despertar e não o fim.

35

Serramanna teve de mostrar-se paciente.

Meba saíra de casa há mais de uma hora para assistir ao banquete organizado pela rainha-mãe Touya, preocupada em manter a coesão da corte na ausência do casal real. Em contato regular com Ramsés por intermédio dos mensageiros, a viúva de Sethi estava satisfeita com o trabalho meticuloso de Ameni e com o rigor de Serramanna, que mantinha a ordem sem problemas. Entre os hebreus, a agitação parecia ter-se acalmado.

Mas o antigo pirata, confiando em seu faro, tinha certeza de que aquela calma precedia uma tempestade. É verdade que Moisés se contentava em manter conversações com os notáveis do povo egípcio, mas tornara-se indiscutivelmente o chefe dos hebreus. Além disso, muitos dignitários egípcios, conhecedores da fidelidade de Ramsés à amizade, consideravam aconselhável não hostilizar Moisés. Estavam convencidos de que, mais cedo ou mais tarde, o hebreu ocuparia de novo um posto importante e abandonaria as suas confusas teorias.

Meba, no entanto, encontrava-se na primeira fila de preocupações de Serramanna. O sardo sabia que o diplomata roubara o pincel de Kha, mas com que intenção? O antigo pirata detestava os diplomatas em geral e Meba em particular, demasiado mundano, demasiado elegante e demasiado ocioso; um indivíduo como aquele possuía todos os dons naturais para a mentira.

E se o pincel de Kha estivesse escondido na casa de Meba? Serramanna o faria confessar o roubo, e o aristocrata seria obrigado a explicar as razões de tal gesto perante um tribunal.

O jardineiro de Meba foi deitar-se, e os serviçais retiraram-se para as suas moradas. O sardo dirigiu-se para os fundos da casa e chegou ao terraço; deslocando-se com a leveza de um gato, ergueu o alçapão que dava para o celeiro, descendo com facilidade para os compartimentos principais.

Serramanna dispunha de boa parte da noite para finalizar a sua exploração.

— Nada — declarou o sardo, carrancudo e malbarbeado.

— Essa busca era ilegal — lembrou-lhe Ameni.

— Se tivesse dado resultado, esse Meba teria deixado de fazer mal às pessoas.

— Por que essa cisma com ele?

— Porque ele é perigoso.

— Meba perigoso? Ele só se preocupa com a carreira, e essa constante preocupação o fez esquecer todas as outras coisas.

O sardo devorou com apetite uma porção de peixe seco, regado com um molho de sabor fortíssimo.

— Talvez tenha razão — disse com a boca cheia. — O meu instinto, porém, garante-me de que se trata de má rês. Compete-me colocá-lo sob vigilância constante, pois sei que vai acabar cometendo um erro.

— Faça como quiser... Mas nada de exagero!

— Moisés também devia ser colocado sob vigilância.

— Foi meu companheiro de universidade — lembrou-lhe Ameni — e de Ramsés também.

— Esse hebreu é um perigoso agitador! Você é o servidor do Faraó, e Moisés revoltar-se-á contra o Faraó.

— Não chegará a isso.

— Claro que chegará! Nas tripulações que comandei, eu identificava logo os indivíduos como ele... Não há nada igual para criar complicações. Mas o Faraó e você recusam-se a me dar ouvidos!

— Conhecemos Moisés e somos menos pessimistas do que você.

— Um dia haverá de lamentar essa cegueira.

— Vá deitar-se, e cuidado para não se meter com os hebreus. O nosso papel é manter a ordem e não espalhar a perturbação.

Acha estava alojado no palácio, comia uma alimentação rústica mas aceitável, bebia um vinho de qualidade média e gozava da ternura muito profissional de uma loura hitita que o camareiro tivera a excelente idéia de lhe propor. Desprovida de qualquer pudor, a jovem desejava verificar pessoalmente a reputação que era atribuída aos egípcios de serem amantes maravilhosos. Prestativo, Acha fizera a experiência, ora ativo, ora passivo, mas com grande entusiasmo.

Haveria forma mais agradável de passar o tempo? Uri-Techup, admirado com a irreverência de Acha, sentia-se no entanto lisonjeado com a presença do ministro dos Negócios Estrangeiros do Faraó; não significaria isso que Ramsés já o reconhecia como futuro imperador, a ele, o filho de Muwattali?

Uri-Techup irrompeu no quarto de Acha no momento em que a loura hitita beijava o egípcio com intensa avidez.

— Voltarei depois — disse Uri-Techup.

— Fique — pediu Acha. — Esta jovem compreenderá que os assuntos de Estado por vezes passam a frente do prazer.

A encantadora hitita sumiu do recinto, e Acha envergou uma sofisticada túnica.

— Como está o imperador? — perguntou a Uri-Techup.

— O seu estado continua o mesmo.

— Renovo a minha proposta: deixe-me tratá-lo.

— Por que viria em auxílio do seu pior inimigo?

— A sua pergunta me deixa confuso.

O tom de Uri-Techup tornou-se cortante.

— No entanto, deve responder-me, e imediatamente.

— Os diplomatas não gostam de revelar os seus segredos de forma assim tão direta... O caráter humanitário da minha missão não o satisfaz?

— Exijo uma resposta verdadeira.

Acha pareceu aborrecido.

— Pois bem... Ramsés aprendeu a conhecer Muwattali. Sente

por ele grande estima e mesmo uma certa admiração. A doença de seu pai o preocupa.

— Está brincando comigo?

— Deduzo então — continuou Acha — que não gostaria de ser acusado de ter assassinado o seu próprio pai.

Apesar da cólera que sentia crescer dentro de si, Uri-Techup não protestou. Acha tirou proveito daquela vantagem.

— Tudo o que se passa na corte hitita nos interessa. Sabemos que o exército deseja que a transferência de poderes se efetue com calma e que o próprio imperador possa designar o seu sucessor. É por isso que gostaria de ajudá-lo a recuperar a saúde aplicando os recursos da nossa medicina.

Uri-Techup não podia aceitar tal oferta. Se Muwattali recuperasse a fala, o mandaria para a prisão e confiaria o império a Hattusil.

— Como é possível estar tão bem-informado? — perguntou a Acha.

— É difícil para mim...

— Responda à pergunta.

— Lamento, mas devo manter silêncio.

— Não está no Egito, Acha, mas na minha capital!

— Na minha qualidade de embaixador em missão oficial, não tenho nada a temer.

— Sou um soldado, não um diplomata. E estamos em guerra.

— Será isso uma ameaça?

— Desconheço a paciência, Acha. Portanto, comece a falar.

— Iria... até a tortura?

— Não hesitaria um instante.

Trêmulo, Acha apertou-se mais dentro da túnica.

— Poupará minha vida se eu falar?

— Ficaremos bons amigos.

Acha baixou os olhos.

— Devo confessar-lhe que a minha verdadeira missão consiste em propor uma trégua ao imperador Muwattali.

— Uma trégua? Por quanto tempo?

— O máximo de tempo possível...

Uri-Techup rejubilou. Quer dizer então que o exército do Faraó estava exausto! Logo que aqueles malditos oráculos se tornassem favoráveis, o novo senhor do Hatti lançar-se-ia de assalto ao Delta.

— Depois... — recomeçou Acha, hesitante.

— Continue.

— Sabemos que o imperador hesita entre você e o irmão Hattusil no que se refere à sucessão.

— Quem o está informando, Acha?

— Conceder-nos-ia essa trégua, se o poder fosse seu?

"Por que não utilizar a astúcia, tão cara a meu pai?", pensou Uri-Techup.

— Sou um homem de guerra, mas não elimino essa possibilidade, a menos que ela enfraqueça o Hatti.

Acha descontraiu-se.

— Tinha dito a Ramsés que você era um verdadeiro estadista, e não me enganei. Se realmente desejar, conseguiremos a paz.

— Claro, a paz... Mas não me respondeu à pergunta que lhe fiz: quem está lhe passando informações?

— Oficiais superiores que fingem apoiá-lo. Na realidade, traem-no em benefício de Hattusil.

A revelação teve sobre Uri-Techup o efeito de um raio.

— Com Hattusil — continuou Acha — não conseguiremos paz nem tréguas. Seu único objetivo é encabeçar uma vasta coligação, como em Kadesh, e esmagar as nossas tropas.

— Quero nomes, Acha.

— Tornar-nos-emos aliados contra Hattusil?

Uri-Techup sentiu de repente os músculos tensos como quando próximo de um combate. Utilizar um egípcio para se desembaraçar do seu rival, mas que estranha manobra do destino! Mas não deixaria passar semelhante ocasião.

— Ajude-me a eliminar os traidores, Acha, e obterá a sua trégua e talvez até mais.

E o diplomata começou a falar.

Cada nome que ia revelando era como uma punhalada. Havia na lista alguns dos mais entusiastas partidários de Uri-Techup, pelo menos em palavras, e até mesmo oficiais superiores que combateram a seu lado, afirmando-lhe que já o consideravam o novo senhor do Hatti.

Lívido, Uri-Techup dirigiu-se em passadas pesadas para a porta do quarto.

— Mais um favorzinho — acrescentou Acha. — Poderia mandar a minha jovem amiga de volta para o quarto?

36

Percorrendo as pedreiras de granito de Assuã com Bakhen, Ramsés reviu, na lembrança, o pai escolhendo as pedras boas que se transformariam em obeliscos e em estátuas. Aos dezessete anos, o filho de Sethi tivera a felicidade de descobrir esse espaço mágico guiado pelo Faraó, em busca dos veios de granito de qualidade perfeita. Hoje, era ele, Ramsés, quem guiava aquela exploração, devendo demonstrar também as mesmas qualidades de percepção de Sethi.

Ramsés utilizou a varinha mágica de Sethi, que lhe permitia sentir nas mãos as correntes secretas da terra. O mundo dos homens não passava de uma emergência que brotara do oceano de energia, quando da "primeira vez", e que a ele regressaria quando os deuses criassem um novo ciclo de vida; tanto no subsolo como nos céus verificavam-se constantemente metamorfoses cujos ecos podiam ser captados por um espírito atento.

Aparentemente, as pedreiras eram um universo imóvel, fechado e hostil, onde o calor era insuportável durante uma boa parte do ano. Mas ali, o ventre da terra revelava-se de uma extraordinária generosidade, fazendo surgir à superfície um granito de inigualável esplendor. Era, por excelência, o material imperecível que faria viver para sempre as moradas de eternidade.

Ramsés parou.

— Escavará aqui — ordenou a Bakhen — e trará para cima um monolito no qual talhará um colosso para o Ramesseum. Consultou os artesãos?

— Todos se apresentaram como voluntários para a Núbia. Tive

que selecionar uma pequena equipe. Majestade... não pretendo parecer abusado, mas tenho um pedido a lhe fazer.

— Estou ouvindo, Bakhen.

— Aceitaria a minha presença nessa expedição?

— Tenho uma boa razão para recusar: a sua nomeação como terceiro profeta de Amon de Karnak obriga-o a permanecer em Tebas.

— Eu... eu não desejava essa promoção.

— Bem sei, Bakhen, mas o grande sacerdote Nebu e eu mesmo consideramos poder depositar um peso maior sobre os seus ombros. Será assistente do grande sacerdote, manterá a prosperidade dos seus domínios e velará pela construção do meu templo de milhões de anos. Graças a você, Nebu enfrentará mais despreocupadamente as dificuldades do quotidiano.

Com o punho fechado sobre o coração, Bakhen jurou que assumiria os deveres do seu novo cargo.

De grande intensidade, mas sem excessos que pudessem ser perigosos para os diques, canais e culturas, a cheia facilitava a viagem do casal real, da sua escolta e dos talhadores de pedra. O caos rochoso da primeira catarata desaparecera sob as águas agitadas das correntes e de redemoinhos que tornavam a navegação perigosa. Era preciso, especialmente, desconfiar dos desníveis bruscos, visíveis apenas no último momento, e das ondas violentas, capazes de virar qualquer barco cargueiro mal equilibrado. Assim, colocou-se em ação um luxo de precauções para preparar o canal, o qual levaria a flotilha real a ultrapassar sem perigo a catarata.

Geralmente calmo e indiferente às agitações humanas, Matador revelava algum nervosismo; o enorme leão tinha pressa de partir para a Núbia, sua terra natal. Ramsés acalmou-o, afagando-lhe a espessa juba.

Dois homens pediram para subir a bordo e falar com o monarca. O primeiro, um escriba encarregado da vigilância do nilômetro, apresentou o seu relatório.

— Majestade, a cheia está atingindo vinte e um côvados e três palmos e um terço.*

— Parece-me excelente.

— Perfeitamente satisfatória, Majestade. Este ano o Egito não terá qualquer problema de irrigação.

O segundo personagem era o chefe da guarda de Elefantina, e sua intervenção foi bastante menos tranqüilizadora.

— Majestade, a alfândega registrou a passagem de um homem correspondendo à descrição dada.

— Por que não foi detido?

— O chefe do posto estava ausente, e ninguém quis assumir tal responsabilidade, ainda mais que o homem não havia cometido qualquer infração.

Ramsés conteve a cólera.

— E o que mais?

— O homem alugou um barco rápido para o sul; declarou ser comerciante.

— Em que consistia o seu carregamento?

— Jarros contendo carne de vaca seca para os fortes da segunda catarata.

— Quando partiu?

— Há uma semana.

— Transmita os seus sinais aos comandantes das praças fortes e ordene-lhes que o prendam se ele se apresentar à porta de algumas dessas praças.

Aliviado por ter escapado de uma punição, o guarda correu para transmitir as ordens.

— Chenar precede-nos na Núbia — constatou Nefertari. — Considera prudente continuar a nossa viagem?

— O que temos a temer de um fugitivo?

— Está disposto a tudo... O seu ódio talvez o conduza à loucura.

— Não será Chenar que nos impedirá de prosseguir. Não subestimo a sua capacidade de fazer o mal, Nefertari, mas não tenho

---

* Cerca de 11,275m.

medo dele. Um dia ficaremos frente a frente, e ele se inclinará perante o seu rei antes de ser castigado pelos deuses.

Abraçaram-se, e esse momento de comunhão reforçou ainda mais a determinação de Ramsés.

Desconfiado, Setaou ia da popa à proa, atravessava o barco, pulava para o seguinte, examinava os carregamentos, verificava os cordames, apalpava as velas, experimentava a solidez dos lemes; a navegação não era o seu prazer favorito e não confiava em marinheiros muito seguros de si. Felizmente, a administração fluvial mandara preparar um canal espaçoso, livre de escolhos e navegável, mesmo em período de subida das águas. Mas o encantador de serpentes não se sentia verdadeiramente em segurança, mas sim quando pisasse de novo em terra firme.

De volta ao barco real onde tinha uma cabine reservada, Setaou verificou se não esquecera nada: potes com filtros, pequenos vasos cheios de remédios sólidos e líquidos, cestos para serpentes de tamanhos diversos, trituradores, almofarizes, pilões, navalhas de bronze, saquinhos de óxido de chumbo e de limalha de cobre, ocre vermelho, argila medicinal, sacos de cebolas, compressas, potes de mel, garrafas... Não faltava quase nada.

Entoando uma velha canção núbia, Lótus dobrava saiotes e túnicas, arrumando-os em arcas de madeira. Estava nua por causa do calor, e os seus gestos felinos deslumbraram Setaou.

— Estes barcos têm estrutura sólida — disse ele, agarrando-a pela cintura.

— Fez uma inspeção cuidadosa?

— Não sou um homem sério?

— Vá examinar os mastros mais de perto; ainda não acabei as arrumações.

— Isso não é urgente.

— Não suporto a desordem.

O saiote de Setaou caiu no chão da cabina.

— Será tão cruel que abandona um amante neste estado?

As carícias de Setaou tornaram-se mais ousadas para permitir que Lótus continuasse o seu meticuloso trabalho.

— Aproveita-se da minha fraqueza na hora em que vou rever a Núbia.

— Qual a melhor forma de celebrar esse momento maravilhoso senão fazendo amor?

O cortejo de barcos de partida para o Sul foi saudado por numerosa multidão. Alguns garotos mais intrépidos, auxiliados por flutuadores de juncos, seguiram no seu rastro até a entrada do canal. Quem poderia esquecer que o casal real havia oferecido à população um banquete ao ar livre durante o qual a cerveja correra à vontade?

Verdadeiras moradias flutuantes, os barcos construídos para as viagens à Núbia eram ao mesmo tempo sólidos e confortáveis. Com um único mastro central e uma enorme vela presa por abundante cordame, dispunham de leme duplo — um a bombordo e outro a estibordo. As aberturas das espaçosas e bem decoradas cabines tinham sido calculadas de forma a garantirem uma boa circulação de ar.

Transposta a catarata, a flotilha retomou o seu ritmo de cruzeiro.

Nefertari quis convidar Setaou e Lótus para partilharem um suco de alfarroba, mas os suspiros de prazer que saíam da cabine do casal dissuadiram-na de bater na porta. Divertida, a rainha debruçou-se à proa ao lado de Matador, cujas narinas fremiam com o ar da Núbia.

A grande esposa real agradeceu às divindades por lhe proporcionarem tanta felicidade, uma felicidade que tinha por dever fazer irradiar sobre o seu povo. Ela, a modesta e reservada tocadora de alaúde, destinada a uma obsoleta mas tranqüila carreira, vivia com Ramsés uma existência prodigiosa.

Descobria-o todas as manhãs, e o seu amor crescia com a força serena de um elo mágico que nada e ninguém jamais conseguiriam quebrar. Se Ramsés tivesse sido agricultor ou furador de vasos de pedra dura, Nefertari o amaria com a mesma intensidade; contudo, o papel que o destino atribuíra para ela e o marido impedia-a de saborear egoisticamente a sua felicidade. O casal real era forçado a pensar a todo instante nessa civilização que os seus predecessores lhe haviam confiado e que ele deveria legar, mais bela ainda, aos seus sucessores.

Não seria o Egito dos faraós uma sucessão de seres de amor, de fé e de dever, que tinham recusado a mediocridade, a baixeza e a vaidade a fim de formarem uma cadeia de luzes humanas a serviço da luz divina?

Quando o braço de Ramsés apertou contra si a grande esposa real com aquela força cheia de doçura, a força que levou Nefertari a se apaixonar desde o seu primeiro encontro, a rainha reviu na memória, no mesmo instante, os anos passados juntos, misturando alegrias e provações; alegrias e provações ultrapassadas graças a esta certeza de serem apenas um em todas as circunstâncias.

Com o simples contato do seu corpo, Nefertari soube que o mesmo fogo que lhe inflamava o coração também os transportava, a ela e o monarca, pelos caminhos do invisível onde a deusa do amor tocava a música das estrelas.

37

Umas vezes saltava reto, altivo e impetuoso, outras enlanguescia em curvas sedutoras, não hesitando em acariciar à passagem uma aldeia animada por risos de crianças: assim se desenrolava o Nilo do Grande Sul, sem nunca perder a majestade do rio celeste do qual era o prolongamento terrestre. Passando entre as colinas desérticas e as ilhotas de granito, alimentava uma estreita faixa de vegetação, salpicada de palmeiras mediterrânicas. Grous coroados, íbis, flamingos rosa e pelicanos sobrevoavam a flotilha real, fascinada pelo absoluto do azul e do deserto.

Durante as escalas, as tribos locais vinham dançar em redor da tenda real; Ramsés conversava com os chefes, Setaou e Lótus tomavam nota das suas queixas e desejos. À noite, em torno de uma fogueira, evocavam-se o mistério do rio criador e a subida da cheia benéfica, e celebrava-se o nome de Ramsés o Grande, o esposo do Egito e da Núbia.

Nefertari deu-se conta de que a fama do faraó ia crescendo e que alguns o consideravam um deus. Desde a vitória de Kadesh, o relato da batalha andava de boca em boca, mesmo nas aldeias mais afastadas. Ver Ramsés e Nefertari era considerado um favor divino; não tinha Amon penetrado no espírito do rei para animar o seu braço, e Hathor no da rainha para espalhar o amor como um cintilar de pedras preciosas?

Como o vento norte soprava mansamente, o avanço era lento. Ramsés e Nefertari saboreavam aquelas horas imóveis e passavam a maior parte do tempo na ponte, protegidos por um guarda-sol. Matador reencontrara a serenidade e dormia também na ponte.

Não seriam a areia de ouro e a pureza do deserto ecos de um outro mundo? Quanto mais o barco navegava para o domínio de Hathor — região esquecida onde a deusa dava forma a uma pedra miraculosa — mais Nefertari tinha a sensação de estar realizando um ato fundamental que a ligava à origem de todas as coisas.

As noites eram deliciosas.

Na cabine do casal real encontrava-se a cama preferida de Ramsés, cujo colchão era feito de meadas de cânhamo entrecruzadas de forma perfeita e presas à armação; duas tiras de lona conferiam-lhe grande flexibilidade. Montada com cavilhas e encaixes, a armação era reforçada embaixo por uma questão de solidez. Na base, representações de papiros, acianos e mandrágoras rodeavam a representação do papiro e do lótus, simbolizando o Norte e o Sul. Mesmo durante o sono, o Faraó continuava sendo o mediador.

As noites eram deliciosas porque, ao calor do verão núbio, o amor de Ramsés era tão vasto como o céu estrelado.

Graças às placas de prata que Ofir lhe dera e que representavam uma verdadeira fortuna, Chenar comprara os serviços de aproximadamente cinqüenta pescadores núbios, felizes por poderem melhorar o seu dia-a-dia, mesmo que aquilo que o egípcio exigia fosse extravagante e perigoso. A maior parte dos negros acreditara na loucura passageira de um homem rico e caprichoso que desejava assistir a um espetáculo inédito, mas que pagava bem e garantia o sustento de suas famílias durante vários anos.

Chenar não gostava da Núbia. Por detestar o sol e o calor, transpirava durante todo o dia. Obrigado a beber muita água e a ingerir apenas uma alimentação medíocre, alegrava-se, no entanto, por ter estabelecido a estratégia que lhe permitiria eliminar Ramsés.

A detestada Núbia proporcionava-lhe assim uma corja de assassinos implacáveis que os soldados de Ramsés não seriam capazes de repelir. Um grupo renitente à disciplina, mas cuja violência e aptidões para o combate eram inigualáveis.

Bastava-lhe agora esperar pelo barco de Ramsés.

O vice-rei da Núbia passava dias calmos no seu confortável palácio de Buhan, próximo da segunda catarata, vigiada por várias fortalezas que impediam qualquer tentativa de agressão núbia. No passado, alguns chefes de tribo tinham pensado em invadir o Egito, que decidira acabar com tal perigo construindo impressionantes praças fortes, cujas guarnições, regularmente abastecidas, recebiam salários generosos.

O vice-rei da Núbia, que também detinha o título de "filho real de Kush", uma das províncias núbias, alimentava apenas uma preocupação, da maior importância: garantir a extração do ouro e em seguida fazê-lo transportar para Tebas, Mênfis e Pi-Ramsés. Os ourives utilizavam o metal precioso, "a carne dos deuses", para adornar portas, paredes dos templos e estátuas; já o Faraó utilizava-o nas suas relações diplomáticas com vários países, cuja benevolente neutralidade conquistava dessa forma.

O título de vice-rei da Núbia era uma posição bastante invejável, mesmo que o próprio vice-rei tivesse que morar longe do Egito durante longos meses. O alto funcionário administrava uma imensa região e apoiava-se numa casta militar experiente que contava nas suas fileiras numerosos autóctones. Como não receava qualquer revolta da parte de tribos em paz, o vice-rei entregava-se aos prazeres da boa mesa, da música e da poesia. A esposa, depois de lhe ter dado quatro filhos, mostrava-se de um ciúme feroz que o impedia de apreciar as formas provocadoras das jovens núbias, tão peritas nos jogos do amor. Divorciar-se conduziria o vice-rei à ruína, porque a esposa obteria indenizações enormes e uma pensão alimentar que nunca mais permitiria ao notável viver uma vida despreocupada.

O egípcio tinha horror aos incidentes que pudessem perturbar a sua tranqüilidade... E eis que um despacho oficial anunciava a vinda do casal real! Mas o documento não detalhava nem a finalidade exata da viagem, nem a data de chegada a Buhan. E um outro despacho ordenava a prisão de Chenar, o irmão mais velho de Ramsés, há muito tempo considerado morto, e cuja aparência devia ter mudado muito! O vice-rei hesitava em enviar um barco ao encontro do monarca; já que o Faraó não corria perigo, mais valia concentrar-se no esmero do acolhimento e na organização das recepções em honra do casal real.

O comandante da fortaleza de Buhan fez então o seu relatório quotidiano ao vice-rei.

— Não há quaisquer vestígios do suspeito na região, mas verificou-se um fato estranho.

— Detesto os incidentes, comandante!

— Mesmo assim, posso falar a respeito dele?

— Se quiser...

— Diversos pescadores deixaram a sua aldeia durante dois dias — revelou o oficial. — Ao voltarem, embebedaram-se e envolveram-se em lutas. Um deles morreu durante uma dessas lutas, e encontrei na sua choupana uma pequena barra de prata.

— Uma verdadeira fortuna!

— É verdade, mas os nossos interrogatórios foram infrutíferos; ninguém revelou a origem daquela barra. Estou convencido de que alguém pagou aos pescadores para roubar peixe destinado ao exército.

Se o vice-rei se lançasse em investigações inúteis, o Faraó o acusaria de ineficácia; a melhor solução consistia em não fazer nada e esperar que o monarca não viesse a saber do caso.

O vento era tão fraco que os marinheiros, sem ter nada que fazer, dormiam ou jogavam dados. Aproveitavam a viagem calma e as escalas festivas, ocasião para agradáveis encontros com acolhedoras núbias.

O capitão do último barco da flotilha não gostava de ver sua tripulação desocupada, de forma que se preparava para ordenar uma faxina geral, quando um choque violento abalou a embarcação, levando vários marinheiros a caírem pesadamente no convés.

— Um rochedo, chocamo-nos contra um rochedo!

À proa do barco real, Ramsés ouvira o estalar do casco. Todos os barcos baixaram imediatamente suas velas e imobilizaram-se no meio do rio que, naquele lugar, era bastante estreito.

Lótus foi a primeira a compreender.

Várias dezenas de rochedos cinzentos mal emergiam da água

lodosa, porém um olhar mais atento distinguiria, à superfície, minúsculos olhos e orelhas.

— Manadas de hipopótamos — disse Lótus a Ramsés.

A bela núbia subiu ao topo do mastro e constatou que a flotilha estava presa numa ratoeira. Desceu agilmente e não escondeu a verdade.

— Nunca vi tantos, Majestade! Não podemos recuar nem avançar. É estranho... Parece que alguém os obrigou a se reunirem aqui.

O faraó conhecia o perigo. Os hipopótamos adultos pesavam mais de três toneladas e estavam armados de armas temíveis: caninos amarelados e enormes, capazes de perfurar o casco de um barco. Particularmente irascíveis, os senhores do rio estavam muito à vontade na água e nadavam com uma surpreendente agilidade. Quando provocados, a raiva os fazia abrir os enormes maxilares num bocejo ameaçador.

— Se os machos dominantes decidirem bater-se para conquistar as fêmeas — informou Lótus — devastarão tudo à sua passagem e levarão os nossos barcos para o fundo. Muitos de nós morreremos despedaçados ou afogados.

Dezenas de orelhas fremiram, olhos semicerrados abriram-se, narinas emergiram à superfície d'água, goelas entreabriram-se e sinistros sons fizeram esvoaçar as flores pendentes das acácias. O corpo dos machos era sulcado por cicatrizes, vestígios de combates violentos, os quais sempre terminavam com a morte de um dos adversários.

A visão dos horríveis caninos amarelos petrificou os marinheiros. Não tardaram a descobrir alguns enormes machos à frente de grupos de às vezes vinte animais cada vez mais nervosos. Se passassem ao ataque, começariam por esmagar com uma dentada os lemes dos barcos, tornando impossível manobrá-los, jogando-se depois contra eles com toda a sua massa até fazê-los naufragar. Lançar-se à água e tentar nadar era inútil, pois como poderiam abrir caminho até a margem passando pelo meio daqueles monstros enfurecidos?

— Vamos ter que usar os arpões — afirmou Setaou.

— São muito numerosos — considerou Ramsés. — Conseguiremos apenas matar alguns e provocar a fúria dos restantes.

— Não vamos nos deixar massacrar sem reagir!

— Foi assim que me comportei em Kadesh! O meu pai Amon é o senhor do vento. Façamos silêncio para que a sua voz se apresente.

Ramsés e Nefertari ergueram as mãos em gesto de oferenda, com as palmas voltadas para o céu. Apoiado nas patas, olhando ao longe, o enorme leão mantinha-se erecto à direita do dono.

A ordem foi passada de barco em barco. O silêncio passou a reinar sobre a flotilha.

Inúmeras bocarras de hipopótamos se fecharam lentamente; os senhores do Nilo, de pele frágil, imergiram, não deixando ver-lhes senão a ponta das narinas e das orelhas. Os olhos semicerrados pareceram adormecer.

Nada se mexeu durante intermináveis minutos.

A brisa do norte refrescou a face de Lótus, a mesma brisa que encarnava o sopro da vida. O barco real avançou lentamente, logo seguido pelos outros barcos, que passaram um a um entre os hipopótamos subitamente calmos.

Do topo da palmeira mediterrânica onde se acomodara para assistir ao naufrágio, Chenar foi testemunha do novo milagre que Ramsés acabava de realizar. Um milagre... Não, uma sorte louca, um vento inesperado que surgira no meio do dia, em plena canícula!

Enraivecido, Chenar esmagou entre os dedos tâmaras túrgidas de sol.

38

Durante a estação quente, os oleiros hebreus entravam de férias. Uns aproveitavam para repousar em família, outros complementavam o salário trabalhando como jardineiros nas grandes propriedades. A colheita de frutos anunciava-se abundante; as famosas maçãs de Pi-Ramsés ocupariam um lugar de destaque na mesa dos banquetes.

As beldades cochilavam nos quiosques de madeira, cobertos de trepadeiras, ou tomavam banho nos lagos; os rapazes nadavam à frente delas, diversificando as proezas para impressioná-las; os mais velhos gozavam a frescura à sombra de vinhas e contavam a última façanha de Ramsés que, por meio de sua magia, dominara uma imensa manada de hipopótamos em fúria. E repetia-se o refrão da canção: "Que alegria viver em Pi-Ramsés, os palácios resplandecem de ouro e turquesa, o vento é suave, e as aves brincam junto dos lagos", refrão que até os oleiros hebreus cantarolavam.

O plano de êxodo parecia esquecido. No entanto, quando Ameni viu Moisés entrar em seu gabinete, receou que aquela perfeita calma fosse alterada.

— Nunca descansa, Ameni?

— Uma pasta ocupa o lugar da outra; na ausência de Ramsés, ainda é pior. O rei é capaz de tomar uma decisão em alguns momentos, mas a preocupação com o pormenor é comigo.

— Não pensa em casar-se?

— Não me fale em desgraças! A mulher não pararia de me censurar por trabalhar demais, poria as minhas coisas em desordem e não me deixaria servir corretamente ao Faraó.

— O Faraó, o nosso amigo...

— Continua a ser seu amigo, Moisés?

— Duvida, Ameni?

— Diante de sua atitude, há motivo para se pensar que sim.

— A causa dos hebreus é justa.

— O êxodo é uma loucura!

— Se o seu povo estivesse em cativeiro, não sentiria desejo de libertá-lo?

— Que cativeiro, Moisés? Todos são livres no Egito, tanto você quanto os outros!

— A nossa verdadeira liberdade é afirmarmos a nossa fé em Jeová, o verdadeiro Deus, o Deus único.

— Ocupo-me de administração, não de teologia.

— Pode dizer-me quando Ramsés voltará?

— Não sei.

— Se soubesse, você me diria?

Ameni tamborilou os dedos numa tabuleta de escrita.

— Não aprovo os seus projetos, Moisés; como sou seu amigo, devo informá-lo de que Serramanna o considera um homem perigoso. Não se transforme num fator de perturbação, senão ele restabelecerá a ordem com firmeza, e você poderá sofrer com isso.

— Graças a Jeová, não temo ninguém.

— Mesmo assim, acho que deve ter cuidado com Serramanna; se você perturbar a ordem pública, ele atacará.

— Não viria em meu auxílio, Ameni?

— A minha religião é o Egito. Se trair o seu país, passará para o lado das trevas.

— Receio que não tenhamos mais nada em comum.

— De quem é a culpa, Moisés?

O hebreu estava mergulhado em sombrios pensamentos quando saiu do gabinete de Ameni. Ofir tinha razão: devia aguardar a volta de Ramsés e tentar convencê-lo, esperando que a palavra fosse a arma adequada.

Alojado numa residência do bairro hebreu, o mago Ofir terminava a instalação do seu laboratório. Começara já as experiências de encantamento servindo-se do pincel de Kha, o filho mais velho de Ramsés, mas sem qualquer êxito. O objeto permanecia inerte, desprovido de vibrações, como se nenhuma mão humana o tivesse manejado algum dia.

A proteção mágica de que Kha gozava era de uma eficácia perfeita, a ponto de perturbar o mago líbio. Disporia de meios suficientes para ultrapassar tal barreira? Lembrou-se de um homem que podia ajudá-lo: o diplomata Meba.

Contudo, o dignitário, ao surgir em sua frente, nada tinha do personagem florescente e seguro de si; trêmulo, enfiado num manto com capuz que lhe escondia o rosto, Meba assemelhava-se a um fugitivo.

— Já caiu a noite — observou Ofir.

— Mesmo assim podiam reconhecer-me... Vir aqui é muito perigoso para mim! Não devíamos evitar este tipo de encontro?

— Era necessário que viesse.

Meba lamentava a sua aliança com o espião hitita, mas como conseguiria se livrar dele?

— O que tem para me dizer, Ofir?

— Podem acontecer profundas modificações no império hitita.

— Em que sentido?

— Num sentido que nos será favorável. E as suas informações?

— Acha é um homem prudente. Apenas Ameni tem conhecimento das mensagens diplomáticas que lhe são destinadas, antes de fazer chegar a Ramsés o essencial. São em código e ignoro o segredo. Mostrar-me muito interessado faria de mim um suspeito.

— Quero saber o conteúdo dessas mensagens.

— Os perigos...

O olhar glacial de Ofir dissuadiu Meba de procurar outras desculpas.

— Farei o melhor que puder.

— Tem certeza de que o pincel de escrita que roubou pertencia realmente a Kha?

— Claro que sim!

— É Setaou que faz o filho de Ramsés beneficiar-se de uma proteção mágica, não é verdade?

— Sim.

— Setaou partiu para a Núbia com Ramsés, mas o seu dispositivo revela-se mais eficaz do que eu imaginara. Quais foram as precauções exatas que ele tomou?

— Talismãs, creio eu... Mas já não posso aproximar-me de Kha!

— Por quê?

— Serramanna desconfia de que fui eu quem roubou o pincel. Se der um passo em falso, ele me prenderá!

— Deve manter o sangue-frio, Meba. A justiça não é uma palavra inútil no Egito. O sardo não tem qualquer prova contra você; portanto, não há perigo.

— Tenho certeza de que Kha também desconfia!

— Ele tem um confidente?

O diplomata refletiu.

— Sim, o seu preceptor Nedjem, o ministro da Agricultura.

— Interrogue-o e tente descobrir a natureza desses talismãs.

— É extremamente perigoso.

— Está a serviço do império hitita, Meba.

O dignitário baixou o olhar.

— Farei o melhor que puder, prometo-lhe.

Serramanna deu uma forte palmada nas nádegas da líbia de vinte anos que acabara de distraí-lo com ingenuidade, mas com entusiasmo. Tinha seios que a mão do sardo não esqueceria e coxas perturbadoras, verdadeiro apelo a que um homem de bem não podia escapar. E o antigo pirata gabava-se de, atualmente, pertencer a essa categoria.

— Gostaria de recomeçar — sussurrou ela.

— Desapareça, tenho trabalho!

Assustada, a moça não insistiu.

Serramanna saltou para o dorso do cavalo e galopou até o posto da guarda onde seus homens se revezavam. Em geral, jogavam dados ou faziam o jogo da serpente, além de discutirem acaloradamente a respeito do soldo ou dos seus adiantamentos. Na ausência do casal real, Serramanna duplicara os períodos de trabalho para garantir a proteção da rainha-mãe e dos membros da família real.

Reinava um profundo silêncio no interior do posto.

— Ficaram mudos? — perguntou Serramanna, pressentindo algum incidente.

O chefe do posto levantou-se com os ombros curvados.

— Antes de mais nada, chefe, respeitamos as ordens.

— E o resultado?

— Respeitamos as ordens, mas o vigia do bairro hebreu não teve sorte... Não viu Meba passar.

— Quer dizer que adormeceu!

— Pode-se dizer que sim, chefe.

— E chama a isso "respeitar as ordens"?

— Fez tanto calor hoje que...

— Ordeno que siga um suspeito, não se afaste dele à distância de uma sandália, sobretudo se ele entrar no bairro dos oleiros hebreus, e você falha na vigilância!

— Isso não voltará a acontecer, chefe!

— Mais um erro como este, e mando todos para casa, para as ilhas gregas ou para o mundo das trevas!

Furioso, martelando o chão com o seu passo pesado, Serramanna saiu do posto da guarda. O seu faro garantia-lhe que Meba estava ligado aos contestadores hebreus e que ajudaria Moisés. Muitos notáveis da corte, igualmente estúpidos, não faziam idéia do perigo que o profeta hebreu representava.

Ofir fechou a porta do laboratório. Os dois homens que recebia, Amos e Baduch, não precisavam ser informados das suas experiências. Tais como o mago, os dois beduínos vestiam-se à maneira dos oleiros hebreus e tinham deixado crescer o bigode.

Graças às tribos nômades controladas pelos dois cúmplices, Ofir permanecia em contato com Hattusa, a capital hitita. Faziam questão de cobrar caro, o que evitaria uma traição precoce.

— O imperador Muwattali continua vivo — revelou Amos. — O filho, Uri-Techup, deveria sucedê-lo.

— Os militares preparam uma ofensiva?

— Para já, não.

— Teremos armas?

— Em quantidade suficiente, mas o transporte apresenta um problema. Teremos de fazer muitas entregas pequenas para equipar os hebreus se não quisermos atrair a atenção das autoridades egípcias. Será demorado, mas não devemos cometer imprudências. Conseguiu fazer um acordo com Moisés?

— Ainda não, mas vou consegui-lo. Armazenarão as armas nas adegas das casas dos hebreus decididos a combater o exército e a guarda do Faraó.

— Faremos uma lista das pessoas de confiança.

— Quando começaremos as entregas?

— No próximo mês.

39

O oficial encarregado da segurança da capital hitita era um dos mais ferrenhos partidários de Uri-Techup; como muitos outros militares, esperava com impaciência a morte do imperador Muwattali e a tomada do poder pelo filho, que finalmente ordenaria a ofensiva contra o Egito.

Depois de ele próprio ter verificado que os seus homens estavam corretamente colocados nos pontos estratégicos da cidade, o oficial tomou o caminho da caserna para tirar um repouso bem merecido. No dia seguinte, submeteria os preguiçosos a um treinamento intensivo e distribuiria alguns castigos para manter a disciplina.

Hattusa era bastante sinistra, com suas fortificações e muralhas cinzentas, mas, depois da vitória, o exército hitita festejaria nos ricos campos do Egito e gozaria o bom tempo às margens do Nilo.

O oficial sentou-se na cama, descalçou-se e massageou os pés com um ungüento barato, à base de urtigas. Começava a adormecer quando a porta se abriu de repente e surgiram dois soldados, com as espadas desembainhadas.

— O que deu em vocês? Saiam daqui!

— Você é pior do que um abutre! Você traiu o nosso comandante Uri-Techup!

— Vocês ficaram loucos?

— Eis a sua recompensa!

E os dois soldados, soltando um grito carniceiro, enterraram as espadas no estômago do oficial.

Um sol pálido estava nascendo. Depois de uma noite em claro, Uri-Techup sentia necessidade de comer. Quando estava bebendo leite quente e comendo queijo de cabra, os dois executores — finalmente! — se apresentaram.

— Missão cumprida.

— Dificuldades?

— Nenhuma. Todos os traidores foram apanhados de surpresa.

— Mande fazer uma pira na frente da porta dos leões e arrume ali os cadáveres; amanhã, eu próprio acenderei o fogo que os queimará. Todos ficarão sabendo da sorte reservada àqueles que tentam apunhalar-me pelas costas.

Graças aos nomes revelados por Acha, o expurgo fora rápido e brutal; Hattusil já não tinha nenhum informante entre os que estavam a favor de Uri-Techup.

O general-chefe dirigiu-se ao quarto do imperador, seu pai. Dois enfermeiros haviam instalado uma poltrona no terraço do palácio que dominava a cidade alta.

O olhar de Muwattali permanecia fixo, e as mãos apertavam os braços da cadeira.

— Já pode falar, meu pai?

A boca entreabriu-se, mas nenhum som saiu-lhe dos lábios. Uri-Techup permaneceu tranqüilo.

— Nada tem a recear pelo império, meu pai, eu zelarei por ele. Hattusil está escondido na província, já não é ninguém e nem sequer preciso me desembaraçar dele. O covarde apodrecerá no medo e no esquecimento.

Brilhou nos olhos de Muwattali um fulgor de ódio.

— Não tem o direito de me criticar, meu pai; quando não dispomos do poder, não devemos apoderar-nos dele, seja por que método for?

Uri-Techup tirou o punhal da bainha.

— Não está cansado de sofrer, meu pai? Um grande imperador só tem gosto pela arte de governar. No estado em que está, que esperança lhe resta para voltar a praticá-la? Faça um esforço para que o seu olhar me suplique para abreviar esta horrível tortura.

Uri-Techup aproximou-se de Muwattali. As pálpebras do soberano não baixaram.

— Aprove o meu gesto, aprove-o e dê-me esse trono que por direito me pertence.

Muwattali recusava com todo o seu ser, e o olhar fixo desafiava o do filho.

Uri-Techup ergueu o braço, pronto para atacar.

— Cederá ou não, por todos os deuses?!

Sob a pressão dos dedos do imperador, um dos braços da poltrona estalou como um fruto maduro. Estupefato, Uri-Techup largou o punhal, que rolou pelos mosaicos.

No interior do santuário de Yazilikaya, erguido no flanco de uma colina, a nordeste da capital hitita, os sacerdotes lavavam a estátua do deus da Tempestade para manter a sua força; celebraram depois os rituais destinados a afastar o caos e a sepultar o mal dentro da terra: espetaram sete pregos de ferro, sete de bronze e sete de cobre antes de imolarem um leitãozinho, carregado com as forças obscuras que ameaçavam o equilíbrio do país.

Terminada a cerimônia, os celebrantes passaram em frente a um friso de doze deuses, detiveram-se diante de uma mesa de pedra e ingeriram uma bebida forte para expulsar qualquer contrariedade dos seus espíritos. Subiram depois uma escada talhada na rocha, até chegarem a uma capela aberta no centro da pedra e orarem.

Um sacerdote e uma sacerdotisa afastaram-se da procissão e desceram a um quarto subterrâneo iluminado por lampiões a óleo. Hattusil e Putuhepa tiraram o capuz que lhes escondia o rosto.

— Este momento de paz reconfortou-me — confessou ela.

— Aqui estamos seguros — afirmou Hattusil. — Nenhum soldado de Uri-Techup ousará aventurar-se neste local sagrado. Por precaução, mandarei instalar vigias em torno do santuário. Está satisfeita com o seu périplo?

— Os resultados ultrapassaram as minhas esperanças. Muitos

oficiais são menos dedicados a Uri-Techup do que supúnhamos, além de muito prevenidos à idéia de conquistar uma bela fortuna sem se arriscarem a ser mortos. Alguns estão igualmente conscientes do perigo que a Assíria representa e sentem necessidade de reforçar o nosso sistema defensivo em vez de nos lançarmos numa louca aventura contra o Egito.

Hattusil bebia as palavras da esposa como um néctar.

— Trata-se de um sonho, Putuhepa; ou você é portadora realmente de uma verdadeira esperança?

— O ouro de Acha fez maravilhas e soltou muitas línguas; militares de alta patente detestam a arrogância, a crueldade e a vaidade de Uri-Techup. Já não acreditam no seu discurso de conquistador e e nem na sua capacidade para vencer Ramsés, e também não lhe perdoam a atitude para com o imperador. É verdade que não se atreveu a matar o pai, mas não deseja abertamente a sua morte? Se agirmos bem, o reinado de Uri-Techup será breve.

— O meu irmão agoniza e não posso ir em seu auxílio...

— Por que não tentamos um golpe pela força?

— Seria um erro, Putuhepa; o destino de Muwattali está escrito.

A bela sacerdotisa olhou o marido com admiração.

— Teria a coragem de sacrificar os seus sentimentos para reinar sobre o Hatti?

— Se for necessário... Mas os que me ligam a você são indestrutíveis.

— Combateremos juntos e venceremos juntos, Hattusil. Como os comerciantes o receberam?

— A sua confiança não diminuiu e talvez tenha sido mesmo reforçada graças aos erros de Uri-Techup que, segundo eles, arruinará o império. Temos o apoio da província, mas falta-nos o da capital.

— A reserva de ouro de Acha está ainda longe de se esgotar; irei a Hattusa e convencerei os responsáveis militares de alta patente a passarem para o nosso lado.

— Se você cair nas mãos de Uri-Techup...

— Temos amigos em Hattusa que me esconderão, e organizarei breves entrevistas em lugares diferentes.

— É muito perigoso, Putuhepa.

— Não podemos dar sossego a Uri-Techup nem perder uma chance que seja.

A língua da jovem hitita loura lambia lentamente as costas de Acha, semi-adormecido, e ia subindo até a nuca. Quando o prazer se tornou muito doce, o diplomata saiu da sua letargia, voltou-se de lado e enlaçou a amante, cujos seios palpitavam. Preparava-se para gratificá-la com uma carícia inédita quando Uri-Techup irrompeu no quarto.

— Só pensa no amor, Acha!

— A sua capital revela-se rica em descobertas fascinantes.

Uri-Techup agarrou a loura pelos cabelos e lançou-a para fora do quarto, enquanto o egípcio se perfumava e vestia as roupas.

— Estou muito bem-disposto — declarou o hitita, cujos músculos pareciam mais salientes do que o habitual.

Com a longa cabeleira e o peito coberto por pêlos ruivos, o filho do imperador evidenciava a sua postura de guerreiro implacável.

— Todos os meus adversários foram eliminados — afirmou Uri-Techup. — Já não há um único traidor. A partir de agora, o exército obedecerá a um mínimo gesto meu.

Uri-Techup havia pensado muito, antes de desencadear o expurgo. Se Acha dissera a verdade, a ocasião era propícia para eliminar as ovelhas ranhosas; se o egípcio mentira, seria o momento de eliminar eventuais concorrentes. Decidida por sugestão do embaixador egípcio, a sangrenta operação, as contas sendo bem feitas, só apresentava vantagens.

— Continua recusando deixar-me tratar o seu pai?

— O mal do imperador é incurável; é inútil atormentá-lo com drogas que não melhorarão o seu estado e que podem aumentar-lhe o sofrimento.

— Estando ele incapacitado de governar, o império vai ficar sem chefe?

Uri-Techup esboçou um sorriso triunfante.

— Em breve os oficiais superiores me elegerão imperador.

— E estabeleceremos uma longa trégua, não é verdade?

— Ainda duvida?

— Tenho a sua palavra.

— Falta ainda um obstáculo fundamental: Hattusil, o irmão do imperador.

— A sua influência não é praticamente nula?

— Enquanto for vivo tentará prejudicar-me! Com o apoio dos comerciantes, conspirará para me privar dos recursos materiais de que necessito para equipar corretamente o exército.

— Não é capaz de impedi-lo?

— Hattusil é uma verdadeira enguia e possui a arte de se esconder.

— É meio aborrecido — reconheceu Acha — mas há uma solução.

O olhar de Uri-Techup iluminou-se.

— Qual, meu amigo?

— Preparando-lhe uma cilada.

— E... me ajudaria a capturá-lo?

— Não é esse o papel do embaixador egípcio que deseja oferecer um suntuoso presente ao novo imperador do Hatti?

40

Utilizando os seus dons de vidente, Nefertari confirmara os pressentimentos de Ramsés: a presença das manadas de hipopótamos, prontas para se lançarem num feroz combate que destruiria a flotilha egípcia durante o confronto, não fora obra do acaso. Batedores e pescadores haviam obrigado os animais a se agruparem.

— Chenar... Foi ele quem preparou a cilada — afirmou Ramsés. — Nunca deixará de tentar nos destruir, pois essa é a sua única razão de viver. Nefertari, ainda quer continuar o nosso caminho para o Sul?

— O faraó não deve desistir do seu projeto.

O Nilo e as paisagens da Núbia fizeram-nos esquecer Chenar e o seu ódio. Na escala, Lótus e Setaou capturaram serpentes admiráveis, uma das quais tinha a cabeça negra com riscas vermelhas. A colheita de veneno iria ser das melhores.

A sedutora núbia de pele dourada estava ainda mais bonita do que de costume; quanto ao generoso vinho de palma e aos prazeres do amor, em meio à doçura quente das noites, ambos transformaram a viagem numa festa de desejos.

Quando a luz da madrugada fazia reviver o verde das palmeiras e o ocre das colinas, Nefertari saboreava a alegria dessa ressurreição, saudada pelo canto de centenas de aves. Todas as manhãs, envergando o tradicional vestido branco de alças, venerava os deuses do céu, da terra e do mundo intermediário, agradecendo-lhes por terem dado a vida ao povo do Egito.

Um pequeno cargueiro havia naufragado numa ilhota arenosa.

O barco real parou próximo à embarcação abandonada. Não lhe notaram qualquer sinal de vida.

Ramsés, Setaou e dois marinheiros entraram numa outra barca para examiná-lo mais de perto. Nefertari tentara dissuadir o rei, mas este, convencido de que se tratava do barco de Chenar, esperava descobrir nele alguma pista.

Não havia nada no convés.

— O porão está com a porta fechada — observou um marinheiro.

Com a ajuda de Setaou, conseguiram quebrar o ferrolho de madeira.

Qual a razão daquele naufrágio num ponto do rio que nunca apresentara qualquer perigo? qual a razão daquele abandono precipitado, que sequer dera tempo à tripulação para lhe armazenar a carga?

O marinheiro penetrou no porão.

De repente um grito terrível ecoou pelo azul da manhã nascente. Setaou recuou. Até ele, que desconhecia o medo diante dos répteis mais temíveis, ficou petrificado diante da cena à sua frente.

Vários crocodilos, que penetraram no porão por uma gigantesca fenda, haviam abocanhado o marinheiro pelas pernas e devoravam-no com suas poderosas mandíbulas. O homem já não gritava.

Ramsés quis socorrer o infeliz, mas Setaou o impediu.

— Isso só faria com que o matassem também...

Uma nova emboscada, tão cruel como a anterior. Chenar previra a reação do irmão, cuja intrepidez lhe era conhecida.

Com o coração cheio de ódio, o rei deu meia-volta, seguido por Setaou e o outro marinheiro. A seguir saltaram do barco naufragado para o banco de areia.

Entre eles e o barco, um crocodilo, com mais de oito metros de comprimento e pesando quase uma tonelada, observava-os com o olhar fixo e a boca aberta, pronto para atacar. Embora se apresentasse de uma imobilidade cadavérica, o enorme réptil podia revelar-se de extraordinária rapidez; na escrita hieroglífica, o sinal do crocodilo, simbolizava a ação fulminante da qual ninguém podia escapar.

Setaou olhou à sua volta: estavam cercados por outros répteis. Não havia possibilidade de fugir.

Outros crocodilos, de boca fechada, mas deixando à mostra dentes afiados como punhais, pareciam sorrir à idéia de saborear tão belas presas.

Do barco real era impossível ver a cena. Dentro de algum tempo se inquietariam por não verem regressar o pequeno grupo; então seria tarde demais.

— Não quero morrer assim — murmurou Setaou.

Ramsés retirou lentamente o seu punhal da bainha: não morreria sem combater. Quando o animal atacasse, esgueirar-se-ia por baixo dele e tentaria rasgar-lhe a garganta. Luta desesperada da qual Chenar, sem necessidade de se mostrar, sairia vitorioso.

Rapidamente, o crocodilo avançou dois metros e estacou de novo. O marinheiro ajoelhara e tapara os olhos com as mãos.

— Vamos gritar juntos, indo na direção do animal — disse Ramsés a Setaou. — Talvez nos ouçam do barco. Você vai pela esquerda e eu pela direita.

O último pensamento de Ramsés foi para Nefertari, tão próxima e agora tão distante. Esvaziou então o espírito, concentrou as energias e fixou o enorme crocodilo.

O rei ia soltar o seu grito quando percebeu um movimento no maciço de plantas espinhosas que orlavam a margem. E o barrido estourou, tonitruante e tão potente, que assustou os próprios crocodilos.

Um barrido na medida de um gigantesco elefante macho que penetrou na água com rapidez e atingiu a ilhota. Com a tromba, agarrou o crocodilo pela cauda e o lançou contra os outros crocodilos, que, empurrando-se uns aos outros, desapareceram na água.

— É você! — exclamou Ramsés. — É você! O meu fiel amigo!

A tromba do elefante, cujas presas pesavam uns oitenta quilos cada, rodeou docemente a cintura do rei do Egito, ergueu-o e pousou-o sobre a sua nuca, enquanto as largas orelhas agitavam-se no ar.

— Um dia salvei-lhe a vida; hoje você salvou a minha.

Ferido por uma flecha cravada em sua tromba, socorrido e curado graças à intervenção de Ramsés e Setaou, o jovem elefante transformara-se num soberbo animal, de olhos pequenos e brilhantes de inteligência

Quando Ramsés lhe acariciou a testa, soltou um novo barrido, dessa vez de alegria.

Nedjem, o ministro da Agricultura, deu o último retoque em seu relatório. Graças à excelente cheia, os celeiros ficariam cheios, e a dupla nação viveria na abundância. Mesmo a gestão rigorosa dos escribas do Tesouro permitiria uma diminuição dos impostos. De regresso à sua capital, Ramsés constataria, tranqüilo, que todos os altos funcionários haviam realizado a sua tarefa com zelo, sob o controle, atento e crítico, de Ameni.

Nedjem dirigiu-se apressado para o jardim do palácio, onde Kha devia estar brincando com a irmã, Meritamon; mas lá encontrou apenas a garotinha, praticando alaúde.

— O seu irmão saiu há muito tempo?

— Não veio.

— Devíamos nos encontrar aqui...

Nedjem dirigiu-se para a biblioteca, onde, pouco depois do almoço, deixara o pequeno Kha, desejoso de copiar as *Sabedorias* escritas por mestres do pensamento da época das pirâmides.

O adolescente continuava lá, sentado à maneira de escriba, fazendo correr o fino pincel sobre o papiro que desenrolara nos joelhos.

— Mas... ainda não está cansado?

— Não, Nedjem; estes textos são de tal forma belos que copiá-los dissipa a fadiga e torna a mão ligeira.

— Talvez fosse conveniente... interrompê-lo.

— Oh, não! Agora não! Gostaria tanto de estudar o tratado de geometria do mestre-de-obras que construiu a pirâmide de Unas, em Saqqara.

— O jantar...

— Não tenho fome, Nedjem; será que pode me atender?

— Está bem, concedo-lhe mais um bocadinho, porém...

Kha levantou-se, beijou o ministro nas faces e depois retomou a posição de escriba, mergulhando com avidez na leitura, na escrita e na pesquisa.

Ao sair da biblioteca, Nedjem balançava a cabeça. Mais uma vez se maravilhava com os dons extraordinários do filho mais velho de Ramsés. O menino-prodígio transformara-se num adolescente que confirmava as promessas premeditadas; se Kha continuasse a crescer em sabedoria, o faraó poderia ter certeza de vir a ter um sucessor digno dele.

— A nossa agricultura vai bem, meu caro Nedjem?

A voz que interrompera a meditação do ministro era a do elegante e sorridente Meba.

— Bem, muito bem.

— Há muito tempo que não temos ocasião de conversar... Aceita um convite para jantar?

— Uma lista de ocupações obriga-me a recusar.

— Fico desolado.

— Eu também, Meba, mas o serviço do reino tem prioridade sobre as distrações.

— Não é essa a convicção de todos os servidores do Faraó? E não anima todas as nossas iniciativas?

— Infelizmente, os homens são apenas homens e esquecem muitas vezes o seu dever.

Meba detestava aquele desmancha-prazeres ingênuo e doutoral, mas devia fingir respeito e amabilidade para lhe extorquir as informações de que necessitava.

A situação do diplomata não era das melhores; diversas tentativas infrutíferas haviam-lhe provado que não conseguiria tomar conhecimento das mensagens codificadas de Acha, e Ameni jamais cometia qualquer imprudência.

— Posso deixá-lo em seu domicílio? Tenho um carro novo e dois cavalos muito dóceis.

— Obrigado, mas gosto muito de andar — respondeu Nedjem, rabugento.

— Tem tido ocasião de rever Kha?

O rosto do ministro da Agricultura iluminou-se.

— Sim, tive essa felicidade.

— Que rapaz espantoso!

— Mais do que espantoso! Tem o estofo de um rei.

Meba tornou-se grave.

— Só um homem igual a você, Nedjem, pode protegê-lo das más influências. Um talento como o dele forçosamente atrairá ciúmes e cobiças.

— Fique tranqüilo, Setaou o colocou protegido do mau-olhado.

— Tem certeza de que tomou todas as precauções?

— Um amuleto em forma de haste de papiro, que garante vigor e desenvolvimento, e uma fita na qual está desenhado um olho completo não serão um perfeito equipamento mágico contra as forças nocivas, venham elas de onde vierem?

— Impressionante, realmente.

— Além disso — acrescentou Nedjem — Kha impregna-se quotidianamente com as fórmulas gravadas no laboratório do templo de Amon. Acredite, aquela criança está bem protegida.

— Estou mais descansado. Poderei um destes dias renovar o meu convite para jantar?

— Para ser franco, não aprecio nada as festas mundanas.

— Como o compreendo, meu caro! Na diplomacia, infelizmente, não é possível evitá-las.

Quando os dois homens se separaram, Meba teve vontade de pular feito um macaco. Ofir ficaria contente com ele.

41

Quando o barco ancorou em Abu-Simbel, o grande elefante macho, que seguira pela trilha do deserto, deu um barrido de boas-vindas. Do alto da falésia, velaria por Ramsés, que redescobria com deslumbramento a enseada de areia dourada onde a montanha se separava e unia. O rei lembrava-se da sua descoberta de um local encantado e da busca de Lótus, que encontrara a pedra da deusa, com poderes curativos.

A bela núbia não resistiu ao prazer de mergulhar nua nas águas do rio e nadar com agilidade para a margem inundada de sol. Vários marinheiros a imitaram, felizes por terem chegado ilesos.

Ficaram todos subjugados pelo esplendor do lugar dominado por um esporão rochoso que servia de ponto de referência aos navegadores; o Nilo desenhava uma curva encantadora, rodeando uma falésia dividida em dois promontórios entre os quais se insinuava uma vastidão de areia fulva.

Com o corpo brilhando pelas gotas de água prateada, Lótus escalou-a rindo, seguida por Setaou vestido em sua pele de antílope, abarrotada de soluções medicinais.

— O que lhe inspira este lugar? — perguntou Ramsés a Nefertari.

— Sinto aqui a presença da deusa Hator; as pedras são semelhantes a estrelas, e o ouro do céu fazem-nas brilhar.

— Ao norte, uma falésia de arenito quase cai a pique, indo desembocar nas águas profundas; ao sul, a montanha se afasta e deixa a descoberto uma imensa plataforma. Os dois promontórios simbolizam um casal. Celebrarei aqui o nosso amor construindo dois santuários indissociáveis um do outro, igual ao Faraó e à grande esposa real. A sua imagem ficará para sempre gravada na pedra e contemplará o sol que a fará renascer todos os dias.

Embora o seu gesto fosse protocolar, Nefertari prendeu docemente os braços em volta do pescoço de Ramsés e beijou-o com sofreguidão.

Quando o vice-rei da Núbia avistou Abu-Simbel do seu barco, esfregou os olhos, julgando-se vítima de uma miragem.

Na margem, dezenas de talhadores de pedra haviam preparado um estaleiro num ritmo de construção idêntico ao de uma vasta construção. Alguns, utilizando andaimes de madeira, começavam a talhar a falésia de arenito, enquanto outros cortavam blocos. As ferramentas necessárias foram trazidas em barcos de carga, e os chefes de equipe, preocupados com a indispensável disciplina, haviam dividido os artesãos em pequenos grupos encarregados de tarefas bem definidas.

O mestre-de-obras era o próprio Ramsés. Na plataforma, uma maqueta e planos; o rei velava pela tradução perfeita da sua visão e pela obrigação de retificar os erros, depois de dialogar com o arquiteto e o chefe dos escultores.

Como podia o vice-rei da Núbia revelar a sua presença sem importunar o soberano? Assim, considerou prudente esperar que Ramsés olhasse para ele. Não se dizia que o rei tinha um caráter colérico e que detestava ser contrariado?

De súbito, sentiu algo roçar o seu pé esquerdo, algo macio e fresco... O alto funcionário baixou os olhos e ficou petrificado.

Uma serpente vermelha e negra, com cerca de um metro, havia rastejado pela areia e imobilizara-se sobre o pé do vice-rei. Daria o bote a qualquer momento. Um minúsculo gesto... e o réptil atacaria.

A alguns passos dele encontrava-se uma jovem de seios nus, com um saiote curto, que, ao ser agitado por uma ligeira brisa, revelava os seus encantos mais do que os escondia.

— Uma serpente — murmurou o vice-rei que, apesar do calor, gelara de medo.

Lótus não ficou nem um pouco perturbada com o espetáculo.

— De que tem medo?

— Mas... esta serpente...

— Fale mais alto, não consigo ouvi-lo.

Lentamente, o réptil lhe foi subindo pela perna. O vice-rei não pôde articular nem mais uma palavra.

Lótus aproximou-se.

— Você é quem a incomodou.

O alto funcionário começou a sentir-se mal.

A bela núbia agarrou a serpente e enrolou-a no braço esquerdo. Por que aquele homem excessivamente gordo, de músculos flácidos, tivera medo daquele réptil se ela já lhe retirara o veneno?

O vice-rei correu até ficar sem fôlego, tropeçou numa pedra e estatelou-se no chão, a pouca distância de Ramsés. O rei olhou com curiosidade o enorme personagem caído.

— Não será uma atitude de deferência um tanto exagerada?

— Perdoe-me, Majestade, mas uma serpente... Majestade, acabo de escapar da morte!

O vice-rei ergueu-se.

— Prendeu Chenar?

— Pode estar certo de que não poupei esforços, Majestade! Tudo foi feito para sua satisfação.

— Não respondeu à minha pergunta.

— O nosso fracasso é apenas momentâneo, Majestade. Os meus soldados controlam perfeitamente a Alta e a Baixa Núbia. O causador dessas perturbações não nos escapará.

— Por que demorou tanto a vir me ver?

— As exigências da segurança local...

— Terão importância maior do que as do casal real?

O vice-rei enrubesceu.

— Claro que não, Majestade! De maneira nenhuma era o que eu queria dizer e...

— Siga-me.

O alto funcionário temia a cólera do Faraó, mas Ramsés continuava calmo.

O vice-rei seguiu-o até o interior de uma das grandes tendas erguidas na orla do canteiro de obras. Servia de enfermaria a Setaou, que acabava de costurar a perna de um talhador de pedra, ferida por uma lasca de arenito.

— Gosta da Núbia, Setaou? — interrogou o rei.

— Acha necessário fazer-me essa pergunta?

— Parece-me que a sua esposa também a adora.

— Aqui, ela acaba comigo! Parece que a sua energia redobra e os seus desejos amorosos são insaciáveis.

O vice-rei estava petrificado. Como era possível alguém dirigir-se naqueles termos ao senhor das Duas Terras?

— Conhece este alto funcionário que fez o favor de vir ao nosso encontro?

— Detesto os funcionários — retorquiu Setaou. — Cobrem-se de privilégios que acabam por sufocá-los.

— Lamento por você.

Setaou olhou o rei com espanto.

— O que está querendo dizer?

— A Núbia é um imenso território, e administrá-lo é uma tarefa bastante pesada. Não está de acordo, vice-rei?

— Sim, sim, Majestade!

— A bela província de Kush, por si só, exige um pulso forte. É também a sua opinião, vice-rei?

— Com certeza, Majestade!

— Como tenho grande respeito pelas suas opiniões, decidi nomear o meu amigo Setaou "filho real da província de Kush" e confiar-lhe a sua gestão.

Como se nada daquilo lhe interessasse, Setaou continuou dobrando as ligaduras. O vice-rei parecia uma estátua à qual o escultor se tivesse esquecido de dar vida.

— Majestade, os problemas que surgirão, as minhas relações com Setaou...

— Serão francas e cordiais, tenho certeza. Regresse à fortaleza de Buhan e preocupe-se com a prisão de Chenar.

Arrasado, o vice-rei retirou-se.

Setaou cruzou os braços.

— Suponho que se trata de uma brincadeira, Majestade.

— As serpentes são muito numerosas nesta região; portanto, Setaou, você recolherá muito veneno, Lótus ficará contente, e vocês terão a oportunidade de viver neste lugar incomparável. Preciso de você, meu amigo, para dirigir os trabalhos e velar pelo crescimento dos dois templos de Abu-Simbel. Os dois santuários serão destinados a imortalizar a imagem do casal real. Aqui, no coração da Núbia, será celebrado o mistério central da nossa civilização. Mas se a minha decisão lhe desagrada, deixo-lhe a liberdade de recusar.

Setaou emitiu uma espécie de grunhido.

— Com certeza andou conspirando com Lótus... E quem pode resistir à vontade do Faraó?

Pela magia do rito, o rei transferiu a alma dos inimigos do sul para o norte, a dos inimigos do norte para o sul, a dos adversários do oeste para o leste, e a dos adversários do leste para o oeste. Com a inversão dos pontos cardeais que orientavam a região fora do mundo visível, Abu-Simbel ficaria ao abrigo das tormentas humanas; um campo de forças criado pela rainha em torno das futuras construções os protegeria dos ataques externos.

Na pequena capela construída na frente da fachada do grande templo, Ramsés ofereceu a Maât o amor que o unia a Nefertari e ligou à luz a unidade do casal real cujo casamento, perpetuamente celebrado em Abu-Simbel, reuniria as energias divinas, fonte principal do povo do Egito.

Sob o olhar de Ramsés e de Nefertari nasceram o templo do rei e o templo da rainha. Os artesãos mergulharam no coração da falésia para ali escavar o *naos*; o rochedo seria talhado numa altura de trinta e três metros, por uma largura de trinta e oito metros, e escavado a sessenta e três metros de profundidade.

Quando os nomes de Ramsés e de Nefertari foram gravados pela primeira vez na pedra de Abu-Simbel, Ramsés ordenou para que se procedessem aos preparativos da partida.

— Vai regressar a Pi-Ramsés? — perguntou Setaou.

— Ainda não. Vou escolher vários outros locais na Núbia onde mandarei erigir santuários; deuses e deusas habitarão este país de fogo, e será você que coordenará os esforços dos nossos construtores. Que Abu-Simbel seja o clarão central, rodeado por um pacífico exército de santuários que contribuirão para a consolidação da paz. Serão necessários muitos anos para realizar esta obra, mas venceremos o tempo.

Do alto da falésia, comovida e silenciosa, Lótus viu o barco real afastar-se, e ficou admirando Ramsés e Nefertari à proa da embarcação de vela branca que deslizava sobre a água azul, à semelhança do céu da Núbia.

Naquele momento, Lótus conseguiu formular aquilo que um dia pressentira: era por amar Nefertari e saber fazer-se amar por ela que Ramsés possuía a estatura de um grande faraó.

Nefertari, a dama de Abu-Simbel, abria os caminhos do céu e da terra.

42

Chenar espumava de raiva.

Nada saíra de acordo com o que previra. Depois do fracasso das tentativas para eliminar Ramsés e provocar irreparáveis prejuízos à sua expedição, Chenar fora obrigado a fugir para o Grande Sul.

A bordo de um barco roubado de uma aldeia cujos habitantes, para azar seu, haviam tido a infeliz idéia de apresentar queixa, Chenar fora perseguido por soldados do vice-rei; não fosse a habilidade dos marinheiros núbios, teria caído nas mãos deles. Por prudência, tivera que abandonar a embarcação e aventurar-se no deserto, com a esperança de confundir as pistas. O mercenário cretense, braço direito de Chenar, praguejava contra o calor, o sol quente e a permanente ameaça representada pelos répteis, os leões e outras feras.

Mas Chenar teimava em querer chegar ao país de Iram, para sublevar as tribos capazes de atacar Abu-Simbel e destruir-lhe o canteiro de obras. Quando a insegurança reinasse na Núbia, o prestígio do faraó ficaria arruinado e os seus adversários coligar-se-iam para derrotá-lo.

O pequeno grupo comandado por Chenar chegou próximo da área de lavagem do ouro, zona proibida onde trabalhavam operários especializados, sob a vigilância do exército egípcio. Era dessa área que os revoltosos deveriam apoderar-se para impedir a entrega do metal precioso ao Egito.

Do alto de uma duna, Chenar viu os operários núbios lavarem o mineral, separando-o da ganga terrosa que estava presa nele, mesmo depois de triturado e esmagado. A água tirada de um poço aberto em pleno deserto enchia um reservatório e corria para uma rampa que terminava em uma bacia de decantação; a fraca corrente era suficiente para arrastar os materiais terrosos e libertar o ouro. No entanto, para que o valioso metal ficasse completamente purificado, era indispensável repetir várias vezes a operação.

Os soldados egípcios eram numerosos e estavam bem armados. Um simples comando não teria qualquer hipótese de eliminá-los; Chenar teria, portanto, de fomentar uma revolta de grande porte a fim de reunir centenas de guerreiros provenientes de diversas tribos.

Foi no país de Iram que Chenar, a conselho do seu guia núbio, se encontrou com um chefe de clã, um negro enorme coberto de cicatrizes. Este recebeu-o numa cabana espaçosa no centro de sua aldeia, mas o acolhimento foi frio.

— Você é egípcio.

— Sou, mas odeio Ramsés.

— E eu odeio todos os faraós que oprimem o meu país. Quem o está enviando?

— Poderosos inimigos de Ramsés que habitam o norte do Egito. Se os ajudarmos, vencerão o Faraó e lhe devolverão a terra.

— Se nos revoltarmos, os soldados do Faraó nos massacrarão.

— Concordo que o seu clã não bastará, por isso é indispensável estabelecer alianças.

— As alianças são difíceis, muito difíceis... É necessário nos reunirmos e falar durante muito e muito tempo, durante luas e luas.

A paciência era a virtude que mais faltava em Chenar; refreou, porém, a cólera e jurou a si mesmo ser perseverante, quaisquer que fossem os adiamentos e atrasos inerentes às negociações.

— Está disposto a ajudar-me? — perguntou ao chefe de clã.

— Devo permanecer aqui, na minha aldeia; para estabelecer contatos adequados seria necessário ir até a aldeia vizinha. E é muito longe.

O mercenário cretense entregou a Chenar uma placa de prata.

— Com este tesouro — disse o egípcio — alimentará o seu clã durante muitos meses. Eu pago a quem me ajuda.

O núbio ficou deslumbrado.

— Se eu negociar com os outros, você me dará isto?

— E se conseguir convencê-los, ganhará muito mais.

— Vai ser demorado, muito demorado...

— Começaremos logo que o sol nascer.

De regresso a Pi-Ramsés, Iset a Bela não parava de sonhar com a cabana de juncos onde ocultara os seus colóquios com Ramsés, antes de ele conhecer Nefertari; outrora, tinha esperado casar-se com o homem de quem continuava enamorada, mas como poderia rivalizar com aquela mulher sublime que se tornara, de pleno direito, a grande esposa real?

Às vezes, quando o mal de amor se tornava demasiado intenso, Iset a Bela deixava de se maquiar, trajava vestidos velhos, esquecia-se de se perfumar... Mas o afeto que dedicava a Kha e a Merneptah, os dois filhos que Ramsés lhe dera, e a Meritamon, a filha do rei e de Nefertari, permitia-lhe fugir à tristeza, sonhando com o futuro daquelas três crianças: Merneptah, um belo menino robusto, de inteligência muito viva; Meritamon, uma linda criança sonhadora e uma música notável; Kha, um futuro sábio prematuro. Esses três seres eram a sua esperança, eles seriam o seu futuro.

Seu camareiro trouxe-lhe um colar de quatro voltas composto por ametistas e cornalinas, brincos de prata e também um vestido colorido e bordado com fios dourados. Dolente, a irmã de Ramsés, seguia-o.

— Parece cansada, Iset.

— Um cansaço passageiro. Mas... para quem são estas maravilhas?

— Permita-me que lhe ofereça estes modestos presentes.

— Sinto-me muito sensibilizada, não sei como lhe agradecer.

A volumosa morena, de ar tranqüilo e protetor, decidira passar à ofensiva.

— A sua existência não é um fardo muito pesado, minha querida Iset?

— Não, claro que não, pois tenho a felicidade de criar os filhos de Ramsés o Grande.

— Por que tem de contentar-se com um destino sem fulgor?

— Adoro o rei, adoro os seus filhos. Os deuses não me concederam assim a felicidade?

— Os deuses... os deuses são uma ilusão, Iset!

— O que está dizendo?

— Só existe um único Deus, o que Akhenaton venerou, aquele a quem oram Moisés e os hebreus. É a Ele que nos devemos dirigir.

— Siga o seu caminho, Dolente, pois esse não é o meu.

A irmã de Ramsés compreendeu que não convenceria Iset a Bela, demasiado leviana e timorata; havia, porém, um outro terreno pelo qual Dolente podia enveredar, com alguma esperança de sucesso.

— Parece-me uma injustiça ver você reduzida à categoria de segunda esposa

— Não o considero assim, Dolente. Nefertari é mais bela e mais inteligente do que eu; nenhuma mulher poderá igualá-la.

— Não é verdade. Além disso, ela sofre de um abominável defeito.

— Qual?

— Nefertari não ama Ramsés.

— Como ousa supor...

— Não suponho, eu sei. Por acaso ignora que o meu passatempo favorito consiste em escutar os cortesãos e catar as suas confidências? Posso, pois afirmar que Nefertari não passa de uma simuladora. O que era ela antes de encontrar Ramsés? Uma pobre sacerdotisa sem futuro, uma música medíocre, cuja única competência teria sido a de servir aos deuses no interior de um templo... E eis que Ramsés pousa os olhos sobre os dela! Um verdadeiro milagre, uma perturbação que transformou a mocinha tímida numa ambiciosa mercenária.

— Perdoe-me, Dolente, mas não consigo aceitar isso.

— Conhece a verdadeira razão da viagem do casal real à Núbia? Nefertari exigiu que fosse erguido um templo imenso em sua glória que imortalizasse o seu nome! Ramsés cedeu e inaugurou um dispendioso canteiro de obras que durará vários anos. A ambição de Nefertari acaba de vir à tona: ocupar o lugar do rei e reinar sozinha sobre o país. Portanto, todos os meios que usarmos serão bons para impedir essa loucura.

— Nem ouse pensar...

— Repito: *todos* os meios. Só uma pessoa pode salvar Ramsés: você, Iset.

A jovem ficou confusa. É verdade que desconfiava de Dolente, mas a irmã de Ramsés apresentava argumentos perturbadores. No entanto, Nefertari sempre parecera sincera... Se bem que o exercício do poder subentendia uma vaidade incoercível. Subitamente, a imagem de uma Nefertari apaixonada, venerando Ramsés, fragmentou-se. Que destino mais belo poderia haver para uma mulher que gerava desentendimento senão seduzir o senhor das Duas Terras?

— O que me aconselha, Dolente?

— Ramsés foi iludido; era você que ele deveria ter desposado, pois você é a mãe do seu filho mais velho, Kha, que a corte já reconhece já como o seu sucessor. Se ama o rei, Iset, se ama o Egito e quer a sua felicidade, só existe uma solução: livre-se de Nefertari.

Iset a Bela fechou os olhos.

— Dolente, isso é impossível!

— Eu a ajudarei.

— O crime é um ato abominável, pois conduz à destruição do espírito, da alma e do nome... Atacar a grande esposa real é perder-se para toda a eternidade.

— Quem saberá? Quando decidir atacar, será necessário agir na sombra e não deixar qualquer rastro.

— É essa a vontade do seu deus, Dolente?

— Nefertari é uma mulher perversa que conspurca o coração de Ramsés e o leva a cometer graves erros. Você e eu temos o dever de nos unirmos para impedi-la de fazer mal; só assim seremos fiéis ao rei.

— Preciso refletir.

— É perfeitamente normal! Estimo-a muito, Iset, e sei que tomará a decisão certa. E seja ela qual for, terá o meu afeto para sempre.

Iset a Bela esboçou um sorriso tão pálido que, antes de partir, Dolente a beijou nas duas faces.

A segunda esposa de Ramsés sentia-se sufocar. Com andar hesitante, dirigiu-se à janela que dava para um dos jardins do palácio e deixou-se envolver por um intenso raio de luz que não conseguiu dissipar a sua perturbação.

No seu íntimo elevou-se uma oração dirigida às forças ocultas no ceu, as forças que decidiam o destino dos seres, a duração da sua existência e a hora da sua morte. Teria o direito de agir em seu lugar, de cortar o fio dos dias de Nefertari, abreviando-lhe a existência, porque a grande esposa real prejudicava Ramsés?

Uma rival! Pela primeira vez, Iset a Bela considerava realmente Nefertari uma rival. Seu pacto mudo quebrava-se, e o conflito latente surgia com uma violência contida há muitos anos. Iset era a mãe dos dois filhos de Ramsés, a primeira mulher que ele amara, aquela que deveria ter reinado junto com ele. Dolente havia-lhe revelado uma verdade que até então tentara sufocar.

Afastada Nefertari, Ramsés tomaria finalmente consciência de que esse amor não passara de um episódio fugaz. Liberto da feiticeira de pérfidas intenções, o rei voltaria para Iset a Bela, para a sua paixão da juventude, para aquela que nunca deixara de amá-lo.

43

Embora sentisse profundo desprezo pelos hebreus, o sinistro Ofir considerava, de maneira cínica, que o bairro dos oleiros lhe proporcionava um esconderijo bastante seguro, mesmo tendo que mudar de morada com freqüência para garantir o máximo de segurança. Graças a falsas informações sabiamente espalhadas, Serramanna acabara por acreditar que o mago líbio havia deixado o Egito, resignando-se, portanto, a abandonar as investigações mais intensivas. Apenas mantinham-se as patrulhas habituais, encarregadas de evitar qualquer desordem noturna.

No entanto, o mago não estava satisfeito. A situação permanecia estacionária há vários meses; naquele décimo quinto ano do reinado de Ramsés, agora com trinta e sete anos, o reino do Egito apresentava uma saúde invejável.

As notícias provenientes do império hitita eram estranhas e pouco tranqüilizadoras. É verdade que Uri-Techup continuava a defender a guerra contra o Egito a qualquer preço, mas não lançava nenhuma ofensiva. Além disso, a barreira protetora formada pela Síria do Sul e Canaã estava ocupada por tropas egípcias aguerridas e capazes de repelir um assalto maciço. Por que o obstinado Uri-Techup ainda hesitava? As mensagens exageradamente curtas que os beduínos transmitiam a Ofir não lhe davam qualquer explicação.

Ao sul, Chenar não conseguia amotinar as tribos núbias. As conversações prolongavam-se, intermináveis, sem qualquer resultado concreto.

Na corte, Dolente continuava insistindo na amizade com Iset a Bela para convencê-la a agir, mas a segunda esposa do rei não se sentia capaz de tomar uma decisão. E Meba, inapto para obter o conteúdo dos textos em código que Acha enviava a Ameni, revelava-se de uma total ineficácia. É certo que obtivera informações valiosas sobre o equipamento mágico de que dispunha o jovem Kha, mas o filho mais velho de Ramsés levava uma existência voltada para os estudos, e, por mais que Ofir tentasse, não conseguia detectar qualquer falha ou desvio.

Depois de sua longa viagem, durante a qual fundara numerosos templos, Ramsés regressara à capital. Nefertari estava radiante de felicidade. Apesar dos perigos da guerra, o casal real gozava de extraordinária popularidade; todos continuavam convictos de que ele manteria o país numa prosperidade duradoura e que saberia proteger o Egito de qualquer agressão externa.

Feito o balanço, Ofir estava mergulhado em melancolia. Os anos passavam, e a esperança de aniquilar Ramsés esvaía-se. Ele, o mestre dos espiões e que nunca duvidara do êxito de sua missão, começava a inquietar-se com o possível resultado e a ceder ao desânimo.

Estava ao fundo da sala de entrada, sentado e nas trevas, quando um homem entrou em sua casa.

— Gostaria de falar-lhe.

— Moisés...

— Está ocupado?

— Não, apenas refletia.

— Ramsés está finalmente de regresso, e tive paciência de esperar, como me aconselhou.

A firmeza do tom de voz de Moisés devolveu a confiança a Ofir; estaria o hebreu finalmente decidido a tomar a iniciativa?

— Reuni o conselho dos anciãos — continuou o profeta — e decidiram nomear-me porta-voz junto ao faraó.

— Então o êxodo continua decidido?

— O povo hebreu sairá do Egito, porque essa é a vontade de Jeová. Continua mantendo os seus compromissos?

— Os nossos amigos beduínos entregaram as armas; estão armazenadas nas adegas.

— Não usaremos de violência, mas seria bom dispormos de um meio de defesa no caso de sermos perseguidos.

— E serão, Moisés, serão! Ramsés não aceitará a insurreição de um povo inteiro.

— Não desejamos revoltar-nos, mas sim sair deste país e alcançar a terra que nos está prometida.

Ofir rejubilava interiormente. Finalmente, um motivo para se alegrar! Moisés iria criar um clima de insegurança propício à intervenção militar de Uri-Techup.

Diante do friso dos doze deuses do santuário de Yazilikaya, a sacerdotisa Putuhepa, com os longos cabelos presos num coque e escondidos por um gorro, estava estendida num leito de pedra, como morta.

Ingerira uma beberagem perigosa que a mergulhara num sono profundo durante três dias e três noites. Concluíra que não existia método mais seguro para entrar em contato com as forças do destino e assim decifrar-lhes a vontade.

A consulta aos oráculos vulgares, sempre desfavoráveis a Uri-Techup, não fora suficiente para fazê-la tomar uma decisão que afetaria tanto a existência de Hattusil quanto a sua. Decidira, portanto, utilizar aquele método mais radical, ainda que perigoso.

É verdade que a maior parte do clã dos comerciantes e boa parte do exército, depois de um intenso trabalho de sapa, inclinavam-se em favor de Hattusil, mas não estariam ele e Putuhepa iludindo-se quanto ao seu futuro? Graças ao ouro do embaixador egípcio Acha, numerosos oficiais superiores defendiam o reforço das defesas internas e dos postos fronteiriços, bem como o abandono a um plano de ataque contra o Egito. Mas será que não mudariam de opinião se Uri-Techup deixasse de ser cego e descobrisse a conspiração que tramavam contra ele?

Contestar a tomada do poder de Uri-Techup terminaria, mais cedo ou mais tarde, numa guerra civil de resultado incerto; também Hattusil, apesar do número de apoios de que dispunha, ainda hesitava em tentar uma campanha sangrenta na qual milhares de hititas desapareceriam.

Era por isso que Putuhepa desejara praticar o sonho premonitório, que só aconteceria durante um período de sono forçado.

Às vezes a pessoa não mais despertava; em outras, o espírito perdia o essencial das suas faculdades. Por esse motivo, Hattusil dera uma opinião desfavorável à esposa, Putuhepa, que tivera que insistir dez vezes antes de finalmente conseguir a sua aprovação.

E ali estava ela, imóvel, quase sem respirar, há três dias e três noites. De acordo com os livros de adivinhação, ela agora iria abrir os olhos e revelar o que as forças do destino lhe haviam dado a conhecer.

Nervoso, Hattusil envolveu-se melhor no seu manto de lã.

Já passara do prazo.

— Putuhepa... Acorde, suplico-lhe!

Um estremecimento. Não, enganara-se... Ela não se mexera. Sim, realmente era um estremecimento! Putuhepa abriu os olhos e fitou a rocha sobre a qual tinham sido esculpidos os doze deuses.

Saiu então da sua boca uma voz lenta e profunda que Hattusil não reconheceu.

— Vi o deus da Tempestade e a deusa Ishtar... Tanto um como outro me disseram: "Apóie o seu marido e todo o país se colocará atrás dele, enquanto que o seu inimigo se assemelhará a um porco na sua pocilga."

Uma mão doce, tão doce que o fez pensar em mel e no orvalho primaveril; carícias tão insistentes que lhe provocaram sensações novas e um prazer cuja intensidade o submergia. A quinta amante hitita de Acha possuía qualidades idênticas às precedentes, mas começava a sentir saudades das egípcias, das margens do Nilo e dos palmares.

O amor era a única alternativa para a atmosfera pesada e aborrecida da capital hitita. Acrescentavam-se a isso numerosas entrevistas com os principais representantes do clã dos comerciantes e alguns discretos militares de alta patente. Oficialmente, Acha mantinha longas negociações com Uri-Techup, o novo senhor do Hatti, sucessor de Muwattali, cuja agonia parecia interminável, e cujas forças iam diminuindo. O egípcio tinha também uma missão oficial: cercar Hattusil, descobrir o seu esconderijo e entregá-lo a Uri-Techup. Acha entregava-lhe relatórios pormenorizados a intervalos regulares, quando o filho do imperador regressava dos seus períodos de treinamento à frente da divisão de carros, da cavalaria ou da infantaria, mantidas em estado de alerta permanente.

Por três vezes e por muito pouco, os soldados de Uri-Techup haviam falhado na prisão de Hattusil, avisado no último momento por misteriosos aliados.

Certa ocasião, Acha e a amante haviam terminado as suas efusões quando Uri-Techup penetrou no quarto do embaixador egípcio.

O olhar do guerreiro era duro, quase parado.

— Tenho boas notícias — disse Acha, que esfregava as mãos com óleo perfumado.

— Também eu — declarou Uri-Techup com a intensidade de um vencedor. — O meu pai, Muwattali, acaba de morrer e sou o único senhor do Hatti!

— As minhas felicitações!... Mas falta ainda Hattusil.

— Não me escapará por muito tempo, embora o meu império seja muito vasto. Mas, e as notícias boas que você tem para mim?

— Elas se referem exatamente a Hattusil; graças a um informante digno de crédito, creio que sei onde se encontra o irmão de Muwattali. Mas...

— Mas o que, Acha?

— Uma vez preso Hattusil, você me garante que selaremos a paz?

— Fez a escolha correta, meu amigo, pode ter certeza. O Egito não ficará desiludido. Onde se oculta o traidor?

— No santuário de Yazilikaya.

O próprio Uri-Techup assumira o comando de um pequeno destacamento com dez homens, para não alertar eventuais sentinelas. Um deslocamento de tropas certamente os alertaria, provocando assim a fuga de Hattusil.

Então foram os sacerdotes, colocados sob o controle de Putuhepa, que haviam dado refúgio ao irmão do falecido imperador! Uri-Techup lhes daria um terrível porém justo castigo.

Hattusil cometera a imprudência de residir perto da capital, num local de fácil acesso; dessa vez não lhe escaparia. Uri-Techup hesitava entre a execução sumária e um lento e viciado processo; tendo pouca consideração pela instituição judicial, mesmo bem preparada, optou pela primeira solução. Devido à sua posição, devia, infelizmente, renunciar a ser ele próprio a cortar o pescoço de Hattusil, encarregando um dos seus homens para essa infame tarefa. De regresso a Hattusa, Uri-Techup organizaria grandiosos funerais para Muwattali, enquanto ele, seu filho bem-amado, seria o seu incontestado sucessor.

Com um exército pronto para combater, invadiria a Síria do Sul, estabeleceria a ligação com os beduínos, ocuparia Canaã, passaria a fronteira egípcia e enfrentaria um faraó que havia cometido o erro fatal de acreditar na paz, como lhe garantia o seu embaixador.

Ele, Uri-Techup, senhor do império do Hatti! O seu sonho se realizava sem ter necessidade de se apoiar na dispendiosa coligação formada por Hattusil. Uri-Techup sentia-se suficientemente forte para conquistar a Assíria, o Egito, a Núbia e toda a Ásia; a sua glória eclipsaria a dos outros imperadores hititas.

O pequeno grupo aproximou-se do rochedo sagrado de Yazilikaya no qual haviam sido construídas várias capelas. Dizia-se que ali residia o casal divino supremo — o deus da Tempestade e a sua esposa. Na segunda parte do seu nome, Techup, o novo imperador não tinha o nome desse deus terrível e temido? Sim, ele era a própria Tempestade divina cujo raio cairia sobre os seus inimigos.

No limiar do santuário estavam um homem, uma mulher e uma criança.

Hattusil, a esposa Putuhepa e a filhinha do casal, com oito anos. Os imbecis rendiam-se, confiantes na clemência de Uri-Techup!

O novo imperador fez o destacamento parar e saboreou o seu triunfo. Acha proporcionara-lhe a oportunidade de se desembaraçar dos seus últimos adversários. Eliminada aquela família maldita, mandaria estrangular o embaixador egípcio, que se tornara inútil. E dizer que aquele imbecil acreditara no desejo de paz de Uri-Techup! Haviam sido anos e anos de paciente espera, anos e anos de provações para, finalmente, atingir o poder absoluto...

— Matem-nos! — ordenou Uri-Techup a seus soldados.

Quando os arcos se retesaram, Uri-Techup sentiu uma indescritível sensação de prazer. O pérfido Hattusil e a arrogante Putuhepa trespassados de flechas, os seus cadáveres queimados... Haveria cena mais deliciosa?

As flechas, porém, não foram disparadas.

— Matem-nos! — repetiu Uri-Techup, exasperado.

Os arcos voltaram-se em sua direção.

Fora traído!... Haviam-no traído, a ele, o novo imperador! Eis por que Hattusil, a esposa e a filha estavam tão calmos.

O irmão de Muwattali avançou.

— É nosso prisioneiro, Uri-Techup. Renda-se e será julgado.

Com um grito de ódio, Uri-Techup empinou o cavalo, surpreendendo os arqueiros, que recuaram. Com o ímpeto do guerreiro treinado para o combate, o filho do imperador morto quebrou o cerco e lançou-se na direção da capital.

As flechas assobiavam-lhe aos ouvidos, mas nenhuma o atingiu.

44

Uri-Techup passou pela porta dos leões e galopou até o palácio, forçando tanto o cavalo que o pobre animal acabou morrendo com o coração dilacerado no topo da acrópole, local de onde o imperador do Hatti gostava de contemplar o seu império.

O chefe da guarda particular veio correndo recebê-lo.

— O que se passa, Majestade?

— Onde está o egípcio?

— Nos seus aposentos.

Desta vez, Acha não se entregava aos prazeres do amor com uma bela hitita loura; estava, sim, enrolado num espesso manto, com a adaga ao lado.

Uri-Techup deixou explodir a sua cólera.

— Uma emboscada... Sofri uma emboscada! Soldados do meu próprio exército revoltaram-se contra mim!

— É necessário fugir — considerou Acha.

As palavras do egípcio espantaram o hitita.

— Fugir... Fugir, como? O meu exército vai arrasar aquele santuário maldito e massacrar todos os rebeldes!

— Você já não tem exército.

— Não tenho exército? — gritou Uri-Techup, irritado. — O que quer dizer com isso?

— Os seus generais respeitam os oráculos e as revelações que os deuses transmitem a Putuhepa; foi por isso que se aliaram a Hattusil. Restam-lhe a sua guarda particular e um ou dois regimentos, que não resistirão durante muito tempo. Dentro das próximas horas, você será feito prisioneiro no seu próprio palácio, até a chegada triunfal de Hattusil.

— Não é verdade, não é possível...

— Aceite a realidade, Uri-Techup. Pouco a pouco, Hattusil foi se apoderando de todas as alavancas do império.

— Combaterei até o fim!

— Atitude suicida. Há uma solução melhor.

— Fale!

— Conhece perfeitamente o exército hitita, as suas reais forças, o seu armamento, o seu modo de funcionamento, as suas fraquezas...

— Com certeza, mas...

— Se partir imediatamente, tenho meios de fazê-lo sair do Hatti.

— E ir para onde?

— Para o Egito.

Uri-Techup ficou como que fulminado.

— Egito?! Está delirando, Acha?

— Em que outro país estará em segurança, protegido de Hattusil? É claro que esse direito de asilo deve ser negociado; é por isso que, em troca da salvação de sua vida, deverá contar a Ramsés tudo sobre o exército hitita.

— O que está me pedindo é traição.

— Compete a você tomar a decisão.

Uri-Techup sentiu vontade de matar Acha. Não tinha sido o egípcio que o manipulara? Por outro lado, oferecia-lhe a única possibilidade de sobreviver, é verdade que desonrado, mas vivo... E, mais ainda, a chance de prejudicar Hattusil revelando os seus segredos militares.

— Aceito.

— É o caminho da razão.

— Vai acompanhar-me, Acha?

— Não. Ficarei aqui.

— É muito arriscado.

— A minha missão ainda não terminou; esqueceu de que vim em busca da paz?

Desde que a notícia da fuga de Uri-Techup foi tornada pública, os últimos soldados que lhe permaneciam fiéis aliaram-se à causa de Hattusil, proclamado imperador. O primeiro dever do novo soberano consistiu em prestar homenagem a seu irmão Muwattali, cujo corpo foi cremado numa gigantesca pira durante grandiosa cerimônia, seguida por uma semana de festas.

Durante o banquete que encerrou as cerimônias da coroação, Acha ocupou um lugar de honra, à esquerda do imperador Hattusil.

— Majestade, permita-me desejar-lhe um reinado longo e sereno.

— Nem sinal de Uri-Techup... Você, Acha, que possui o gênio da informação, não terá qualquer pista a esse respeito?

— Nenhuma, Majestade; com certeza nunca mais ouvirá falar do seu sobrinho.

— Muito me surpreenderia. Uri-Techup é um homem rancoroso e obstinado, e não deixará de se vingar.

— Seria preciso que tivesse meios para isso.

— Um guerreiro da sua têmpera nunca desistirá.

— Não compartilho de seus receios.

— É curioso, Acha... Estou com a sensação de que você sabe mais do que já me disse a esse respeito.

— É apenas impressão sua.

— Não terá ajudado Uri-Techup a sair do país?

— O futuro nos reserva realmente muitas surpresas, mas não sou responsável por elas. A minha única missão consiste em convencê-lo a iniciar negociações com Ramsés, tendo como objetivo a paz.

— Você faz um jogo muito perigoso, Acha. Suponha que mudei de opinião e que tenciono continuar a guerra contra o Egito.

— Está muito bem a par da situação internacional para negligenciar o perigo assírio e também muito preocupado com o bem-estar do seu povo para arruiná-lo num conflito inútil.

— A sua análise não deixa de ser pertinente, mas devo aceitá-la como a visão política que melhor me convém? A verdade não é útil quando se trata de governar; já a guerra tem a vantagem de apagar as contestações e criar um novo entusiasmo.

— Será tão indiferente ao número de mortos?

— Mas como evitá-los?

— Construindo a paz.

— Admiro a sua obstinação, Acha.

— Amo a vida, Majestade, e a guerra destrói quase todas as alegrias.

— Esse mundo deve desagradar-lhe.

— No Egito impera uma deusa surpreendente, Maât, que impõe a todos, mesmo ao faraó, a obrigação de respeitar a Regra do universo e de fazer reinar a justiça na terra. Esse mundo não me desagrada, Majestade.

— A fábula é bonita, mas não passa de uma fábula.

— Engana-se, Majestade. Se se decidir a atacar o Egito, será com Maât que irá se deparar. E, se saísse vitorioso, seria uma civilização inigualável que aniquilaria.

— O que interessa, se o Hatti dominar o mundo?

— Impossível, Majestade. É tarde demais para impedir a Assíria de se tornar uma grande potência. Só uma aliança com o Egito salvaguardará o seu território.

— Se não estou enganado, Acha, você não é meu conselheiro, mas o embaixador do Egito... E está constantemente pregando o mesmo sermão!

— É apenas aparência, Majestade; mesmo não tendo o Hatti o encanto do meu país, ganhei-lhe afeto e não desejo vê-lo mergulhar no caos.

— Está sendo sincero?

— Admito que a sinceridade dos diplomatas está sempre sujeita a desconfiança... No entanto, peço-lhe que acredite em mim. O objetivo de Ramsés é realmente a paz.

— Compromete-se em nome do seu rei?

— Sem hesitar. Pela minha voz está ouvindo a dele.

— É necessário, para tal afirmação, que haja uma grande amizade entre vocês...

— E existe mesmo, Majestade.

— Ramsés tem sorte, muita sorte.
— É o que lhe afirmam todos os seus adversários.

Todos os dias, desde os últimos cinco anos, Kha dirigia-se ao templo de Amon, onde passava pelo menos uma hora no laboratório cujos textos conhecia de cor. Com o correr dos anos, entrara em contato com os especialistas de astronomia, geometria, simbolismo e outras ciências sagradas; graças a eles, descobrira as paisagens do pensamento e avançara nos caminhos do conhecimento.

Apesar da pouca idade, Kha seria iniciado nos primeiros mistérios do templo. Quando a corte de Ramsés soubera da notícia, ficara deslumbrada; não havia dúvida de que o filho mais velho do rei estava destinado às mais altas funções religiosas.

Kha tirou o amuleto que usava no pescoço e a fita enrolada em seu pulso esquerdo. Nu e de olhos fechados, foi conduzido a uma cripta do templo para ali meditar perante os segredos da criação revelados nas paredes. Quatro rãs machos e quatro serpentes fêmeas formavam os pares primordiais que haviam modelado o mundo, linhas onduladas evocavam a água primordial na qual o Princípio despertara para criar o universo, e uma vaca celeste paria as estrelas.

Depois, o jovem foi conduzido ao limiar da sala de colunas onde dois sacerdotes, com máscaras de íbis de Thot e de falcão de Hórus, deitaram água fresca sobre sua cabeça e ombros. Os dois deuses vestiram-lhe um saiote branco e convidaram-no a venerar as divindades presentes sobre as colunas.

Dez sacerdotes de crânio raspado rodearam Kha. O jovem teve de responder a mil questões sobre a natureza secreta do deus Amon, os elementos da criação contidos no ovo do mundo, o significado dos principais hieróglifos, o conteúdo das fórmulas de oferenda e sobre muitos outros temas que apenas um escriba competente poderia abordar sem errar.

Os ritualistas não fizeram observações nem comentários. Kha esperou bastante tempo pelo veredicto numa capela silenciosa.

No meio da noite, um velho sacerdote tomou-o pela mão e o conduziu até o telhado do templo. Lá, fez o jovem sentar-se e contemplar o céu estrelado, o corpo da deusa Nut, a única capaz de transformar a morte em vida.

Elevado à categoria de detentor da Regra, Kha pensou apenas nos dias radiosos que iria passar no templo para descobrir a totalidade dos rituais. Dominado pela emoção, esqueceu-se de recolocar a fita no pulso e também o amuleto protetor que havia tirado do pescoço.

45

Em Abu-Simbel, Setaou apaixonara-se por um canteiro de obras, que animava com uma energia constante para oferecer ao casal real um monumento sem igual; em Tebas, Bakhen fazia progressos na construção do templo de milhões de anos de Ramsés; quanto à capital de fachadas de turquesa, esta tornava-se cada dia mais deslumbrante.

Desde que o Faraó voltara a Pi-Ramsés, Ameni montara acampamento em seu gabinete. Angustiado com a idéia de talvez ter cometido um erro, o secretário particular e porta-sandálias do rei trabalhava dia e noite, sem se conceder o menor período de repouso. Quase calvo e um pouco mais magro, apesar de um apetite voraz, o chefe oculto da administração egípcia dormia pouco, sabia tudo o que se passava na corte sem nunca aparecer lá e continuava a recusar os títulos honoríficos com os quais queriam honrá-lo. Embora se queixasse da fraqueza de suas costas e das dores nos ossos, o próprio Ameni carregava as pastas confidenciais que tinha de discutir com Ramsés, pouco se preocupando com o peso dos papiros e das tabuletas de madeira.

Equipado com um porta-pincéis de madeira dourada que o rei lhe oferecera, o escriba sentia uma verdadeira devoção por Ramsés, a quem se sentia ligado por laços invisíveis, mas impossíveis de quebrar. E como não admirar a obra do Filho da Luz, já inscrito na longa seqüência de dinastias como um dos mais extraordinários representantes da instituição faraônica? Ameni felicitava-se todos os dias por ter tido a sorte de nascer no século de Ramsés.

— Deparou com graves dificuldades, Ameni?

— Nada que não conseguisse superar. A sua mãe, Touya, ajudou-me muito. Quando alguns funcionários demonstravam excessiva má vontade, intervinha de forma enérgica. O nosso Egito está próspero, Majestade, mas não devemos descuidar-nos. Bastam alguns dias de atraso na manutenção dos canais, uma falta de vigilância na contagem das cabeças de gado, indulgência para com os escribas preguiçosos, para que toda a estrutura ameace ruir.

— Qual é a última mensagem de Acha?

Ameni encheu o peito de ar.

— Hoje posso afirmar que o nosso camarada de universidade é um verdadeiro gênio.

— Quando regressa do Hatti?

— Bem... ele continua na capital hitita.

Ramsés ficou espantado.

— A sua missão devia terminar com a subida de Hattusil ao trono.

— Está sendo forçado a prolongá-la, mas nos reservou uma surpresa e tanto!

Perante o entusiasmo de Ameni, Ramsés compreendeu que Acha conseguira um novo êxito. Em outras palavras, conseguira realizar com sucesso a totalidade do plano concebido com Ramsés, apesar das enormes dificuldades.

— Permita-me, Majestade, que eu abra a porta do seu gabinete para fazer entrar um visitante notável?

Ramsés aquiesceu, preparando-se para viver uma estranha vitória, graças à perícia do seu fiel ministro dos Negócios Estrangeiros.

Serramanna empurrou à sua frente um homem alto, musculoso, de cabelos compridos e o peito coberto de pêlos ruivos. Irritado com o gesto do sardo, Uri-Techup voltou-se para o colosso com o punho erguido.

— Não trate assim o legítimo imperador do Hatti!

— E você — interveio Ramsés — não eleve a voz no reino que lhe está concedendo hospitalidade.

Uri-Techup tentou sustentar o olhar do faraó, mas só o conseguiu por alguns instantes. O guerreiro hitita sentiu o peso cruel da derrota. Comparecer assim perante Ramsés, como um vulgar fugitivo... Ramsés, cuja força o fascinava e o dominava.

— Solicito asilo político a Vossa Majestade e sei qual é o seu preço. Responderei a todas as suas perguntas relativas aos pontos fortes e às fraquezas do exército hitita.

— Comecemos imediatamente — exigiu Ramsés.

Com o fogo lento da humilhação correndo-lhe nas veias, Uri-Techup curvou-se.

O pomar do palácio estava em flor; uma romãzeira, um zimbro, uma figueira e uma árvore de incenso rivalizavam em beleza. Era ali que Iset a Bela gostava de passear com Merneptah. A robusta constituição do garoto de nove anos surpreendia os preceptores; o filho mais novo de Ramsés gostava de brincar com Vigilante, o cão amarelo-dourado; apesar de sua idade avançada, o animal acedia aos caprichos da criança. Corriam juntos atrás das borboletas que nunca conseguiam apanhar, e logo depois Vigilante deitava-se e mergulhava num sono reparador. Quanto a Matador, o leão núbio, este aceitara deixar-se acariciar por Merneptah, primeiro desconfiado e, por fim, confiante.

Iset lamentava a época, já longínqua, em que Kha, Meritamon e Merneptah brincavam naquele pomar ou no jardim vizinho, saboreando sem restrições a despreocupação da infância. Atualmente, Kha estudava no templo, enquanto a linda Meritamon, que já fora pedida em casamento por grandes dignitários, consagrava-se à música sacra. Iset a Bela recordava o jovenzinho muito sério, com o seu material de escrita, e a encantadora menininha com a sua harpa portátil, muito grande para ela. É como se fora ontem, uma felicidade já inacessível.

Quantas vezes Iset já se encontrara com Dolente e quantas horas haviam passado a falar de Nefertari, da sua ambição e da sua hipocrisia? Pensando nisso, a segunda esposa do rei sentia a cabeça rodar. Finalmente, cansada e vencida pela obstinação de Dolente, decidira agir.

Sobre uma mesa baixa de sicômoro pintada, cuja decoração representava lótus azuis, Iset colocara duas taças com suco de alfarroba. A que ofereceria a Nefertari continha um veneno de efeito retardado. Quando a grande esposa real morresse, daí a quatro ou cinco semanas, ninguém se lembraria de acusar Iset a Bela. Fora Dolente quem lhe entregara a arma invisível do crime, afirmando-lhe que apenas a justiça divina seria responsável pelo desaparecimento de Nefertari.

Pouco antes do pôr-do-sol, a rainha entrou no pomar; tirou o diadema e beijou Merneptah e Iset.

— Foi um dia esgotante — confessou.

— Tem visto o rei, Majestade?

— Infelizmente, não. Ameni mantém-no prisioneiro e, por meu lado, tenho que resolver inúmeros problemas urgentes.

— O turbilhão da vida pública e os seus deveres rituais não a deixam atordoada?

— Mais do que você pode imaginar, Iset; como eu era feliz na Núbia! Ramsés e eu nunca nos separávamos, cada segundo era um deslumbramento.

— No entanto…

A voz de Iset tremia; Nefertari ficou meio desconfiada.

— Sente-se mal?

— Não, mas… estou…

Iset a Bela não conseguia controlar-se; então fez a pergunta que lhe queimava os lábios e o coração.

— Majestade, ama verdadeiramente Ramsés?

Uma sombra de contrariedade velou por instantes o rosto de Nefertari, mas um sorriso radiante dissipou-a.

— Por que duvida?

— Murmura-se na corte…

— A corte murmura como a pega tagarela, e ninguém nunca conseguirá fazer calar esse disse-me-disse cuja única função é falar mal e caluniar. Já não sabe disso há tanto tempo?

— Sei, claro, mas…

— Sou de origem modesta e casei com Ramsés o Grande: eis o motivo para esses boatos. Não seria natural que assim pensassem?

Nefertari olhou Iset direto nos olhos.

— Amei Ramsés desde o nosso primeiro encontro, desde o

primeiro segundo em que o vi, mas não ousava confessá-lo nem a mim própria. E esse amor não parou de aumentar até o nosso casamento, e até agora não pára de aumentar, e perdurará para além da morte.

— Não exigiu a construção de um templo para sua glória em Abu-Simbel?

— Não, Iset. É o Faraó que deseja celebrar na pedra a unidade inalterável do casal real. Quem senão ele conceberia projetos tão grandiosos?

Iset a Bela ergueu-se e dirigiu-se para a mesa baixa sobre a qual estavam as duas taças.

— Amar Ramsés é um privilégio sem fim — continuou Nefertari. — Ele é tudo para mim, e eu sou tudo para ele.

Com o joelho, Iset bateu na mesa, fazendo as duas taças cambalearem, e o seu conteúdo espalhar-se sobre a grama.

— Perdoe-me, Majestade, estou comovida; por favor, esqueça as minhas dúvidas absurdas e desprezíveis.

O imperador Hattusil mandara retirar todos os troféus de guerra que enfeitavam a sala de audiências do palácio. A pedra cinzenta e fria, demasiado austera para o seu gosto, seria recoberta de tapeçarias com decoração geométrica e cores vivas.

Envolto num enorme manto de tecido multicor, com o pescoço adornado por um colar de prata, uma pulseira próxima do cotovelo esquerdo e os cabelos presos por uma fita, Hattusil colocara na cabeça o gorro de lã pertencente ao seu falecido irmão. Econômico, pouco preocupado com a sua aparência, administraria as finanças do Estado com um rigor até então nunca aplicado.

Os principais representantes do clã dos comerciantes apresentavam-se um após o outro na sala de audiências, a fim de definir com o imperador as prioridades econômicas do país. A imperatriz Putuhepa, colocada à frente da casta religiosa, estava também presente nessas entrevistas e lutava em prol de uma redução importante no orçamento do exército. Apesar de readquirirem os privilégios, os comerciantes admiravam-se por essa atitude: quer dizer, então, que o Hatti não estava em guerra com o Egito?

Seguindo um método que costumava funcionar bem, Hattusil agia com pequenos toques, multiplicava as entrevistas particulares, tanto com negociantes como com oficiais superiores, e insistia nas vantagens de uma trégua prolongada, sem nunca pronunciar a palavra "paz". Putuhepa seguia a mesma estratégia nos meios religiosos, e o embaixador egípcio Acha era uma prova viva da melhoria das relações entre as duas potências adversárias. Já que o Egito desistia de atacar o Hatti, por que o Hatti não tomava uma iniciativa no sentido de interromper o conflito?

Todavia, acabava de estourar uma tempestade, desmoronando todo o belo castelo feito de ilusões.

Hattusil convocou Acha imediatamente.

— Devo informá-lo da decisão que acabo de tomar e que comunicará a Ramsés.

— Uma proposta de paz, Majestade?

— Não, Acha. A confirmação de que a guerra continua.

O embaixador ficou perplexo.

— Qual a razão dessa súbita reviravolta?

— Acabo de saber que Uri-Techup pediu e obteve asilo político no Egito.

— Esse pormenor o choca tanto assim a ponto de pôr em risco os nossos acordos?

— Foi você, Acha, que o ajudou a sair do Hatti e a refugiar-se no seu país.

— Isso já não pertence ao passado, Majestade?

— Quero a cabeça de Uri-Techup; esse traidor deve ser condenado e executado. Nenhuma negociação de paz será estabelecida enquanto o assassino do meu irmão não tiver regressado ao Hatti.

— Já que ele tem residência fixa em Pi-Ramsés, o que tem a recear dele?

— Quero ver o seu cadáver arder numa pira aqui, na minha capital.

— É pouco provável que Ramsés aceite quebrar a sua palavra e extradite um homem a quem concedeu a sua proteção.

— Parta imediatamente para Pi-Ramsés, convença o seu rei e me traga Uri-Techup. Caso contrário, o meu exército invadirá o Egito, e eu próprio capturarei o traidor.

46

Sob o forte calor de maio, chegava a época das colheitas depois de as searas terem sido avaliadas. Os ceifeiros separavam as espigas douradas dos caules, deixando a palha no terreno; corajosos e infatigáveis, os burros transportavam o trigo para a zona de debulha. O trabalho era duro, mas ninguém ficava sem pão, frutos e água fresca. E nenhum vigilante se atreveria a proibir a sesta.

E fora a época escolhida por Homero para deixar de escrever. Quando Ramsés foi visitá-lo, o poeta não fumava folhas de salva no seu fornilho de cachimbo feito de uma concha de caracol; vestindo uma túnica de lã apesar do calor, estava estendido numa cama, junto do seu limoeiro, com a cabeça numa almofada.

— Majestade... Já não esperava voltar a vê-lo.

— O que lhe aconteceu?

— Nada mais do que a idade avançada. A minha mão está cansada e o meu coração também.

— Por que não mandou chamar os médicos do palácio?

— Não estou doente, Majestade; não faz a morte parte da harmonia? Heitor, o meu gato preto rajado de branco, deixou-me. Não tenho coragem de substituí-lo.

— Tem ainda obras para escrever, Homero.

— Dei o melhor de mim mesmo na *Ilíada* e na *Odisséia.* Como já chegou a hora da última passagem, por que revoltar-me?

— Vamos tratá-lo.

— Há quanto tempo reina, Majestade?

— Há quinze anos.

— Ainda não tem experiência suficiente para mentir bem a um

velho que já viu muitos homens morrerem. A morte insinuou-se nas minhas veias, gela-me o sangue e nenhuma medicina poderá entravar-lhe a conquista. Mas há algo mais importante, muito mais importante: os seus antepassados edificaram um país único, saiba preservá-lo. Como está a guerra com os hititas?

— Acha cumpriu a sua missão: esperamos assinar um tratado que porá fim às hostilidades.

— Como é doce deixar esta terra em paz, depois de tanto ter escrito sobre a guerra... *O fulgor luminoso do sol mergulha no oceano,* diz um dos meus heróis, *penetra na terra fecunda e chega a noite escura, a noite tenebrosa que os vencidos desejam com ardor.* Hoje, sou eu que estou vencido e que anseio pelas trevas.

— Vou mandar construir para você uma magnífica morada de eternidade.

— Não, Majestade... Permaneci grego, e para o meu povo o outro mundo é apenas esquecimento e dor. Na minha idade, é bastante tarde para abandonar essas crenças. Mesmo que esse futuro não lhe pareça alegre, foi aquele para o qual me preparei.

— Os nossos sábios afirmam que as obras dos grandes escritores serão mais duradouras do que as pirâmides.

Homero sorriu.

— Concede-me um último favor, Majestade? Segure a minha mão direita, aquela que escreveu... Graças à sua força, ser-me-á fácil passar para o outro lado.

E o poeta expirou em paz.

Homero repousava sob um montículo de terra, perto do seu limoeiro; dentro da mortalha, um exemplar da *Ilíada* e da *Odisséia* e um papiro relatando a batalha de Kadesh. Apenas Ramsés, Nefertari e Ameni, muito abalados, haviam assistido ao enterro.

Quando o monarca regressou ao gabinete, Serramanna apresentou-lhe um relatório.

— Nenhuma pista, nenhum rastro do mago Ofir, Majestade; talvez tenha deixado o Egito.

— Não poderá estar escondido entre os hebreus?

— Pode sim, se tiver mudado de aspecto e conquistado a sua confiança.

— O que dizem os seus informantes?

— Mantêm-se silenciosos desde que Moisés foi escolhido para ser o líder dos hebreus.

— Ignora, portanto, o que estão tramando.

— Sim e não, Majestade.

— Explique-se, Serramanna.

— Só pode tratar-se de uma revolta conduzida por Moisés e pelos inimigos do Egito.

— Moisés solicitou-me uma entrevista particular.

— Não lhe conceda, Majestade!

— O que receia?

— Que ele tente eliminá-lo.

— Os seus receios não serão exagerados?

— Um revoltoso é capaz de tudo.

— Moisés é meu amigo de infância.

— Ele já esqueceu essa amizade, Majestade.

A luz de maio inundava o gabinete de Ramsés, iluminado por três grandes janelas, uma delas com vista para o interior de um pátio onde estavam parados vários carros. Paredes brancas, uma poltrona de espaldar alto para o monarca e cadeiras de palha para os visitantes, um armário para papiros e uma grande mesa formavam o ambiente austero que Sethi não teria desaprovado. Sethi, cuja estátua Ramsés sempre contemplava.

Moisés entrou.

Alto, de ombros largos, cabeleira abundante, barba densa e rosto queimado, o hebreu exibia uma poderosa maturidade.

— Sente-se, Moisés.

— Prefiro ficar de pé.

— O que deseja?

— A minha ausência foi longa, e a minha reflexão ainda mais profunda por causa disso.

— Conduziu-o à sabedoria?

— Fui instruído com toda a sabedoria dos egípcios, mas o que é ela em comparação com a vontade de Jeová?

— Isso quer dizer que ainda não desistiu dos seus projetos insensatos!

— Pelo contrário, convenci a maioria do meu povo a seguir-me. E em breve todos estarão ao meu lado.

— Recordo-me das palavras de meu pai, Sethi: "O Faraó não deve tolerar rebeldes ou causadores de perturbações. Caso contrário, seria o fim do reinado de Maât e a chegada da desordem, que provoca a infelicidade de todos, grandes e pequenos."

— A lei que rege o Egito já não diz respeito aos hebreus.

— Enquanto viverem nesta terra, deverão submeter-se a ela.

— Conceda ao meu povo autorização de se isolar até três dias de marcha no deserto para ali oferecer sacrifícios a Jeová.

— As razões de segurança que lhe expliquei obrigam-me a responder de forma negativa.

Moisés apertou mais o seu cajado nodoso.

— Não posso contentar-me com essa resposta.

— Em nome da nossa amizade, farei por esquecer a sua insolência.

— Tenho consciência de estar me dirigindo ao faraó, senhor das Duas Terras, e não tenho a menor intenção de lhe faltar ao respeito. Contudo, as exigências de Jeová permanecem e continuarão a exprimir-se pela minha voz.

— Se empurrar os hebreus para a revolta, estará me obrigando a reprimi-la.

— Também tenho consciência disso. É por isso que Jeová utilizará outros meios. Se persiste em recusar aos hebreus a liberdade que exigem, Deus fará cair sobre o Egito males terríveis.

— Está pensando que me assusta?

— Defenderei a minha causa perante os seus notáveis e perante o seu povo; assim, o poder infinito de Jeová os convencerá.

— O Egito não tem nada a temer de você, Moisés.

Como Nefertari era bela! Enquanto a rainha dirigia os rituais de consagração de uma nova capela dedicada à longínqua deusa, Ramsés admirava-a.

Ela, a doçura do amor, aquela cuja voz emanava alegria e nunca pronunciava uma palavra inútil; ela, que enchia o palácio com o seu perfume e a sua graça; ela, que sabia ver o bem e o mal sem os confundir, tornara-se a adorada soberana das Duas Terras. Com um colar de ouro de cinco voltas e uma coroa encimada por duas plumas, parecia pertencer ao universo das deusas, onde a juventude e a beleza nunca desaparecem.

No olhar da rainha-mãe, Touya, Ramsés distinguiu um reflexo de felicidade: o de constatar que a rainha que lhe sucedera era digna do Egito. O seu auxílio discreto, mas eficaz, permitira a Nefertari desabrochar e encontrar o tom certo que caracteriza os grandes soberanos.

O ritual foi seguido de uma recepção em honra de Touya. Todos os cortesãos fizeram questão de felicitar a rainha-mãe, que não prestou muita atenção às banalidades habituais. O diplomata Meba conseguiu finalmente aproximar-se de Touya e do faraó; com um largo sorriso nos lábios, teceu elogios à viúva de Sethi.

— Considero insuficiente o seu trabalho no Ministério dos Negócios Estrangeiros — interrompeu-o Ramsés. — Na ausência de Acha, deveria trocar mais correspondência com os nossos aliados.

— Majestade, a quantidade e a qualidade dos tributos que eles lhe prometem são excepcionais! Pode estar certo de que negociei a alto preço o apoio do Egito. Muitos embaixadores solicitam um pouco de crédito para prestarem homenagem a Vossa Majestade, porque nunca o prestígio de um faraó foi tão deslumbrante!

— Não tem mais nada para me dizer?

— Tenho, Majestade: Acha acaba de anunciar o seu regresso iminente a Pi-Ramsés. Tenciono organizar uma bela festa para recebê-lo.

— O seu despacho explica as razões dessa viagem?

— Não, Majestade.

O rei e a mãe afastaram-se.

— A paz continua a ser construída, Ramsés?

— Se Acha não deu qualquer informação a Meba e deixou bruscamente o Hatti, com certeza não foi para me trazer uma boa notícia.

47

Depois de uma dezena de longas entrevistas com Uri-Techup, Ramsés ficara sabendo tudo sobre o exército hitita: as suas estratégias preferidas, o seu armamento, as suas forças e as suas fraquezas. A forma como o general derrotado mostrara-se cooperativo provava a sua ânsia de querer prejudicar Hattusil. Em troca das informações que fornecia, Uri-Techup beneficiava-se de uma *villa*, com dois servidores sírios, e de uma alimentação que aprendera imediatamente a apreciar, tudo sob uma rigorosa vigilância da guarda palaciana.

Ramsés tomou consciência do tamanho da ferocidade do monstro que ele próprio enfrentara com o ímpeto da juventude. Sem a proteção de Amon e de Sethi, a sua imprudência teria conduzido o Egito ao desastre. Mesmo enfraquecido, o Hatti continuava a ser uma temível potência militar. Portanto, uma aliança, mesmo restrita, entre o Egito e o Hatti significava uma paz duradoura na região, pois nenhum povo se atreveria a atacar semelhante força.

Ramsés evocava esta perspectiva com Nefertari, à sombra de um sicômoro, quando Ameni, esbaforido, lhe anunciou a chegada de Acha.

O longo período de exílio do chefe da diplomacia egípcia não o modificara. O rosto longo e esguio, um pequeno bigode muito bem tratado, olhos brilhantes e inteligentes, membros ágeis, podia parecer desdenhoso e distante, sendo freqüente muitos acreditarem que ele atravessava a existência com uma suprema ironia.

Acha curvou-se diante do casal real.

— Que Vossas Majestades me perdoem, mas não tive tempo de me banhar, e de me massagear e perfumar... Sou uma espécie de nômade imundo que ousa apresentar-se perante o casal real, mas a mensagem que trago é muito mais urgente do que o sacrifício ao meu conforto pessoal.

— Deixaremos então as congratulações para mais tarde — respondeu Ramsés, sorrindo — embora o seu regresso nos proporcione uma daquelas raras alegrias que jamais se apagam da memória.

— No meu estado, receber o abraço do meu rei seria quase um crime de lesa-majestade. Como o Egito é belo, Ramsés! Só um grande viajante é capaz de apreciar o seu valor.

— Não é verdade — retorquiu Ameni. — Viajar deforma o espírito. Em contrapartida, não sair do gabinete e ver o passar das estações pela janela permite saborear a felicidade de viver aqui.

— Vamos deixar também essa discussão para mais tarde — brincou Ramsés. — Expulsaram-no do Hatti, Acha?

— Não, mas o imperador Hattusil fez questão de que as suas exigências fossem transmitidas pessoalmente da boca do embaixador para o ouvido do Faraó.

— Está vindo anunciar-me o início das conversações que conduzirão à paz?

— Seria o meu desejo mais intenso, mas, infelizmente, sou portador de um ultimato.

— Será Hattusil tão belicoso quanto Uri-Techup?

— Hattusil admite que fazer a paz com o Egito estrangularia a ameaça assíria, mas a dificuldade é justamente Uri-Techup.

— Sua manobra foi esplêndida! Graças a ela, sei tudo sobre o exército hitita.

— O que será muito útil em caso de conflito, concordo. Porém, se não lhe entregarmos Uri-Techup, Hattusil continuará a guerra.

— Uri-Techup é nosso hóspede.

— Hattusil quer ver o seu cadáver arder numa pira.

— Concedi asilo político ao filho de Muwattali e não trairei a minha palavra. Caso contrário, Maât deixaria de reinar sobre o Egito para dar lugar à mentira e à covardia.

— Foi exatamente o que disse a Hattusil, mas a posição dele não se modificará: ou Uri-Techup é extraditado e a paz se torna possível, ou o conflito vai continuar.

— Também a minha posição não mudará: o Egito não desprezará o direito de asilo, e Uri-Techup não será extraditado.

Acha deixou-se cair numa poltrona de espaldar baixo.

— Todos estes anos perdidos, todos estes esforços reduzidos a nada... Era um risco a correr, e Vossa Majestade tem razão: é preferível a guerra ao perjúrio. Pelo menos, estamos mais bem informados para combater os hititas.

— Autoriza-me o faraó a intervir? — pediu Nefertari.

A voz doce e serena da grande esposa real encantou o monarca, o embaixador e o escriba.

— No passado, foram mulheres que libertaram o Egito do ocupante — lembrou Nefertari. — Foram também as mulheres que negociaram os tratados de paz com as cortes estrangeiras; a própria Touya não seguiu essa tradição, mostrando-me o exemplo a seguir?

— O que propõe? — perguntou Ramsés.

— Vou escrever à imperatriz Putuhepa; se conseguir convencê-la a reiniciar as negociações, não acabará por convencer o marido a mostrar-se menos intransigente?

— O obstáculo representado por Uri-Techup não pode ser descartado — objetou Acha. — Contudo, a imperatriz Putuhepa é uma mulher brilhante e inteligente, mais preocupada com a grandeza do Hatti do que com o seu interesse pessoal. E a rainha do Egito, intervindo junto a ela, não a deixará insensível. Como a influência de Putuhepa sobre Hattusil é considerável, talvez esta sugestão venha a ter conseqüências favoráveis. Não ocultarei à grande esposa real as dificuldades da sua tarefa.

— Peço desculpa por deixá-lo agora — disse Nefertari — mas deve compreender que cai sobre mim uma pesada responsabilidade.

Fascinado e comovido, Acha viu a rainha afastar-se, com leveza e luminosa.

— Se Nefertari conseguir abrir uma brecha — disse Ramsés ao embaixador — você regressará ao Hatti. Nunca extraditarei Uri-Techup, e você há de conseguir a paz.

— Está exigindo o impossível; é por isso que gosto tanto de trabalhar com você.

O rei dirigiu-se a Ameni.

— Pediu a Setaou que regressasse com urgência?

— Sim, Majestade.

— O que se passa? — inquietou-se Acha.

— Moisés considera-se intérprete do seu deus único, esse Jeová que lhe ordenou que conduzisse os hebreus para fora do Egito — explicou Ameni.

— Quer dizer... todos os hebreus?

— Para ele, trata-se de um povo que tem direito à sua independência.

— É uma loucura!

— Não só é impossível fazer Moisés ter bom senso, como está começando mesmo a tornar-se ameaçador.

— Está com medo?

— O que eu mais receio é que o nosso amigo Moisés se transforme num inimigo temível — declarou Ramsés — e aprendi a não subestimar os meus adversários. É por isso que a presença de Setaou se torna indispensável.

— Que absurdo! — lamentou Acha. — Moisés era uma pessoa firme e honesta.

— Continua sendo, mas colocou as suas qualidades a serviço de um dogma e de uma verdade definitivos.

— Isso me causa medo, Ramsés. Não é essa a guerra que se deve mais temer do que um conflito com os hititas?

— Sim. Ou ganhamos ou perecemos.

Setaou pousou suas grandes mãos sobre os frágeis ombros de Kha.

— Por todas as serpentes da terra, você está praticamente um homem feito.

O contraste entre as duas figuras era flagrante. Kha, o filho mais velho de Ramsés, era um jovem escriba de tez pálida e aspecto frágil; Setaou, corpulento, viril, de pele morena, músculos desenvolvidos, cabeça quadrada, mal barbeado, envergando uma túnica de pele de antílope com inúmeros bolsos, e com um físico de aventureiro e de garimpeiro.

Ao vê-los, ninguém ousaria acreditar que pudesse uni-los qualquer tipo de amizade. No entanto, Kha considerava Setaou como o mestre que o iniciara no conhecimento do invisível; quanto a Setaou, via em Kha um ser excepcional, capaz de penetrar no coração dos mistérios.

— Receio que tenha cometido muitos disparates desde a minha partida — insinuou Setaou.

Kha sorriu.

— Bem... espero não desapontá-lo.

— Foi promovido!

— É verdade que desempenho algumas funções ritualísticas no templo... Mas não tive opção. E depois... Bom, a verdade é que estou muito contente por isso.

— Ainda bem, meu rapaz! Mas, diga-me... Não vejo o amuleto em seu pescoço nem a fita atada em seu pulso.

— Tirei-os no momento da purificação, no templo, e não consegui encontrá-los depois. Mas agora não existe qualquer perigo, já que você regressou, tanto assim que me beneficiei da magia dos rituais.

— Mesmo assim, devia usar os amuletos.

— Você os usa, Setaou?

— Na realidade, tenho a minha pele de antílope.

Uma flecha veio cravar-se bem no centro do alvo, causando espanto nos dois homens que se encontravam na mira de tiro onde costumavam treinar os arqueiros de elite. Fora naquele lugar que o monarca lhes marcara um encontro.

— Ramsés continua tão hábil como sempre — constatou Setaou.

Kha viu o pai pousar o arco que só ele conseguia retesar e o mesmo que utilizara na batalha de Kadesh. A estatura do monarca parecia ter aumentado. A sua simples presença encarnava a autoridade suprema.

Kha prostrou-se perante o ser que era muito mais do que seu pai.

— Por que nos reunimos aqui? — perguntou Setaou.

— Porque você e meu filho vão me ajudar a travar um combate que será necessário ter uma pontaria perfeita.

Kha respondeu sem titubear.

— Receio não ser muito hábil.

— Não se engane, meu filho; será com o espírito e com a magia que você terá de lutar.

— Pertenço ao pessoal do templo de Amon e...

— Os sacerdotes o escolheram por unanimidade como superior da sua comunidade.

— Mas... ainda não tenho vinte anos!

— A idade não importa. No entanto, recusei a sua proposta.

Kha sentiu-se aliviado.

— Recebi uma má notícia — revelou Ramsés. — O grande sacerdote de Ptah, em Mênfis, acaba de desaparecer. Por isso escolhi você para substituí-lo, meu filho.

— Eu, grande sacerdote de Ptah?... Mas é...

— É essa a minha vontade. Com esse título, fará parte dos notáveis diante dos quais Moisés irá se apresentar.

— O que inventou ele agora? — perguntou Setaou.

— Tendo em vista a minha recusa de deixar os hebreus se aventurarem pelo deserto, Moisés ameaça o Egito, afirmando que o país sofrerá castigos infligidos pelo seu deus. O novo grande sacerdote de Ptah e o melhor dos meus mágicos saberão dissipar a ilusão?

48

Acompanhado por Aarão, Moisés apresentou-se na porta de acesso à sala de audiências do palácio de Pi-Ramsés, vigiada por Serramanna e pela guarda de honra. Quando o hebreu passou, o sardo lançou-lhe um olhar carrancudo; no lugar do monarca, teria mandado atirar aquele revoltado num cárcere fedorento ou, melhor ainda, tê-lo-ia despachado para os confins do deserto. O antigo pirata confiava no seu instinto: aquele Moisés não tinha outra intenção senão prejudicar Ramsés.

Avançando pela alameda central, entre as duas filas de colunas, o líder e porta-voz do povo hebreu constatou, não sem um certo prazer, que a sala de audiências estava bastante cheia.

À direita do rei, encontrava-se o seu filho Kha, envergando uma pele de pantera adornada com estrelas de ouro. Apesar da sua pouca idade, Kha acabava de conquistar uma elevadíssima função; levando-se em consideração a grandeza do seu espírito e a dos seus conhecimentos, nenhum sacerdote contestara aquela decisão. Competia ao filho mais velho do Faraó captar a mensagem dos deuses para transcrevê-la em hieróglifos, o que provaria assim as suas qualidades; todos observariam o seu comportamento com bastante atenção, pois teria que preservar as tradições da época das pirâmides, aquela idade de ouro durante a qual foram formulados os valores criativos da civilização egípcia.

Aquela nomeação espantara Moisés, mas, ao ver Kha de perto, compreendeu que a determinação e a maturidade do jovem eram excepcionais. Seria, sem sombra de dúvida, um adversário temível.

E o que dizer do personagem que se encontrava à esquerda do Faraó? Setaou, o encantador de serpentes e verdadeiro mago-mor do reino! Setaou, que era, tal como Ramsés, um de seus colegas de universidade, assim como Ameni, sentado um pouco atrás e já preparado para anotar o conteúdo essencial dos debates.

Moisés não queria pensar nos anos em que trabalhara para a grandeza do Egito. O seu passado havia morrido no dia em que Jeová lhe confiara a sua difícil missão e não tinha o direito de se enternecer pensando nas boas horas em que haviam passado antes.

Moisés e Aarão permaneceram imóveis na base dos degraus que conduziam ao estrado onde o Faraó e seus dignitários haviam se instalado.

— Qual o assunto que deseja debater nesta corte? — interrogou Ameni.

— Não tenho intenção de debater nada — respondeu Moisés — mas sim exigir o que me é devido, de acordo com a vontade de Jeová; que o Faraó me autorize a deixar o Egito à frente do meu povo.

— Autorização recusada por motivo de segurança pública.

— Essa recusa é uma ofensa a Jeová.

— Que eu saiba, Jeová não reina sobre o Egito.

— No entanto, a Sua cólera será terrível! Deus me protege e realizará prodígios para manifestar o seu poder.

— Eu o conheci bem, Moisés; chegamos mesmo a ser amigos. Durante os nossos estudos, você não vivia de ilusões.

— Você é escriba egípcio, Ameni, e eu o líder do povo hebreu. Foi Jeová que me falou e posso prová-lo!

Aarão lançou o seu cajado ao chão, e Moisés fixou-o com um olhar intenso. Os nós da madeira animaram-se, o cajado ondulou e transformou-se numa serpente.

Assustados, diversos cortesãos recuaram; a serpente avançou para Ramsés, que não manifestou qualquer receio. Setaou saltou e agarrou o réptil pela cauda.

Numerosas exclamações acompanharam o seu gesto, outras também brotaram quando a serpente se transformou em cajado na mão de Setaou

— Fui eu próprio que ensinei este truque de mágica a Moisés, no harém de Mer-Ur, há muito tempo. É preciso mais para espantar os conselheiros do Faraó e a corte do Egito.

Moisés e Setaou desafiaram-se com o olhar. Entre os dois homens desaparecera qualquer laço de amizade.

— Dentro de uma semana — predisse o profeta — outro prodígio deixará seu povo paralisado de espanto!

Guardada por Vigilante, que dormia à sombra de uma tamargueira, Nefertari banhava-se nua no lago mais próximo do palácio. A água mantinha-se sempre pura graças às lamelas de cobre presas nas pedras, às plantas devoradoras de bactérias e a um sistema de canalizações que garantia uma renovação regular do líquido; além disso, um especialista lançava na água, a intervalos regulares, um pó à base de sais de cobre.

Com a aproximação da cheia, o calor tornava-se sufocante; antes de começar as suas audiências, a rainha saboreava esse momento delicioso em que o corpo, descontraído e feliz, dava livre curso ao pensamento, leve como uma pluma. Enquanto nadava, Nefertari pensava nas palavras, algumas reconfortantes, outras severas, que deveria dirigir aos seus interlocutores, cujas reclamações eram todas mais urgentes do que as outras.

Trajando um vestido de alças que lhe deixava os seios nus e com os cabelos soltos, Iset avançou sem ruído até junto do lago. Ela, que havia sido denominada "a bela", sentia-se quase banal ao admirar Nefertari. Todos os gestos da rainha eram de uma incomparável pureza, cada uma das suas atitudes parecia nascer do pincel de um gênio da pintura que tivesse sabido captar a beleza perfeita no corpo de uma mulher.

Depois de hesitar muito e ter falado uma última vez com Dolente, que continuava instigando-a, Iset tomara uma decisão definitiva.

Dessa vez agiria.

Libertando o espírito de qualquer receio que pudesse comprometer a sua iniciativa, Iset deu mais um passo na direção do lago. Tinha que agir... Não devia desviar-se mais do seu objetivo.

Nefertari viu-a.

— Iset, venha tomar banho!

— Não me sinto bem, Majestade.

A rainha nadou agilmente até a margem e saiu por uma escada de pedra.

— O que você tem?

— Não sei...

— Merneptah lhe dá preocupações?

— Não, ele está muito bem, e a sua robustez surpreende-me todos os dias.

— Deite-se nos mosaicos quentes ao meu lado.

— Perdoe-me, mas não gosto muito de ficar ao sol.

O corpo de Nefertari encantava a alma, pois assemelhava-se ao da deusa do Ocidente, cujo sorriso iluminava o Além e o Aquém. Deitada de costas, com os braços ao longo do corpo, os olhos fechados, estava simultaneamente próxima e inacessível.

— Por que está tão angustiada, Iset?

A dúvida apoderou-se novamente da segunda esposa de Ramsés; deveria manter a sua decisão ou fugir, correndo o risco de ser considerada louca? Felizmente, Nefertari não a olhava. A ocasião era perfeita demais, Iset não devia deixá-la passar.

— Majestade... Majestade, gostaria de...

Iset a Bela ajoelhou-se perto do rosto de Nefertari; a rainha permaneceu imóvel, envolta em luz.

— Majestade, eu quis matá-la.

— Não acredito em você, Iset.

— É verdade, precisava confessar-lhe isso... Esse peso estava se tornando insuportável. Agora já sabe.

A rainha abriu os olhos, ergueu-se e segurou a mão de Iset a Bela.

— Quem tentou fazer de você uma criminosa?

— Convenci-me de que não amava Ramsés e que apenas a ambição a movia. Fui cega e estúpida! Como pude dar ouvidos a tão desprezíveis calúnias?

— Todos os seres têm momentos de fraqueza, Iset; o mal tenta então apoderar-se da consciência e estrangular o coração. Resistiu a esse terrível pensamento, isso não é o essencial?

— Tenho vergonha de mim mesma, tanta vergonha... Quando decidir colocar-me perante um tribunal, aceitarei a minha condenação.

— Quem lhe mentiu a meu respeito?

— Desejava confessar a minha falta, Majestade, e não fazer o papel de delatora.

— Tentando destruir-me, era a Ramsés que queriam atingir; tem a obrigação de me dizer a verdade, Iset, se realmente ama o rei.

— Você... você não me odeia?

— Não é ambiciosa nem dada a intrigas, e tem a coragem de reconhecer os seus erros; não só não a odeio como a estimo.

Iset chorou e falou profusamente, libertando o seu coração.

Moisés reunira milhares de hebreus à margem do Nilo, acompanhados de uma leva de curiosos vindos dos diversos bairros da capital. Segundo o boato que correra, o deus guerreiro dos hebreus iria realizar um grande prodígio, provando que era mais poderoso do que todos os deuses do Egito reunidos. Diante disso, não deveria o Faraó satisfazer as exigências do profeta?

Contrariando a opinião de Ameni e de Serramanna, Ramsés decidira dar a autorização. Enviar o exército e a guarda para dispersarem a manifestação teria sido uma reação excessiva; nem Moisés nem os hebreus perturbavam a ordem pública, e os vendedores ambulantes alegravam-se por verem aquela multidão fervilhante.

Do terraço de seu palácio, o Faraó olhava o rio em cuja margem uma multidão impaciente estava reunida, mas pensava sobretudo nas terríveis revelações que Nefertari acabava de lhe fazer.

— Há alguma dúvida?

— Não, Ramsés; Iset foi sincera.

— Devia castigá-la severamente.

— Suplico a sua indulgência; foi por amor que quase cometeu um ato terrível. Mas o irreparável não se verificou e, graças a ela, sabemos que a sua irmã Dolente o odeia a ponto de chegar ao crime.

— Esperava que Dolente tivesse vencido os demônios que lhe corroem a alma há tantos anos... Mas enganei-me. Essa minha irmã nunca mudará.

— Vai entregá-la à justiça?

— Negará e acusará Iset a Bela de ter inventado tudo; o processo poderá acabar num escândalo.

— Permanecerá impune a instigadora de um crime?

— Não, Nefertari; Dolente serviu-se de Iset, nós nos serviremos de Dolente.

À margem do rio, as pessoas agitavam-se e ouviam-se gritos.

Moisés lançou o seu bastão no Nilo, cuja água adquiriu um tom avermelhado.

O profeta recolheu um pouco de água numa taça e espalhou-a no solo.

— Todos são testemunhas deste prodígio! Por vontade de Jeová, a água do Nilo transformou-se em sangue... E se o seu desejo não for satisfeito, esse sangue espalhar-se-á por todos os canais do país e os peixes morrerão. Esta é a primeira praga que cairá sobre o Egito.

Kha, por sua vez, recolheu também um pouco da água estranha, de odor ocre.

— Nada disso se verificará, Moisés; aquilo que predisse não passa de água vermelha da cheia. Durante alguns dias essa água não é potável e não se deve consumir nenhum peixe. Se se trata de um prodígio, isso se deve à natureza, e são as leis da natureza que devemos respeitar.

O jovem e frágil Kha não sentia qualquer temor diante do corpulento Moisés. O hebreu conteve a cólera.

— Belas palavras as suas, mas como explica que o meu cajado tenha provocado a subida da água sangrenta?

— Quem contesta a Moisés a sua qualidade de profeta? Pressentiu a transformação das águas, a força que vinha do sul e o dia em que o rio vermelho apareceria. Conhece este país tão bem como eu, e nenhum dos seus segredos lhe escapa.

— Até agora — trovejou Moisés — Jeová contentou-se com avisos! Como o Egito teima em duvidar, fará cair sobre ele outras pragas ainda mais dolorosas.

49

O próprio Acha levou a carta à grande esposa real, que tratava com Ramsés sobre a administração dos celeiros.

— Eis a resposta que estava esperando, Majestade. Vem pessoalmente da imperatriz Putuhepa. Espero que o seu conteúdo não a decepcione.

A tabuleta, envolta num tecido valioso, estava marcada com o selo da rainha hitita.

— Quer lê-la para nós, Acha? Por um lado, você decifra o hitita perfeitamente; por outro, as informações provenientes de Hattusa lhe dizem respeito.

O chefe da diplomacia egípcia obedeceu.

À minha irmã, a rainha Nefertari, esposa do sol, Ramsés o Grande.

Como passa a minha irmã, a sua família está de boa saúde, os seus cavalos encontram-se soberbos e vigorosos? A bela estação chegou ao Hatti. A cheia no Egito será boa?

Recebi a longa carta da minha irmã Nefertari e li-a com grande atenção. O imperador Hattusil está muito contrariado com a presença do canalha Uri-Techup em Pi-Ramsés. Uri-Techup é um ser malvado, violento e covarde. Mereceria ser extraditado e reconduzido a Hattusa para ser julgado. O imperador Hattusil mantém-se inabalável a esse respeito.

Mas a paz entre os nossos países não será um ideal tão grandioso que justifique certos sacrifícios? É verdade que não é possível estabelecer um compromisso em relação a Uri-Techup, e o imperador exige, com razão, a sua extradição. No entanto, insisti junto a ele para que reconhecesse a lealdade do

Faraó, que honra a palavra dada. Que confiança poderíamos ter num soberano que a desonrasse?

Portanto, embora o caso do traidor Uri-Techup não seja negociável, por que não imaginá-lo solucionado para podermos avançar para o estabelecimento de um tratado de não-agressão? A redação desse documento demorará muito tempo; portanto, torna-se conveniente iniciar as discussões.

Partilha a rainha do Egito, minha irmã, os meus pensamentos? Se fosse esse o caso, seria bom que nos enviasse com a maior brevidade um diplomata de elevada categoria e da confiança do Faraó. Sugiro o nome de Acha.

À minha irmã, a rainha Nefertari, com toda a minha amizade.

— Somos forçados a recusar esta proposta — lamentou Ramsés.

— Recusá-la por quê? — espantou-se Acha.

— Porque se trata de uma armadilha destinada a concretizar uma vingança. O imperador não o perdoa por ter feito Uri-Techup sair do Hatti. Se você for lá, não voltará mais.

— Analiso esta carta de forma diferente, Majestade. A rainha Nefertari soube encontrar argumentos convincentes, e a imperatriz Putuhepa confirma o seu desejo de paz. Considerando a influência que ela exerce sobre o imperador, é um passo definitivo!

— Acha tem razão — considerou Nefertari. — A minha irmã Putuhepa compreendeu perfeitamente o sentido da missiva que lhe enviei. Não falemos mais de Uri-Techup e tratemos das negociações para preparar um acordo de paz, tanto no fundo como na forma.

— Uri-Techup não é uma ilusão! — objetou Ramsés.

— Devo esclarecer mais ainda a minha posição e a da minha irmã Putuhepa? Hattusil exige a extradição de Uri-Techup, e Ramsés não a aceita. Portanto, que cada um permaneça firme e intransigente, enquanto as negociações progridem. Não é a isso que se chama... diplomacia?

— Tenho confiança em Putuhepa — acrescentou Acha.

— Se você e a rainha se unem contra mim, como poderei resistir? Enviaremos então um diplomata, mas não você.

— É impossível, Majestade. Está bem claro que os desejos da imperatriz são ordens. E quem conhece tão bem o Hatti e os nossos interlocutores senão eu?

— Está tão disposto assim a correr esses riscos, Acha?

— Deixar de lado semelhante oportunidade de fazer a paz seria um crime! Todas as nossas forças devem se consagrar a essa tarefa: a conquista do impossível... Não é essa a marca do seu reinado?

— Nunca o vi tão entusiasmado.

— Gosto do prazer e dos prazeres, e a guerra não lhes é nada propícia.

— Não a decidirei a qualquer preço; e afirmo que o Egito nunca sairá perdendo.

— Havia considerado algumas dificuldades desse gênero, mas fazem parte da minha profissão. Vamos trabalhar dias a fio para elaborar um projeto apresentável, visitarei algumas amigas muito queridas e depois partirei para o Hatti. E juro que vencerei, já que você assim o exige.

Primeiro, um salto surpreendente, depois imobilizou-se a menos de um metro de Setaou que, sentado na margem, observava com satisfação a mudança da água do Nilo, que se tornava novamente potável.

Uma segunda, depois uma terceira, ágeis, saltitantes, com gradações de verde: magníficas rãs saltaram do lodo que o rio depositava sobre a terra do Egito para fertilizá-la e garantir a alimentação do povo do Faraó.

À frente de um imponente cortejo, Aarão estendeu o seu cajado sobre o Nilo e falou com voz forte:

— Já que o Faraó se recusa a deixar os hebreus saírem do Egito, eis que, depois da água transformada em sangue, Jeová lança a segunda praga sobre o opressor: rãs, milhões e milhões de rãs que se introduzirão por toda parte, nas oficinas, nas casas, nos quartos dos ricos!

Setaou regressou em passo tranqüilo ao seu laboratório, onde Lótus preparava novos remédios com o veneno de estupendas cobras capturadas na região de Abu-Simbel, de onde chegavam notícias tranqüilizadoras: o canteiro de obras trabalhava com regularidade. O encantador de serpentes e a mulher tinham pressa de voltar para lá, assim que Ramsés autorizasse.

Setaou sorriu. Nem ele nem Kha teriam de lutar contra Aarão e aquela praga; o lugar-tenente de Moisés devia ter consultado o seu líder antes de proferir uma maldição que não assustaria nenhum egípcio.

Naquela época do ano, a proliferação de rãs nada tinha de anormal e, além disso, era considerada pelo povo como um feliz presságio. Na escrita hieroglífica, o signo da rã servia para escrever o número "cem mil", de valor quase incalculável, relacionado com a abundância que a cheia proporcionava.

Observando as metamorfoses do batráquio, os sacerdotes das primeiras dinastias haviam observado nelas as mutações incessantes da vida; na consciência popular, a rã transformara-se assim, simultaneamente, no símbolo de um nascimento feliz ao término de numerosas etapas, partindo do embrião até chegar à criança, e da eternidade que subsistia através e para além do tempo.

A partir do dia seguinte, Kha mandou distribuir gratuitamente amuletos em faiança representando rãs. Encantada com esse presente inesperado, a população da capital aclamou o nome de Ramsés e sentiu-se grata a Aarão e aos hebreus, pois, graças à agitação destes últimos, muitas pessoas modestas se tornaram proprietárias de um objeto precioso.

Acha deu o último retoque no projeto de tratado que havia elaborado com o casal real; foram necessários mais de 50 dias de trabalho intensivo para pesar cada termo, e a revisão de Nefertari tinha sido de grande utilidade. Tal como admitira o chefe da diplomacia egípcia, as exigências do Faraó tornariam as negociações difíceis; no entanto, Ramsés não tratara o Hatti como um vencido, e sim como um parceiro que teria inúmeras vantagens com o referido acordo. Se Putuhepa desejava realmente a paz, o caso apresentava-se como negociável.

Ameni trouxe um magnífico papiro de cor âmbar, no qual Ramsés pessoalmente escreveria as suas propostas.

— Os habitantes do bairro sul fizeram-me uma queixa: o lugar foi invadido por milhares e milhares de mosquitos.

— Nesta estação, os mosquitos proliferam quando as regras de higiene não são rigorosamente respeitadas. Será que se esqueceram de secar algum pântano?

— Segundo Aarão, Majestade, esta seria a terceira praga infligida ao Egito por Jeová. O discípulo de Moisés estendeu o cajado e bateu na poeira do chão para que ela se transformasse em mosquitos; pode ou não ver nisso o dedo de um deus vingativo.

— O nosso amigo Moisés sempre demonstrou obstinação — recordou Acha.

— Mande imediatamente o serviço de desinfecção para o bairro sul — ordenou Ramsés a Ameni — e liberte os habitantes desse flagelo.

A cheia abundante prometia um futuro feliz. Ramsés celebrou os rituais da madrugada no templo de Amon e concedeu a si próprio o prazer de um passeio pelo desembarcadouro na companhia de Matador, antes de regressar ao palácio para redigir uma carta, dirigida a Hattusil, que acompanharia as suas propostas de paz.

De repente, escutou o cajado de Moisés bater no empedrado. O enorme leão fixou o hebreu sem rugir.

— Deixe o meu povo partir, Ramsés, para que possa prestar o culto que Jeová espera dele.

— Já não dissemos um ao outro tudo o que tínhamos a dizer, Moisés?

— Prodígios e pragas revelaram-lhe a vontade de Jeová.

— É realmente o meu amigo que profere palavras tão estranhas?

— Já não existe o amigo! Sou o mensageiro de Jeová, e você é o faraó ímpio.

— Como poderei curá-lo dessa cegueira?

— Você é que está cego!

— Siga o seu caminho, Moisés, que eu seguirei o meu, aconteça o que acontecer.

— Conceda-me um favor: venha ver os rebanhos dos meus irmãos hebreus.

— O que têm eles de especial?

— Venha, peço-lhe.

Matador, Serramanna e um esquadrão de mercenários garantiram a proteção do monarca. Moisés mandara reunir os rebanhos dos hebreus a dez quilômetros da capital, numa zona pantanosa.

Em torno dos animais zumbiam milhares de moscardos que não lhes davam tréguas e faziam-nos mugirem de dor.

— Eis a quarta praga ordenada por Jeová — revelou Moisés. — Bastará que disperse esses animais para os moscardos invadirem a capital.

— Medíocre estratégia... Precisava manter os animais neste estado de sujeira e fazê-los sofrer assim?

— Devemos sacrificar a Jeová cordeiros, vacas e outros animais que os egípcios consideram sagrados. Se celebrarmos os nossos rituais em seu país, provocaremos a cólera dos camponeses. Deixe-nos ir para o deserto, ou os moscardos atacarão os seus súditos.

— Serramanna e um contingente do exército acompanharão você, os seus sacerdotes e os animais doentes até uma zona desértica onde fará os seus sacrifícios. O resto do rebanho será desinfetado e reinstalado em suas pastagens. Depois você regressará a Pi-Ramsés.

— Isso é apenas um adiamento, Ramsés; amanhã você será obrigado a autorizar os hebreus a saírem do Egito.

50

— É necessário atacar com energia, com muito mais energia — considerou Ofir.

— Mas não fizemos o sacrifício a Jeová no deserto, tal como Ele exigira? — observou Moisés. — Ramsés cedeu e há de ceder mais ainda.

— A sua paciência não estará se esgotando?

— Jeová nos protege.

— Tenho outra idéia, Moisés, uma idéia que se traduzirá numa quinta praga que ferirá profundamente o Faraó.

— Não somos nós que devemos decidir, mas sim Jeová.

— Mas Jeová não precisa de ajuda? Ramsés é um tirano obstinado, e apenas os sinais do Além podem impressioná-lo a ponto de fazê-lo recuar. Deixe-me ajudá-lo.

Moisés concordou.

Ofir saiu da casa do profeta e foi se encontrar com os seus cúmplices Amos e Baduch. Os dois chefes beduínos continuavam guardando armas nas adegas das casas do bairro hebreu; estavam de regresso da Síria do Norte, onde tinham feito contato com mensageiros hititas. O mago estava ansioso para receber notícias frescas e instruções.

Amos untara o crânio calvo com óleo.

— O imperador Hattusil está furioso — revelou — porque Ramsés se recusa a extraditar Uri-Techup e parece prestes a recomeçar a guerra.

— Magnífico! O que espera o monarca da minha rede de espionagem?

— As ordens são simples: continue mantendo a agitação dos

hebreus no Egito, organize motins por todo o país para enfraquecer Ramsés, faça com que Uri-Techup fuja e leve-o de volta a Hattusa. Ou, então, mate-o.

Dedos-Tortos era um camponês que adorava o seu pedaço de terra e o seu pequeno rebanho de vinte vacas, cada qual mais bonita, graciosa e meiga, embora a favorita tivesse o seu temperamento e não deixasse ninguém aproximar-se. Dedos-Tortos passava longas horas conversando com ela.

Todas as manhãs Ruça, uma vaca endiabrada, o despertava lambendo-lhe o rosto; Dedos-Tortos tentava em vão agarrá-la pela orelha, mas sempre acabava tendo que se levantar.

Nessa manhã, quando o sol já ia alto no céu, Dedos-Tortos saiu de casa.

— Ruça... Onde está você, Ruça?

Esfregando os olhos, Dedos-Tortos deu alguns passos pelo campo e viu a vaca deitada de lado.

— O que tem você, Ruça?

Com a língua pendurada, os olhos vítreos, o ventre inchado, a bela vaca agonizava. Um pouco mais adiante, duas outras já estavam mortas.

Dominado pelo pânico, Dedos-Tortos correu até a praça da aldeia para procurar o auxílio de um veterinário. Viu-o, então, cercado por uns dez criadores que viviam a mesma tragédia.

— Uma epidemia! — gritou Dedos-Tortos. — Temos de avisar o palácio imediatamente!

Quando Ofir, do terraço de sua casa, viu surgir um grupo de camponeses inquietos e encolerizados, constatou que as suas ordens haviam sido corretamente executadas. Envenenando algumas vacas, os chefes beduínos Amos e Baduch estavam criando uma verdadeira confusão.

No meio da avenida que conduzia ao palácio, Moisés deteve o cortejo.

— Estão sendo vítimas da quinta praga que Jeová faz cair sobre o Egito! A sua mão ferirá todos os rebanhos, a peste atacará tanto o gado pequeno como o gado maior! Só os animais pertencentes ao meu povo serão poupados.

Serramanna e grande número de soldados estavam preparados para repelir os camponeses, quando Lótus, montando um cavalo negro, chegou a galope e parou perto dos manifestantes.

— Que ninguém se aflija — disse em voz calma. — Não se trata de uma epidemia, mas de um envenenamento. Já salvei duas vacas leiteiras e, com o auxílio dos veterinários, tratarei dos animais que ainda não morreram.

A esperança deu lugar imediatamente ao desespero, mas quando o ministro da Agricultura anunciou que o Faraó substituiria os animais mortos por conta do Estado, a serenidade voltou ao seio dos agricultores.

Ofir e os seus aliados ainda tinham bastante veneno para continuar ajudando Moisés, mas agora sem nada lhe dizer. Utilizando uma antiga receita de magia, por ordem de Jeová, o profeta enchera as mãos com cinza do forno que lançara ao ar, para que esta caísse em forma de chuva sobre as pessoas e os animais, cobrindo-os de pústulas. Esta sexta praga seria tão terrível que o Faraó se veria finalmente forçado a ceder.

Ofir tivera outra idéia. Que melhor maneira de impressionar o monarca senão atacando os que lhe estavam mais próximos? Amos, o calvo, irreconhecível graças a uma peruca que lhe ocultava metade da testa, entregara alimentos estragados ao cozinheiro que preparava as refeições de Ameni e de seus funcionários.

Quando o porta-sandálias do rei lhe trouxe as pastas dos assuntos cotidianos, Ramsés notou uma erupção avermelhada na face do amigo.

— Machucou-se?

— Não, mas essa coisa começa a tornar-se dolorosa.

— Vou mandar chamar o doutor Pariamakhu.

Acompanhado por uma encantadora jovem, o médico do palácio acorreu, aflito.

— Está doente, Majestade?

— Bem sabe, caro doutor, que desconheço qualquer doença. Examine, por favor, o meu secretário particular.

Pariamakhu girou em torno de Ameni, apalpou-lhe a pele dos braços, tomou-lhe o pulso e encostou a orelha em seu peito.

— À primeira vista, não há nada de anormal... Tenho de refletir

— Se se trata de erupção provocada por perturbações gástricas — sugeriu a jovem com voz tímida — não seria melhor preparar um remédio à base de frutos cortados de sicômoro, anis, mel, resina de terebintina e funcho, e prescrevê-lo sob a forma de aplicação externa e poção?

O doutor Pariamakhu exibiu um ar importante.

— Talvez não seja má idéia... Experimentemos e logo se verá. Vá ao laboratório, minha filha, e mande preparar esse remédio.

A moça saiu apressada, depois de ter-se curvado, trêmula, perante o monarca.

— Como se chama a sua assistente? — perguntou Ramsés.

— Neferet, Majestade; não lhe preste atenção, é apenas uma principiante.

— Pareceu-me muito competente.

— Não fez mais do que repetir uma fórmula que lhe ensinei. É uma simples estagiária sem muito futuro.

Ofir estava pensativo.

Os remédios haviam debelado a pequena epidemia de erupções cutâneas, e Ramsés continuava irredutível em sua decisão. Moisés e Aarão controlavam os hebreus, pois qualquer agitação intempestiva provocaria a brutal intervenção de Serramanna e da guarda.

A esse revés vinha juntar-se a ruptura do contato com Dolente, a irmã do rei. Tinha certeza de que havia fracassado. Nefertari continuava viva e não sofria de qualquer doença que lhe minasse a saúde. Sentindo-se ameaçada, Dolente não se atrevia a ir ao bairro hebreu, nem mesmo de noite, privando assim Ofir de informações diretas sobre os pequenos segredos da corte.

Esse contratempo não impedia o espião hitita de instigar o

sentimento de revolta dos hebreus; uma facção dura, unida atrás de Moisés e de Aarão, era uma ponta-de-lança cada vez mais temível.

Ia ser difícil organizar a fuga de Uri-Techup. Detido numa *villa* guardada dia e noite pelos homens de Serramanna, Uri-Techup estava derrotado, mas ainda incomodava. Em vez de correr perigos desnecessários, a melhor solução seria fazê-lo desaparecer para atrair mais rapidamente as boas graças de Hattusil. Inteligente, manhoso e implacável, o novo imperador seguia bem a linha do seu irmão Muwattali.

Ofir mantinha também um aliado de cuja traição ninguém desconfiava: o diplomata Meba. Apesar da sua mediocridade, seria ele que o ajudaria a eliminar Uri-Techup.

A escolta de Acha fora reduzida ao mínimo, porque o chefe da diplomacia egípcia, ao contrário do que dissera a Ramsés, considerava ter, na melhor das hipóteses, uma chance em mil de ser bem recebido na capital hitita. Aos olhos do novo imperador, surgia como um personagem suspeito que permitira a Uri-Techup escapar ao castigo. Mostrar-se-ia Hattusil mais rancoroso do que político? Se cedesse ao ódio, mandaria prender, até mesmo executar, todos os membros da missão diplomática, com Acha encabeçando a fila, o que obrigaria Ramsés a desencadear uma ofensiva em represália a tal afronta.

É verdade que Putuhepa parecia lutar em favor da paz, mas até que ponto deixaria de solidarizar-se com o marido? A imperatriz do Hatti não se fecharia num sonho; se o caminho das negociações se revelasse muito difícil, defenderia, claro, o do confronto.

Um vento fortíssimo, muito comum nos planaltos da Anatólia, acompanhou Acha e a sua escolta até as portas da capital hitita, cujo aspecto de fortaleza inatacável lhe pareceu ainda mais angustiante do que nas suas viagens precedentes.

O chefe da diplomacia egípcia entregou as cartas credenciais a um oficial e esperou durante longo tempo junto a uma das portas laterais antes de lhe permitirem entrar em Hattusa pela porta dos leões. Ao contrário do que esperava, Acha não foi conduzido ao palácio e sim a um edifício de pedra cinzenta talhada. Ali ficava o quarto que lhe fora destinado, guarnecido apenas de uma janela com barras de ferro.

Mesmo com certo otimismo, o local assemelhava-se muito a uma prisão.

Lidar com o temperamento hitita exigia habilidade e sorte, muita sorte. Não teria Acha já esgotado a cota que o destino lhe atribuíra?

Pouco depois do entardecer, um militar com capacete e pesada armadura pediu-lhe que o acompanhasse. Dessa vez seguiu por uma ruela que levava à acrópole onde se erguia o palácio do imperador.

Chegara a hora da verdade, se é que ela existia no mundo da diplomacia.

Ardia o fogo na lareira da sala de audiências decorada com tapeçarias. A imperatriz Putuhepa saboreava-lhe o agradável calor.

— Que o embaixador do Egito se digne sentar-se ao meu lado, junto do fogo; a noite vai ser fria.

Acha instalou-se numa cadeira tosca, a uma discreta distância.

— Apreciei muito as cartas da rainha Nefertari — declarou a imperatriz. — O seu pensamento é luminoso, os seus argumentos convincentes e as suas intenções honestas.

— Devo interpretar então que o imperador aceita encetar negociações?

— Tanto o imperador quanto eu esperamos propostas concretas.

— Sou portador de um texto elaborado por Ramsés e Nefertari, e redigido pelo próprio Faraó, que servirá de base às nossas discussões.

— Era essa a iniciativa que eu desejava; é evidente que o Hatti também tem as suas exigências.

— Estou aqui para ouvi-las, com o firme propósito de chegar a um acordo.

— O calor de suas palavras é tão doce como o do fogo, Acha. Terá se sentido inquieto com este acolhimento... um tanto reservado?

— Não teria sido conveniente, não é verdade?

— Hattusil apanhou frio e ficou de cama durante algum tempo; os meus dias são muito sobrecarregados e foi por isso que tive que fazê-lo esperar. A partir de amanhã, o imperador já estará em condições de iniciar as negociações.

51

O dia ainda não despontara, e Ramsés dirigia-se ao templo de Amon quando, de repente, Moisés lhe barrou o caminho. O rei segurou no braço do guarda que o acompanhava.

— Tenho de falar-lhe, Faraó!

— Seja breve.

— Não compreende que até agora Jeová tem-se mostrado tolerante? Se Ele quisesse, você e o seu povo já teriam sido aniquilados! Concedeu-lhe a vida para melhor proclamar o Seu poder, Ele que não tem rival. Permita aos hebreus que saiam do Egito, senão...

— Senão o quê?

— Uma sétima praga causará sofrimentos insuportáveis ao seu país: uma chuva de granizo tão violenta que as vítimas serão incalculáveis! Quando eu brandir o meu cajado para o céu, a trovoada ribombará e os relâmpagos cruzarão o firmamento.

— Ignora que um dos principais templos desta cidade é dedicado a Seth, senhor da tempestade? Ele é a cólera do céu e saberei acalmá-lo com os rituais.

— Desta vez não conseguirá. Homens e animais morrerão.

— Afaste-se do meu caminho.

Nessa mesma tarde, o rei consultou "os sacerdotes da hora", que observavam o céu, estudavam o movimento dos planetas e prediziam o tempo. Previam de fato fortes precipitações que poderiam destruir parte da colheita de linho.

Quando as intempéries se desencadearam, Ramsés fechou-se no santuário de Seth e permaneceu só diante do deus. Os olhos vermelhos da monumental estátua brilhavam como carvões em brasa.

O rei não tinha o poder de opor-se à vontade de Seth e à ira das nuvens, mas, comunicando-se com o seu espírito, atenuaria os efeitos e diminuiria a sua duração. Seu pai lhe ensinara como dialogar com Seth e canalizar a sua força destrutiva sem ele próprio ser destruído. O faraó precisou despender muita energia para suportar o confronto e não ceder nem mesmo uma polegada de terreno às chamas invisíveis de Seth, mas a sua iniciativa foi coroada de êxito.

O diplomata Meba tremia de pavor. Embora disfarçado com uma peruca curta e uma túnica grosseira malcortada, receava ser reconhecido. Mas quem poderia identificá-lo naquela cervejaria do bairro das docas repleta de encarregados de armazém e de marinheiros sedentos?

Amos, o calvo barbudo, sentou-se à sua frente.

— Quem... quem o mandou aqui?

— O mago. Você é realmente...

— Nada de nomes! Entregue-lhe esta tabuleta. Contém uma informação que talvez lhe interesse.

— O mago deseja que você elimine Uri-Techup.

— Mas ele está com a residência vigiada.

— As ordens são claras: mate Uri-Techup. Caso contrário, vamos denunciá-lo a Ramsés.

A dúvida começava a espalhar-se entre os hebreus. Já sete pragas tinham se abatido sobre o Egito, e o Faraó permanecia inabalável. Durante a reunião do conselho dos anciãos, Moisés conseguiu, no entanto, manter a sua confiança.

— O que tenciona fazer agora?

— Desencadear uma oitava praga, tão terrível, que os egípcios se sentirão abandonados pelos seus deuses.

— Qual será esse flagelo?

— Olhe o céu a leste e saberá.

— Sairemos finalmente do Egito?

— Sejam tão persistentes como eu fui durante longos anos e coloquem a sua fé em Jeová; Ele nos conduzirá à Terra Prometida.

No meio da noite, Nefertari despertou em sobressalto.

Ramsés, a seu lado, dormia serenamente. A rainha saiu do quarto sem fazer ruído e deu alguns passos pelo terraço. O ar estava perfumado, a cidade permanecia silenciosa e calma, mas a angústia da grande esposa real aumentava cada vez mais. A visão que a afligira não desaparecia, e o pesadelo continuava a apertar-lhe o coração.

Ramsés apertou-a docemente nos braços.

— Um sonho mau, Nefertari?

— Se fosse apenas isso...

— Do que tem medo?

— De um perigo que vem do leste, junto com um vento terrível...

Ramsés olhou naquela direção.

Concentrou-se durante algum tempo, como se estivesse vendo nas trevas. O espírito do rei tornou-se céu e noite e transportou-se para o extremo da terra, lá onde nasciam os ventos.

O que Ramsés viu era tão aterrador, que se vestiu às pressas, despertou o pessoal administrativo do palácio e mandou chamar Ameni.

Formada por milhões e milhões de gafanhotos, a gigantesca nuvem vinha do leste, empurrada por um vento fortíssimo. Não era a primeira vez que acontecia um ataque daqueles, mas ele era de uma dimensão apavorante.

Graças à intervenção do Faraó, os camponeses do Delta haviam acendido fogueiras nas quais lançavam substâncias odoríferas destinadas a afastar os terríveis insetos; sobre algumas das culturas haviam sido colocados enormes panos de linho grosseiro.

Quando Moisés gritara que os insetos devorariam todas as árvores do Egito e não deixariam qualquer fruto, a terrível notícia espalhara-se rapidamente pelos campos graças aos mensageiros reais e, agora, todos se congratulavam por terem tomado rapidamente as precauções preconizadas por Ramsés.

Os prejuízos foram mínimos, e todos se lembraram de que o gafanhoto era uma das formas simbólicas que a alma do Faraó assumia para atingir o céu, num salto gigantesco. Quando em pequeno número, o inseto era considerado benéfico, mas, em bando, se tornava temível.

O casal real percorreu de carro os arredores da capital, detendo-se em várias aldeias que temiam um novo ataque; mas Ramsés e Nefertari prometeram que o flagelo não tardaria a desaparecer.

Tal como pressentira a grande esposa real, o vento leste diminuiu, sendo substituído por rajadas que arrastaram a nuvem de gafanhotos para o mar de juncos, e depois para os campos cultivados.

— Você não está doente — disse o doutor Pariamakhu a Meba — mas mesmo assim deveria tirar alguns dias de repouso.

— Este mal-estar...

— O coração está em excelente estado, e o fígado funciona bem. Não se preocupe, você vai viver cem anos!

Meba simulara um mal-estar, na esperança de que Pariamakhu lhe mandasse ficar no quarto algumas semanas, período em que Ofir e os seus cúmplices talvez fossem presos.

Mas aquele plano infantil não dera certo... E denunciá-los seria denunciar-se a si próprio!

Não tinha outro remédio senão executar a missão. Mas como se aproximaria de Uri-Techup sem chamar a atenção de Serramanna e de sua guarda de elite?

Concluiu, então, que a sua melhor arma era a diplomacia. Quando cruzou com o sardo num dos corredores do palácio, o diplomata abordou-o.

— Acha enviou-me uma mensagem ordenando que eu interrogue Uri-Techup e anote as suas confidências sobre a administração hitita — declarou Meba. — Aquilo que Uri-Techup me disser tem de permanecer secreto, por isso devemos encontrar-nos a sós. Anotarei e selarei as suas declarações em um papiro, depois as enviarei ao rei.

Serramanna pareceu contrariado.

— De quanto tempo vai precisar?

— Não sei.

— Tem pressa?

— É uma missão urgente.

— Bem... Então, vamos.

Uri-Techup recebeu o diplomata com desconfiança, mas Meba soube demonstrar amabilidade e convicção, acalmando o hitita. Não o pressionou com perguntas, felicitou-o pela sua colaboração e garantiu-lhe que o seu futuro acabaria por esclarecer-se.

Uri-Techup descreveu as mais impressionantes batalhas e contou mesmo algumas piadas.

— Está satisfeito com a forma como é tratado? — perguntou Meba.

— O alojamento e a alimentação são agradáveis, faço exercício, mas... faltam-me as mulheres.

— Talvez haja um jeito...

— Como?

— Exija um passeio pelos jardins, ao cair da tarde, para aproveitar-lhe o frescor. E no maciço de tamargueiras, perto da porta menor, uma mulher o estará esperando.

— Creio que vamos nos tornar bons amigos.

— É o meu maior desejo, Uri-Techup.

O tempo tornou-se pesado, e o céu escureceu. O deus Seth demonstrava novamente o seu poder. O calor sufocante e a ausência de vento proporcionaram a Uri-Techup a oportunidade de pedir um passeio pelos jardins. Acompanharam-no dois guardas, que o deixaram perambular por entre os maciços de flores, pois sabiam que o hitita não tinha qualquer chance de escapar. Afinal, por que havia de tentar escapar da prisão dourada onde se encontrava em segurança?

Escondido sob as tamargueiras, Meba tremia. Drogado com uma infusão de mandrágora, e fora do seu estado normal, o diplomata escalara o muro do jardim e preparava-se para atacar.

Quando Uri-Techup se inclinasse para ele, cortar-lhe-ia o pescoço com um punhal de lâmina curta, roubado de um oficial de infantaria. Após abandonar a arma sobre o cadáver, acusaria um grupo de militares enraivecidos de terem fomentado uma conspiração para se vingarem de um inimigo responsável pela morte de muitos egípcios.

Meba nunca matara ninguém e sabia que esse ato o conduziria à condenação eterna, mas se defenderia perante os juízes do outro mundo, explicando que havia sido manipulado. No momento, devia pensar apenas no punhal e no pescoço de Uri-Techup.

Passos.

Passos lentos e cautelosos. Viu a sua presa aproximar-se, imobilizar-se, inclinar-se...

Meba ergueu o braço para atacar, mas um violento soco na cabeça fê-lo mergulhar no nada.

Serramanna ergueu o diplomata, segurando-o pela gola da túnica.

— Traidor, medíocre e estúpido... Acorde, Meba.

O corpo do diplomata permaneceu inerte.

— Deixe de brincadeira!

A cabeça formava com a linha do pescoço um ângulo bizarro. Serramanna compreendeu, contrariado, que lhe batera com muita força.

52

No âmbito do indispensável inquérito administrativo sobre a morte brutal de Meba, Serramanna tivera de se submeter a um interrogatório cerrado conduzido por Ameni. Pouco à vontade, o sardo temia ser castigado.

— O processo é claro — concluiu o escriba. — Suspeitava, com razão, que o diplomata Meba lhe tinha mentido e que queria matar Uri-Techup. Tentou deter Meba em flagrante delito, mas este debateu-se, pôs a sua existência em perigo e sucumbiu durante a luta.

O ex-pirata descontraiu-se.

— É um magnífico relatório.

— Embora morto, Meba será julgado por um tribunal. Como não há dúvidas sobre a sua culpabilidade, o seu nome será retirado de todos os documentos oficiais. Todavia, uma questão permanece: para quem trabalhava?

— Disse-me que estava sob as ordens de Acha.

Ameni mordiscou o pincel.

— Mandar eliminar o hitita para livrar Ramsés de um personagem incômodo... Se fosse verdade, Acha nunca teria confiado essa tarefa a um medroso! E, principalmente, não teria ido contra a vontade de Ramsés, que respeita muito o direito de asilo. Meba mentiu mais uma vez. E se fosse um dos membros da rede de espionagem hitita instalada no nosso território?

— Essa rede não era favorável a Uri-Techup?

— Mas o atual imperador é Hattusil. Uri-Techup não passa de

um renegado. Eliminando o seu inimigo número um, a rede conquistaria as boas graças do novo senhor do Hatti.

O sardo cofiou o longo bigode.

— Em outras palavras: Ofir e Chenar não só continuam bem vivos, como instalados no Egito.

— Chenar desapareceu na Núbia, e Ofir não se manifesta há anos.

Serramanna fechou os punhos.

— Esse maldito mago talvez esteja bem perto de nós! Os testemunhos relativos à sua fuga para a Líbia seriam outras tantas mentiras destinadas a relaxar a minha desconfiança.

— Ofir não provou que sabia colocar-se fora do nosso alcance?

— Do meu alcance não, Ameni, do meu não...

— E se dessa vez, para variar, você no-lo trouxesse vivo?

Durante dois intermináveis dias, espessas nuvens negras ocultaram o sol sobre Pi-Ramsés. Aos olhos dos egípcios, as perturbações causadas pelo deus Seth misturavam-se aos perigos transportados pelos mensageiros da deusa Sekhmet, anunciadores das doenças e das infelicidades.

Uma única pessoa podia evitar que a situação se agravasse: a grande esposa real, encarnação terrestre da Regra eterna que o Faraó alimentava com oferendas. Foi o momento em que cada um olhou para si mesmo e, sem complacência, tentou corrigir as suas faltas na maneira de proceder. Assumindo os defeitos e as imperfeições do seu povo, Nefertari foi ao templo de Mut, em Tebas, para depositar oferendas aos pés da estátua da temível deusa Sekhmet e assim transformar as trevas em luz.

Na capital, Ramsés concordou em receber Moisés, que clamava que a escuridão que cobria a capital era a nona das pragas infligidas por Jeová ao povo egípcio.

— Está finalmente convencido, Faraó?

— Está apenas interpretando fenômenos naturais, atribuindo-os ao seu deus; é a sua visão do real e respeito-a, mas não admito que espalhe a perturbação entre o povo em nome de uma religião. Tal atitude é contrária à lei de Maât e só pode conduzir ao caos e à guerra civil.

— As exigências de Jeová permanecem inalteráveis.

— Abandone o Egito com os seus fiéis, Moisés, e vá orar ao seu deus lá para onde você quiser.

— Não é assim que Jeová o interpreta; é todo o povo hebreu que deve partir comigo.

— Deixará aqui o gado, tanto o pequeno como o grande, porque a maior parte lhes foi alugado e não lhes pertence. Os que rejeitam o Egito não têm o direito de gozar dos seus benefícios.

— Os nossos rebanhos nos acompanharão; nenhuma cabeça de gado permanecerá no seu país, pois todas servirão ao culto de Jeová. Precisamos delas para oferecer sacrifícios e holocaustos até a nossa chegada à Terra Prometida.

— Tenciona comportar-se como um ladrão?

— Só Jeová pode me julgar.

— Que fé pode justificar semelhantes excessos?

— Você é incapaz de compreendê-la. Contente-se em inclinar-se.

— Os faraós conseguiram sufocar o fanatismo e a intolerância, venenos mortais que corroem o coração do homem. Não receia, como eu, as conseqüências de uma verdade absoluta e definitiva, imposta por alguns homens a outros homens?

— Cumpra a vontade de Jeova.

— Não tem na boca senão ameaças e fantasias, Moisés? Que aconteceu com a amizade que nos conduzia pelo caminho do conhecimento?

— Só o futuro me interessa, e esse futuro consiste no êxodo do meu povo.

— Saia deste palácio, Moisés, e nunca mais reapareça na minha frente. Caso contrário, vou considerá-lo um rebelde, e o tribunal sentenciará contra você o castigo aplicável aos causadores de perturbações.

Vermelho de raiva, Moisés transpôs a porta do palácio, não saudou os cortesãos que, de boa vontade, teriam trocado algumas palavras com ele, e chegou à sua casa do bairro hebreu onde Ofir o esperava.

Os aliados do mago haviam-lhe transmitido o fracasso e a morte de Meba, mas o último relatório escrito do diplomata continha uma informação interessante: durante uma cerimônia no templo de Ptah, em Mênfis, Meba havia constatado que Kha se despojara das proteções mágicas concebidas por Setaou. É verdade que a sua função de grande sacerdote o colocava ao abrigo das forças obscuras, mas por que Ofir não tentava a sua sorte?

— Ramsés cedeu? — perguntou o mago.

— Não cederá nunca! — respondeu Moisés.

— Ramsés ignora o medo. Esta situação permanecerá sem saída enquanto não recorrermos à violência.

— Uma revolta...

— Dispomos de armas.

— Os hebreus serão exterminados.

— Quem fala de uma luta aberta? É a morte que devemos utilizar, e será ela a décima e última praga infligida ao Egito.

A fúria de Moisés não abrandava e, ao ouvir as palavras ameaçadoras de Ofir, julgou ouvir a voz de Jeová.

— Tem razão, Ofir; é necessário ferir Ramsés com muita força, pois só assim ele será obrigado a libertar os hebreus. À meia-noite, a noite da morte, Jeová atravessará o Egito, e todos os primogênitos morrerão.

Ofir esperara desesperadamente por aquele momento! Finalmente ia vingar-se das derrotas que o Faraó lhe infligira.

— À cabeça dos primogênitos figura Kha, o filho de Ramsés e seu provável sucessor. Até o momento, o jovem beneficiava-se de uma proteção mágica que nunca consegui vencer. Mas agora...

— A mão de Jeová não o poupará.

— Devemos enganá-los — propôs Ofir. — Os hebreus têm de se confraternizar com os egípcios como outrora, e aproveitar para roubar-lhes objetos preciosos, pois teremos necessidade deles durante o êxodo.

— Celebraremos a Páscoa — anunciou Moisés — e marcaremos as nossas casas com vermelho, tendo um ramo de hissopo mergulhado no sangue do gado imolado para a cerimônia. Na noite da morte, o Exterminador poupará essas casas.

Ofir precipitou-se para o seu laboratório. Graças ao pincel de

Kha, roubado por Meba, o mago talvez conseguisse paralisar o filho mais velho de Ramsés e fazê-lo deslizar para o nada.

Os jogos de sombra e de luz que davam vida ao jardim tornavam Nefertari ainda mais bela. Misteriosa e sublime, evoluindo com a graça de uma deusa entre os pequenos bosques e as flores. No entanto, ao lhe beijar a mão, Ramsés sentiu imediatamente a sua contrariedade.

— Moisés continua nos ameaçando — murmurou ela.

— Era meu amigo e não posso acreditar que a sua alma seja má.

— Também eu sinto estima por ele, mas há um fogo destruidor que se apoderou do seu coração e é esse fogo que eu temo.

Com ar preocupado, Setaou abordou o casal real.

— Perdoe-me, mas tenho o hábito de ir direto ao assunto: Kha está doente.

— É grave? — inquietou-se Nefertari.

— Receio que sim, Majestade; os meus remédios parecem ineficazes.

— Quer dizer...

— Não nos enganemos: é feitiço.

Filha de Ísis, a feiticeira por excelência, a grande esposa real precipitou-se para a cabeceira do filho mais velho de Ramsés.

Apesar da dor, Kha, o grande sacerdote de Ptah, demonstrava uma impressionante dignidade. Estendido numa cama baixa, com as feições marcadas, a pele acinzentada, o primogênito do rei estava com a respiração acelerada.

— Não consigo mexer meus braços nem minhas pernas — disse a Nefertari.

A rainha pousou as mãos sobre as têmporas do jovem.

— Eu lhe darei toda a minha energia — prometeu ela — e lutaremos juntos contra a morte covarde. Eu lhe darei toda a felicidade que a vida me deu, e você não morrerá.

Na capital hitita, as negociações avançavam muito lentamente. Hattusil discutia artigo por artigo o projeto de tratado que havia sido redigido por Ramsés, propunha outra fórmula sobre o assunto, batalhava firmemente com Acha, e chegava a um compromisso em que pesava e repesava cada palavra. Putuhepa também fazia comentários, o que provocava ainda outras discussões.

Acha mostrava-se de uma paciência a toda prova. Tinha consciência de estar participando da elaboração de uma paz da qual dependia a felicidade de todo o Oriente Próximo e de boa parte da Ásia.

— Não pode esquecer — lembrou Hattusil — que exijo a extradição de Uri-Techup.

— Será o último ponto a ser discutido — disse Acha — quando tivermos concluído um acordo sobre a globalidade do tratado.

— Assinalável otimismo... Mas está convencido de que o imperador do Hatti tem total confiança em você?

— Se cometesse esse erro, seria imperador do Hatti?

— Atribuindo-me pensamentos reservados, não estará comprometendo o resultado das negociações?

— É inevitável que tenha segundas intenções, Majestade, e procure obter um tratado mais favorável para o Hatti do que para o Egito... O meu papel consiste em restabelecer o equilíbrio dos pratos da balança.

— Um jogo delicado, talvez votado ao fracasso.

— O futuro do mundo... Eis o que Ramsés me confiou, eis o que se encontra em suas mãos, Majestade.

— Sou paciente, lúcido e teimoso, meu caro Acha.

— Eu também, Majestade.

53

Serramanna jamais abandonava a casa da guarda reservada aos seus mercenários. Quando muito, concedia a si próprio algumas distrações com uma jovem da cervejaria de maior reputação; mas o prazer não conseguia arrancá-lo de sua obsessão: a de seu adversário, mais cedo ou mais tarde, cometer um erro e de ele estar vigilante para poder agarrá-lo.

A doença de Kha mergulhava o sardo numa profunda tristeza; tudo que se relacionava ao rei e a seus familiares o afetava como se a família real fosse a sua própria família, por isso batia com os pés, furioso por não poder eliminar os inimigos de Ramsés.

Um de seus mercenários veio apresentar-lhe um relatório.

— Estão acontecendo coisas estranhas no bairro dos hebreus...

— Explique-se.

— Há marcas de tinta vermelha sobre as portas das casas deles. Não sei por que, mas pensei que isso lhe interessaria.

— Fez bem. Traga-me Abner aqui, sob qualquer pretexto.

Depois de haver testemunhado em favor de Moisés, o oleiro Abner, que anteriormente demonstrara uma certa tendência para fazer chantagem com os seus irmãos hebreus, nunca mais abrira a boca.

De cabeça baixa, o hebreu estava visivelmente pouco à vontade.

— Por acaso cometeu algum delito? — perguntou Serramanna com voz dura.

— Oh não, meu senhor! A minha vida é tão imaculada como o hábito branco de um sacerdote

— Então por que está tremendo?

— Não passo de um miserável oleiro e...

— Basta, Abner; por que sujou a porta de sua casa com tinta vermelha?

— Foi um acidente, meu senhor!

— Um acidente que se reproduziu em dezenas de outras portas? Deixe de me tratar como se eu fosse um imbecil.

O gigante sardo estalou as articulações dos dedos, e o hebreu sobressaltou-se.

— É... é uma espécie de moda!

— É mesmo? E se a minha moda consistisse em cortar-lhe o nariz e as orelhas?

— Não tem esse direito, o tribunal o condenaria.

— Motivo de força maior: investigo o encantamento lançado sobre o filho mais velho de Ramsés e nada me admiraria se viesse a saber que você está metido nisso.

Os juízes mostravam-se muito severos em relação às pessoas que praticavam a magia negra; Abner arriscava-se a uma severa condenação.

— Estou inocente!

— Com o seu passado, será difícil acreditar nisso.

— Não me faça isso, senhor, tenho uma família, filhos...

— Ou fala, ou eu o acuso.

Entre a sua segurança e a de Moisés, Abner não demorou muito para falar.

— Moisés lançou uma maldição sobre os primogênitos — revelou. — Na noite da desgraça, serão mortos por Jeová. Para que os hebreus sejam poupados, foi necessário um sinal que permita distinguir as suas casas.

— Por todos os demônios do mar, esse Moisés é um monstro!

— Permite... permite que eu saia agora em liberdade, senhor?

— Iria dar com a língua nos dentes, seu traidorzinho. Na prisão estará bem guardado.

Satisfeito com a decisão, Abner balançou a cabeça.

— E quando poderei sair?

— Qual é data fixada para a noite da desgraça?

— Não sei, mas está próxima.

Serramanna precipitou-se para o palácio de Ramsés, que o recebeu logo que terminou a sua entrevista com o ministro da

Agricultura. Muito chocado com a doença de Kha, que apenas a magia de Nefertari mantinha vivo, Nedjem mal tinha forças para cumprir as suas funções. Ramsés, porém, convencera-o de que o serviço do país e da comunidade dos egípcios passava à frente de qualquer outra coisa, mesmo de uma tragédia pessoal.

O sardo relatou-lhe as palavras de Abner.

— Esse homem mente — exclamou o rei. — Moisés nunca teria imaginado semelhante abominação.

— Abner é um covarde e tem medo de mim; o que me disse é verdade.

— Uma sucessão de crimes, a eliminação fria e sistemática dos primogênitos... Semelhante horror só poderia ter germinado num cérebro doente. Moisés, repito, nunca faria uma coisa dessas.

— Sugiro uma ostentação das forças da ordem para impedir os assassinos de executarem o seu projeto.

— Faça também com que a guarda da província intervenha.

— Perdoe-me, Majestade... mas Moisés não deveria ser preso?

— Não cometeu nenhum delito, e o tribunal o absolveria. Tenho que arranjar outra solução.

— Gostaria de lhe propor uma estratégia que vai considerar horrível, mas que poderá revelar-se eficaz...

— Está muito cauteloso! Fale, Serramanna.

— Anunciemos que Kha não viverá mais de três dias.

Ramsés estremeceu à simples menção dessa sinistra previsão.

— Sabia que iria chocar-se, Majestade, mas esta notícia levará inevitavelmente os assassinos a agirem mais depressa e quero tirar proveito da situação.

O rei refletiu apenas por alguns momentos.

— Pode agir, Serramanna.

Dolente, a irmã de Ramsés, esbofeteou a cabeleireira que puxara com força uma das madeixas da sua imponente cabeleira escura.

— Desapareça daqui, desajeitada!

A jovem desapareceu, em prantos. A pedicure substituiu-a imediatamente.

— Tire-me as cutículas e pinte-me as unhas de vermelho... E tome cuidado para não me ferir!

A pedicure felicitou-se intimamente pela sua longa experiência.

— Trabalha muito bem — admitiu Dolente. — Vou pagar-lhe e recomendá-la às minhas amigas.

— Obrigada, princesa; apesar da tristeza reinante, oferece-me uma bela satisfação.

— Por que fala de tristeza?

— A minha primeira cliente desta manhã, uma grande dama da corte, acaba de saber da terrível notícia: o filho mais velho do rei vai morrer.

— Não será um simples rumor?

— Infelizmente, não! Segundo o médico do palácio, Kha não sobreviverá mais de três dias.

— Termine logo o seu trabalho porque tenho o que fazer.

A urgência — único caso em que Dolente era obrigada a infringir as regras de segurança. Esquecendo a maquiagem, colocou uma peruca ordinária e jogou uma capa marrom sobre os ombros. Ninguém a reconheceria.

Dolente misturou-se com os pedestres e dirigiu-se para o bairro dos oleiros hebreus. Passou por um carregador de água e um vendedor de queijos, afastou com a mão nervosa duas meninas que brincavam com uma boneca no meio da rua, esbarrou em um velho que andava muito lentamente e, por fim, bateu cinco vezes numa pequena porta pintada de verde-escuro.

A porta abriu-se, rangendo.

— Quem é você? — perguntou um oleiro.

— Sou amiga do mago Ofir.

— Entre.

O homem conduziu Dolente por uma escada que levava a uma adega iluminada por um lampião a óleo, cuja luz fraca revelou o rosto inquietante do líbio. O aspecto de ave de rapina, as maçãs do rosto salientes e o nariz proeminente constituíam uma figura misteriosa, mas que fascinava a irmã de Ramsés.

Ofir segurava o pincel de Kha na mão, que estava recoberto de sinais estranhos e queimado parcialmente.

— Que pressa é essa, Dolente?

— Kha vai morrer nas próximas horas.

— Terão os médicos do palácio desistido de curá-lo?

— Pariamakhu acha que ele está prestes a morrer.

— É uma excelente notícia, mas que só vai modificar um pouco os meus planos. Fez muito bem em avisar-me.

Quer dizer que a noite do Exterminador ocorreria mais cedo do que estava previsto. Os primogênitos morreriam, a começar pelo filho de Ramsés, e o desespero cairia sobre o povo egípcio, que, apavorado com o poder e a cólera de Jeová, voltar-se-ia contra Ramsés. A revolta seria imensa.

Dolente lançou-se aos pés do mago.

— O que vai acontecer, Ofir?

— Ramsés será escorraçado, e Moisés e o verdadeiro Deus triunfarão.

— O nosso sonho realizado...

— É de realidade que devemos falar primeiro, minha querida Dolente... Como tem sido bom manter-se perseverante!

— Não seria possível evitar... certas violências?

Ofir ergueu Dolente e colocou as palmas das mãos sobre as faces da enorme mulher morena, quase desfalecida.

— É Moisés quem toma as decisões, e Moisés é inspirado por Jeová. Não devemos discutir as suas ordens, sejam quais forem as conseqüências.

Uma porta abriu-se bruscamente, um grito foi sufocado, passos rápidos subiram a escada, e o gigante sardo irrompeu na adega!

Com as costas da mão, Serramanna empurrou Dolente. O sardo a seguira até o esconderijo do mago e, lá, aplicou nele uma forte cabeçada. Ao cair, o espião hitita não largara o pincel de Kha, que continuava apertado em sua mão. O antigo pirata pisou-lhe o braço com força e o obrigou a abrir os dedos.

— Ofir... Finalmente, apanhei-o!

54

Setaou entrou no quarto de Kha, atirou o pincel enfeitiçado sobre os mosaicos do chão e pisou-o com raiva até reduzi-lo a minúsculos fragmentos.

Nefertari, que não parara de magnetizar o filho mais velho de Ramsés, ergueu para Setaou os olhos cheios de gratidão.

— O encantamento foi destruído, Majestade; Kha em breve melhorará.

Nefertari retirou as mãos da nuca do jovem antes de desmaiar, esgotada.

Depois de o doutor Pariamakhu ter prescrito fortificantes inofensivos, Setaou administrou à rainha um remédio que realmente devolveria ao seu sangue a energia perdida.

— A grande esposa real passou além dos limites da fadiga — disse ele a Ramsés.

— Exijo toda a verdade, Setaou.

— Oferecendo a sua magia a Kha, Nefertari privou-se de muitos anos de vida.

Ramsés permaneceu à cabeceira da rainha, tentando dar-lhe a sua própria força, a força sobre a qual se edificava o seu reino. E estava pronto a sacrificá-lo para que Nefertari tivesse uma longa e feliz velhice e iluminasse com a sua beleza o duplo país.

Foi necessária a persuasão de Ameni para fazer Ramsés regressar aos assuntos de Estado. O rei só concordou em conversar com o amigo depois de ter ouvido a voz tranqüilizadora de Nefertari afirmar que sentia a noite afastar-se de si.

— Serramanna trouxe-me um longo relatório — declarou Ameni. — O mago Ofir foi preso e será julgado por espionagem, magia negra, tentativa de assassinato de membros da família real e assassinato claro da infeliz Lita e de sua criada. Mas ele não é o único culpado: Moisés é tão perigoso quanto ele. Ofir falou e revelou que Moisés tinha intenção de eliminar todos os primogênitos do Egito. Sem a intervenção de Serramanna, que destruiu esse projeto monstruoso, quantas vítimas teríamos de lamentar?

Do mais idoso ao mais jovem, do mais humilde ao mais rico, do mais culto ao mais ignorante, todos os hebreus ficaram estupefatos. Ninguém esperava ver surgir o Faraó em pessoa, à frente de um destacamento de soldados comandado por Serramanna. As ruas ficaram desertas, e cada um se contentou em observar o monarca por trás das persianas semicerradas.

Ramsés encaminhou-se diretamente à casa de Moisés. Alertado pelo barulho, este se encontrava no limiar, de cajado na mão.

— Não devíamos tornar a ver-nos, Majestade.

— Será o nosso último encontro, Moisés, pode ter certeza. Por que tentou espalhar a morte?

— Só existe em mim a obediência a Jeová.

— O seu deus não será demasiado cruel? Respeito a sua fé, meu amigo, mas recuso que ela seja uma fonte de discórdia na terra legada pelos meus antepassados. Abandone o Egito, Moisés, abandone-o com seus hebreus. Vá viver em qualquer outro lugar a sua verdade. Não é você que solicita o êxodo, sou eu que o exijo.

Vestido numa longa túnica de lã vermelha e negra, o imperador Hattusil contemplava a sua capital do alto da acrópole, no topo da colina onde se erguia o seu palácio. A esposa Putuhepa deu-lhe ternamente o braço.

— O nosso país é rude, mas não desprovido de beleza. Por que sacrificá-lo a um ressentimento?

— Uri-Techup deve ser castigado — afirmou o imperador.

— Já não está sendo? Imagine um guerreiro implacável como ele tendo a residência vigiada no país do seu pior inimigo! Não estará a vaidade de Uri-Techup mortalmente ferida?

— Não tenho o direito de concordar nesse ponto.

— A Assíria não lhe permitirá manter essa obstinação durante muito tempo. O exército deles mostra-se cada vez mais ameaçador e não hesitará em atacar-nos se souber que as negociações de paz com o Egito fracassaram.

— Essas negociações são secretas.

— Terá o imperador do Hatti se tornado ingênuo? Os mensageiros não param de ir e vir entre o Hatti e o Egito, e entre o Egito e o Hatti, e aquilo que era secreto já não o é. Se não concluirmos o mais rapidamente possível um pacto de não-agressão, os assírios vão nos considerar uma presa fácil, já que Ramsés assistirá à nossa queda sem reagir.

— Os hititas saberão defender-se.

— Desde o início do seu reinado, Hattusil, o seu povo mudou muito. Até mesmo os soldados anseiam pela paz. E você próprio, terá outro objetivo?

— Não será Nefertari que a está influenciando?

— A minha irmã, a rainha do Egito, partilha as minhas convicções; conseguiu convencer Ramsés a deixar de fazer guerra com os hititas, mas seremos nós capazes de corresponder à sua esperança?

— Uri-Techup...

— Uri-Techup pertence ao passado. Que se case com uma egípcia, que faça parte do povo do Faraó e que desapareça do nosso futuro!

— Está me pedindo muito...

— Não é esse o meu dever de imperatriz?

— Ramsés considerará o meu recuo como um sinal de fraqueza.

— Nem Nefertari nem eu interpretaremos assim o seu gesto magnânimo.

— Por acaso são as mulheres que dirigem a política externa do Hatti e do Egito?

— Por que não, se conseguirmos alcançar a paz? — respondeu Putuhepa.

O mago Ofir falou muito durante o seu julgamento. Gabou-se de ter sido o chefe da rede de espionagem hitita no Egito e de ter atentado contra a vida de Kha. Quando descreveu a forma como tinha matado a infeliz Lita e a criada, os jurados compreenderam que Ofir não sentia qualquer remorso e que não hesitaria em matar de novo, com a mesma frieza.

Dolente soluçava. Acusada por Ofir de cumplicidade ativa, não desmentiu nada e contentou-se em implorar a clemência do irmão, o rei do Egito. Acusou Chenar, cuja má influência a afastara do caminho certo.

A deliberação demorou pouco. O vizir deu o veredicto. Condenado à morte, Ofir executar-se-ia a si próprio com veneno; Dolente, cujo nome seria anulado e retirado de todos os documentos oficiais, viveria exilada para sempre na Síria do Sul, onde trabalharia como empregada rural, colocada à disposição do dono de uma fazenda para executar todas as tarefas pesadas. Quanto a Chenar, foi condenado (à revelia) à pena capital e o seu nome mergulharia igualmente no nada.

Setaou e Lótus regressaram a Abu-Simbel no próprio dia em que Acha regressou ao Egito. Mal tiveram tempo de se abraçar antes de novamente se separarem.

Acha foi imediatamente recebido pelo casal real; embora muito cansada, Nefertari não deixara de se corresponder com Putuhepa. Matador, o leão núbio, e o seu companheiro Vigilante, o cão amarelo-dourado, ainda bastante ativo apesar da idade, não abandonavam a rainha, como se soubessem que a sua presença lhe dava alguma força. Sempre que podia escapulir às exigências do seu cargo, Ramsés corria para junto da esposa. Passeavam nos jardins do palácio e lia-lhe os textos dos sábios do tempo das pirâmides. Ambos tomavam cada vez mais consciência do amor imenso que os unia, do amor secreto que nenhuma palavra podia descrever, ardente como um céu de verão e doce como um pôr-do-sol sobre o Nilo.

Era Nefertari que obrigava Ramsés a separar-se dela para se voltar para o Egito, orientar o navio do Estado na direção certa e responder às mil e uma perguntas cotidianas formuladas pelos ministros e altos funcionários. Graças a Iset a Bela, a Meritamon e a Kha, que recuperara a saúde, a convalescença da rainha estava rodeada de alegria e juventude. Apreciava as visitas do pequeno Merneptah, já de notável personalidade, e de Touya, hábil em disfarçar a sua própria fadiga.

Acha inclinou-se perante Nefertari.

— A sua inteligência e beleza fizeram-me muita falta, Majestade.

— Traz boas notícias?

— Excelentes.

— Hattusil deseja assinar um tratado? — perguntou Ramsés, desconfiado.

— Graças à rainha do Egito e à imperatriz Putuhepa, o caso de Uri-Techup está quase resolvido: pois que permaneça no Egito e se entrose na nossa sociedade. Assim, não haverá mais nenhum obstáculo à realização do nosso acordo.

Um largo sorriso iluminou o rosto de Nefertari.

— Teremos conseguido a mais bela das vitórias?

— O nosso principal apoio foi a imperatriz Putuhepa; o teor das cartas da grande esposa real tocou-lhe o coração. Desde o início do reinado de Hattusil, os hititas receiam o perigo representado pelo exército assírio e sabem que nós, os inimigos de ontem, seremos o seu melhor apoio amanhã.

— Atuemos rapidamente — recomendou Nefertari — para aproveitarmos este momento de graça.

— Trago a versão do tratado de não-agressão proposta por Hattusil. Vamos estudá-la com muita atenção, e, logo que tenha obtido o seu acordo e o do Faraó, partirei de novo para o Hatti.

O casal real e Acha lançaram-se ao trabalho; não sem surpresa, Ramsés constatou que Hattusil aceitara a maior parte das suas condições.

Acha realizara um trabalho surpreendente, sem trair o pensamento do rei. E quando Touya terminou por sua vez a sua minuciosa leitura, deu também a sua aprovação.

— O que está se passando aqui? — perguntou o vice-rei da Núbia, cujo carro, puxado por dois cavalos e guiado por um condutor experiente, se dirigia para o palácio de Pi-Ramsés, seguindo pelas ruas barulhentas e cheias de gente.

— É o êxodo dos hebreus — respondeu o condutor. — Conduzidos pelo seu líder Moisés, abandonam o Egito e partem para a sua Terra Prometida.

— Por que o Faraó aceitou semelhante loucura?

— Ramsés os expulsou por perturbarem a ordem pública.

Estupefato, o vice-rei da Núbia, em visita oficial à capital, viu milhares de homens, mulheres e crianças saírem de Pi-Ramsés, levando à sua frente os rebanhos e puxando carroças cheias de roupas e provisões. Alguns cantavam, outros tinham um ar triste. Afastar-se da terra onde levavam uma vida agradável desesperava a maior parte deles, mas não ousavam opor-se a Moisés.

Recebido por Ameni, o vice-rei da Núbia foi conduzido ao gabinete de Ramsés.

— Qual o motivo de sua visita? — espantou-se o monarca.

— Queria avisá-lo o mais depressa possível, Majestade. Não hesitei, portanto, em tomar um barco rápido para vir lhe fazer pessoalmente um relatório sobre os trágicos acontecimentos que enlutam o território de que estou encarregado... Foram tão inesperados, tão brutais! Não podia imaginar...

— Pare de tagarelar — exigiu Ramsés — e conte logo tudo.

O vice-rei da Núbia engoliu em seco.

— Uma revolta, Majestade. Uma terrível revolta de tribos coligadas.

55

Chenar conseguira.

Mês após mês, argumentara e tornara a argumentar, insistindo em convencer, um a um, os chefes de tribos a se aliarem com os seus confrades para se apoderarem da principal mina de ouro da Núbia. Embora propusesse pagar-lhes generosamente distribuindo entre eles placas de prata, os guerreiros negros haviam-se mostrado indecisos à idéia de desafiar Ramsés o Grande. Não era uma loucura, portanto, opor-se ao exército egípcio que, no início do reinado de Sethi, infligira uma pesada derrota aos revoltosos?

Apesar de inúmeros fracassos, Chenar continuara insistindo. A sua última chance de eliminar Ramsés seria atraí-lo para uma emboscada. Para isso bastava-lhe obter a ajuda de combatentes destemidos, decididos a apoderar-se de vultosas riquezas e não temendo enfrentar os soldados do faraó.

A perseverança de Chenar acabara por recompensá-lo. O primeiro chefe cedera, depois o segundo, o terceiro e vários outros... E foram necessárias novas conversações para designar quem encabeçaria a revolta.

A discussão degenerara em desordem, durante a qual dois chefes de clã e o mercenário cretense haviam sido mortos. Chegaram, então, a um acordo sobre o nome de Chenar; embora não fosse núbio, era ele quem melhor conhecia Ramsés e o seu exército.

Os guardas encarregados de vigiar os trabalhadores da mina opuseram apenas uma fraca resistência à turba enraivecida de guerreiros negros, armados com lanças e arcos; em algumas horas, os guerreiros tornaram-se senhores do local e, em poucos dias, repeliram as tropas vindas da fortaleza de Buhan para restabelecer a ordem.

Diante da dimensão da revolta, o vice-rei da Núbia não tivera outra solução senão vir relatar os acontecimentos a Ramsés.

Chenar sabia que o irmão viria em pessoa dominar os revoltosos. Cometeria assim um erro fatal.

Colinas desérticas, elevações de granito, uma estreita faixa de vegetação resistindo ao avanço do deserto, o céu, de um azul absoluto, cruzado por pelicanos, flamingos rosa, grous coroados e jabirus, palmeiras com tronco duplo... Eis a admirável Núbia que Ramsés amava e cujo fascínio se fazia sentir a cada momento, apesar das graves preocupações que haviam forçado o rei e seu exército a dirigir-se com urgência para o Grande Sul.

Segundo o relatório do vice-rei, as tribos núbias revoltadas haviam-se apoderado da principal mina de ouro. A interrupção da produção do metal precioso acarretaria conseqüências catastróficas: por um lado, os ourives precisavam do metal precioso para adornar os templos; por outro, o rei usava-o como presente para os seus vassalos, a fim de assegurar ótimas relações diplomáticas.

Embora lhe custasse afastar-se de Nefertari, Ramsés tinha que atacar depressa e com força, ainda mais por ter uma certeza, confirmada pela intuição da grande esposa real: o instigador daquela revolta não podia ser outro senão Chenar.

O seu irmão mais velho não desaparecera, como todos haviam suposto, nas solidões desérticas, mas estava bem vivo, e maquinara uma forma de espalhar a anarquia. Com o ouro sob controle, financiaria a insurreição de bandos de mercenários, atacaria as fortalezas egípcias e se lançaria numa aventura insensata, à conquista da terra dos faraós. O ódio e o ciúme, alimentados pelos fracassos, fizeram com que Chenar penetrasse num reino de onde não voltaria a sair: o reino da loucura.

Todos os laços de afeto entre ele e Ramsés haviam sido rompidos. Nem mesmo Touya protestara quando o faraó lhe confidenciara as suas intenções. Aquele confronto fratricida seria o último.

Vários "filhos reais" estavam ao lado de Ramsés, impacientes por provarem a sua bravura. Com perucas de pontas longas, camisas plissadas de mangas compridas e um saiote com um pano na frente, seguravam com orgulho a insígnia do deus chacal, "o desbravador de caminhos".

Quando um gigantesco elefante lhes barrou o caminho, até os mais eufóricos estiveram prestes a fugir; Ramsés, porém, avançou para o enorme animal, que o ergueu pela tromba e o colocou sobre o pescoço, entre as duas grandes orelhas que se agitavam num ritmo frenético. Como duvidar ainda da proteção divina de que o faraó gozava?

Matador, o leão de crina magnífica, avançou à direita do elefante em direção à mina. Tanto os arqueiros como os soldados de infantaria estavam convencidos de que o Faraó desbarataria as fileiras inimigas com um violento ataque, mas Ramsés mandou erguer o acampamento a boa distância do objetivo. Os cozinheiros começaram imediatamente a trabalhar, limparam-se as armas, afiaram-se as lâminas e alimentaram-se os burros e bois.

Um "filho real" de vinte anos ousou emitir um protesto.

— Por que esperar, Majestade? Alguns núbios revoltados são incapazes de opor-se às nossas forças!

— Conhece mal este país e os seus habitantes. Os núbios são arqueiros terríveis e combatem com uma fúria desmedida. Se já nos considerarmos vencedores, muitos homens morrerão.

— Não é essa a lei da guerra?

— A minha lei consiste em poupar o máximo de vidas.

— Mas... os núbios não se renderão!

— Sob ameaça, com certeza que não.

— Claro que não vamos negociar com esses selvagens, Majestade!

— Temos de deslumbrá-los. É o fulgor que dá a vitória, não o braço armado. Os núbios costumam armar emboscadas, atacando e apanhando o inimigo pela retaguarda. Não lhes daremos ocasião para tal, pois os atacaremos de surpresa.

Sim, Chenar conhecia bem Ramsés. O rei atacaria de frente,

seguindo pelo único caminho que conduzia à mina. De um lado e de outro do local, colinas queimadas de sol e rochedos serviriam de esconderijo aos arqueiros núbios. Matariam os oficiais, o exército egípcio debandaria e Chenar executaria com suas próprias mãos um Ramsés suplicante e desesperado.

Nem um único soldado egípcio sairia vivo daquela armadilha.

Chenar penduraria então o cadáver de Ramsés na proa do seu barco e faria uma entrada triunfante em Elefantina, antes de se apoderar de Tebas, Mênfis, Pi-Ramsés, e de todo o Egito. O povo aliar-se-ia à sua causa, e ele, Chenar, governaria finalmente, vingando-se de todos aqueles que não quiseram reconhecer o seu valor.

O irmão do rei saiu da cabana de pedra ocupada antes pelo contramestre encarregado de vigiar o trabalho de purificação do ouro e subiu até o topo da área de lavagem do mineral aurífero. Apenas a água, correndo num declive suave sobre o plano inclinado que caía em uma bacia de decantação, conseguia libertar o metal precioso da sua ganga. As partículas de terra ficavam em suspensão, e o mineral, mais pesado e mais denso, caía no fundo da bacia. Era uma operação fatigante e que exigia uma enorme paciência. Chenar pensou na sua própria vida; quantos intermináveis anos não tivera que passar antes de conseguir libertar-se da magia de Ramsés, antes de estar em condições de o vencer e de afirmar a sua própria grandeza! Sentia uma espécie de embriaguez, agora que chegara a hora do triunfo!

Um vigia fez grandes sinais, e gritos quebraram o silêncio. Com plumas espetadas nos cabelos encarapinhados, os guerreiros negros correram em todas as direções.

— O que se passa aqui? Parem com essa agitação!

Chenar desceu do seu promontório e agarrou um chefe de tribo que andava em círculos, aterrorizado.

— Ordeno-lhe que se acalme! Quem comanda aqui sou eu!

O guerreiro apontou com a lança para as colinas em volta e para os rochedos.

— Por toda parte... Eles estão por toda parte!

Chenar avançou até o centro da praça, ergueu os olhos e viu-os.

Milhares de soldados egípcios cercavam a mina.

No topo da colina mais alta, uma dezena de homens havia

armado um dossel sob o qual fora instalado um trono. Com a coroa azul, Ramsés sentou-se nele. O leão deitou-se aos seus pés.

Nem um único núbio conseguia desviar o olhar daquele monarca de quarenta e dois anos que, no vigésimo ano do seu reinado, estava no auge do poder. Apesar da sua coragem, os guerreiros negros compreenderam que atacá-lo seria suicídio. A emboscada que Chenar pensava ter armado fechava-se sobre eles. Os soldados do faraó haviam eliminado as sentinelas núbias e não deixavam aos insurretos qualquer chance de fuga.

— Vamos vencer! — berrou Chenar. — Todos comigo!

Os chefes núbios caíram em si. Sim, era preciso lutar.

Um deles, seguido por cerca de vinte guerreiros gritando e brandindo as lanças, escalou a encosta em direção ao rei.

Flechadas certeiras os derrubaram no chão. Mais hábil do que os seus camaradas, um jovem combatente, correndo em ziguezague, chegou quase ao pé do trono. Matador saltou e cravou-lhe as garras na cabeça.

Com o cetro de comando na mão, Ramsés permanecera impassível; Matador escavou o chão, sacudiu a crina e voltou a deitar-se aos pés do seu senhor.

Quase todos os guerreiros núbios abandonaram as armas e se prostraram, em sinal de submissão. Furioso, Chenar começou a chutar os chefes.

— Ergam-se e lutem! Ramsés não é invencível!

Como ninguém lhe obedecesse, Chenar cravou a espada no estômago de um velho chefe de clã, cujas convulsões foram violentas e breves. O seu estertor de agonia impressionou os seus companheiros; consternados, ergueram-se e dirigiram ao irmão de Ramsés olhares carregados de ódio.

— Você nos traiu! — declarou um deles. — Traiu e mentiu para nós. Ninguém pode vencer Ramsés e você nos cobre de desgraça.

— Lutem, seus covardes!

— Mentiu-nos — repetiram em coro.

— Sigam-me e matemos Ramsés!

Com os olhos esbugalhados e a espada erguida, Chenar atingiu o promontório de onde ele dominava o reservatório de água e a área de lavagem do ouro.

— Sou o senhor, o único senhor do Egito e da Núbia. Sou...

Dez flechas disparadas pelos chefes de clã cravaram-se ao mesmo tempo na sua cabeça, pescoço e tórax. Chenar caiu de costas sobre o plano inclinado e, lentamente, o seu corpo começou a deslizar para a bacia de decantação, misturado com a ganga terrosa que uma serena corrente de água purificava.

56

Nenhum acidente assinalara a partida dos hebreus. Muitos egípcios deploravam a perda de amigos e de vizinhos que haviam se lançado numa aventura insensata. Por seu lado, muitos hebreus receavam a difícil travessia de um deserto cheio de perigos. Quantos inimigos teriam de enfrentar, quantos povos e tribos se oporiam à passagem dos adoradores de Jeová?

Serramanna estava furioso.

Antes de partir para a Núbia, Ramsés confiara a Ameni e ao sardo o cuidado de manterem a ordem na capital. À mínima alteração da ordem causada pelos hebreus, as forças de segurança deviam intervir, com decisão e rapidamente. Como o início do êxodo se desenrolara calmamente, Serramanna não tivera qualquer motivo para interpelar Moisés e Aarão.

O sardo continuava convencido de que o faraó fizera mal em poupar o líder dos hebreus; nem mesmo uma antiga e profunda amizade justificava semelhante tolerância. Mesmo longe do Egito, Moisés ainda era capaz de querer prejudicá-lo.

Por precaução, Serramanna pedira a uma dezena de mercenários que seguissem os hebreus e lhe enviassem relatórios regulares sobre o seu avanço. Para sua grande surpresa, o profeta não seguira pelo caminho de Silé, ladeado de poços e vigiado pelo exército egípcio, mas preferira escolher uma pista difícil que levava ao mar de juncos. Moisés cortava assim qualquer tentação de retorno.

— Serramanna! — exclamou Ameni. — Eu estava à sua procura. Vai ficar eternamente olhando para a estrada do norte?

— Esse Moisés, que tanto mal fez e que partiu sem nada lhe acontecer... Não gosto de injustiças.

— Antes de morrer, Ofir deu-nos uma última informação interessante, como se quisesse destruir-se totalmente, à maneira de um escorpião: dois chefes de tribos beduínas, Amos e Baduch, saíram do Egito com os hebreus. Foram eles que forneceram as armas aos fiéis de Jeová, tendo em vista os combates que terão de travar durante o êxodo.

Serramanna bateu com um dos punhos na palma da mão.

— Esses dois facínoras devem ser considerados criminosos... Tenho, portanto, o dever de detê-los, bem como ao seu cúmplice, Moisés.

— O seu raciocínio é corretíssimo.

— Partirei imediatamente com cinqüenta carros e juro que trarei os três para metê-los na prisão.

Ramsés apertou Nefertari nos braços. A bem-amada, quase sem maquiagem, perfumada como uma deusa, estava mais bela do que nunca.

— Chenar morreu — revelou o rei — e a revolta dos núbios terminou.

— A Núbia irá finalmente conhecer a paz?

— Os chefes dos revoltosos foram executados por alta traição, e as aldeias subjugadas por eles organizaram festejos para celebrar-lhes a morte. O ouro roubado me foi devolvido; depositei uma parte em Abu-Simbel e outra em Karnak.

— Os trabalhos de Abu-Simbel estão avançados?

— Setaou anima os canteiros de obras com notável energia.

A rainha não conseguiu dissimular por mais tempo a informação principal.

— Serramanna e uma frota de carros lançaram-se em perseguição de Moisés.

— Por quê?

— Por causa da presença de dois espiões beduínos, a serviço dos hititas, que saíram com os hebreus. Serramanna quer prender esses dois homens e Moisés; Ameni não se opôs a essa intervenção, por estar de acordo com a lei.

Ramsés imaginou Moisés à frente do seu povo, martelando o solo com o seu cajado, abrindo caminho, obrigando os indecisos a continuarem e implorando a Jeová que se manifestasse à noite sob a forma de uma coluna de fogo e, de dia, sob a forma de uma coluna de nuvens. Nenhum obstáculo o faria recuar, nenhum inimigo lhe meteria medo.

— Acabo de receber uma longa carta de Putuhepa — acrescentou Nefertari. — Está convencida de que alcançaremos os nossos propósitos.

— Que maravilhosa notícia!

Ramsés, com o espírito ausente, pronunciara as palavras sem pensar nelas.

— Receia que Moisés seja morto, não é verdade?

— Nunca mais quero vê-lo.

— No que se refere ao tratado de paz, ainda há um ponto delicado.

— Uri-Techup mais uma vez?

— Não, é um problema de formulação... Hattusil não quer reconhecer que é o único responsável pelo clima de guerra e queixa-se de estar sendo inferiorizado, como que obrigado a submeter-se à vontade do Faraó.

— Não é essa a realidade?

— O texto do tratado será tornado público e lido pelas gerações futuras: Hattusil recusa-se a ficar malvisto.

— Que o hitita se curve ou será aniquilado!

— Deveremos renunciar à paz por causa de algumas palavras excessivas?

— Todas as palavras contam.

— Posso pelo menos propor uma nova redação ao senhor das Duas Terras?

— Levando em consideração as exigências de Hattusil, sim.

— Levando em consideração o futuro de dois povos que rejeitam a guerra, os massacres e a infelicidade.

Ramsés beijou Nefertari na testa.

— Tenho alguma chance de escapar à argumentação diplomática da grande esposa real?

— Nenhuma — respondeu ela, pousando a cabeça no ombro do monarca.

Moisés fora dominado por uma ira violenta, e Aarão tivera que bater com o seu cajado nas costas de alguns insatisfeitos, já fartos de andarem e desejosos de regressarem ao Egito, onde dispunham de alimentação abundante e viviam em casas confortáveis. A maior parte deles detestava o deserto e não conseguia habituar-se a dormir ao ar livre ou debaixo de tendas; muitos começavam a protestar contra a dura jornada que o profeta lhes impunha.

Erguera-se então a voz de Moisés, incitando os indecisos e os covardes a obedecerem a Jeová e a continuarem o caminho para a Terra Prometida, quaisquer que fossem as ciladas e as provações. E a longa marcha recomeçara para além de Silé, numa paisagem aquática e úmida; os hebreus enterravam-se por vezes na lama, as carroças recuavam e as sanguessugas atacavam homens e animais.

Moisés decidiu parar não muito distante da fronteira, perto do lago Sarbonis e do Mediterrâneo. O local era considerado perigoso, porque o vento do deserto acumulava enormes bancos de areia sobre superfícies de água de localização incerta e criava falsas faixas de terra, formando "o mar de juncos".

Não vivia ninguém naqueles lugares desolados, abandonados às rajadas de vento e às fúrias do mar e do céu; lugares que até mesmo os pescadores evitavam, com medo de serem tragados pelas areias movediças.

Uma mulher desgrenhada prostrou-se aos pés de Moisés.

— Vamos morrer todos aqui, nesta solidão!

— Engana-se.

— Olhe em seu redor! É esta a Terra Prometida?

— Claro que não.

— Não iremos mais longe, Moisés.

— Iremos, sim. Nos próximos dias atravessaremos a fronteira e iremos aonde Jeová nos chama.

— Como pode estar tão seguro de si?

— Porque vi a Sua presença, mulher, e Ele me falou. Vá dormir agora; ainda temos uma grande jornada pela frente.

Subjugada, a mulher obedeceu.

— Este lugar é horrível — declarou Aarão. — Tenho pressa de me pôr novamente a caminho.

— Era necessário termos um repouso prolongado; amanhã, de madrugada, Jeová nos dará forças para continuar.

— Nunca duvida do nosso êxito?

— Nunca, Aarão.

Os carros de Serramanna, acompanhados por um "filho real" representando Ramsés, tinham avançado a toda velocidade em perseguição dos hebreus. Quando sentiram a maresia, as narinas do antigo pirata dilataram-se. Fez sinal aos seus homens para pararem.

— Qual de vocês conhece este lugar?

Um condutor experiente tomou a palavra.

— Este lugar é assombrado. Aconselho a não perturbar os demônios.

— No entanto — objetou o sardo — os hebreus seguiram por este caminho.

— Eles são livres para se comportarem como imbecis... Nós, sim, deveríamos recuar.

Ao longe, viram fumaça.

— O acampamento dos hebreus não está distante — observou o "filho real". — Procedamos à prisão dos malfeitores.

— Os fiéis de Jeová estão armados — lembrou Serramanna — e são numerosos.

— Os nossos homens sabem lutar, e os nossos carros dão-nos a supremacia. A uma boa distância, lançaremos uma chuva de flechas e exigiremos que Moisés e os dois chefes beduínos nos sejam entregues. Caso contrário, atacaremos.

Com certa apreensão, os carros retomaram a marcha através das terras úmidas.

Aarão acordou sobressaltado; Moisés já estava de pé, com o cajado na mão.

— Esse ruído surdo...

— Sim, é o ruído dos carros egípcios.

— Estão nos atacando!

— Temos tempo de escapar.

Os dois beduínos, Amos e Baduch, recusaram aventurar-se no "mar de juncos", mas os hebreus, mesmo assustados, concordaram em seguir Moisés. Com o cair da noite, ninguém conseguia distinguir a água da margem de areia, mas Moisés avançava com passos seguros entre o mar e o lago, guiado pelo fogo que lhe queimava a alma desde a adolescência, o fogo transformado em desejo de uma Terra Prometida.

Ao espalharem-se, os carros egípcios cometeram seu erro fatal: alguns enterraram-se nas areias movediças, outros sumiram nos pântanos percorridos por correntes invisíveis; o carro do "filho real" imobilizou-se numa terra viscosa, enquanto que o de Serramanna atropelou os dois beduínos que tinham se separado dos hebreus.

O vento do leste levantou-se, aliando-se ao do deserto e secando a passagem seguida pelos hebreus para atravessarem o "mar de juncos".

Indiferente à morte dos dois espiões, esmagados pelas rodas do seu carro, Serramanna ficou por sua vez coberto de areia; enquanto soltava os veículos e reunia os seus homens, alguns deles feridos, o vento mudou de repente. Carregadas de umidade, as rajadas de vento provocaram grandes vagas, que inundaram toda a passagem.

Com a raiva corroendo-lhe o coração, Serramanna viu Moisés escapar.

57

Apesar dos cuidados que lhe eram prodigalizados por Neferet, uma jovem médica com dons excepcionais, a rainha-mãe Touya preparava-se para a grande viagem. Em breve se reuniria a Sethi e abandonaria um Egito terrestre cujo futuro feliz estaria quase assegurado. “Quase”, porque o tratado de paz com os hititas ainda não estava concluído.

Quando Nefertari veio encontrá-la no jardim onde meditava, Touya notou a emoção da grande esposa real.

— Majestade, acabo de receber esta carta da imperatriz Putuhepa.

— Os meus olhos estão cansados; peço-lhe que a leia.

A voz doce e envolvente da rainha encantou o coração de Touya.

À minha irmã, a esposa do sol, Nefertari. Tudo vai bem para os nossos dois países, e espero que a sua saúde e a dos que lhe estão próximos sejam florescentes. A minha filha passa muito bem, e os meus cavalos estão magníficos; que o mesmo se passe com os seus filhos, os seus cavalos e o leão de Ramsés o Grande. O seu servidor Hattusil está aos pés do Faraó e prostra-se perante ele.

Paz e fraternidade: são essas as palavras que devem ser pronunciadas, porque o deus-luz do Egito e o deus-tempestade do Hatti querem confraternizar.

Sendo portadores do texto do tratado, os embaixadores do Egito e do Hatti puseram-se a caminho em direção a Pi-Ramsés para que o Faraó sele para sempre a nossa decisão comum.

Que a minha irmã Nefertari seja protegida pelos deuses e deusas.

Caindo nos braços uma da outra, Nefertari e Touya choraram de alegria.

Serramanna sentia-se como um inseto que ia ser esmagado pela sandália de Ramsés. De cabeça baixa, o sardo preparava-se para ser expulso do palácio e não suportava aquele fracasso. Ele, o antigo pirata, habituara-se à sua existência de homem da ordem e corretor de erros. Uma fidelidade absoluta a Ramsés dera sentido à sua vida e o compensara de uma vida errante; este Egito, que ele tencionara pilhar, tornara-se a sua pátria. Ele, o navegador, fixara-se em terra sem sentir vontade de voltar a partir.

Serramanna era reconhecido a Ramsés por este não o obrigar a passar uma humilhação diante da corte e dos seus subordinados; o monarca recebia-o no seu gabinete, frente a frente.

— Majestade, cometi um erro. Ninguém conhecia o terreno e...

— E os dois espiões beduínos?

— Morreram esmagados debaixo das rodas do meu carro.

— Tem certeza de que Moisés escapou da tempestade?

— Ele e os hebreus atravessaram o "mar de juncos".

— Vamos esquecê-los, então, já que atravessaram a fronteira.

— Mas... Moisés o traiu!

— Ele que siga o seu caminho, Serramanna. Já que não há mais perigo de perturbar a harmonia das Duas Terras, que siga para o seu destino. Tenho uma missão importante para você.

O sardo quase não acreditou no que ouvia. O rei perdoava-lhe o fracasso!

— Siga até a fronteira com dois regimentos de carros para receber a embaixada hitita, cuja proteção garantirá.

— É uma missão... uma missão...

— Uma missão decisiva para a paz do mundo, Serramanna.

Hattusil cedera.

Dando simultaneamente ouvidos à sua intuição de homem de Estado, aos conselhos da esposa Putuhepa e às recomendações do embaixador egípcio Acha, redigira o texto de um tratado de não-agressão com o Egito, sem se opor às exigências de Ramsés, e nomeara dois mensageiros, encarregados de levarem ao faraó as tabuletas de prata cobertas com a versão do acordo em escrita cuneiforme.

Hattusil prometia a Ramsés expor o tratado no templo da deusa do Sol, em Hattusa, com a condição de o soberano egípcio fazer o mesmo num dos grandes santuários das Duas Terras; mas aceitaria Ramsés ratificar o documento sem lhe acrescentar novas cláusulas?

Desde a capital hitita à fronteira egípcia, a atmosfera permaneceu tensa. Acha tinha consciência de não poder pedir mais a Hattusil; se Ramsés manifestasse qualquer descontentamento, o projeto se tornaria letra morta. Quanto aos soldados hititas, estes não dissimulavam a sua inquietação; era provável que grupos de dissidentes tentassem atacá-los para impedir que os mensageiros da paz chegassem ao seu destino. Gargantas, desfiladeiros, florestas, tudo lhes parecia motivo de emboscadas, mas a viagem desenrolou-se sem incidentes.

Quando viu Serramanna e os carros egípcios, Acha deu um longo suspiro de alívio. A partir dali, viajaria com tranqüilidade.

O sardo e o oficial superior dos carros hititas cumprimentaram-se friamente; o antigo pirata teria de boa vontade exterminado os bárbaros, mas tinha de obedecer a Ramsés e cumprir a sua missão.

Pela primeira vez, carros hititas penetraram no Delta e rodaram pela estrada que conduzia a Pi-Ramsés.

— O que se passou com a revolta da Núbia? — perguntou Acha.

— Ouviram falar disso em Hattusa? — inquietou-se o sardo.

— Tranqüilize-se, a informação permaneceu confidencial.

— Ramsés restabeleceu a ordem, e Chenar foi executado pelos próprios aliados.

— Que possa a paz estabelecer-se tanto no norte como no sul! Se Ramsés aceitar o tratado que lhe será apresentado pelos mensageiros hititas, será aberta uma era de prosperidade, da qual as gerações futuras jamais se esquecerão.

— Por que haveria de recusar?

— Por causa de um pormenor que nem chega a isso... Sejamos otimistas, Serramanna.

Ao vigésimo primeiro dia da estação de inverno do vigésimo primeiro ano do reinado de Ramsés, Acha e os dois diplomatas hititas foram introduzidos por Ameni na sala de audiências do palácio de Pi-Ramsés, cuja magnificência os deixou estupefatos. Ao cinzento do seu mundo guerreiro vinha substituir-se um universo colorido, misturando a grandiosidade e o requinte.

Os mensageiros apresentaram ao faraó as tabuletas de prata; Acha leu a declaração preliminar.

Que um milhar de divindades, entre os deuses e as deusas do Hatti e do Egito, sejam testemunhas deste tratado estabelecido entre o imperador do Hatti e o faraó do Egito. Que sejam testemunhas o sol, a lua, os deuses e as deusas do céu e da terra, das montanhas e das ribeiras, do mar, dos ventos e das nuvens.

Esses milhares de divindades destruirão a casa, o país e os súditos do que não respeitar o tratado. Quanto ao que o respeitar, esses milhares de divindades atuarão para que seja próspero e viva feliz com todos os da sua casa, os seus filhos e os seus súditos. *

Em presença da grande esposa real Nefertari e da rainha-mãe Touya, Ramsés aprovou a declaração que Ameni transcreveu para o papiro.

— O imperador Hattusil reconhece a responsabilidade dos hititas nos atos de guerra cometidos durante estes últimos anos?

— Sim, Majestade — respondeu um dos dois embaixadores.

— Admite que este tratado empenha também os nossos sucessores?

— O nosso imperador deseja que este acordo crie paz e fraternidade e que seja aplicado pelos nossos filhos e pelos filhos dos nossos filhos.

— Que fronteiras respeitaremos?

---

* Texto autêntico do tratado conservado nos arquivos hititas e egípcios.

— O Oronte, uma linha de fortificações na Síria do Sul, a estrada que separa Byblos a Egípcia da província de Amurru, considerada como protetorado hitita, a estrada que passa ao sul de Kadesh a Hitita e a separa do limite setentrional da planície de Beqaa, colocada sob a influência egípcia. Os portos fenícios permanecerão sob o controle do Faraó; os diplomatas e os comerciantes egípcios circularão livremente pela estrada que conduz ao Hatti.

Acha conteve a respiração.

Aceitaria Ramsés renunciar definitivamente à cidadela de Kadesh e, sobretudo, à província de Amurru? Nem Sethi nem o filho tinham conseguido apoderar-se da famosa praça forte junto da qual Ramsés conseguira a sua maior vitória, e parecia lógico que Kadesh permaneceria no território hitita.

Mas Amurru... O Egito lutara muito para conservar aquela província, e soldados tinham sido mortos por ela. Acha receava que o Faraó se mostrasse intransigente quanto a ela.

O monarca fitou Nefertari. No olhar da rainha leu a resposta.

— Aceitamos — declarou Ramsés o Grande.

Ameni continuou escrevendo, e Acha sentiu-se dominado por uma imensa alegria.

— Que mais deseja o meu irmão Hattusil? — perguntou Ramsés.

— Um pacto definitivo de não-agressão, Majestade, e uma aliança defensiva contra quem quer que ataque o Egito ou o Hatti.

— Está pensando na Assíria?

— Em qualquer povo que tente apoderar-se das terras do Egito ou do Hatti.

— Também nós desejamos esse pacto e essa aliança; graças a eles, manteremos prosperidade e felicidade.

Com mão segura, Ameni continuou a redigir.

— Majestade, o imperador Hattusil deseja também que, nos nossos países, seja respeitada e salvaguardada a sucessão real de acordo com os rituais e as tradições.

— Nem poderia ser de outra forma.

— O nosso soberano gostaria finalmente de regulamentar o problema da extradição mútua de fugitivos.

Acha temia este último obstáculo; um único pormenor controverso tornaria a pôr em risco a totalidade do acordo.

— Exijo que as pessoas extraditadas sejam tratadas humanamente — declarou Ramsés. — Ao serem devolvidas ao seu país, seja o Egito ou o Hatti, não sofrerão castigos nem afrontas, e a sua casa lhes deverá ser devolvida intacta. Uri-Techup, que se tornou egípcio, será livre para decidir o seu destino.

Tendo recebido indicação de Hattusil para aceitarem aquelas condições, os dois embaixadores concordaram.

O tratado podia, assim, entrar em vigor.

Ameni entregaria a versão definitiva aos escribas reais, que a copiariam em papiros de primeira qualidade.

— Este texto será gravado na pedra de diversos templos do Egito — anunciou Ramsés — como é o caso do santuário de Ra em Heliópolis, na área sul da alameda oriental do nono pilone de Karnak e na fachada do grande templo de Abu-Simbel. Assim, de norte a sul, do Delta à Núbia, os egípcios ficarão sabendo que viverão para sempre em paz com os hititas, sob o olhar das divindades.

58

Alojados nas alas do palácio destinadas aos países estrangeiros, os embaixadores hititas participaram da euforia geral que dominava a capital egípcia; constataram a imensa popularidade de Ramsés, celebrado por todos os lugares num cântico freqüentemente entoado em coro: "Deslumbra-nos como o sol, revigora-nos como a água e o vento, amamo-lo como amamos o pão e os tecidos bonitos, porque é o pai e a mãe de todo o país, a luz das duas margens."

Nefertari convidou os hititas a assistirem a um ritual celebrado no templo de Hathor. Ouviram a evocação ao poder único que se criava a si próprio todos os dias, dava vida a todas as formas de existência, iluminava os rostos e fazia estremecer de felicidade as árvores e as flores. Quando os olhares se voltaram para o Princípio oculto no ouro do céu, as aves levantaram vôo nesse instante feliz e, sob os passos dos seres humanos, abriu-se um caminho de paz.

Indo do espanto à satisfação, os hititas foram convidados para um banquete durante o qual saborearam empanados de pombos, rins marinados, pernas de vaca assadas, percas do Nilo, patos grelhados, lentilhas, alhos e cebolas doces, abobrinhas, alfaces, pepinos, ervilhas, feijões, compota de figos, maçãs, tâmaras, melancias, queijos de cabra, iogurtes, bolos de mel redondos, pão fresco, cerveja doce e vinhos tinto e branco. Para aquela ocasião excepcional, foi servido um vinho de rara qualidade, colocado em jarros marcados com o símbolo de Anubis, o senhor do deserto, ao sexto dia do quarto ano do reinado de Sethi. Os diplomatas admiraram-se com a abundância e com a qualidade das iguarias, apreciaram a beleza da baixela de pedra e acabaram por entregar-se à alegria coletiva, cantando em egípcio os louvores a Ramsés.

Era realmente a paz.

A capital havia finalmente adormecido.

Apesar da hora tardia, Nefertari escreveu de seu próprio punho uma longa carta a sua irmã Putuhepa para lhe agradecer os esforços feitos e falar-lhe das horas maravilhosas que o Hatti e o Egito viviam. Quando a rainha colocou o seu selo, Ramsés pousou-lhe docemente as mãos sobre os ombros.

— Ainda não terminou o tempo do trabalho?

— "O dia tem mais tarefas do que horas, não pode ser de outra forma e é bom que assim seja" não são palavras que repete constantemente aos seus altos funcionários? A grande esposa real não pode fugir à exceção.

O perfume de Nefertari embriagava Ramsés. O mestre perfumador do templo utilizara mais de dezesseis ingredientes, entre os quais o junco odorífero, a baga de zimbro, flores de giesta, resina de terebintina, mirra e aromas. Uma sombra verde sublinhava a delicadeza das pálpebras, e uma peruca embebida em óleo da Líbia salientava-lhe a sublime beleza do rosto.

Ramsés tirou-lhe a peruca, soltando a longa e ondulada cabeleira de Nefertari.

— Estou feliz... Não agimos em prol da felicidade do nosso povo?

— O seu nome ficará para sempre associado a este tratado; foi você que construiu esta paz.

— O que interessa a nossa glória, perante a correta seqüência dos dias e dos rituais?

O rei fez deslizar as alças do vestido de Nefertari ao longo dos ombros e beijou-a no pescoço.

— Como posso falar-lhe sobre todo o meu amor?

Ela voltou-se e pousou os lábios sobre os dele.

— Acha que é hora para discursos?

A primeira carta oficial proveniente do Hatti, na seqüência da assinatura do tratado de paz, provocou uma forte onda de curiosidade na corte de Pi-Ramsés. Desejaria Hattusil rever algum ponto essencial do acordo?

O rei quebrou o selo colocado sobre o tecido que cobria a tabuleta de madeira preciosa e leu o texto escrito em caracteres cuneiformes. Dirigiu-se imediatamente aos aposentos da rainha. Nefertari terminava de reler o ritual para as festas da primavera.

— Estranha correspondência, realmente!

— Algum incidente grave? — inquietou-se a rainha.

— Não, uma espécie de pedido de socorro. Uma princesa hitita, de nome impossível de pronunciar, está doente. Segundo Hattusil, parece possuída por um demônio que os médicos do Hatti não conseguem expulsar do seu corpo. Tendo conhecimento dos talentos dos nossos terapeutas, o nosso novo aliado suplica-me que lhe envie um curandeiro da Casa da Vida para restabelecer a saúde da princesa e permitir-lhe ter finalmente o filho que deseja.

— É uma excelente notícia; os laços entre os nossos dois países vão reforçar-se cada vez mais.

O rei mandou chamar Acha, a quem comunicou o conteúdo da missiva de Hattusil.

O chefe da diplomacia egípcia caiu na gargalhada.

— Este pedido parece-lhe assim tão disparatado? — espantou-se a rainha.

— Tenho a sensação de que o imperador hitita tem uma confiança verdadeiramente ilimitada na nossa medicina! Está pedindo nada menos do que um milagre.

— Subestima a nossa ciência?

— Certamente que não; mas como poderá dar um filho a uma mulher, por mais princesa hitita que seja, que já passou dos sessenta anos?

Depois de um momento de franca hilaridade, Ramsés ditou a Ameni uma resposta para o seu irmão Hattusil.

Quanto à princesa doente — sobretudo na sua idade — temos conhecimento do caso. Ninguém pode fabricar medicamentos que a façam engravidar. Mas se o deus da tempestade e o do sol assim o decidirem... Eu lhe enviarei um excelente mago e um médico competente.

Ramsés mandou partir imediatamente para Hattusa uma estátua mágica do deus curandeiro Khonsu, aquele que percorre o espaço encarnado num crescente lunar. Quem senão uma divindade, com efeito, conseguiria modificar as leis da fisiologia?

Quando a mensagem de Nebu, o grande sacerdote de Karnak, chegou a Pi-Ramsés, o rei decidiu transferir a corte para Tebas. Com a sua eficácia habitual, Ameni fretou os barcos necessários e distribuiu ordens a fim de que a viagem se efetuasse nas melhores condições possíveis.

No barco real estavam instalados todos os que eram queridos a Ramsés: a sua esposa, Nefertari, resplandecente; a mãe, Touya, que demonstrava a sua alegria por ter vivido o tempo suficiente para ver instaurar-se a paz entre o Egito e o Hatti; Iset a Bela, muito comovida por ser associada à grande festa que se preparava; os seus três filhos, Kha, o grande sacerdote de Mênfis, Meritamon, a música, e o jovem Merneptah, de impressionante estatura; os fiéis amigos, Ameni e Acha, graças aos quais Ramsés conseguira construir um reinado feliz; o ministro Nedjem e Serramanna, seus leais servidores. Apenas faltavam Setaou e Lótus que, obrigados a vir de Abu-Simbel, só se reuniriam ao cortejo em Tebas. E Moisés... Moisés que renegara o Egito.

No desembarcadouro, o grande sacerdote de Karnak em pessoa recebeu o casal real. Nebu estava realmente já muito velho. Curvado, deslocando-se com dificuldade, a mão crispada na bengala, a voz trêmula, sofria de reumatismo deformante; o olhar, porém, permanecia vivo, e o sentido da autoridade não enfraquecera.

O rei e o grande sacerdote abraçaram-se.

— Cumpri a minha promessa, Majestade. Graças ao trabalho de Bakhen e das suas equipes de artesãos, o seu templo de milhões de anos está terminado. As divindades concederam-me a felicidade de contemplar esta imensa obra-prima onde residirão.

— Manterei a minha, Nebu. Subiremos juntos ao terraço do templo e contemplaremos o santuário, as suas dependências e o palácio.

O enorme pilone, cuja face interna era decorada com cenas da vitória de Kadesh, o amplo primeiro pátio de pilares representando o rei como Osíris, um colosso com a altura de dezessete metros representando o rei sentado; um segundo pilone mostrando o ritual das colheitas; a sala de colunas com trinta e um metros de comprimento e quarenta e um de largura; o santuário cujos baixos-relevos apresentavam os mistérios do culto cotidiano; a grande árvore esculpida que simbolizava a perenidade da instituição faraônica... Quantas maravilhas admirou o casal real, no cúmulo da felicidade.

As festas da inauguração do templo de milhões de anos duraram várias semanas. Para Ramsés, o seu apogeu devia ser o nascimento ritual da capela consagrada a seu pai e a sua mãe; Nefertari e o monarca pronunciariam as palavras de animação gravadas para sempre nas colunas de hieróglifos.

Quando o Faraó estava acabando de vestir-se na "morada da manhã", Ameni surgiu à sua frente com o rosto desfigurado.

— A sua mãe... a sua mãe quer vê-lo.

Ramsés correu para os aposentos de Touya.

A viúva de Sethi estava deitada de costas, com os braços ao longo do corpo e os olhos semicerrados. O rei ajoelhou-se e beijou-lhe as mãos.

— Está muito cansada para participar da inauguração da sua capela?

— Não é a fadiga que me pesa, mas sim a morte que chega.

— Vamos repeli-la juntos.

— Já não tenho forças para isso, Ramsés... Mas por que havia de revoltar-me? Chegou a hora de reunir-me com Sethi, e essa hora é um momento feliz.

— Tem a crueldade de abandonar o Egito?

— O casal real reina e segue o caminho reto... Sei que a próxima cheia será excelente, e a justiça, respeitada. Posso partir descansada, meu filho, graças à paz que Nefertari e você souberam construir e que há de tornar duradoura. É tão belo um país sereno, onde as crianças brincam, os rebanhos voltam dos campos e os pastores entoam uma canção ao som da flauta, e as pessoas se respeitando sabendo que o Faraó as protege... Preserve essa felicidade, Ramsés, preserve todas essas felicidades e transmita essa Regra ao seu sucessor.

Touya não tremia perante a suprema prova. Permanecia altiva e soberana, e o seu olhar impassível fitava a eternidade.

— Ame o Egito com todo o seu ser, Ramsés, e que nenhum sentimento humano se sobreponha a esse amor, que nenhuma provação, por mais cruel que seja, o desvie dos seus deveres de faraó.

A mão de Touya apertou com força a do filho.

— Deseje-me, rei do Egito, que eu alcance o campo das oferendas, a terra das felicidades; deseje-me que eu me instale para sempre nesse país maravilhoso de água e de luz, e que ali brilhe em companhia dos nossos antepassados e de Sethi...

E a voz de Touya extinguiu-se num suspiro profundo como o Além.

59

No Vale das Rainhas, lugar de beleza e perfeição, a morada de eternidade de Touya ficava próxima da prevista para Nefertari. A grande esposa real e o faraó dirigiram os funerais da viúva de Sethi, cuja múmia repousaria, a partir daquele momento, na câmara de ouro. Transformada em Osíris e em Hathor, Touya sobreviveria por intermédio do seu corpo de luz, que todos os dias seria reanimado pela energia invisível proveniente das profundezas do céu. Foram depositados no túmulo o mobiliário ritual, os vasos com as vísceras, os tecidos preciosos, os jarros de vinho, os vasos com óleos e ungüentos, os alimentos mumificados, os trajes de sacerdotisa, os cetros, os adornos, colares e jóias, as sandálias de ouro e de prata, e outros tesouros que faziam de Touya uma viajante equipada para percorrer as belas rotas do Ocidente e as paisagens do outro mundo.

Ramsés tentava receber a tristeza e a felicidade com a mesma força de ânimo. De um lado, a paz tão longamente desejada com os hititas e a conclusão do Ramesseum, o seu templo de milhões de anos; de outro, a morte de Touya. O filho e o homem estavam amargurados, mas o faraó não tinha o direito de trair a rainha-mãe, tão firme que nem a própria morte parecia ter tido sobre ela qualquer domínio. Devia respeitar a mensagem que lhe deixara: o Egito tinha de passar à frente dos seus sentimentos, à frente da sua alegria e da sua tristeza.

E Ramsés submeteu-se às exigências da sua função, assistido por Nefertari; continuou a segurar o leme do navio do Estado como se Touya estivesse presente. Dali por diante, devia aprender a prescindir dos seus conselhos e das suas intervenções. Era a Nefertari que competia agora assegurar as tarefas que Touya desempenhava; apesar da coragem da esposa, Ramsés sentia que o peso se tornava esmagador.

Todos os dias, depois da celebração dos rituais da madrugada, o casal real meditava longos momentos na capela do Ramesseum dedicada a Touya e a Sethi; o rei sentia necessidade de se impregnar da realidade invisível criada pelas pedras vivas e pelos hieróglifos animados pelo verbo. Comungando com a alma dos seus predecessores, Ramsés e Nefertari embebiam-se dessa luz secreta que lhes alimentava o pensamento.

Ao término dos setenta dias de luto, Ameni considerou indispensável apresentar a Ramsés os assuntos urgentes. Instalado nos gabinetes do Ramesseum com a sua equipe de escribas, reduzida mas eficaz, o secretário particular do Faraó estava em contato permanente com Pi-Ramsés e não perdera um instante sequer no estudo das pastas.

— A cheia é excelente — revelou a Ramsés — o tesouro do reino nunca foi tão considerável, a gestão das nossas reservas alimentares não revela qualquer falha, e as corporações de artesãos trabalham incansavelmente. Quanto aos preços, mantêm-se estáveis e não há ameaça de qualquer inflação.

— O ouro da Núbia?

— A extração e armazenamento são satisfatórios.

— Estará me descrevendo um paraíso?

— Com certeza que não... Mas esforçamo-nos em ser dignos de Touya e de Sethi.

— Então qual a razão dessa ponta de contrariedade na sua voz?

— Bem... Acha gostaria de lhe falar, mas não sabe se o momento...

— Parece que ele lhe inoculou o sentido da diplomacia; diga-lhe que venha à minha biblioteca.

A biblioteca do Ramesseum seria digna da Casa da Vida de Heliópolis; todos os dias chegavam ali papiros e tabuletas inscritos cuja classificação o próprio monarca supervisava. Sem o conhecimento dos rituais, dos textos filosóficos e dos arquivos, era impossível governar bem o Egito.

Elegante, envergando um traje de linho de excepcional qualidade enfeitado com franjas coloridas, Acha extasiou-se.

— Trabalhar aqui será uma bênção, Majestade.

— O Ramesseum será um dos centros vitais do reino. Deseja falar-me de algum livro de sabedoria?

— Queria simplesmente vê-lo.

— Estou bem, Acha. Nada apagará a morte de Touya, nunca esquecerei Sethi, mas tanto um como o outro traçaram um caminho de que não me desviarei. Estarão os hititas nos causando problemas?

— Nenhum, Majestade. Hattusil está perfeitamente encantado com o nosso tratado, que obrigou a Assíria a encolher-se na sua concha. O acordo de assistência mútua entre o Egito e o Hatti fez compreender aos militares assírios que qualquer agressão provocaria uma resposta maciça e imediata. Estão decorrendo inúmeros contatos comerciais com o Hatti, e posso afirmar que a paz reinará na região durante muitos anos. Não é a palavra dada tão sólida quanto o granito?

— Nesse caso, por que se atormenta?

— É por causa de Moisés... Aceita ouvir-me falar dele?

— Estou ouvindo.

— Os meus espiões não perdem os hebreus de vista.

— Onde se encontram agora?

— Continuam andando pelo deserto, apesar dos protestos cada vez mais numerosos; Moisés, porém, governa o seu povo com pulso de ferro. "Jeová é um fogo devorador e um deus ciumento", gosta de repetir.

— Sabe qual é o destino dele?

— É provável que a Terra Prometida seja Canaã, mas será difícil se apoderarem dela. Os hebreus já lutaram com o povo de Madiã e com os amorritas, e atualmente estão atacando o território de Moab. Os povos da região têm medo dos nômades hebreus, que consideram temíveis salteadores.

— Moisés não desistirá; se tiver de travar cem batalhas, ele as travará. Tenho certeza de que observou Canaã do alto do monte Negeb e viu ali um país onde correm o mel e o vinho.

— Os hebreus espalham a confusão, Majestade.

— O que sugere, Acha?

— Eliminemos Moisés. Livres do seu líder, regressarão ao Egito, desde que você prometa não castigá-los.

— Expulse esse plano do seu espírito. Moisés seguirá o seu próprio destino.

— O amigo alegra-se com a sua decisão, mas o diplomata lamenta. Assim como eu, você está convencido de que Moisés atingirá os seus objetivos e que a sua chegada à Terra Prometida modificará o equilíbrio do Oriente Próximo.

— Desde que Moisés não exporte a sua doutrina, por que não haveremos de conseguir nos entender? A paz entre os nossos dois povos será um grande fator de equilíbrio.

— Está me dando uma bela lição de política estrangeira e de diplomacia.

— Não, Acha; tento simplesmente traçar um caminho de esperança.

No coração de Iset a Bela a ternura substituíra a paixão. Ela, que dera dois filhos a Ramsés, continuava a sentir a mesma adoração pelo rei, mas desistira de conquistá-lo. Como lutar contra Nefertari que, com o passar dos anos, se tornava cada vez mais bela e luminosa? Com a ajuda da maturidade, Iset a Bela acalmara-se e aprendera a saborear as alegrias que a vida lhe oferecia. Conversar com Kha sobre os mistérios da criação, ouvir Merneptah, que estudava com a compenetração de um futuro dirigente, descrever-lhe o funcionamento da sociedade egípcia, passear com Nefertari nos jardins do palácio, ver Ramsés o maior número de vezes possível... Não estaria ela beneficiando-se de inestimáveis tesouros?

— Anda — propôs-lhe a grande esposa real — vamos passear de barco no rio.

Era verão, a inundação transformara o Egito num imenso lago e navegava-se de uma povoação para outra. O sol ardente fazia brilharem as águas fecundadoras, e centenas de aves dançavam no céu.

Sob um dossel branco, as duas mulheres haviam untado a pele com óleo perfumado; jarros de barro mantinham a água fresca.

— Kha partiu de novo para Mênfis — informou Iset a Bela.

— E você lamenta?

— O filho mais velho do rei apenas se interessa pelos monumentos antigos, pelos símbolos e pelos rituais. Quando o pai chamá-lo para o seu lado a fim de que se ocupe dos assuntos de Estado, como irá reagir?

— A sua inteligência é tão grande que saberá adaptar-se.

— O que pensa de Merneptah?

— É muito diferente do irmão, mas o homem extraordinário já aflora sob o jovem que ainda é.

— A sua filha Meritamon tornou-se uma mulher maravilhosa.

— Realiza o meu sonho de criança: viver num templo e tocar música para as divindades.

— Todo o povo a venera, Nefertari; o seu amor é equivalente àquele que você lhe dedica.

— Como você mudou, Iset!

— Desisti. Os demônios da cobiça saíram da minha alma. Sinto-me em paz comigo mesma. E se soubesse quanto a admiro por aquilo que é, pela obra que realiza...

— Graças ao seu auxílio, a ausência de Touya será menos pesada de suportar. Já que está livre das preocupações de educação, aceita trabalhar a meu lado?

— Não sou digna...

— Deixe que eu faça o julgamento.

— Majestade...

Nefertari beijou Iset a Bela na testa. Era verão, e o Egito estava em festa.

O palácio do Ramesseum já era tão animado quanto o de Pi-Ramsés. Tais como desejava o rei, os anexos do seu templo de milhões de anos impunham-se como o principal centro econômico do Alto Egito, trabalhando em sintonia com Karnak. Na margem oeste de Tebas, o Ramesseum proclamaria para sempre a magnificência do reinado de Ramsés o Grande, cuja vastidão já impressionava os espíritos.

Foi Ameni quem recebeu a mensagem assinada por Setaou. Deixando de lado todos os assuntos, com a respiração entrecortada pela emoção, o escriba saiu à procura de Ramsés, encontrando-o no grande lago próximo do palácio; como era de hábito, na estação quente o rei nadava pelo menos meia hora.

— Majestade, uma carta vinda da Núbia!

O monarca nadou para a margem. Ajoelhando-se, Ameni estendeu-lhe o papiro.

Continha apenas algumas palavras... as que Ramsés esperava.

60

À proa do barco do casal real via-se uma cabeça da deusa Hathor em madeira dourada, segurando o disco solar entre os chifres. A soberana das estrelas era também a senhora da navegação; a sua presença vigilante garantia uma viagem serena até Abu-Simbel.

Abu-Simbel, cujos dois templos celebravam a união de Ramsés e Nefertari, estava pronto. A mensagem de Setaou não tinha qualquer ambigüidade, e o encantador de serpentes não costumava gabar-se. No centro do barco havia uma cabina de teto arqueado e apoiado sobre duas colunatas com capitel em forma de papiros atrás e de lótus à frente; as aberturas permitiam que o ar circulasse. Sonhadora, a rainha saboreava a viagem como uma guloseima.

Nefertari disfarçava uma intensa fadiga para não inquietar o rei; ergueu-se e reuniu-se a ele sob o toldo branco estendido à popa, entre quatro estacas. Deitado de lado, o enorme leão dormitava, com o velho cão amarelo-dourado apoiado em suas costas; mergulhado num sono reparador, Vigilante sabia-se protegido por Matador.

— Abu-Simbel... Alguma vez um rei fez semelhante oferta a uma rainha?

— Algum rei teve a sorte de casar com Nefertari?

— É felicidade demais, Ramsés... Às vezes sinto até um certo receio.

— Devemos partilhar essa felicidade com o nosso povo, com todo o Egito e as gerações que nos sucederão; foi por isso que quis que o casal real ficasse presente para sempre na pedra de Abu-Simbel. Nem você nem eu, Nefertari, mas o Faraó e a grande esposa real dos quais somos apenas as encarnações terrestre e passageira.

Nefertari aninhou-se nos braços de Ramsés e contemplou a Núbia, selvagem e esplêndida.

Surgiu a falésia de granito, domínio da deusa Hathor, enquadrando a oeste uma curva do Nilo. Outrora, uma zona de areia fulva separava dois promontórios que desafiavam a mão do arquiteto e do escultor; e essa mão agira, transformando a rocha apaixonada em dois templos cavados no seu coração e revelados por fachadas cujo poder e graça deslumbraram a rainha. Em frente ao santuário do sul, quatro colossos de Ramsés sentado, com altura de vinte metros; em frente ao do norte, colossos do faraó em pé e em movimento enquadravam uma Nefertari com dez metros de altura.

Abu-Simbel nunca mais seria um simples ponto de referência para os marinheiros, e sim um local transfigurado onde o fogo do espírito brilharia, imóvel e imutável, no ouro do deserto núbio.

Na margem, Setaou e Lótus fizeram sinais de boas-vindas, sendo imitados por todos os artesãos que os rodeavam. Houve um movimento de recuo quando Matador avançou pelo passadiço para descer a terra, mas a elevada estatura do rei dirimiu os receios. A fera manteve-se à sua direita, e o velho cão amarelo-dourado à esquerda.

Ramsés nunca vira semelhante expressão de contentamento no rosto de Setaou.

— Pode sentir-se orgulhoso de si próprio — disse o rei, abraçando o amigo.

— São aos arquitetos e aos escultores que deve felicitar, não a mim. Não fiz mais do que encorajá-los para que criassem uma obra digna de você.

— Digna das forças misteriosas que residem neste templo, Setaou.

Ao chegar ao final do passadiço, Nefertari deu um passo em falso; Lótus amparou-a e notou que a rainha não estava se sentindo bem.

— Continuemos — exigiu Nefertari. — Estou bem.

— Mas, Majestade...

— Não estraguemos a festa de inauguração, Lótus.

— Tenho um remédio que talvez acabe com a sua fadiga.

O rude Setaou não sabia como comportar-se perante Nefertari, cuja beleza o fascinava; comovido, curvou-se.

— Majestade... queria lhe dizer...

— Celebremos o nascimento de Abu-Simbel, Setaou. Desejo que seja inesquecível.

Todos os chefes das tribos núbias foram convidados a vir a Abu-Simbel festejar a criação dos dois templos. Ostentando os seus mais belos colares e saiotes novos, haviam beijado os pés de Ramsés e de Nefertari, e depois entoado um cântico de vitória que se elevara até o céu estrelado.

Nessa noite, houve mais alimentos deliciosos do que grãos de areia na margem, mais peças de carne assadas do que flores nos jardins reais, uma quantidade inumerável de pães e bolos. O vinho correu como uma cheia abundante, e olíbano e incenso arderam nos altares erguidos ao ar livre. Assim como lá longe, no norte, a paz fora estabelecida com os hititas, a mesma paz reinaria também durante muito tempo no Grande Sul.

— Abu-Simbel é, a partir de agora, o centro espiritual da Núbia e a expressão simbólica do amor que une o Faraó à grande esposa real — confidenciou Ramsés a Setaou. — Você, meu amigo, convocará aqui, em datas regulares, os chefes de tribo e os fará participar dos rituais que sacralizam esta terra.

— Em outras palavras, permite-me que permaneça na Núbia... Lótus vai ficar apaixonada por mim.

À doce noite de setembro seguiu-se uma semana de festas e rituais, durante os quais os participantes conheceram, deslumbrados, o interior do fabuloso templo. Na sala de três naves e oito pilares onde estava encostada a estátua do rei sob a forma de Osíris, com oito metros de altura, admiraram as cenas da batalha de Kadesh e o encontro do monarca com as divindades, que o abraçavam para melhor lhe comunicarem a sua energia.

No dia do equinócio de outono, apenas Ramsés e Nefertari penetraram no santo dos santos. Logo que o sol nasceu, a sua luz atingiu o eixo do templo e veio iluminar o fundo do santuário, onde, sentados num banquinho de pedra, se encontravam quatro deuses: Ra-Horus do país luminoso, o *ka* de Ramsés, Amon o deus oculto, e Ptah o construtor. Este último permanecia nas trevas, exceto nos dois equinócios; nessas duas manhãs, a claridade do alvorecer aflorava a estátua de Ptah, cujas palavras Ramsés ouviu subindo das profundezas da terra: "Confraternizo-me com você e concedo-lhe a longevidade, a estabilidade e o poder; estamos unidos na alegria do coração; faço com que o seu pensamento esteja em harmonia com o dos deuses, escolhi-o e torno as suas palavras eficazes. Alimento-o de vida para que faça viver os outros."

Quando o casal real saiu do grande templo, egípcios e núbios soltaram gritos de alegria. Chegara o momento de inaugurar o segundo santuário dedicado à rainha e que tinha o nome de "Nefertari para quem o sol nasce".

A grande esposa real ofereceu flores à deusa Hathor para que se iluminasse o rosto da soberana das estrelas; identificando-se com Sechat, a padroeira da Casa da Vida, Nefertari dirigiu-se a Ramsés:

— Você devolveu o vigor e a coragem ao Egito, é o seu senhor; como o falcão celeste, estendeu as suas asas sobre o seu povo. Para ele, você é semelhante a uma muralha de metal celeste que nenhuma força hostil poderá quebrar.

— Para Nefertari — respondeu o rei — construí para sempre um templo escavado na montanha pura da Núbia, em magnificente pedra de granito.

A rainha trajava um longo vestido amarelo, um colar de turquesas e sandálias douradas; sobre a peruca azul, uma coroa formada por dois longos e esguios chifres de vaca envolvendo um sol encimado por duas altas plumas. Segurava na mão direita a chave da vida, e na esquerda um cetro flexível, que evocava o lótus surgido das águas na primeira manhã do mundo.

No topo dos pilares do templo da rainha viam-se rostos sorridentes da deusa Hathor e, nas paredes, cenas de rituais envolvendo Ramsés, Nefertari e as divindades.

A rainha apoiou-se no braço do monarca.

— O que se passa, Nefertari?

— Apenas um pouco de cansaço.

— Quer que interrompamos o ritual?

— Não, porque quero descobrir cada uma das cenas deste templo com você, ler cada um destes textos, participar em cada uma das oferendas... Pois não foi esta a morada que construiu para mim?

O sorriso da esposa tranqüilizou o rei, que agiu de acordo com o desejo por ela expresso; ambos animaram cada parcela do templo até o *naos* onde surgia a vaca celeste, encarnação de Hathor, saindo da rocha.

Nefertari permaneceu durante longo tempo na penumbra do santuário, como se a doçura da deusa pudesse dissipar o frio que se insinuava nas suas veias.

— Gostaria de rever a cena da coroação — pediu ao rei.

De um lado e do outro da representação da rainha, com uma silhueta de esbelteza quase irreal, Ísis e Hathor magnetizavam a sua coroa. O escultor tinha dado magnificência particular àquele instante, durante o qual uma mulher deste mundo entrava viva no universo divino para dar, na terra, testemunho da sua realidade.

— Abrace-me, Ramsés.

Nefertari estava gelada.

— Estou morrendo, Ramsés, estou morrendo de exaustão, mas morro aqui, no meu templo, com você, e bem perto de você, pois formamos apenas, e para sempre, um único ser.

O rei apertou-a contra o corpo com tanta força que julgou poder reter a sua vida, aquela vida que ela dera, sem poupar, aos que lhe estavam próximos e a todo o Egito para lhes permitir escapar a quaisquer malefícios.

Ramsés viu o rosto sereno e puro da rainha ficar petrificado e a cabeça inclinar-se lentamente. Sem revolta e sem medo, a respiração de Nefertari acabava de extinguir-se.

Ramsés transportou a grande esposa real nos braços, como a noiva à qual o futuro esposo atravessasse o limiar da sua casa para selar o casamento. Sabia que Nefertari se tornaria uma estrela eterna, que a sua mãe o céu a faria nascer de novo e que a subiria para a barca da viagem da eternidade; mas, mesmo diante de todo esse saber, como poderia acalmar a dor insuportável que lhe despedaçava o coração?

Ramsés avançou para a porta do templo; com a alma vazia e o olhar perdido, saiu do santuário.

Vigilante, seu velho cão amarelo-dourado, acabava de morrer entre as patas de Matador, que lambia docemente a cabeça do seu companheiro como que querendo curá-lo da morte.

Ramsés sofria muito para poder chorar. Naquele momento, a sua força e grandeza não lhe serviam para nada.

O faraó ergueu para o sol o corpo sublime daquela que amaria por toda a eternidade, Nefertari, a Dama de Abu-Simbel, para a qual brilhava a luz.

Fim do volume 4

Este livro foi composto na tipografia
Cheltenhm BT, em corpo 10,5/15, e impresso em
papel off-white no Sistema Digital Instant Duplex
da Divisão Gráfica da Distribuidora Record.